Die Welt des Markus Epstein

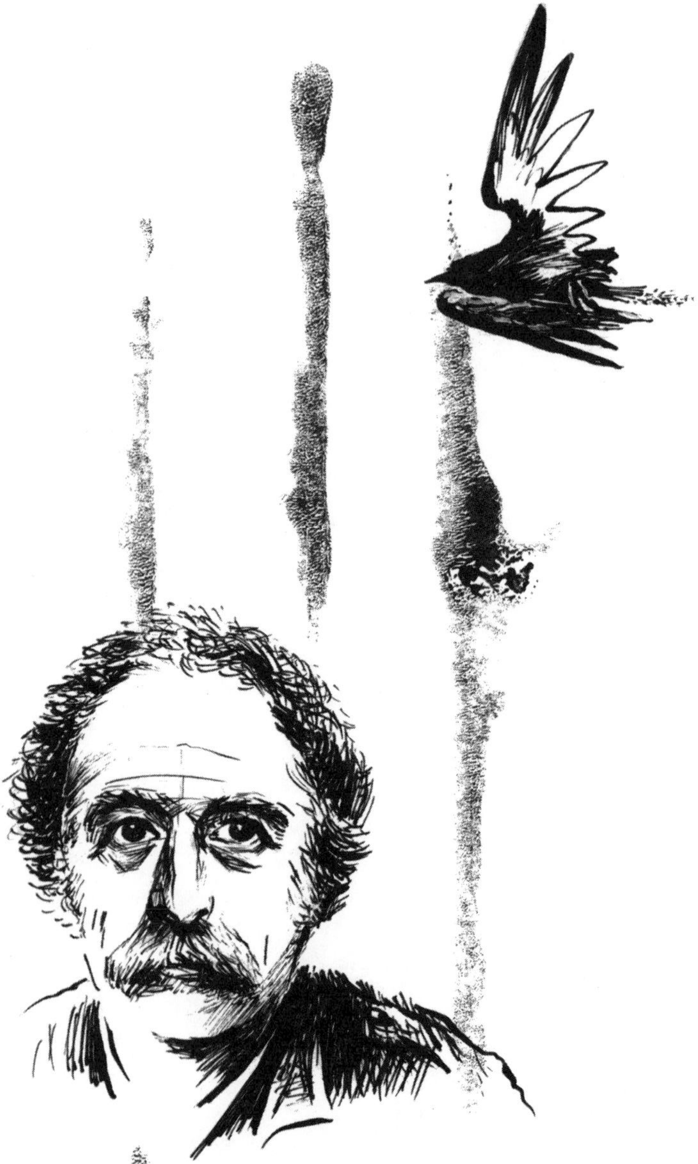

MARKUS EPSTEIN

Walter Kaufmann

ddp goldenbogen

© ddp goldenbogen 2004

Grafiken: Irina Chipowski
Gestaltung: Leo Chaba
Satz: ddp goldenbogen
Druck: Druckhaus Dresden GmbH
Binden: Kunst- und Verlagsbuchbinderei GmbH, Baalsdorf

ISBN 3-932434-22-6

was wir erinnern, um davon zu erzählen.

GABRIEL GARCÍA MÁRQUEZ

Teil I

Er saß neben dem Armeezelt auf einer Kiste und schrieb mit Bleistift in ein Heft, das er seit jüngster Zeit unterm Strohsack seines Feldbettes aufhob, eine in schwarzes Wachspapier gebundene Kladde, die – zerfleddert zwar und mit losen Seiten – die Zeitläufte bis ins einundzwanzigste Jahrhundert überdauern sollte. Es war ein milder Sommersonntag im australischen Albury, ein dienstfreier Tag für die gesamte Truppe. Er hatte sich rasiert, geduscht und, in frischem Khakihemd, sauberer Khakihose, blanken Stiefeln, abgewartet, bis Stille lag über dem Rennplatz, der seit Kriegsbeginn für Arbeitsbataillone requiriert war, und er nutzte die Stille, um zu Papier zu bringen, was er während eintöniger Verladearbeiten am Bahnhof und im Munitionsdepot durchdacht hatte – und nicht träumen ließ er sich, daß was er da schrieb einen begehrten Literaturpreis gewinnen und binnen eines Jahres in etlichen Sprachen um die Welt gehen könnte …

Die einfachen Dinge

Georg ist noch immer mein Freund. Das mag seltsam klingen, denn Georg ist nirgends, wo ich ihm die Hand reichen könnte. Jahre und Welten trennen uns voneinander – vielleicht ist er tot, im Krieg gefallen. Er ist noch immer mein Freund – im symbolischen Sinn. Ich erinnere mich genau: elf Jahre war ich alt, und Georg wartete am Ende unserer Straße auf mich. Er wollte unser Haus nicht betreten. Hielt Stolz ihn zurück oder Befangenheit, die Scheu, sich einer fremden Umgebung stellen zu müssen? Ich weiß es nicht. Ich weiß nur, daß ich mich immer nur draußen mit ihm traf und dies hinter mir ließ:

Unser Haus mit der gewundenen Treppe zur Eingangstür, an der Tür die Klingel, deren Läuten hell durch den Vorraum tönte und Käte herbeirief, die dann lautlos durch die mit Teppichen ausgelegten Flure lief; hinter ihr schwangen Glastüren zu, mit einem Geräusch, als würde Luft aus Schächten gesogen; Käte öffnete die Haustür und ließ die Besucher in die Stille des Hauses – führte sie in Vaters Arbeitszimmer oder die Bibliothek, die Vaters strengen Ordnungssinn erkennen ließ; wollte der Gast zur Mutter, wies Käte den Weg ins helle Biedermeierzimmer, wo Landschaftsaquarelle in schlichten Rahmen das Sonnenlicht zurückwarfen, das durch die Flügeltüren flutete, die zum Balkon überm Garten führten; in den Vitrinen glänzte Mutters Porzellansammlung, die Glasscheiben glitzerten und schwarz hob sich der Bechstein-Flügel von den hellbraunen Möbeln ab, den vier zierlichen Stühlen und dem Tischchen.

Ich warf die Haustür hinter mir zu, daß es durch den Flur hallte, rannte die gewundene Steintreppe hinunter und dann die Straße entlang bis hin zur Ecke, wo ich atemlos auf Georg stieß.

"Hallo! Gut, daß du da bist."

"Ja", sagte Georg. "Hab Kastanien dabei."

Ein paar davon klaubte er aus der Hosentasche und warf sie von einer Hand in die andere.

"In Ordnung", rief ich, "die werden wir rösten."
"Machen wir."
Wir zogen los. Georg ließ die Kastanien wieder in die Hosentasche gleiten, schob die Hand nach, damit sie unterwegs nicht rausfielen. Sein Haar war vom Wind zerzaust, das Hemd über der Brust offen. Seite an Seite rannten wir durch die Straßen zum Wald hin.

Wenn ich heute an Georg denke und mir jene fernen Tage ins Gedächtnis rufe, formt sich vor meinen inneren Augen aus vielen Bildern das Mosaik unserer Freundschaft, die mit den Jahren an Bedeutung gewinnt.

Wir hockten vor dem Feuer, das wir auf einer Lichtung im Wald entfacht hatten und sahen zu, wie die Kastanien sich in den Flammen verfärbten, hörten die Schalen in der Hitze knacken. Eine Weile lang schwiegen wir. Über den Wipfeln der Bäume rings um uns, Eichen und Ulmen und Birken, schimmerten Flecken klaren Himmels, Sonnenstrahlen stachen durch das sanft zitternde Laub. Georg schürte das Feuer, und ich wendete die Kastanien in der Glut.

Schließlich brach Georg das Schweigen. "Vater hat was gegen das Jungvolk – will nicht, daß ich mich da blicken laß."
"Na und?" sagte ich. "Du weißt doch, mich würden die nicht nehmen."
"Dich nicht – klar. Schade, daß du Jude bist."
"Wieso. Bin nicht scharf aufs Jungvolk."
"Gilt auch für mich."
"Also, was gibt's da noch."
Georg schwieg. Dann sagte er: "Die hacken auf einem rum, wenn du nicht dabei bist."
"Wer ist die?"
"Verdammt, Mark, du kapierst nichts."
Er spießte sich eine Kastanie aus dem Feuer, schälte sie und biß

ein Stück ab. "Was ist eigentlich mit den Juden los", fragte er plötzlich, als hätte er die ganze Zeit darüber nachgedacht. "Erkläre mal, warum die Nazis Wut auf die Juden haben."
Das traf mich. Mich verwirrte, daß ich es nicht wußte.
"Keine Ahnung", sagte ich. "Kann ich nicht sagen."
Einen Augenblick lang sah mich Georg prüfend an. Dann schob er mir eine Kastanie zu und sagte: "Brauchst du auch nicht – so oder so, wir bleiben Freunde." Er wartete, und weil ich schwieg, fügte er mit Nachdruck hinzu: "Oder etwa nicht?"

Jetzt, da ich dies niederschreibe, liegen die Jahre zwischen mir und Georg und dem vom Krieg zerrütteten Deutschland. Ist es nicht längst zu spät, so zu schreiben? Ich weiß es nicht. Oder sage ich nicht gerade zur rechten Zeit: Georg ist noch immer mein Freund, und seine Leute sind mir nah.

Es gibt Dinge, die man früh lernt und die in einem bleiben und mit den Jahren wachsen. Und stets sind es die einfachen Dinge. Sie wiederholen sich, sie verbinden sich zu einer Kette, die von der Kindheit bis in die Mannesjahre reicht.

"Mutter, das ist Mark."
"Guten Tag", sagte ich, vor Georgs Mutter stehend, die Arme steif an den Seiten, und ich verbeugte mich.
Sie kniete im Gemüsebeet und jätete. Jetzt unterbrach sie ihre Arbeit und musterte mich von unten her, prüfend zuerst, doch sehr bald zeigte sich in ihren Augen ein freundlicher Ausdruck.
"Ah, guten Tag. Du bist also Georgs Freund. Er hat viel von dir gesprochen."
Mit dem Rücken ihrer Hand schob sie sich eine Strähne grauen Haares aus der Stirn und streckte müde die Schultern.
"Geh schon mit Mark rein", sagte sie zu Georg und deutete auf die Holzlaube. "Und setz Wasser auf. Ich komme gleich nach."

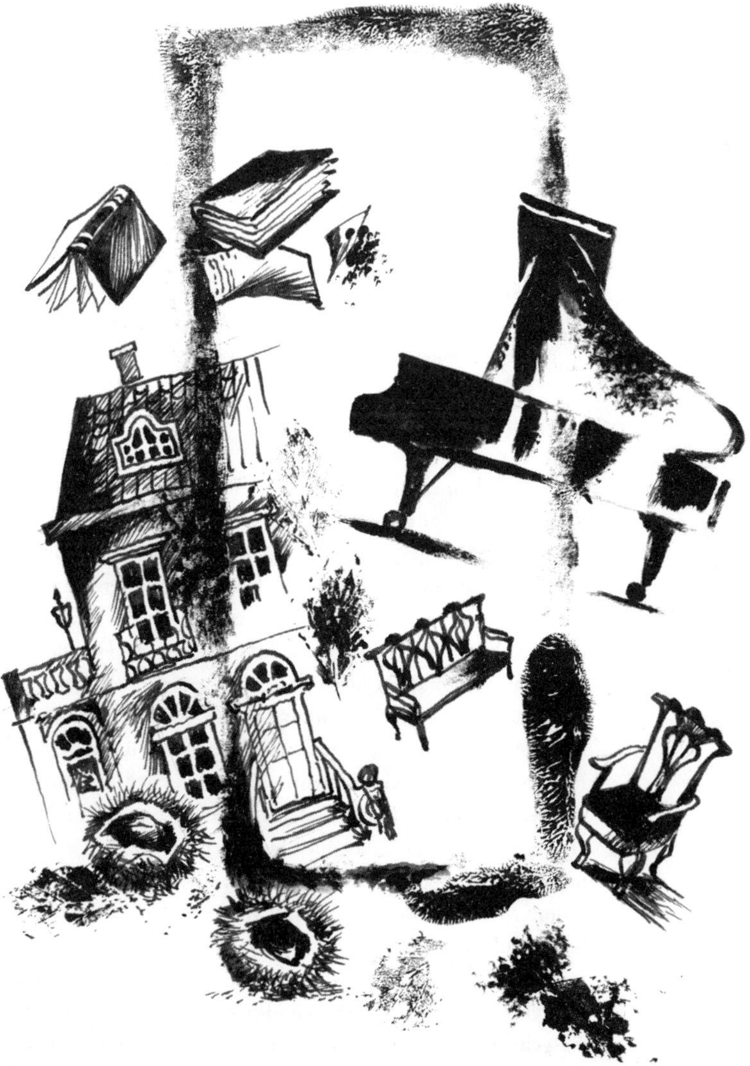

Dann fing sie wieder zu jäten an, auf den Knien vorwärts rutschend, Stück für Stück, eine hagere Frau im verblichenen Schürzenkleid, die jetzt jünger wirkte, weil die herabfallende Haarsträhne ihr Gesicht verdeckte.
Und dies ist mir geblieben, unbewußt bis heute, da ich ganz bei dem Augenblick dieser Begegnung bin: Die ruhige Art von Georgs Mutter, ihr Stolz, der auch in Georg war, der prüfende Blick, mit dem sie mich musterte, die Vorbehaltlosigkeit, mit der sie mich dann aufnahm und an allem, was sie hatten, teilhaben ließ. Hier zählte weder mein Elternhaus, noch welcher Religion ich angehörte. Ich spürte, daß für sie nur der Freund etwas galt, Georgs Freund, sonst nichts. Das war ein gutes Gefühl.

November neunzehnhundertachtunddreißig, Stadt Duisburg im Rheinland: Unser Haus mit der steinernen Treppe zur Eingangstür – das Schloß gesprengt, die Tür eingeschlagen, sie hängt lose in den Angeln; neben der Tür die Klingel – aus der Wand gerissen und nur noch an zwei Drähten fest. Käte ist nicht mehr bei uns – das Gesetz verbot uns eine Hausangestellte. Die schwingenden Glastüren in den Fluren – in Scherben, auf den Teppichen die Glassplitter knirschen unterm Schuh. Vaters Arbeitszimmer und die Bibliothek – ein Chaos: die Möbel zertrümmert, die Bücherregale umgekippt, juristische Fachbücher und Romane der Weltliteratur auf dem Boden verstreut. "Der Zauberberg", "Krieg und Frieden", das Buch "Deutsche Justiz" mit zerrissenem Einband in die Ecke geschleudert. Mutters Biedermeierzimmer – überall das gleiche Bild: die Porzellansammlung ein Scherbenhaufen, die Landschaftsaquarelle mit Messern zerschnitten. Unten im Garten, in einem Blumenbeet, liegt der Bechstein-Flügel wie eine gigantische Schildkröte auf dem Rücken. Die Flügeltüren zur Veranda sind zerschlagen, die Fenster zersplittert.

Ich schreibe dies nieder wie im Traum, ohne Erregung jetzt, beschreibe die Zerstörung, die über uns kam, plötzlich, auf Befehl, und mit einer solchen Wucht, daß es die ganze Zeit unwirklich schien – nicht faßbar. Viel Haß war in jenen Jahren gesät worden, sehr viel Haß, der an diesem Tage ungehindert tobte. Und dennoch habe ich Hoffnung.

Sturmabteilungen brechen in ein Haus ein, trampeln alles nieder, demolieren, was ihnen in den Weg kommt, schlagen in Stücke, verhaften – das ist eine Ordnung, die wir zerstören. Ja, wir zerstören sie: in unserem Herzen, unserem Geist, jeder einzelne von uns, zerstören sie durch unsere Art zu leben, zu denken und zu handeln. Vielleicht wurde meine Hoffnung an diesem Tag geboren, an dem Novembertag jenes Jahres. Ich habe sie in mir bewahrt.

Es war ein langer Tag. Es war ein furchtbarer, ein grausamer Tag. Unser Volk, das jüdische Volk, wurde erniedrigt, verwundet, versprengt. Es dauerte lange, bis der Abend kam.

Bei uns zu Haus gab es keine Tränen. Wir waren wie versteinert, vielleicht waren wir auch zu stolz für Tränen. Unsere Gedanken waren beim Vater, der am Morgen verhaftet worden war, und wir beteten für ihn.

Dann, in der Nacht, kam ein Mann in unser Haus. Er ging durch die verwüsteten Zimmer, und er sah alles, und er war eine lange Zeit still. Er legte mir seine Hand auf die Schulter und sagte: "Das währt nicht ewig."

Zu Mutter sagte er: "Ich finde keine Worte für diese Schande."

Er nahm einen zerbrochenen Tisch und einen Stuhl, trug beides hinaus und lud Tisch und Stuhl auf einen Handwagen, mit dem er ins Dunkel der Nacht verschwand.

Der Mann war Tischler – war Georgs Vater.

Neugier

Der Briefkasten an der Bushaltestelle hatte es ihm angetan – was bloß verbarg sich darin? Markus fragte den Vater, und der antwortete ihm zu ausführlich. Er war noch nicht vier und seine Neugier schnell abgelenkt. Was für eine riesengroße runde Schachtel sich plötzlich über ihm türmte, bunt eingewickelt auch.

"Das ist keine Schachtel, sondern eine Litfaßsäule", bekam er zu hören. "Und ist nicht hohl wie eine Schachtel, sondern aus Beton …"

Darüber dachte er nach, ehe er sich nach was Neuem umsah. So erfuhr er binnen einer halben Stunde, daß der rote Feuerlöscher im Bus eine schäumende Flüssigkeit enthielt, die Kästen in der Straßenbahn, in die sie dann umstiegen, mit Sand gefüllt waren und die glänzenden Apparate vor den Bäuchen der Schaffner mit allerlei Münzen.

Auch zu Hause gab es immer was zu untersuchen. Allein schon in der Küche standen Behälter, die ihm keine Ruhe ließen. Neugier plagte ihn, und er plagte seine Mutter und Käte, die Hausgehilfin, mit Fragen. Er forschte die Männer von der Müllabfuhr aus, den Laufburschen von der Wäscherei, Hausierer, Bettler und Lieferanten, einfach jeden, der an der Wohnungstür schellte.

Mit der Zeit erwachte in ihm ein leidenschaftliches Interesse für die Ursache von Geräuschen – was ließ die Türklingel läuten, wie kommt die Musik ins Radio, ins Klavier, ins Grammophon? Er begann, alles, was klingelte, quietschte, pfiff oder knarrte, zu untersuchen. Das Glöckchen aus der Porzellansammlung seiner Mutter schlug er entzwei, die Kaffeemühle, den Wecker, er zerlegte die Pfeife am Wasserkessel. Er wurde verwarnt, bestraft, doch es half nicht. Sowie er einen Gegenstand entdeckte, der einen Laut von sich gab, übermannte ihn die Neugier, und er zerriß, verbog, zerschnitt oder zerbrach ihn, um dem Geräusch auf die Spur zu kommen. Es mußte ein Zwerg darin verborgen sein, der brummte oder eine Glocke läutete, auf einem Kamm oder eine Pfeife blies! Sein Suchen wurde stets enttäuscht, er aber glaubte weiter an einen geheimnisvollen Zwerg. Eine Kindergeige, eine Trommel, ein kleines Akkordeon erlagen seinem Forschungsdrang, weil sie ihm den Zwerg vorenthielten, den er unbedingt finden wollte.

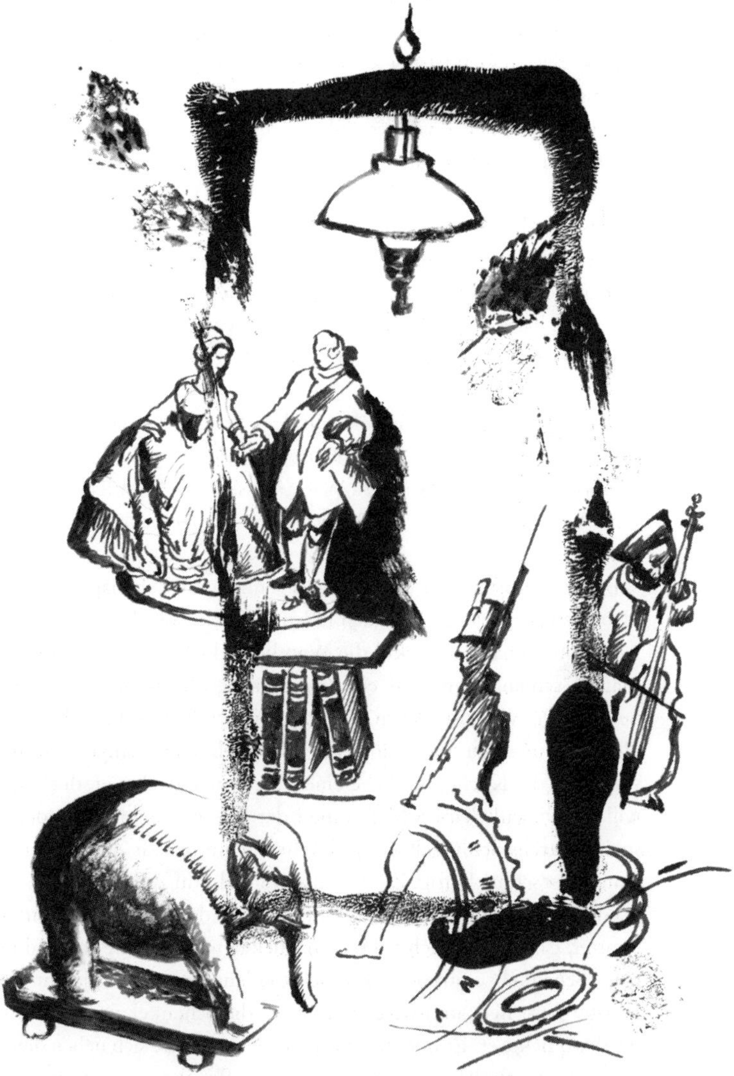

Er wurde getadelt, ermahnt, man redete auf ihn ein, drohte ihm am Ende – er versprach Besserung, doch wurde so oft rückfällig, daß er an seinem vierten Geburtstag kein Spielzeug bekam, nur Obst und Kleidungsstücke, und das waren für ihn gar keine Geschenke. Wem konnte er von dem kleinen Zwerg erzählen, den er eines Tages entdecken würde? Keiner begriff ihn, keiner würde ihm glauben.

An einem strahlenden Sonntagmorgen im Frühling – seine Eltern hatten am Abend zuvor Gäste, Lachen und Gläserklingen war zu hören gewesen – wachte er zeitig auf und traute seinen Augen nicht. Neben seinem Bett stand ein Spielzeugelefant, fast so groß wie er selbst. Der war grau, hatte einen Rüssel und Stoßzähne und war auf Messingräder montiert, die ihn schon beim geringsten Stoß quer durchs Zimmer rollten.

Markus sprang aus dem Bett und dem Elefanten nach, umarmte ihn entzückt, streichelte ihn, zog ihn am Schwanz, an den Ohren, am Rüssel und schob ihn von Wand zu Wand vor sich her. Ein Elefant, sein Elefant! Von wem war der? Und warum war keiner wach, ihn zu bewundern?

Behutsam öffnete er die Tür und schlich auf Zehenspitzen durchs Haus. In der Küche roch es nach Essen und Alkohol, viel Geschirr lag im Abwasch. Beharrlich tickte die Wanduhr, doch niemand rührte sich. Markus schien es, als hätte ein Zauberer die Eltern und Käte in einen tiefen Schlaf versetzt. Wenn er wenigstens an die Uhr herankönnte. Er kletterte auf einen Stuhl, doch die Uhr blieb unerreichbar. Enttäuscht verließ er die Küche. Ich habe einen Elefanten, dachte er, doch keiner will das wissen! Beim Schlafzimmer der Eltern lauschte er an der Tür, spähte durchs Schlüsselloch und kehrte dann in sein Zimmer zurück. Sein Herz schlug heftig. Es war anstrengend, still zu bleiben!

Grau und groß stand der Elefant im Licht der Morgensonne unterm Fenster. Er schwang sich auf seinen Rücken wie auf ein Pony und preßte die Schenkel zusammen. Da quiekte es laut. Er ritt den Elefanten vom Fenster zum Bett, und wieder preßte er die Schenkel zusammen. Und wieder quiekte es. Er horchte auf. Er stieg ab, hockte sich neben den Elefanten, betrachtete ihn rundum und knuffte ihn. Kein Laut war zu hören. Erst als er wieder aufstieg und mit den Schenkeln preßte, quiekte es erneut – einmal, zweimal, dreimal ...

Als ihn seine Mutter eine Stunde später wecken wollte, fand sie ihn verkrümmt unter der Bettdecke, die er sich über den Kopf gezogen hatte. Überall auf dem Fußboden lagen Sägespäne, und auf dem Fensterbrett blinkte das Küchenmesser. Die Stoffhaut des Elefanten war über den Messingrädern in sich zusammengefallen.

Sie zog die Bettdecke weg und rüttelte Markus an der Schulter. Er warf sich auf den Bauch und drückte das Gesicht ins Kissen. Unter der Brust hielt er einen Gegenstand umklammert, den er erst freigab, als die Mutter ihn zwang, die Faust zu öffnen. Eine kleine Gummiblase fiel aufs Laken.

"Mark, Mark – was bloß hast du da angerichtet!"
"Sei mir nicht böse, bitte nicht", rief er kaum hörbar. "Ich verspreche ..."
"Was versprichst du?"
Er wandte der Mutter das tränennasse Gesicht zu.
"Daß ich nie wieder nach dem kleinen Zwerg suche."

Im Herbst

Die Balkongitterstangen standen so dicht, daß Markus sich jedesmal die Ohren wund rieb, wenn er den Kopf durchsteckte. Schließlich gab er das auf und langte nur noch die Faust durch. Er wußte ohnehin, was ablief, wenn er das Ende der Papierschlange losließ, die er seit dem letzten Fasching den ganzen Frühling und den Sommer über aufgehoben hatte – jeden sonnigen Nachmittag passierte es. Die Papierschlange würde über dem Balkon unten im Wind flattern, bis es einen leichten Ruck gab, wie wenn ein Fisch nach dem Köder schnappt, und die wachsbleichen Hände von Herrn Opitz würden das wehende Ende gefaßt haben.

"Prima, Herr Opitz", rief er auch jetzt, ließ aber sein Ende nicht eher los, bis er von unten die asthmatische Stimme gehört hatte: "Loslassen, min Jung."

Vor seinem inneren Auge sah er, wie Herr Opitz, gut zugedeckt im Korbsessel, die Papierschlange sorgfältig zusammenrollte – was immer viel länger dauerte, als er selbst dazu gebraucht hätte, ihm aber auch Zeit ließ, das Treiben auf dem Marienplatz zu verfolgen: Schwere Gäule zogen gemächlich ihre Fuhrwerke, Radfahrer radelten vorbei, Autos rollten im Kreisverkehr, alte Frauen in dunklen Kleidern stiegen langsam die Stufen von St. Marien hoch, und unten spielten Kinder.

Das Läuten der Türklingel ließ ihn aufhorchen. Er hörte Herrn Opitz's Pflegerin zu Käte sagen: "Ich bring die Papierschlange für den jungen Herrn und schöne Grüße vom Geheimrat", und er glühte vor Stolz, daß man ihn jungen Herrn nannte, wo es doch bis zur Schule noch lange hin war – ein ganzes Jahr und ein halbes dazu, wie Käte sagte.

Er rief "Vielen Dank, Herr Opitz" durchs Balkongitter, und als von unten her matt die Antwort kam: "Schon gut, min Jung", war wieder einmal das Spiel zu Ende.

Eines strahlenden, warmen Herbstnachmittages aber – es war fast wie im Hochsommer, nur die gelbbraunen Blätter fielen schon – wartete Markus vergebens auf Antwort. Dabei hatte er zweimal laut gerufen: "Herr Opitz, Herr Opitz, unsere Papierschlange ist weg!" Die hatte ihm ein Windstoß aus der Hand zu einem der Bäume vor dem Haus getragen, wo sie unerreichbar an einem Ast flatterte. Er zwängte den Kopf zwischen den Eisenstangen hindurch, was weh tat, schlimmer aber war, daß der Korbsessel unten auf dem Balkon leer stand.

"Wo sind Sie, Herr Opitz?"

Er zog den Kopf zurück und hielt sich die schmerzenden Ohren. So hörte er nur schwach, daß die Glocken von St. Marien zu läuten anfingen. Als er durch die Baumkronen schwarzgekleidete Menschen aus der Kirche kommen sah, Herren mit Zylinderhüten und verschleierte Damen, gab er seine Ohren frei. Er sah staunend, wie vier stämmige Männer einen großen Holzkasten mit Messingbeschlägen auf den Schultern

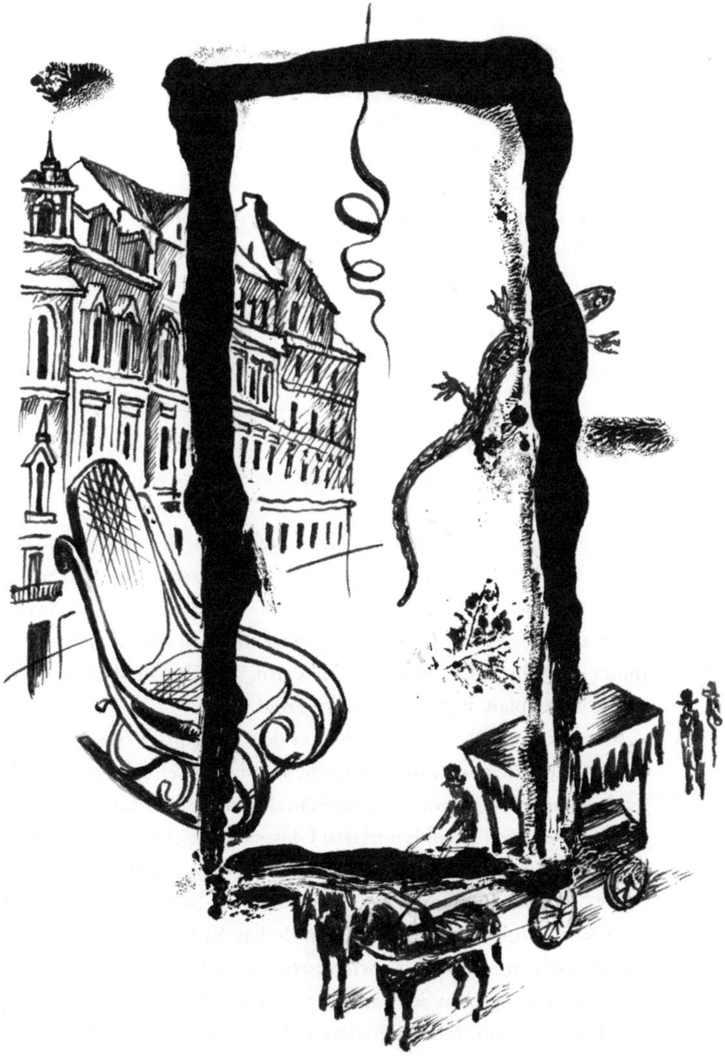

zu einer gläsernen Kutsche schleppten, die dann von Pferden so langsam über den Platz gezogen wurde, daß die Menge dahinter gut nachkam.

Noch einmal rief er nach Herrn Opitz – wieder vergebens. Leuchtend blau in der Sonne wehte die Papierschlange am Ast, und dann riß ein plötzlicher Windstoß ein Stück ab und wehte es über den Marienplatz, der Markus wieder vertraut schien, weil die gläserne Kutsche mit den Menschen dahinter verschwunden war.

Macht nichts, daß die olle Papierschlange hin ist, dachte er trotzig, Herr Opitz hat mich sowieso vergessen. Und ging vom Balkon in sein Zimmer.

DIE EIDECHSE

Er drückte die schwere Klinke herunter und stemmte sich gegen das eiserne Tor, bis es knarrend einen Spalt weit aufging, zwängte sich nach draußen und rannte blindlings die Straße hinunter. Die Kinderstimmen vom Schulhof her wurden schwächer, und bald klangen sie wie ferne Musik. Am Ende der Straße bog er links ab und folgte einem Pfad über den Schuttplatz hinter der Schule. Die Sonne schien warm, über ihm der Himmel strahlte leuchtend blau. Er fühlte sich froh und frei.

In seiner Vorstellung verwandelte er den Schuttplatz zu einem eigenen Reich. Im trockenen Gras die Flaschen und Büchsen spiegelten die Sonne, ihm gefiel das Grün der Flaschen, das matte Rotbraun der rostigen Büchsen und wie es silbern in den Glasscherben glitzerte und das Gras gelb im Licht stand. Es war angenehm unter der Sonne. Die Zeit gehörte ihm. Er ging langsamer, setzte sich auf einen Stein und kratzte mit einem Stock Linien und Kreise in den Boden. Er war allein auf der Welt. Die Zeit schien endlos. Plötzlich huschte etwas Geschmeidiges, Braunes, Biegsames vorbei. Ein Schwänzchen, dünn wie ein Halm, schwang hin und her. Vier Füße schnellten den schlanken Körper vorwärts.

"Eidechse", flüsterte er.

Auf einem Sonnenfleck verharrte sie und wandte ihm den Kopf zu. Ihr Zünglein schoß vor und zurück. Er streckte die Hand aus, sofort verschwand die Eidechse im Gras.

"Wo bist du hin?"

"Wer?" fragte hinter ihm eine Stimme.

"Meine Eidechse."

"Was soll das! Einfach die Schule schwänzen ... Bloß gut, daß ich dich gefunden hab", hörte er den Jungen sagen. Markus kannte ihn nicht – wer war das? Er war nicht mehr allein auf der Welt.

"War ich lange weg?"

"Warst du. Fräulein Stanek hat mich losgeschickt, dich zu suchen. Dein Schulzeug hast du auch vergessen. Los, komm jetzt!"

Sie rannten los. Markus hielt den Kopf gesenkt, sah im Innern die Lehrerin mit streng erhobenem Kopf, daß ihr Haarknoten den Nacken berührte, sah die große graue Schule mit den vielen Fenstern. Als er hochblickte, ragte die Schule wie eine Festung vor ihm auf. Sein Herz klopfte.

"Mach zu", drängte der Junge, als sie über den Schulhof liefen. "Schnell jetzt."

Durch die offenen Fenster hörten sie die Stimmen der Lehrer. In einer Klasse wurde gesungen: "Maikäfer flieg, dein Vater ist im Krieg ..." Im Treppenhaus umfing sie Kühle. Kleine Schweißperlen standen Markus auf der Stirn. Seine Verwirrung war groß. Sie rannten die Steintreppen hoch, ihre Sandalen klapperten, daß es hallte. Oben stürmte der Junge in die Klasse. Markus folgte ihm zögernd. Alle Kinder sahen zu ihm hin.

"Auf dem Schuttplatz war er", hörte er den Jungen zu Fräulein Stanek sagen.

Die wandte sich ihm mit strengem Blick zu, die Lippen schmal.

"Was bloß wolltest du da?"

"Ich hab eine Eidechse besucht", sagte Markus.

Fräulein Stanek lächelte, die Strenge wich aus ihren Augen. Sie zog Markus an sich und strich ihm übers Haar.

Die Kinder staunten.

Die Taschenuhr

Wenn die Glastüren des Krankenzimmers offenstanden, konnte er vom Bett aus über die Terrasse weg auf einen kleinen See blicken. Es war Spätsommer. Die Kiefern und Silbertannen rochen würzig, ein frischer Wind strich übers Wasser. Das Sonnenstrahlenspiel in den Baumkronen beobachtend, das Gezwitscher der Vögel im Ohr, fühlte er sich wohl. Versuchte er aber aufzustehen, versagten ihm die Beine, er taumelte und mußte sich festhalten, weil alles um ihn sich drehte, langsam erst, dann schneller. Es zeigte ihm, wie krank er noch war.

Eines Tages wurde ein zweiter Patient ins Zimmer gelegt, ein kleiner Vierjähriger, zwei Jahre jünger als Markus. Rainer hatte strahlend blaue Augen, Grübchen im Gesicht und eine flinke Zunge, die selten still stand. Es war, als murmelte ständig ein Bach durch seine Träume.

"Ich hab ein Dreirad, du auch? Und eine Eisenbahn hab ich und einen großen Ball und eine Matrosenmütze und ein Indianerkostüm! Du auch? Und bald werden wir in ein großes Haus einziehen, und wo wohnst du?"

"Wir ziehen auch in ein großes Haus", sagte Markus.

Das ließ Rainer für kurze Zeit verstummen.

Mit der Zeit lernte Markus den Fragen ein beharrliches Schweigen entgegenzusetzen. Zur Ruhe aber kam er immer noch erst, wenn Rainer, vom eigenen Geplapper erschöpft, den Kopf aufs Kissen sinken ließ und einschlief. Dann hörte er wieder die Vögel singen, sah er die Eichhörnchen durch die Bäume huschen und konnte den Lauf der golden glänzenden Sonne im See verfolgen. Er dachte an die Eltern und an Käte und sehnte sich danach, wieder mit Zito, dem Hund seiner Vettern, durch den Wald zu rennen. Manchmal dachte er an die Schule und fragte sich, ob er je nachholen würde, was er in all den Wochen versäumt hatte.

"Ich hab geträumt", sagte plötzlich Rainer, setzte sich im Bett auf, blinzelte und rieb sich die Augen. "Von einem Schornsteinfeger, der hat mich in einen Schornstein gesteckt, und ich konnte nicht mehr raus. Ich hab Angst vor Schornsteinfegern. Du auch?"

"Nein", sagte Markus.

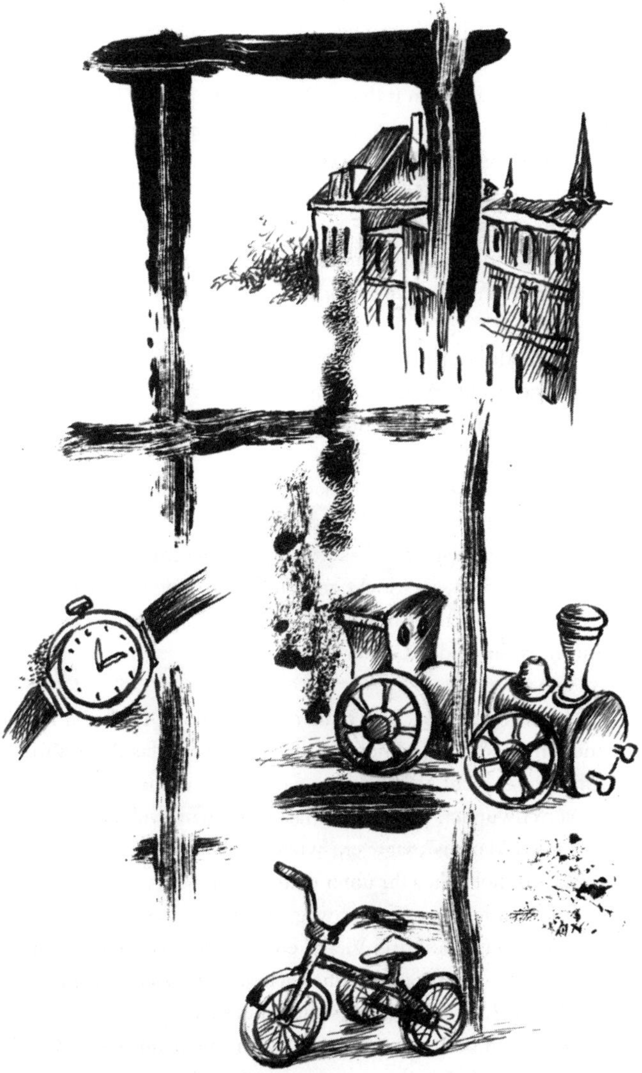

"Aber ich. Schornsteinfeger sind schwarz."
"Sind sie nicht. Bloß rußig."
"Ach ja?" Eine Weile dachte Rainer darüber nach, doch sehr bald fuhr er fort: "Du hast kein Indianerkostüm, oder? Ich hab auch einen großen Bär und einen Goldfisch im Becken und einen Kanarienvogel und ein Schaukelpferd. Und was hast du?"

Markus wandte sich zum Nachttisch und holte aus der Schublade die Taschenuhr aus Nickel, die ihm die Tante geschenkt hatte. Die Uhr hatte ihm bisher so wenig bedeutet wie die Zeit selbst. Doch nun glaubte er, etwas vorweisen zu müssen. Vorsichtig zog er die Uhr auf und hielt sie ans Ohr.

"Weißt du, was ich hier habe?"

Rainer machte Augen und hielt den Atem an.

"Das ist eine Taschenuhr, und sie gehört mir", sagte Markus.

"Zeig mal."

"Nein. Du machst sie bloß kaputt."

"Mach ich nicht. Zeig doch mal."

Markus schlang die Uhrkette um den Bettpfosten, so daß Rainer die Uhr zwar sehen, aber nicht greifen konnte. Die Uhr tickte hörbar, und Rainer betrachtete sie begehrlich. Er preßte die Lippen zusammen, seine Augen verloren den Glanz.

"Gib sie mir!"

Markus blieb hart, und Rainer vergrub das Gesicht im Kissen, bis er endlich wieder einschlief. Als die Schwester das Abendbrot brachte, rührte er es nicht an. Er suchte nach der Uhr am Bettpfosten, und weil sie verschwunden war, sah er Markus vorwurfsvoll an.

"Onkel Markus", sagte er, "wie spät ist es, bitte?"

Markus holte die Uhr unter dem Kopfkissen hervor, warf einen Blick darauf und legte sie wieder weg. "Genau halb sechs", beschied er, obwohl die Zeiger auf drei Viertel eins standen – er hatte noch nicht herausgefunden, wie man die Uhr nach dem Aufziehen stellt.

"Danke, Onkel Markus", sagte Rainer leise.

Von da an belästigte er Markus nicht mehr mit seiner Geschwätzigkeit – wenigstens nicht mehr so viel wie bisher.

Bonbons

Mittagssonne lag über der Prinzenstraße. Stille umfing die stattlichen Villen in prächtigen Gärten, kein Windhauch bewegte die Blätter der Bäume. Markus war allein in der Straße. Er war über einen Zaun geklettert und hatte dabei Hemd und Hose zerrissen, die Kniestrümpfe waren zu den Knöcheln gerutscht. Jetzt saß er auf dem Bordstein, die Arme um die Knie geschlungen, regungslos im Sonnenlicht, das auf seinem zerzausten Haar spielte. Wie so oft gestaltete er für sich die Umwelt neu: Aus dem Feuermelder wurde ein Ritter in voller Montur, die Bäume wurden zu Palisaden einer Burg und die makellos polierten Autos zu Karossen. Plötzlich drangen zwei Fremde in seine Traumwelt ein. An der Hand ihrer Mutter kam ein kleines Mädchen in einem rosa Kleid den Bürgersteig entlanggehüpft. Ihre goldbraunen Locken wippten wie Sprungfedern, und ihr Geplapper durchbrach die Stille wie ein Glöckchen.

Markus blickte auf. Augenblicklich verstummte das Mädchen und sah ihn an. Sie löste sich von der Mutter, kam auf ihn zu und hielt ihm eine prallvolle Tüte hin. Markus nahm die Tüte und schob sie ungerührt unter sein Hemd – er tat, als wäre ihm so etwas nicht neu.

Zufrieden wandte sich das Mädchen um und lief weg. Aus einiger Entfernung sah sie noch einmal zu Markus hin. Sie lächelte. Ernst schaute er ihr nach und erst, als die Prinzenstraße wieder leer war, holte er die Tüte unter seinem Hemd hervor und schob ein Bonbon in den Mund. Da hörte er aus dem Garten hinter sich die Stimme seiner Mutter.

"Wie siehst du nur wieder aus. Man muß sich schämen!"

Er sah sie mit einem seltsam reifen Ausdruck des Erstaunens an.

"Was ißt du denn da?"

"Bonbons."

"Und woher hast du die?"

Er erklärte es ihr.

"Wahrscheinlich hielt sie dich für einen dahergelaufenen Betteljungen."

"Nein", sagte Markus mit Bestimmtheit. "Ich war der Prinz."

MENSCHENJAGD

Plötzlich war Käte bleich geworden und hatte ihn an der Haltestelle aus der Straßenbahn gezerrt. Markus begriff den Grund nicht – was hatte das alles mit ihm zu tun ... Ein Arbeiter war längs der Fabrikmauer die Straße hinuntergelaufen, sich immer wieder umdrehend, seine genagelten Stiefel hatten laut aufs Pflaster geschlagen, noch vor dem Fabriktor war er mit einem Satz zum Sims hochgesprungen, wobei ihm die Mütze vom Kopf gefallen war, oben hatte er sich festgekrallt, sich hochgezogen und war dann hinter der Mauer verschwunden. Eine Pfeife hatte geschrillt. Männer in braunen Uniformen und Schaftstiefeln, Gummiknüppel in den Fäusten waren aufgetaucht. Wo die Mütze lag, hatten sie laut fluchend angehalten.

Während Markus jetzt an Kätes Hand die Straße entlanglief, hörte er hinter sich noch immer die SA-Männer fluchen, und er stellte sich vor, was sie dem Arbeiter antun würden, wenn sie ihn fingen. Ein Windstoß blies ihm Ruß ins Gesicht, seine Augen tränten, alles um ihn her verschwamm – die Mauer, der rauchende Schornstein mit der großen weißen Schrift auf rotem Stein: NIEDER MIT HITLER!

"Renn nicht so, Käte!"

Käte aber zerrte ihn weiter bis hin zu dem Reihenhaus am Ende der Straße. Schnell schloß sie die Tür auf.

"Komm jetzt. Komm rein."

Als sie von innen wieder abgeschlossen hatte, fragte Markus, was wohl der Mann, der da über die Mauer verschwunden war, getan haben mochte. Käte stand gegen die Tür gelehnt und zitterte.

"Wen tot gemacht, oder so?"

"Wie du redest", rief Käte. "Das war doch Helmut. Hast du Helmut nicht erkannt?"

Das hatte er nicht – an dem Sonntag, als Helmut Käte in der Prinzenstraße besucht hatte, war ihm nur dessen kleiner Terrier wichtig gewesen, mit dem er hatte spielen dürfen.

"Das war wirklich Helmut?"

"Aber ja, doch."

Nieder mit Hitler!

"Sie haben ihn nicht gekriegt", tröstete er Käte. Sie drückte ihn an sich. Er löste sich von ihr und sah zu ihr hoch. "Bloß gut, daß sie ihn nicht gekriegt haben."

Geranien und Rosen

Markus hatte Sinn für Blumen. Besonders Rosen mochte er, aber auch Maiglöckchen, Nelken, Kornblumen. Bei festlichen Anlässen aber schenkte er der Mutter meist nur Geranien, die er von seinem Taschengeld bei Herrn Papenbrecht besorgte – ein weiter Weg bis hin zur Gärtnerei. Er bewunderte den hageren Alten mit dem Pferdegesicht und den großen, knorrigen Händen, weil er so geschickt mit Pflanzen umgehen konnte.

Selten nur sah er dort Kunden und hatte sich längst zu fragen begonnen, wie Herr Papenbrecht eigentlich zurechtkam. Es war, als verprellte der fast blinde Wachhund mit seinem bösen Kläffen jeden Fremden. Stets war das Tor zur Gärtnerei geschlossen, und allein schon wenn der Hund zu knurren anfing, kostete es Markus Überwindung, um auszuharren und nicht gleich kehrtzumachen.

Bei seinen Blumenkäufen kam er sich wie der Ritter aus dem Märchen vor, dem erst Einlaß ins Zauberland gewährt wird, wenn er das Ungeheuer erlegt hat. Sobald er am Tor nach Herrn Papenbrecht rief, geriet der Hund in Wut, und bis der Gärtner zwischen den Gewächshäusern auftauchte, hatte sich meist die Fehde derart zugespitzt, daß Markus die Flucht ergriffen hätte, wäre der Hund imstande gewesen, über den Zaun zu springen.

Umständlich begann Herr Papenbrecht mit einem überlangen Schlüssel das Tor aufzuschließen und den grollenden Hund zu besänftigen. Vorsichtig trat Markus ein, wobei er darauf achtete, den Gärtner zwischen sich und dem Tier zu haben. Sein Herz schlug heftig. Und er sagte kein Wort, bis er im Gewächshaus war.

"Na, junger Mann, was soll's denn heute sein?" fragte Herr Papenbrecht wie immer, und Markus gefiel das – er war ja erst sieben.

"Kann Ihr Hund hier rein?"

"Und wenn schon, der tut dir nichts", beruhigte ihn der Gärtner. "Hat dich doch immer bloß angeknurrt?"

"Vielleicht lassen Sie doch besser die Tür versperrt", sagte Markus und erzählte von einem Zirkushund, der neben anderen Kunststücken auch Türklinken bedienen konnte. Herr Papenbrecht hörte aufmerksam zu.

"Könnte mein Gamzo auch", sagte er. "Der ist gelehrig und gefügig – nie tapst der auf Blumenbeete oder reißt Pflanzen aus. Jetzt ist er alt und ein bißchen streitsüchtig, doch solange du meine Blumen nicht anrührst, tut er dir nichts."

"Ich rühr doch Ihre Blumen nicht an, Herr Papenbrecht. Will bloß welche kaufen."

Prompt zählte der Gärtner sein Blumenangebot auf. Markus unterbrach ihn. Schnittblumen welkten zu schnell, während Topfpflanzen länger hielten.

"Ich bleib bei Geranien", entschied er. "Wieviel kosten die heute?"

Herr Papenbrecht verzog das Gesicht. Es verdroß ihn, daß der Junge auch diesmal wieder mit einer Geranie abziehen wollte. Heute würde er ihm Rosen verkaufen, das verlangte sein Berufsstolz. Die Arme in die Seiten gestemmt, den Strohhut so weit zurückgeschoben, daß über seinem wettergegerbten Gesicht ein Streifen weißer Stirn zu sehen war, ließ er sich über etliche Rosenarten aus – er benannte sie, und dabei fielen Worte wie stolz, prinzlich, erlesen.

"Aber Rosen verwelken so schnell", protestierte Markus.

"Das mag schon sein, junger Mann", sagte Herr Papenbrecht, "aber eine Geranie ist eben nur eine Pflanze, während Rosen Seelen haben. Willst du denn deiner Mutter immer nur Geranien schenken?"

Markus gab sich geschlagen und legte seine Ersparnisse in sieben tiefroten Rosen an. Die ließ er sich einwickeln und trug sie vorsichtig an dem tückischen Hund vorbei auf die Straße. Zuhause stellte er sie in eine mit Wasser gefüllte Milchflasche, die er in seinem Zimmer hinter dem Bett versteckte.

Hätte er bloß den Rat des Gärtners nicht vergessen, ihre Stiele unten einzuschneiden – denn als er am folgenden Morgen erwachte, waren die Rosen aufgeblüht und hatten die ersten Blätter verloren. Es trieb ihm Tränen in die Augen. Er riß die Vorhänge auf, und weil er erkannte, daß bis zum Schulbeginn noch Zeit war, zog er sich schnell an und rannte durch die Hintertür aus dem Haus den ganzen Weg bis hin zur Gärtnerei. Außer Atem, den Hund kaum noch fürchtend, der kläffend am Zaun hochsprang, hämmerte er gegen das Tor.

"Herr Papenbrecht, Herr Papenbrecht!"

Sein Rufen hallte durch die Morgenstille, und weil er in der Stube hinter den Gewächshäusern Licht brennen sah, hörte er zu rufen nicht auf. Endlich schlurfte der Gärtner im Pyjama und Hausschuhen zum Tor.

"Wo brennt's denn, junger Mann."

"Was Sie mir alles erzählt haben", rief Markus. "Und jetzt sind all die Rosen hin. Bitte verkaufen Sie mir eine Geranie? Mit dem nächsten Taschengeld bezahle ich alles."

Kurz vor dem Frühstück war er wieder zu Hause, verschwitzt, das Haar zerzaust. Auf dem Küchentisch wickelte er die Geranie aus.

"Alles Gute zum Geburtstag", rief er und umarmte seine Mutter.

Sie betrachtete die Topfpflanze und dankte ihm lächelnd.

"Wieder eine Geranie – wie schön."

Er sah sie an und glaubte ihr nicht.

"Geranien haben auch Seelen. Wie Rosen", versicherte er ihr. Und als sie erfahren wollte, wie er darauf kam, gestand er sein Mißgeschick.

"Bring mir deine Rosen, Mark", sagte sie.

Aber erst Jahre später, als er beinahe zwölf war und sich die ersten Freundschaften mit Mädchen anbahnten, begriff er, warum seine Mutter über die verwelkten Rosen froher gewesen war als über die blühende Geranie.

Spinat

Niemand mußte Markus davon überzeugen, daß Spinat gesund ist, ihm brauchte man nicht zuzureden – ginge es nach ihm, könnte es täglich welchen geben. Aber nein. Meist mußte er gut und gern zwei Wochen auf seine Lieblingsspeise warten, und immer beklagte sich Käte, daß Spinat soviel Mühe machte. Man tat das Gemüse nicht einfach in den Topf, oh nein, jedes Blatt mußte einzeln gepflückt und gewaschen werden – "so will es deine Mutter" –, wirklich mühsam, wenn man bedachte, wie sehr so ein Korb voll Spinat zusammenkochte. Es reichte gerade zu einer normalen Portion für jeden der drei Erwachsenen und einer für Markus. Also begann er zu handeln.

"Hör mal zu, Käte! Was kann ich für dich tun, damit du öfter Spinat kochst?"

"Es gibt ihn oft genug."

"Ein Junge in meiner Klasse hat dauernd Spinat auf dem Brot – sicher kocht seine Mutter jeden Tag welchen. Also kann das nicht so furchtbar viel Arbeit machen!"

"Geh spielen und stör mich nicht."

Er ließ nicht locker. "Ich will auch einen Monat lang für dich einkaufen gehen, wenn du öfter Spinat kochst."

"Was hast du gegen Kraut, Erbsen oder Bohnen?"

"Ich mag Spinat. Sogar zum Schulfrühstück."

"Sei dankbar für Leberwurst, Sardinen, Eier und Anchovispaste – und was sonst noch."

"Anchovispaste", sagte er. "Kann ich dafür, daß ich Spinat mag? Wenn du mir keinen kochen willst, dann mach deine Einkäufe selber."

Aufgebracht verließ er die Küche, ging auf sein Zimmer – und grübelte: Zigarettenbilder, Murmeln, Streichholzschachteln, alles wird in der Schule getauscht. Tut Käte mir den Gefallen nicht, tausche ich meine Frühstücksbrote mit Stoppelkopf.

Am nächsten Morgen aber kamen ihm Bedenken: Vielleicht verweigert sich Stoppelkopf. Was da nicht alles über die Leute aus Dörnerhof, wo Stoppelkopf herkam, geredet wurde – eine Arbeitslosensiedlung aus alten Eisenbahnwaggons hinterm Wald. Er wußte nicht einmal genau, wie Stoppelkopf richtig hieß. Hieß er Paul? Alle nannten ihn wegen seiner kurz geschorenen Haare Stoppelkopf. Selbst Fräulein Stanck rief ihn nicht beim Namen, sondern zeigte bloß auf ihn. Wann war Stoppelkopf zum letzten Mal an die Tafel gerufen worden – ewig her! Immer saß er nur mürrisch in der letzten Reihe, und die Mädchen meinten: "Er stinkt." Mochte stimmen, sagte sich Markus. Stoppelkopfs Sachen waren alt, nur eine Hose besaß er und dieses geflickte Hemd. Einen Pullover hatte er wohl auch nicht, denn wenn es kalt war, behielt er seinen Mantel auch im Klassenzimmer an. Um eines aber war er zu beneiden – Spinat zum Frühstück!

Auf dem Schulweg bedauerte Markus, daß er sich nie groß um Stoppelkopf gekümmert hatte – niemand tat das, weil Stoppelkopf obendrein auch noch stotterte. Immer wurde er rot im Gesicht, wenn er zu sprechen ansetzte, sein Unterkiefer bebte, die Zunge schien ihm schwer im Mund zu liegen. Mit einmal spürte Markus Mitleid – bis ihm wieder Stoppelkopfs Spinat einfiel. Wenn der nun auch gern Spinat ißt und meine Leberwurst und Anchovisbrötchen gar nicht will?

Unnötige Bedenken: Stoppelkopf, der in der Pause in der Ecke des Schulhofs hockte und gerade sein Frühstücksbrot aus dem braunen Packpapier wickelte, nahm das Angebot prompt an.

"W-warum nicht?" sagte er und wurde wie immer rot beim Sprechen. "W-wenn du willst."

Er gab Markus für Eier- und Anchovisbrötchen vier Schwarzbrotschnitten mit kaltem Spinat. Das Anchovisbrötchen klappte er mißtrauisch auf. "W-was ist das?"

"Fischpastete mit Ei", antwortete Markus. "Schmeckt gut. Bloß ich esse lieber Spinat."

Stoppelkopf biß ins Brötchen, kaute und erklärte dann: "Kannst du wieder tun, w-wenn du willst."

"Morgen gibt's Leberwurst oder Salami", versprach Markus.

"W-was ist Salami?"

"Kennst du nicht?"

Stoppelkopf schüttelte den Kopf.

Die Salami, die er am nächsten Tag kostete, schmeckte ihm, auch die Leberwurst und der Käse und am übernächsten Tag die Sardinen, am liebsten aber aß er Anchovispaste mit Ei.

"Dieses Fischzeug", stotterte er, "w-wie heißt das noch?"

"Anchovis", sagte Markus, und Stoppelkopf wiederholte das Wort, um es sich einzuprägen.

Am Wochenende machte sich Markus über den Tauschhandel schon keine Gedanken mehr – er war fair zu Stoppelkopf, und Stoppelkopf war fair zu ihm. Ohne Käte zu bedrängen, würde er jetzt jederzeit zu Spinat kommen.

"Heute kannst du dir's aussuchen", sagte er am Montag zu Stoppelkopf. "Ich hab Salami und Anchovispaste."

Zu seiner Überraschung winkte Stoppelkopf ab.

"Was ist los?"

"Nichts. Kannst dein Frühstück behalten."

"Hast wohl heute kein Spinatbrot für mich?"

"Nein."

Aus der Manteltasche zog Stoppelkopf zwei in sauberes Papier eingewickelte Brötchen. Eins klappte er auf. "Anchovis", behauptete er. "Krieg ich jetzt auch, sagt meine Mutter." Er redete auf einmal fließender, stotterte kaum noch. "Sie hat die Wolldecke verhökert, aus der sie 'nen Pullover stricken wollte – Schafwolle."

"Schön dumm", sagte Markus. "Hättest du nicht zulassen sollen."

Stoppelkopf zuckte die Achseln. "Hab doch meinen Mantel", sagte er. "Und Anchovis, wie du. Das ist besser als ein Pullover, auf jeden Fall."

Damit verfiel er in trotziges Schweigen, wandte sich ab und begann zu essen.

Schulweg

Weil er von der Religionsstunde befreit war, hatte Markus bis zur großen Pause nach Hause gehen können – als er sich das zweite Mal auf den Weg zur Schule machte, blieb er auf halber Strecke stehen. Was trieb der Mann auf dem Dach der alten Fabrik, ihrem Räuber-und-Gendarm-Versteck, was hatte all diese Männer und Frauen in den Hof gelockt, warum starrten sie nach oben?

Markus sah genauer hin und erkannte, daß der Mann auf dem Dach kein Schornsteinfeger sein konnte, allein schon, weil er ein schwarzes Trikot und biegsame Schuhe trug und vom Fabrikdach zum Quergebäude gegenüber ein Drahtseil gespannt war. Von irgendwo drang der dumpfe, rhythmische Schlag eines Tamburins und blechernes Klirren an sein Ohr. Er sah, wie sich durch die Menge eine Zigeunerin in den Hof drängte, die fing plötzlich zu tanzen an, langsam erst, dann schneller, bis ihr schwarzer Zopf und ihre Röcke flogen. Dabei rief sie etwas, das er nicht verstand und zeigte nach oben. Er sah den Mann im schwarzen Trikot zu einer Stange greifen und prüfend einen Fuß auf das Seil setzen, das heftig zu wippen begann.

Im Hof tanzte noch immer die Zigeunerin zum Takt ihres Tamburins. Was mehr Menschen anlockte. Endlich bestieg der Mann auf dem Dach behutsam das Seil. Es war, als hielt er sich beim Vorwärtsschreiten an der Stange fest, die er quer zum Körper vor sich her trug. Auf halbem Weg zum Quergebäude strauchelte er. Markus stockte der Atem. Er spürte ein Sausen im Kopf und sah weg, während ein vielstimmiger Schrei aus der Menge drang. Als er wieder nach oben blickte, sah er den Mann mit nur einem Fuß auf dem Seil schwanken. Markus hielt die Hand vor die Augen, um den Absturz nicht erleben zu müssen. Erst als ein erleichtertes Raunen durch die Menge ging, sah er wieder hoch. Der Mann hatte sich zum Dach des Quergebäudes gerettet. Dort stand er jetzt mit ausgebreiteten Armen wie ein großer schwarzer Vogel.

Die Zigeunerin hatte aufgehört, das Tamburin zu schlagen. Sie sammelte Geld. Die Menge begann sich aufzulösen, bis nur noch wenig Leute übriggeblieben waren. Markus sah die Zigeunerin die Münzen im Tamburin zählen, und als sie fertig war, hörte er sie schrill aufschreien.

"Drei Mark siebzehn – mehr ist sein Leben wohl nicht wert!"
Da ließ er die Schule Schule sein und ging nach Hause zurück – die paar Groschen, die er in das Tamburin werfen konnte, hatten die Summe auf nicht einmal vier Mark gebracht – genau waren es drei Mark und siebenundvierzig Pfennig.

Paradies St. Vinzenz

Zunächst ging es Markus nicht allzu gut – das Bücken fiel schwer, aufrecht gehen auch, ständig schmerzte die Blinddarmnarbe, und das ließ erst am dritten Tag nach. In der Folgezeit aber war er im Krankenhaus so froh und glücklich wie lange nicht – keine Schule oder Schulaufgaben, kein Schulhofdrill, den Lehrern unerreichbar, unerreichbar auch diesem feindseligen Hauswart Gumpert in seinen polternden Schaftstiefeln.

Das Krankenzimmer war sonnig und luftig, Frühlingswärme umgab ihn, wenn vom Balkon auf blühende Bäume sah. Er hatte zu lesen, der Bücherstapel auf dem Nachttisch bot eine große Auswahl. Da waren die Abenteuer der beiden Jungen aus Missouri in Amerika, Huck Finn und Tom Sawyer, die in einer Räuberhöhle zwölftausend Dollar entdeckt hatten, ein Vermögen, das ihnen täglich einen Dollar Zinsen einbrachte – toll! Mit dem Buch hatte er derart zu tun, daß an die anderen Bücher nicht zu denken war.

Plus die Meerschweinchen.

Die kamen auch aus Amerika, hatte ihm Schwester Hedwig erklärt, aus einem Land mit Namen Peru und waren vor Urzeiten Haustiere der Inkas gewesen – aber warum die jetzt tief im Krankenhauskeller in Käfigen gehalten wurden, hatte sie verschwiegen. Ihm genügte, daß er dort Zutritt hatte und sie mit Rüben, Salatblättern und was sonst noch füttern durfte, und das zweimal täglich. Die graubräunlich gesprenkelten

Meerschweinchen waren schwer auseinanderzuhalten, sie glichen sich zu sehr, aber da waren auch schwarze, rotgelbe und weiße – und das größte der schwarzen nannte er Huck, nach diesem Huckleberry, und ein rotgelbes taufte er Tom. Ihm war, als parierten sie auf die Namen – aber das konnte auch falsch sein, sie parierten ja alle, wenn er sie lockte, und krabbelten ihm entgegen.

Wirklich, ihm gefiel es im Krankenhaus. Besonders Schwester Hedwig mit der sanften Stimme, den strahlend blauen Augen, der hohen weißen Stirn unter der Haube hatte es ihm angetan. Er liebte es, wenn sie ihm übers Haar strich, und wäre ihr auch ohne Zugang zu den Meerschweinchen zugetan gewesen – es war nicht so sehr, was sie ihm sagte oder erlaubte, sondern wie sie das tat: ihre Art! Und den Professor Branstner, der täglich mit einer Schar von Ärzten Visite machte, mochte er auch – allein schon, weil er sich immer seinem Vater empfahl. Sie waren im Krieg bis 1918 in einem Regiment, und das schien dem Professor bedeutsam zu sein. Er war kein bißchen so grimmig wie er mit seinen Schmissen über der rechten Wange wirkte, und immer sprach er mit viel Wärme von seinen Vinzentinerinnen, womit er die Krankenschwestern meinte. Besonders Schwester Hedwig schien er auserkoren zu haben – er besprach sich mit ihr wie mit einer Gleichgestellten. Nur daß er ihr dabei vertraulich die Hand auf den Arm legte, mißfiel Markus. Warum eigentlich? Es mißfiel ihm eben. Gut aber fand er, daß der Professor sich die Zeit nahm, ihm von Vinzenz von Paul zu erzählen, nach dem das Krankenhaus benannt war, einem französischen Priester, der vor mehr als dreihundert Jahren ein Pflegewesen für Kranke aufgebaut hatte. "Auch für Jungen mit Blinddarmentzündung?" – "Klar, kleiner Mann – auch für die", hatte ihm der Professor versichert und war dann mit seiner Ärzteschar in der weißen Wolke entschwunden.

Markus war den Tränen nah, als er am Wochenende nach Hause entlassen werden sollte – wegen der Meerschweinchen, wegen Schwester Hedwig, wegen Professor Branstner? Ohne Frage. Aber auch, weil er spürte, etwas Unwiederbringliches würde ihm verlorengehen – hier drinnen war das Paradies, draußen die rauhe Welt.

Dreiundsiebzig

Mit gereckten Hälsen blickten sie der Maschine hinterher, die über ihren Köpfen dahinzog. Ein Passagierflugzeug, vermutete Markus, und sah es stetig kleiner werden, bis es nur noch ein dunkler Punkt am blaugrauen Horizont war.

"Wassergekühlte Doppelmotoren", sagte Hans Merker. "Ich schätze, sie fliegt jetzt mit einer Geschwindigkeit von hundertachtundsiebzig Stundenkilometern."

"Möglich", bestätigte Jürgen Foster. "Planmäßig müßte sie vor genau vier Minuten in Düsseldorf gestartet sein."

"Dieser Typ braucht eine mindestens vierzig Meter breite und über tausend Meter lange Rollbahn", behauptete Werner Kolb.

"Sollte das alles stimmen, müßte die Entfernung zwischen dem Flugplatz und unserer Ecke hier genau vierundzwanzig Kilometer ausmachen", überlegte Klaus Amendt. "Ich hab zwei Minuten für den Start zugegeben und fünf Minuten, bis sie die notwendige Höhe erreicht hat."

Markus hielt es für das klügste, sich nicht zu äußern: Warum sollte er sich wieder eine Blöße geben – wie gestern? Natürlich hatte er gewußt, daß im Mai auf der Avus Manfred von Brauchitsch mit seinem Mercedes Caracciola geschlagen hatte, aber als er ihm eine Durchschnittsgeschwindigkeit von "mindestens hundert" zugetraut hatte, mußten sich die anderen vor Lachen krümmen.

"Hundert!" hatte Hans Merker gerufen. "Menschenskind, da hat ja meine Oma mit 'm Kinderwagen mehr Tempo drauf! Brauchitsch ist mit hundertvierundneunzigkommavier über die Strecke gezischt. Das war doch was! Avus-Rekord und Weltrekord. Und Caracciola fuhr einen Alfa Romeo!"

"Weiß ich ja", hatte Markus erwidert, aber es war nichts mehr zu retten gewesen. Wieder einmal hatte ihm seine gräßliche Unfähigkeit, Zahlen im Kopf zu behalten, einen Streich gespielt.

Gewiß – Nurmi lief schnell, aber wie schnell? Jarvinen warf den Speer weit, aber wie weit? Bausch war großartig im Zehnkampf, aber wie viele von den zehntausend möglichen Punkten hatte er erzielen können?

Markus hatte keine Ahnung, und selbst wenn, hätte er es im nächsten Augenblick wieder vergessen. Die anderen aber, alle vier, kannten die Ergebnisse bis auf die Zehntelpunkte: 8 462,23. Was blieb ihm also übrig, als den Mund zu halten und so zu tun, als wüßte er Bescheid? Er hatte das dunkle Gefühl, daß er wohl niemals imstande sein würde, auch nur die einfachste Rechenaufgabe zu lösen, auch wenn er eines Tages das reife Alter von sechzehn Jahren erreichen sollte, also annähernd doppelt so alt war wie jetzt. Ein Zug hat eine Geschwindigkeit von sechzig Stundenkilometern – wie lange braucht er bis Düsseldorf? Während die anderen rechneten, würde er an einen bestimmten Sonntag denken müssen, einen Ostersonntag vielleicht, als die Familie ausgezogen war, Tante Erna zu besuchen – an den Weg zum Bahnhof im strahlenden Sonnenschein, die Fahrt mit der Bahn und dann weiter im Taxi über die Rheinbrücke ...

"Etwa fünfundzwanzig Minuten", würde er sagen, wenn alle anderen die Antwort längst wußten: Genau neunzehn Minuten und dreißig Sekunden!

Dann aber kam der Augenblick seiner Rechtfertigung. Es war an Werner Kolbs Geburtstag, der jedes Jahr im großen Garten seines Elternhauses gefeiert wurde – ein buntes, sehnsüchtig erwartetes Fest mit Lampions, Wettspielen, Chaplin-Filmen und leckeren Speisen, die auf Tischen angerichtet waren. Markus vergaß diesen Augenblick nie, und noch lange Zeit sonnte er sich im Glanz seines Triumphs – was beinahe wörtlich zu nehmen war, denn er gewann eine große, weithin leuchtende Stablampe als Preis. Dabei hatte er nichts weiter getan, als nach einigen Sekunden scheinbaren Nachdenkens die Zahl Dreiundsiebzig zu rufen. Warum gerade dreiundsiebzig? Markus wußte es nicht. Ebensogut hätte er hundertdreiundsiebzig oder siebenunddreißig rufen können. Die Zahl Dreiundsiebzig fiel ihm rein zufällig als erste ein – das Nachdenken war nur Schein gewesen. Das Ergebnis aber war verblüffend. Von der Eiche her wurde ein Scheinwerfer auf ihn gerichtet – es dunkelte bereits, zwischen den Bäumen und rings um das Schwimmbecken brannten schon die bunten Lampions – und er stand überrascht und vor Freude strahlend auf der Veranda, umringt von zwei Dutzend festlich gekleideter Jungen und Mädchen. Werner Kolbs Vater ging die Treppe zum Garten hinunter und schritt den Mittelweg ab, die Umrisse seiner stattlichen Gestalt verloren sich in der Dämmerung. Dreiundsiebzig Schritte machte er, und genau dreiundsiebzig Meter zeigte auch das Bandmaß an.

Niemand hatte die Länge richtig schätzen können, weder Hans Merker, der sich bis in die technischen Einzelheiten mit Flugzeugmotoren auskannte, noch Werner Kolb, das Geburtstagskind, der alles über Rollbahnen wußte, weder Klaus Amendt, der die Entfernung zwischen dem Flugplatz und jedem beliebigen Punkt exakt errechnen konnte, noch Jürgen Foster, der nicht nur die Geburtstage aller Mädchen aus der Nachbarschaft im Kopf hatte, sondern auch die Abflugzeiten aller in Düsseldorf startenden Passagierflugzeuge – keiner von den vielen, die es versucht hatten. Er allein hatte die Länge des Bandmaßes richtig geschätzt. Geschätzt? Erraten hatte er sie. Aber wer konnte das wissen, solange er es nicht zugab?

Langsam ging Werners Vater den Weg zurück, den er abgeschritten hatte, und der Gärtner, der an diesem Tage als Mann für alles eingesprungen war und den geplagten Dienstmädchen zur Seite stand, rollte hinter ihm das Bandmaß auf.

"Gratuliere, Markus!" rief Herr Kolb mit sonorer Stimme. "Erstaunlich, wirklich erstaunlich ..."

Markus stand kerzengerade und regungslos da und lächelte wie ein Schauspieler im Rampenlicht.

"Wie hast du das erraten, mein Junge?"

"Ich habe es nicht erraten", erwiderte er, daß alle es hören mußten, "ich habe es geschätzt!"

Und einen kurzen, herrlichen Augenblick lang klangen ihm die anerkennenden Zurufe wie stürmischer Applaus in den Ohren.

Die Papageienkrankheit

Beim Frühstück hatte Vater der Mutter etwas in der Morgenzeitung gezeigt, und plötzlich fingen sie an, französisch zu reden – Markus wußte, daß jetzt über ihn gesprochen wurde oder über etwas, das er nicht hören sollte. Er forschte in ihren Gesichtern. Schließlich wandte sich der Vater ihm zu und sagte ernst: "Traurig, traurig – aber es hilft nichts. Du wirst dich von deinen Wellensittichen trennen müssen."

Ihm stockte der Atem. Er sah den Vater an.

"Die Vögel müssen vernichtet werden."

Sein Wellensittichpaar, ein Geburtstagsgeschenk, sollte vernichtet werden – das war so ungeheuerlich, es verschlug ihm die Sprache.

"Es gibt dafür sehr ernste Gründe", fuhr der Vater fort, und er begann zu erklären, wie ansteckend die Papageienkrankheit sei und daß man daran sterben könne. "Aus Mülheim wurden in letzter Zeit mehrere Fälle gemeldet, und gestern mußte ein Mädchen deines Alters ins Krankenhaus – stand alles in der Zeitung."

"Aber Mülheim ist weit!", protestierte Markus, und es überzeugte ihn nicht, als der Vater ihn darauf hinwies, wie oft sie schon zu Fuß dorthin gewandert waren – jene Sonntagnachmittagsausflüge waren ihm stets endlos vorgekommen. "Du weißt, wie weit Raffelberg von hier aus ist – und nach Mülheim ist es auch nicht viel weiter. Nein, die Vögel müssen weg."

Er nahm sich zusammen – nie je hatten Tränen den Vater umgestimmt. Er stürzte vom Frühstück weg auf sein Zimmer. Die Wellensittiche zwitscherten auf den Stangen im Käfig, lebensfroh wie immer – wer im Haus würde die Untat über sich bringen? Selbst der Vater nicht. Sie würden wieder diesen Kerl herholen müssen, der einmal vor seinen Augen ein lebendes Huhn geköpft hatte. Aber der war Hals über Kopf nicht aufzutreiben. Vater ging jetzt ins Büro, und bis die Schule aus war, würde kaum was geschehen – alles ließ sich verhindern, wenn er die Vögel einfach wegbrachte. Aber zu wem? Nur Herr Papenbrecht, der Gärtner, kam in Frage – der war alt und einsam und würde die Wellensittiche hüten, bis man sie wieder nach Hause holen konnte.

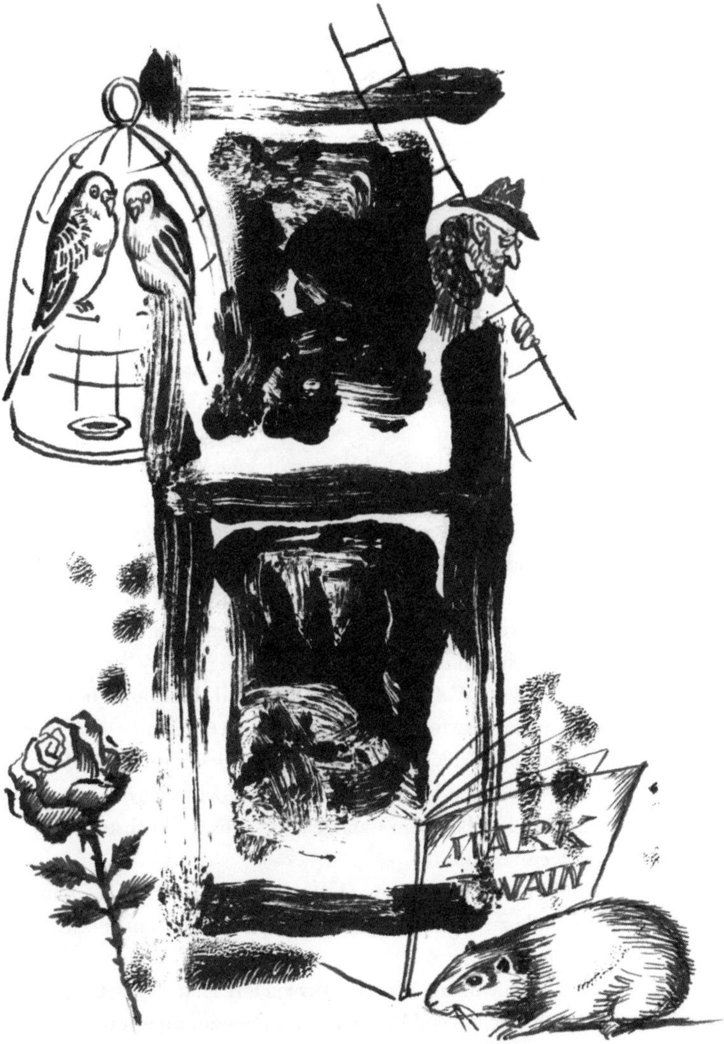
MARK
TWAIN

"Ja, so machen wir das", versicherte er den Vögeln und streichelte ihr Gefieder mit den Fingerspitzen.

Doch als er aus der Schule kam – er war den ganzen Weg gerannt! –, stand auf dem Fensterbrett statt des Vogelkäfigs ein Goldfischbecken.

"Mutti!" rief er gellend durchs Haus. "Wo sind meine Wellensittiche?"

"Wir haben sie vor einer Stunde beerdigt", sagte die Mutter, als er sie endlich gefunden hatte.

"Ihr habt sie umgebracht!"

"Nein, sie sind eingeschlafen und nicht wieder aufgewacht. Sie müssen schon lange krank gewesen sein."

"Lüge!"

Er raste die Treppe hinunter und in die Küche.

"Wer hat meine Wellensittiche umgebracht?"

"Deine Mutter hat dir Goldfische gekauft", sagte Käte. "Hast du die noch nicht gesehen?"

"Goldfische, Goldfische! Wo sind meine Wellensittiche?"

Als Käte nicht gleich antwortete, rüttelte er am Küchentisch und stieß dabei eine Kristallvase um, die auf den Fliesen zerschellte.

"Wo sind meine Wellensittiche?"

Seine Mutter, die herbeigeeilt war, konnte nicht an ihn heran, weil der Tisch sie trennte, und Käte wagte nicht, sich einzumischen – Markus war kreidebleich und schien zu allem fähig.

"Ich will die Wahrheit!" forderte er, und als er sie schließlich erfahren hatte – von der Mutter, von Käte? Egal von wem! – floh er durch die Küchentür in den Garten, kletterte über den Zaun in die Moltkestraße, wo, an deren Ende, wie er wußte, der Lumpensammler auf einem Grundstück neben dem Bahngelände hauste – höchstens fünf Minuten weg, wenn er rannte.

Und Markus rannte, bis er fast mit dem dürren Mann zusammenstieß, der gerade zu seiner nachmittäglichen Lumpen-und-Flaschentour aufbrechen wollte.

"Haben Sie meine Wellensittiche, Herr Klatt?" fragte er atemlos.

"Die hab ich, jawohl", gab der Lumpensammler mürrisch zu.

"Ich will sie wiederhaben – bitte!"

Der Mann zeigte grinsend seinen zahnlosen Gaumen. "Oho!" rief er. "Geschenkt ist geschenkt, und wieder holen ist gestohlen."

"*Ich* hab sie Ihnen nicht geschenkt", rief Markus. "Ich will sie wiederhaben."

"Komische Rede für den Sohn von 'nem Rechtsanwalt", sagte der Lumpensammler, schob seinen Handwagen auf die Straße und schloß die Tür ab

"Wann kriege ich also meine Wellensittiche wieder?"

Der Mann sah Markus durchtrieben an. "Du kannst sie ja irgendwann zurückkaufen", schlug er vor. "Dein Vater hat Geld genug."

"Wieviel wollen Sie?" fragte Markus mit zitternder Stimme.

"Fünf Mark für die Vögel und fünf für den Käfig. Überleg's dir!"

Damit packte er die Stange seines Handwagens und zog los.

Markus stand ratlos da. Er griff in den Drahtzaun, der das Grundstück von der Straße trennte, und sah suchend über die Berge von Lumpen, Gläsern, Flaschen und Pappkartons – der Vogelkäfig war nirgends zu sehen, und als der Zug, der gerade kam, vorbeigestampft war, horchte er angestrengt, ob seine Wellensittiche nicht irgendwo zwitscherten. Kein Laut kam. Sie mußten eingesperrt und unerreichbar für ihn sein. Wieder holen ist gestohlen – verlogene Sprüche! dachte er mit einer Bitterkeit, die sich gegen alles und alle richtete – die verfluchte Papageienkrankheit, die Entscheidung des Vaters, den Täuschungsversuch der Mutter, Kätes Anteil daran, und schließlich dieses schändliche Angebot des Lumpensammlers, das jeder Gerechtigkeit hohnsprach. Zehn Mark – niemals werde ich so viele Flaschen sammeln können!

Mutprobe

Vor der Tierhandlung in der Bismarckstraße, wo er Futter für seine Goldfische besorgen wollte, hatten ihn zwei Hitlerjungen angerempelt, die bestimmt drei Jahre älter als er waren, vielleicht mehr.

"He, du, halt mal an! Bist doch der Sohn von diesem Rechtsverdreher Epstein – oder?"

Markus sah die beiden an. "Was wollt ihr von mir?"

"Bist doch der Sohn von diesem Juden?"

"Quatsch!"

"Quatsch", höhnten die beiden. "Sieh einer an. Und wo wohnst du?"

"Weit weg – irgendwo draußen."

"Aber'n Jude biste, das sieht man doch!"

"Quatsch", wiederholte er mit zitternden Lippen. "Und jetzt laßt mich in Ruh!"

Da riß ihm der eine die Mütze vom Kopf und warf sie in den Rinnstein.

"Hol sie dir, Itzig", forderte er, und Markus bückte sich danach und floh.

Quatsch, hämmerte es in seinem Kopf, und das Gefühl der Scham wuchs und wuchs in ihm, es gab kein Entrinnen …

"Komm herunter", flehte seine Mutter, "Markus, hörst du mich, komm vom Dach herunter!"

Er lag auf dem Bauch, klammerte sich an den Rand des Mauervorsprungs, der den flachen Teil des Daches begrenzte, und blickte auf seine Mutter herab. Wie sie da von der Straße her zu ihm hochsah, wirkte ihr Gesicht groß im Vergleich zur Gestalt. Eine Haarsträhne hatte sich gelöst und fiel seitlich weg. Sie hielt die Hände überm Kopf und rief beschwörend: "Ich fleh dich an, komm vom Dach!"

Er richtete sich auf, kam vorsichtig auf die Füße und begann wie ein Seiltänzer den schmalen Mauervorsprung entlangzubalancieren. Er fühlte sich schwindlig, ihm grauste vor dem Absturz, und blieb entschlossen, seinen Mut zu beweisen.

"Um Gottes willen, Mark, komm vom Dach!"
Er drehte sich um und ging einen Fuß vor den anderen setzend vorsichtig zurück. An der Ecke des Mauervorsprungs blieb er stehen – Bäume, die Hecken der Vorgärten, Blumenbeete drehten sich vor seinen Augen. Alles in der Prinzenstraße drehte sich. Und auch die Mutter wurde in diesem Strudel erfaßt. Er schwankte und fand sein Gleichgewicht erst wieder, als er nach oben in den Himmel sah. Allmählich ließ das Schwindelgefühl nach, und er wagte einen weiteren Blick in die Straße.
"Markus, ich flehe dich an!"
"Hast du mich lieb, Mutti?" rief er.
"Ja doch, ja doch. Bitte, komm runter!"
Er kniete sich auf den Mauervorsprung, behutsam legte er sich wieder auf den Bauch und fühlte sich sicherer.
"Ich komm", rief er, "wenn du versprichst, daß du mich lieb hast."
"Halt dich fest", rief sie außer sich, "ganz fest!"
"Was sagst du? Ich versteh dich nicht."
"Ich hab dich lieb. Und jetzt komm vorsichtig runter – hörst du!"
"Du hast mich lieb. Wirklich?"
"Ja, ja!"
Da robbte er bis zur Mitte des Mauervorsprungs, zog sich an den Haken im Ziegeldach hoch, erreichte das offene Oberlicht und sprang auf den Dachboden ...
Als er mit zerschundenen Armen und Beinen im Erdgeschoß anlangte, fand er die Mutter in der Diele. Sie saß auf dem Stuhl, hielt das Gesicht in den Händen und weinte.
"Warum hast du mir das angetan? Du hättest zu Tode stürzen können – warum bloß, warum hast du mir das angetan?"
"Ich weiß nicht warum", erwiderte er tonlos. "Ich wollte doch nur wissen, ob du mich noch lieb hast, weil ... weil ..." Wieder quälte ihn dieses "Quatsch", das er den Hitlerjungen feige entgegnet hatte. Feige, diese Feigheit!
"Ach, ich kann dir nicht sagen, warum."

Das Buch

Was gingen einen Zehnjährigen durchweg fünfzehnjährige Tertianer an? Viel, fand Markus, als er das Buch "Der Kampf der Tertia" ausgelesen hatte, sehr viel! Was für eine spannende Erzählung – und wie sie dann am Ende mit ihren Schildern durch das Städtchen marschiert waren, die gesamte Klasse mit der Diana vorneweg: Helden!

Selbst hatte Markus zwar nie eine Katze besessen, nie auch nur mit Katzen zu tun gehabt, doch Zito, dem Schäferhund seiner Vettern, war er sehr zugetan, und darum fühlte er sich eins mit einer Schülerschar, die sich vor die Hunde und Katzen des Städtchen gestellt und so deren Leben gerettet hatte.

Was für ein finsterer Ort das sein mußte, wo alle Hunde und Katzen gefangen und getötet werden sollten – warum bloß! Und was für ein Prachtmädchen, diese Diana, die zum Widerstand aufgerüttelt hatte. Er sah sie vor sich, schlank und braun wie eine Indianerin, mit dunklem, langem Haar und stolzem Blick. Tatendurstig, trotzig, angriffsbereit – und tierlieb, das vor allem. Und wie dann die Jungen der Tertia Diana durch die Straßen des Städtchens gefolgt waren, mit Schildern in den erhobenen Fäusten und anhaltenden Sprechchören: ES LEBE DER HUND – ES LEBE DIE KATZE!

Wunderbares Buch, wunderbare Diana, wunderbare Tertianer aus dieser wunderbaren Waldschule. In eine solche Schule hätte er gehen mögen, mit Blockhütten unter Bäumen, Rasenflächen für Ballspiele und einem Park, wo Rehe grasten, Vögel sangen und sich die Sonne in Teichen mit bunten Fischschwärmen spiegelte.

Damit verglichen war sein Gymnasium eine düstere Anstalt, kalt wie Stein, mit Lehrern, die fast alle kalt wie Stein waren – Paukern eben, ganz anders als die Lehrer der Waldschule, die ihre Schüler begriffen und zu ihnen standen. Wer von ihren Studienräten stand zu ihm? Einer, vielleicht, Dr. Engelbrecht, der Deutschlehrer – die anderen ... unnahbar und, in seiner Vorstellung, allesamt Feinde, ihm feindlich. Er dachte an Studienrat Walzer, dessen SA-Sturm grölend durch die Prinzenstraße marschiert war: HENKT DIE JUDEN – STELLT DIE BONZEN AN DIE WAND ...

Wie kam das Paradies einer solchen Waldschule ins Umfeld eines so verruchten Städtchens, und war das Auftauchen dieser Diana nicht phantastisch, der Anklang ihres Aufrufs nicht erstaunlich, war die Rettung all der Hunde und Katzen nicht das größte aller Wunder – es lebe der Hund, es lebe die Katze ...

Kaum je hatte ein Buch ihn so aufgewühlt. Solche Freunde wünschte er sich, und eine solche Gemeinschaft – die Hitlerjugend mochte eine Gemeinschaft bilden, für Hans und Jürgen, Werner, Klaus und all die anderen aus der Nachbarschaft, doch nicht für ihn. Solche, wie die aus der Waldschule, aber würden ihn aufnehmen und nie verstoßen, die waren gerecht und mutig und liebten Tiere. Es lebe der Hund, es lebe die Katze ...

Und konnte es auf der ganzen Welt ein schöneres, ein mutigeres Mädchen geben als Diana?

Schwester Julchen

Obwohl Markus mit seinen elf Jahren einer der Jüngsten in der Gruppe aus dem Rheinland war, die in ein Erholungsheim nach Bayern fuhren, erkannte auch er sehr bald das Wesen von Schwester Julchen, die es übernommen hatte, sie zu ihrem Bestimmungsort zu bringen. Allein schon wie sie aussah, verriet sie: alles an ihr war rund und weich – das Gesicht, die dunklen Augen, die mollige Gestalt. Ständig lief sie in dem Dritter Klasse D-Zug-Wagen hin und her und rief mit matter, ein wenig weinerlicher Stimme "zusammenbleiben", "gute Kinder sein" und "keinen Kummer machen". Am liebsten hätte sie ihren blauen Umhang über die zwölf Jungen gebreitet, wie eine Glucke die Flügel über ihre Küken. Mit der Zeit aber verlor sie durch ihre übertriebene Besorgnis auch den letzten Rest an Autorität. Die Jungen streiften durch den Zug bis hin zum Speisewagen, steckten ihre Nasen in fremde Abteile, kletterten über

Koffer im Gang und sahen irgendwo fern von ihren Plätzen auf die vorbeifliegende Landschaft.

Anfangs hatten die Reisenden Schwester Julchen die Achtung entgegengebracht, die eine Uniform in den meisten Deutschen weckt. Als aber ihre Hilflosigkeit immer offensichtlicher wurde, verlor sie zusehends an Ansehen. Schließlich pflanzte sich ein SS-Mann vor ihr auf und drohte, unbeeindruckt von dem Kriegsverdienstkreuz an ihrer Tracht: "Wenn Sie Ihre Judenbrut nicht zusammenhalten, jagen wir die ganze Bagage nach Palästina!" Angstvoll blickte Schwester Julchen zu dem Mann mit dem Totenkopfabzeichen hoch und rief dann mit schriller Stimme: "Kinder – Kinder!"

Markus ging zu ihr. "Schwester Julchen, was ist?"

"Ruf die anderen her", flüsterte sie ihm erregt zu.

"Was haben Sie bloß?"

Sie schüttelte nur den Kopf und wiederholte ihre Bitte.

Markus musterte den SS-Mann, wohl war ihm dabei nicht, er nahm Schwester Julchen beim Arm und führte sie zu ihrem Eckplatz im Abteil.

"Was hat er denn gewollt?"

"Gar nichts", stieß Schwester Julchen hervor. "Ich habe einen Migräneanfall, das ist alles." Mit zitternden Fingern zog sie die Klemmen aus ihrem dichten dunklen Haar und nahm die Schwesternhaube ab. "Schreckliche Kopfschmerzen, weißt du."

Markus legte ihr die Hand auf die Stirn.

"Das tut gut", sagte sie, lehnte sich zurück und schloß die Augen.

Er blickte sich um. Alle im Abteil starrten zu ihnen hin: die dicke Frau mit dem Dackel, der hagere Mann mit steifem Kragen und Kneifer, die zwei blonden Mädchen in Dirndlkleidern. Vor dem Fenster glitt das liebliche Rheintal vorbei, unter dem hellen Abendhimmel spiegelten sich Hügel und Weinberge im Fluß, auf einer Burg wehte eine Hakenkreuzfahne. Noch immer stand der SS-Mann breitbeinig im Gang.

"Vielleicht haben Sie Pyramidon dabei", sagte Markus zu Schwester Julchen. "Ich bring Ihnen ein Glas Wasser."

"Nein, hole die anderen her. Bitte – sie sollen alle herkommen."

Markus schlüpfte an dem SS-Mann vorbei auf den Gang hinaus, und kaum zehn Minuten später drängelten sich alle zwölf Jungen vor der Abteiltür. Noch immer saß Schwester Julchen zurückgelehnt in ihrer Ecke. Tränen rannen ihr langsam über die Wangen.

"Kinder", hauchte sie, "ich möchte nicht, daß ihr überall herumlauft. Ihr seht ja, mir geht es nicht gut, und ich bin für euch verantwortlich. Bitte, versprecht mir ..."

Ein rauhes Lachen übertönte ihre Worte. Die Jungen blickten zu dem SS-Mann.

"Na, seid ihr alle wieder da?" fragte der. "Das ganze Dutzend voll."

Schwester Julchen hob einen Finger an die Lippen. Die Jungen schwiegen.

"Bleibt auf euren Plätzen, bis wir in München sind."

Weniger aus Gehorsam als aus Mitleid mit Schwester Julchen verteilten sich die Jungen in ihre Abteile. Als nur noch Markus bei ihr war, erhob sie sich und ging in den Gang hinaus. In der Hand umklammerte sie etwas, und dann hörte Markus sie zu dem SS-Mann sagen: "Das hier hat für mich keinen Wert mehr."

Verdutzt sah der Mann erst Schwester Julchen an, dann auf das Kriegsverdienstkreuz in ihrer Hand. "Das lassen Sie mal stecken", meinte er.

Schwester Julchen aber hatte den Orden schon vor seine Füße fallen gelassen und war ins Abteil zurückgekehrt, wo sie sich wieder in die Ecke setzte und das Gesicht in den Händen verbarg.

Zito

Zito war nicht sein Hund – doch als er nach der Auswanderung der Vettern die Pflege übernahm, betrachtete Markus sich bald als sein Herrchen. Ihm, und niemandem sonst, sollte jetzt dieser schöne, braunschwarze, oft preisgekrönte Schäferhund gehören. Weit mehr noch als die Preise aber beeindruckte ihn, daß Zito ihm aufs Wort parierte. Und wie geduldig er sich von ihm zausen ließ, ohne je auch nur nach seiner Hand zu schnappen. Selbst wenn er sich übermütig auf ihn warf, Zito balgend auf den Rücken rollte, biß der Hund nicht zu, gab nur, ging es ihm gar zu bunt, ein warnendes Knurren von sich. Streichelte Markus ihn, dann war er gleich wieder friedlich. Nie zuvor hatte sich ihm ein anderes Wesen so bedingungslos ergeben. Nach kurzer Zeit schon hätte er sich eher von jedem seiner Freunde als von dem Hund getrennt. Er liebte Zito. Was Wunder, daß ihn eine Leere, ihn tiefe Traurigkeit befiel, als ihm eines Tages kein freudiges Bellen mehr entgegenklang. Wo war Zito, was war passiert?

"Es ist über ihn verfügt worden", sagte Onkel Eugen.

Markus begriff das Wort nicht – verfügt? Allein schon deswegen gab er keine Ruhe, bis er erfahren hatte, daß tags zuvor zwei Männer gekommen waren, um Zito abzuholen. Er sollte als Polizeihund abgerichtet werden. Zito – ein Polizeihund! Damit wollte und konnte Markus sich nicht abfinden. War das nicht rückgängig zu machen? Irgendwie! Vielleicht half es, wenn er hinlief und inständig um den Hund bat. Wie sahen die beiden Männer denn aus?

"Sag mir das, Onkel Eugen!"

"Sie trugen Hüte und Ledermäntel mit Hakenkreuzen in den Aufschlägen."

Das schien Markus eher eine Warnung als eine Beschreibung zu sein, und er erwiderte verwirrt: "Und mit denen ist Zito einfach so mitgelaufen?"

"Am Ende schon", sagte der Onkel, und deutete dann auch an, wohin sie den Hund gebracht hatten. "Nach Essen, wie ich hörte."

"So weit!" Nur einmal war Markus in dieser Stadt, nach einer beträchtlichen Zugreise durch düstere Industrielandschaften mit rauchenden Schloten, und der Gedanke, daß Zito nun irgendwo zwischen Bergwerken und Fabriken verschollen war, bestürzte ihn. "Dort finde ich ihn nie!"

"Es hat ja auch keinen Sinn", meinte Onkel Eugen.

Vorwurfsvoll sah Markus ihn an. Dann aber verriet ihm der Ausdruck des Onkels, daß er sich nicht hatte fügen wollen, sondern fügen müssen – etwas von der Macht, die es den beiden Männern ermöglicht hatte, Zito abzuholen, hatte sich auch auf Markus übertragen. Wortlos hockte er sich auf die Hundehütte neben dem Haus. Er starrte ins Nichts und dachte so sehnsüchtig an Zito, daß er glaubte, ihn winseln zu hören und zu sehen, wie der Hund die Schnauze hob und ihn musterte. Als er ihm zurief, spitzte er die Ohren. Und dann liefen sie wie gewohnt bis hin zum Botanischen Garten und in den Stadtwald hinein. Zito hielt sich dicht an seiner Seite, leichtfüßig und locker auf Wegen, über denen die Blätter im Winde rauschten. Sie liefen, bis sie das Waldhäuschen erreicht hatten, in dem sie unterschlüpften. Hier sind wir sicher, hier findet uns keiner, stieß er atemlos hervor. Der Hund schien ihn zu verstehen, er preßte sich an ihn, und Markus barg den Kopf in seinem Fell. Jetzt erst kamen ihm die Tränen. Denn er fühlte ja nichts, roch nichts, hörte nicht den leisesten Hundelaut. Die Vision von Zito war zerstoben. Es gab keinen Zito mehr, kein Balgen auf der Wiese, keine Jagd durch den Wald, und niemals mehr würde Zito für ihn über Zäune und Gräben setzen oder, kraftvoll schwimmend, aus dem Fluß einen Stock apportieren. Zito war unter die Fuchtel geraten – endgültig! Mit der Peitsche oder mit Tritten gar würden sie ihn abrichten, bis er ein Polizeihund und nicht mehr sein Zito war. Essen! Weit war das, wo sollte er ihn suchen, und was war auszurichten gegen Männer mit Hakenkreuzen in den Aufschlägen von Ledermänteln ...

Doch dann – schwacher Mensch, starkes Tier! – nach vier langen Tagen, als längst auch Markus sich jener ruchlosen Verfügung gebeugt hatte ...

"Zito, bist du das? Bist das wirklich du?"

Im Dämmerlicht, vor seines Onkels Haus, stand Zito – zerzaust und, das spürte Markus gleich, irgendwie von Sinnen. Ein durchgebissenes Stück Lederriemen hing festgehakt an seinem Halsband. Er winselte nur, als Markus die Arme um Zitos Hals schlang, schlich ihm mit geducktem Kopf in den Garten nach und verkroch sich in die Hundehütte. Zwar schleckte er den Wassertopf leer, den Markus ihm hinstellte, doch er fraß nicht – nicht an diesem Abend und auch nicht am nächsten Tag, als die zwei Männer in Hüten und Ledermänteln kamen, um ihn wiederzuholen.

Die Musikstunde

Von seinem Ausguck auf dem Dach konnte Markus Fräulein Silberstein in die Prinzenstraße einbiegen sehen. Sie humpelte den Bürgersteig entlang, es war, als zöge sie ihren Klumpfuß wie ein Gewicht hinter sich her. Trotz des warmen Sommerwetters trug sie einen Filzhut und einen Mantel aus dunklem Stoff, und das machte, daß sie von oben ein wenig unheimlich wirkte. Seit Tante Jeanette ihm zum elften Geburtstag vor sieben Monaten eine Flöte geschenkt hatte, gab ihm Fräulein Silberstein Unterricht, und nie hatte er sie anders gekleidet gesehen: ob Regen oder Sonnenschein, jeden Mittwoch, zehn Minuten vor vier kam sie in ihrem Hut und Mantel angehumpelt, die Aktentasche mit Noten unterm Arm, mit denen er noch immer nicht viel anzufangen wußte – irgendwelche Zeichen zwischen fünf parallellaufenden Linien. Ihm fehlte die Geduld, sie näher zu bestimmen, und da er ohnehin nicht musikalisch war, blieb der Unterricht für ihn und die Musiklehrerin eine Strafe. Ihm war klar, daß aus dem Ganzen nichts werden würde und ihm graute vor dem Tag, an dem er sich mit der Flöte vor der Familie würde produzieren müssen – alberne Liedchen wie "Guter Mond, du gehst so stille" oder "Ein Männlein steht im Walde" waren lächerlich für einen Quintaner.

Während Fräulein Silberstein sich dem Haus näherte, erwog Markus vom Dach zu verschwinden und durch die Küche und den Garten auf das unbebaute Grundstück zu entwischen, wo man ihn so schnell nicht finden würde. Kam es anders, wäre immerhin die Musikstunde ein ganzes Ende verkürzt. Aber was brachte das? Rundum wirksam war das nicht. Nein, entschied er, mit den Musikstunden mußte ein für allemal Schluß sein. Er schlüpfte durchs Dachfenster auf den Boden und war gerade in seinem Zimmer angelangt, als er es an der Haustür läuten hörte. Schnell entnahm er seinem Pult die Sparbüchse. Sie wog schwer in der Hand von den vielen Kupfermünzen und den beiden Fünfmarkstücken, die ihm für das ersehnte Fahrrad geschenkt worden waren. Einen Augenblick zögerte er, dann rannte er aus dem Zimmer und die Treppe hinunter.

"Markus, Fräulein Silberstein erwartet dich!" hörte er Käte rufen.

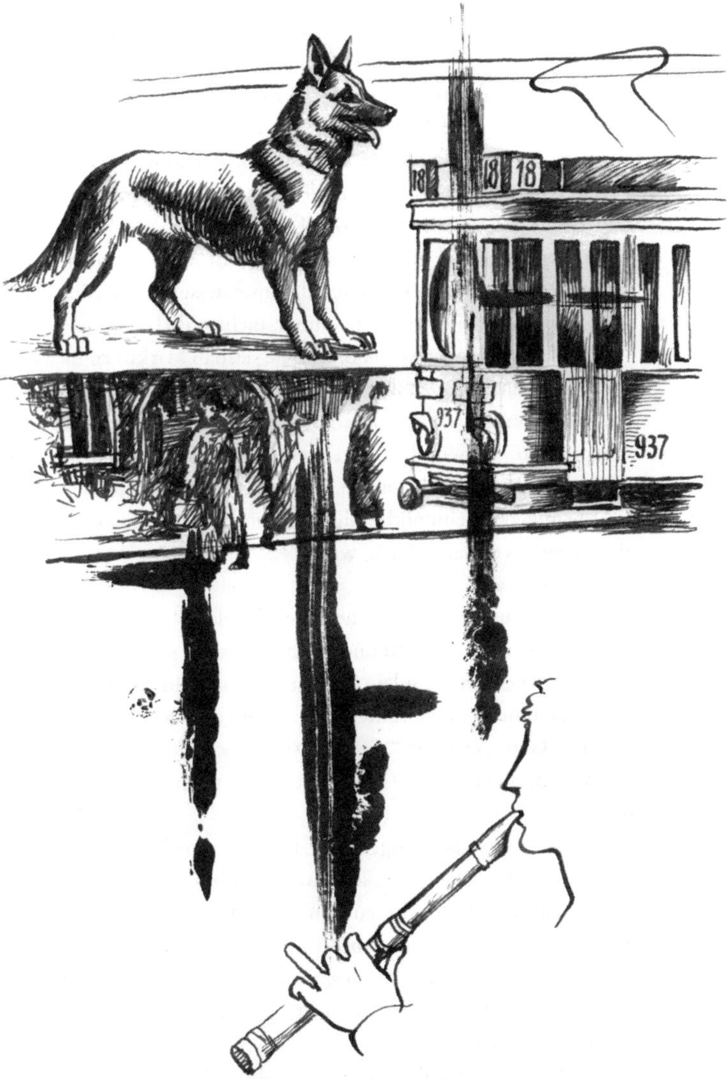

18
18
18
937
937

Erfreut über sein überraschend pünktliches Erscheinen, versuchte die Lehrerin ein Lächeln. Es war, als stülpe sie es über wie eine Maske. Sie schwitzte, ihre Stirn war feucht, ihr Atem ging noch schwer. Der Weg von der Straßenbahnhaltestelle bis zur Prinzenstraße mußte sie mehr als sonst erschöpft haben. Markus sperrte sich gegen sein Mitleid und musterte sie. Nein, er würde sich nicht erweichen lassen – diesmal nicht!

"Du wirst seit der letzten Stunde fleißig geübt haben", sagte Fräulein Silberstein und setzte sich auf den Klavierhocker. Mit ihrem Klumpfuß konnte sie das Pedal nicht erreichen, darum stand sie noch einmal auf und schraubte den Hocker tiefer, dann setzte sie sich wieder. "Wir fangen mit der Tonleiter an – wie immer, nicht wahr!"

Ihre bleichen Finger knetend, wartete sie, daß Markus endlich die Flöte vom Klavier nahm. Der aber ließ sie liegen, öffnete seine Sparbüchse und goß die Münzen auf das Tischchen neben dem Klavier, daß sie laut schepperten. Verwundert und nicht wenig ungehalten sah Fräulein Silberstein ihn das Geld zählen.

"Es sind genau einunddreißig Mark und zwanzig Pfennige", hörte sie ihn sagen, als er damit fertig war.

"Was soll das?"

"Die sind für Sie – ich hab die Musikstunden über, ich will nicht mehr. Bitte nehmen Sie das Geld und lassen Sie es gut sein."

Wieder versuchte Fräulein Silberstein zu lächeln, Markus sah, daß sich ihre Augen mit Tränen füllten. Sie wandte das Gesicht ab.

"Mein Gott", sagte sie, "das kannst du doch nicht tun!"

"Warum nicht?" erwiderte Markus. "Es ist mein Geld. Das Fahrrad hat Zeit."

"Junge, mein lieber Junge! Bitte, tu mir das nicht an!"

Doch Markus blieb hart, so schwer ihm das auch fiel. Sie stand vom Hocker auf und humpelte zu ihm hin. "Welch eine Schande!" rief sie. Selbstmitleid und die Erkenntnis ihres Daseins schienen sie niederzudrücken wie eine Last. "Als ob ich deine Ersparnisse annehmen könnte, als ob ich sie annehmen würde! Bitte, pack das Geld weg!"

"Aber Fräulein Silberstein ... "

"Weißt du eigentlich", unterbrach sie ihn, ruhiger jetzt und mit Würde, "daß ich früher, ehe die Nazis kamen, Schüler unterrichtet habe, die wirklich begabt waren, junge Talente, die heute Konzerte geben! Es ist nicht meine Schuld, daß mir nur noch die jüdischen Schüler geblieben sind. Und selbst von diesen wenigen verliere ich einen nach dem anderen, sie wandern aus in fremde Länder ... und nun willst du ... Markus, lieber Markus, das kannst du mir nicht antun!"

"Aber Sie haben doch immer gewußt, daß ich unbegabt bin", sagte Markus. "Nie werde ich richtig Flöte spielen können."

"Du mußt dir nur mehr Mühe geben", erwiderte sie schwach.

"Ich hab's doch versucht!"

"Nein", sagte sie. "Ich kann nicht auch dich noch verlieren. Wie soll ich denn mit nur zwei Schülern in der Woche leben?"

Markus schob auf dem Tisch die Münzen zusammen. "Das hier wird helfen."

"Wie du mich mißverstehst!" rief sie. "Um's Geld geht es nicht, begreifst du das denn nicht? Ich habe Ersparnisse. Nein, nicht das Geld zählt. Ohne Arbeit würde ich mich ganz ohne Daseinsberechtigung, würde ich mich ausgestoßen fühlen. Du bist doch alt genug, das zu verstehen!"

"Ja, ich bin alt genug", antwortete Markus. Er sah, wie ein Schimmer verzweifelter Hoffnung ihr Gesicht erhellte. "Ich will mich bemühen, Flöte spielen zu lernen, Fräulein Silberstein."

INQUISITION

"Sind denn meine Augen nicht blau?"

"Doch."

"Und mein Haar, ist es nicht blond?"

"Und welche Farbe hat mein Blut?" wollte sie dann wissen.

Verwirrt sah Markus seine Cousine Charlotte an. Ihr Zimmer, hoch oben im vierten Stock des Mietshauses in Düsseldorf, erschien ihm auf einmal erdrückend klein. Er fühlte sich eingezwängt zwischen den

Wänden und wich zurück bis zur Tür. Aber Charlotte kam ihm zuvor. Sie drehte den Schlüssel im Schloß herum und zog ihn ab. Ehe er ihr den Schlüssel wegnehmen konnte, hatte sie ihn durch das offene Fenster geschleudert.

"Jetzt kannst du nicht entwischen, jetzt mußt du mir antworten. Welche Farbe hat mein Blut?"

"Lotte!"

"Antworte!"

Er stand wie gelähmt an der Tür und sagte nichts, hatte jetzt Angst vor ihr, die gleiche Angst, wie schon vor mehreren Jahren beim Anblick der Kranken im Park einer Irrenanstalt. Verflogen war die schwärmerische Zuneigung, mit der er zu Charlotte seit ihrem fünfzehnten Geburtstag aufblickte. Sie war verrückt geworden, besessen von einem Dämon!

"Was soll das. Warum hast du das getan?" rief er.

Sie aber hatte sich schon aufs Bett geworfen, wo sie ihre Strümpfe losmachte, sie herunterzog und sich mit den Fingernägeln die Schenkel aufkratzte. Blutstropfen begannen in senkrechten Linien durch die Haut zu dringen, als wäre eine Katze mit ihren Krallen darübergefahren.

"Jetzt antworte mir. Welche Farbe hat mein Blut?"

Er wandte sich ab und fing an, mit den Fäusten gegen die Tür zu trommeln.

"Hör sofort auf, oder ich springe aus dem Fenster!"

Als er nicht gehorchte, glitt sie tatsächlich zum Fensterbrett hin, es war nicht weit, nur eine Armlänge vom Bett entfernt, zog sich hinauf und schob die Beine nach draußen, so daß nur noch der Griff ihrer Hände sie vor dem Absturz auf die Straße bewahrte. Er ließ die Fäuste sinken, aber in seinen Ohren hämmerte es weiter. Er hörte Schritte auf dem Flur, hörte die Stimme seines Onkels.

"Wenn du mich verrätst, siehst du mich lebend nicht wieder!" rief Charlotte.

"Komm zurück!"

"Erst wenn du meine Frage beantwortet hast."

"Dein Blut ist so rot wie jedermanns, und du hast blaue Augen und blondes Haar …"

"Warum", schrie sie, als ertrüge sie seine Antwort nicht, "bin ich dann ..."

Mit einem Krachen flog die Tür auf, Markus wurde zur Seite geworfen und noch ehe er sich fangen konnte, hatte sein Onkel das Zimmer durchquert und Charlotte gepackt. Sie hing wie ohnmächtig in seinen Armen, das lange blonde Haar verdeckte ihr Gesicht.

"Was ist in dich gefahren! Wie konntest du dem Jungen einen solchen Schrecken einjagen – uns allen ..."

Als er sie zum Bett trug und hinlegte, entdeckte er die blutenden Kratzer auf ihren Schenkeln. Er sah Markus an. "Hast etwa du das getan?"

Markus schüttelte den Kopf. "Das war sie selbst."

"Sie selbst?"

"Sie wollte zeigen, daß ihr Blut so rot ist wie das von anderen Menschen."

"Mein Gott!" rief sein Onkel aus, und dann streichelte er sanft Charlottes Gesicht. Sie schien es nicht zu spüren, öffnete die Augen nicht.

"Lotte", sagte er, "Lotte, Töchterchen ..."

Markus starrte durchs Fenster über die Dächer ins schwindende Herbstlicht. Ruckartig wandte er sich um, ging aus dem Zimmer, nahm seine Schülermütze vom Haken der Flurgarderobe und verließ die Wohnung. Noch im Treppenhaus beschloß er, nie wieder hierherzukommen.

Und dabei blieb er, bis ihm viele Monate später der Onkel den Zusammenhang zwischen Charlottes wildem Ausbruch und den Rassengesetzen von Nürnberg erklärte.

Der Unfall

Was für ein Menschenauflauf! So viele, die sich um ihn drängen, und er, Markus, unter der Straßenbahn eingeklemmt. Noch spürt er nichts, noch ist er zu benommen – wie konnte das passieren! Er wollte aufspringen, war ausgerutscht, hingefallen, sein Knie verfing sich unterm Radschutz, die Straßenbahn schleifte ihn mit und kam erst am Ende der Verkehrsinsel zum Stehen.

Und jetzt stemmt der Fahrer den Radschutz mit einer Eisenstange hoch. Ein zweiter Straßenbahner befreit sein Bein, das, wie sich zeigt, nur eine Handbreite vom Rad weg eingeklemmt gewesen war. Ein Seufzer der Erleichterung geht durch die Menge, denn das Bein scheint heil geblieben zu sein, nur am Knie, wo die Haut abgeschürft ist, blutet es stark.

Er versucht aufzustehen, aber man läßt es nicht zu, und durch das laute Stimmengewirr hört er den Fahrer beteuern, er trüge keine Schuld, sondern einzig und allein dieser Junge mit seinem verdammten Leichtsinn! Der könne von Glück sagen, daß er die Bahn sofort gestoppt habe ... Noch streiten sich die Umstehenden über Markus' Kopf hinweg, ob man die Wunde ausbluten lassen oder gleich verbinden sollte.

"Meine Mütze, wo ist meine Mütze?" ruft er. "Und die Schulmappe!"

Er sieht einen schwarzen Mercedes anhalten und wie sich zwei Männer durch die Menge drängen, groß und schlank der eine, untersetzt der andere, beide in den schwarzen Uniformen mit Totenkopfabzeichen. Sie beugen sich über ihn und schon hebt einer beschwichtigend die Hand – und lächelt. Markus sieht das breite Lächeln in dem runden Gesicht, der Mann wendet sich an die Menge: "Wir sind Ärzte. Wir machen das schon!"

Der größere Mann, der mit dem Schmiß quer über die Wange, kniet sich jetzt neben ihn und untersucht sein Bein. "Halb so schlimm, nur Hautabschürfungen", sagt er dem Straßenbahnfahrer. "Die Personalien von dem Jungen – haben Sie die schon?"

Der Fahrer schüttelt den Kopf, und flüsternd sagt Markus wie er heißt und wo er wohnt. Er spürt jetzt heftige Schmerzen im Bein und sieht nicht mehr dorthin.

"Kopf hoch, Junge, Zähne zusammenbeißen und Kopf hoch!" sagt der Mann mit dem Schmiß. "Das haben wir gleich."

"Werde ich wieder laufen können?"

"Laufen? Marschieren wirst du – da bleibt nicht mal 'ne Narbe!"

Inzwischen hat der Straßenbahner Markus' Namen und Adresse notiert, auch die von Zeugen. Er steigt ein, die Bahn ruckt an und fährt ab. Nur noch wenige Leute sehen zu, wie einer der Ärzte Jod und Verbandszeug aus einer Ledertasche holt, die Wunde auspinselt und fachmännisch verbindet.

"Nun noch eine Spritze, und in einer Woche hast du alles vergessen."

Markus zuckt zusammen, als die Nadel in seinen Schenkel sticht. Er läßt sich auf die Beine helfen und steht unsicher auf der schmalen Verkehrsinsel, sein Gewicht aufs rechte Bein verlagernd, um das linke zu schonen, das durch den festen Knieverband behindert ist. Jemand klemmt ihm seine Mütze und die Schulmappe untern Arm.

"Danke", sagt er, und auch bei den SS-Ärzten bedankt er sich.

"Ehrensache", sagt der mit dem Schmiß, während der andere Markus zusichert, ihn nach Hause zu fahren.

"Das lassen Sie besser."

"Wieso denn?"

"Weil ich Jude bin."

Die beiden Männer sehen sich wortlos an, dann richten sie sich an Markus.

"Meinst du, wir hätten einen Juden nicht behandelt?"

Markus schweigt.

"Hör zu, mein Junge", sagt jetzt der mit dem Schmiß und läßt die Schlösser seiner Ledertasche zuschnappen. "Juden sind auch Menschen, minderwertige zwar, aber Menschen. Wie alt bist du?"

"Zwölf."

Der Arzt kneift rechnend die Augen zusammen.

"Das sind mehr als viertausend Tage, an denen du gelernt haben müßtest, daß die Deutschen zwar hart sein können, aber nie ungerecht. Hart, aber gerecht, mein Junge!"

Markus sieht eine Straßenbahn kommen, und als die anhält, sagt er:

"Darf ich jetzt nach Hause fahren?"

"Ins Auto, marsch, marsch!" kommandiert der mit dem Schmiß. "Wir bringen dich."

Markus fügt sich, humpelt auf den Fahrdamm und steigt, das linke Bein nachziehend, mühsam in den Mercedes. Die Türen werden zugeschlagen, der Wagen zieht an. Vom hinteren Ledersitz starrt Markus zwischen den beiden Männern durch die Windschutzscheibe auf die flatternde SS-Standarte am Kotflügel. Er sitzt still und kerzengrade auf dem kalten Leder und erst an der Ecke Kaiser-Wilhelm- und Prinzenstraße bricht er sein Schweigen.

"Bitte halten Sie an."

"Wozu – wir fahren dich bis vor die Tür."

"Meine Mutter wird sich erschrecken", sagt Markus. "Ich hab's nicht weit. Nur ein paar Schritte noch."

Schon aber biegt der Mercedes links in die Prinzenstraße ein und bremst scharf vor Nummer 17. Der SS-Arzt am Steuer hupt mehrmals, und gleich darauf wird die Haustür geöffnet.

Durch das Seitenfenster sieht Markus seine Mutter entsetzt die Steintreppe herunterlaufen, er hört sie rufen: "Mein Gott, was hat er denn getan?"

Und was er ihrer Stimme entnimmt und in ihrem Gesicht liest, ist schlimmer als sein Unfall, schlimmer als das laute "Heil Hitler!", das die beiden Ärzte wie aus einem Munde rufen, schlimmer als die demütige Erwiderung der Mutter: "Guten Tag und vielen Dank, daß Sie ihn mir nach Hause gebracht haben."

Sein Fahrrad

Er schwamm – nein, nicht um sein Leben, obwohl ihm fast so war, sondern für ein Fahrrad Marke Brennabor, das drei Wochen schon als Sonderangebot im Schaufenster von Mareks Fahrradladen in der Düsseldorfer Straße hing. Von unten her angestrahlt, rotierte es langsam an einem Haken in der Fenstermitte – glitzernde Speichen in grünen Felgen mit feinen gelben Streifen, funkelnder Dynamo und funkelnde Klingel am funkelnden Lenker. Wie die Felgen waren auch Rahmen und Gepäckträger dunkelgrün lackiert, und Markus blieb unerklärlich, warum so ein Prachtding bei diesem Spottpreis von nur neununddreißig Mark und fünfzig Pfennig nicht längst verkauft war. Man bedenke – nicht einmal vierzig Mark! Wäre er doch bloß vorsichtiger mit seinen Ersparnissen umgegangen. Wer aber hätte so ein Sonderangebot auch nur ahnen können! Ganze siebzehn Mark fehlten ihm jetzt, und bis er die zusammenhatte, würde er sich an der Schaufensterscheibe die Nase plattdrücken müssen und nur davon träumen können, in den Stadtwald zu radeln oder zwischen Feldern und Wiesen an den Ufern der Ruhr entlang. Dieses Brennabor Rad – irgendwann bald würde es nicht mehr zu haben sein!

"Hätte ich doch bloß mein Spargeld noch – so billig kriegen wir nie wieder ein Markenrad!" sagte er dem Vater.

"Richtig schwimmen kann einer erst, wenn er fünfundvierzig Minuten lang durchhält, also Fahrtschwimmer ist", hatte der geantwortet – was immerhin versprechend klang.

"Nicht einmal vierzig Mark", hatte Markus beteuert. "Fast geschenkt, findest du nicht?"

Doch so schnell hatte der Vater sich nicht erweichen lassen. "Wenn du den Fahrtenschwimmer hast, kriegst du das Fahrrad."

"Das Brennabor Rad!"

"Dann sieh zu, daß du es bald schaffst!"

Markus verzagte: "Wie denn bloß – fünfundvierzig Minuten! Das schwimmt sich nicht so einfach."

"Bei dem Anreiz", hatte der Vater geantwortet, "kommen dir die Kräfte."

So schwamm er also jetzt im Becken des Stadtbads – nein, nicht um sein Leben, obwohl ihm fast so war. Die Arme und Beine wogen wie Blei, ihm war übel vom Chlorgeruch und dem Wasser, das er geschluckt hatte, seine Augen brannten, und er sah die Umrandung nur noch verschwommen, und wie aus weiter Ferne hörte er das langgezogene "eins-zwei-drei" des Schwimmeisters. Er sah schon nicht mehr, wie der Mann am Beckenrand mit der Angel hin und her ging – auf keinen Fall würde er nach der Angel rufen. Täte er das, wäre alles aus und das Fahrrad wie in einem bodenlosen Loch! Er schwamm – eine Minute mehr und noch eine und noch eine weitere, schwamm, bis das, was er da vollbrachte, kaum noch Schwimmen zu nennen war, sondern nur ein Überwasserhalten, ein Nichtuntergehen. Durchhalten – wie lange noch? Durchhalten ... durchhalten!

"Eins-zwei-drei! Eins-zwei-drei ... geschafft, junger Mann! Nun raus aus dem Wasser und unter der Dusche aufgewärmt."

Mühsam zog sich Markus die Leiter hoch, blieb zusammengekauert am Beckenrand sitzen und keuchte: "Hab ich den Fahrtenschwimmer?"

"Du hast ihn", hörte er den Schwimmeister sagen. "Mehr tot als lebendig, aber du hast ihn – und nun werd' selig damit."

Und selig wurde er – nicht mit der Urkunde, was sollte ihm die, sondern mit dem Brennabor Rad aus Mareks Laden. Just so viele Tage, wie er auf das Rad gewartet hatte, wurde er selig damit. Er benutzte es ständig – auf dem Weg zur Schule: wie schnell das plötzlich ging! und zu Adalbert Cohn in Mühlheim, dem Studenten, der ihm hin und wieder beim Rechnen half, und immer auch für Ausflüge durch den Wald bis hin zum Bahnwärterhäuschen oder entlang den Ufern der Ruhr. Zwanzig Tage lang blieb das Fahrrad der stolzeste Besitz seines Lebens – nicht weniger, aber auch nicht mehr.

In der Innenstadt war der Verkehr zum Stehen gekommen. Die Straßenbahnen hielten, die Autos hielten vor den Kreuzungen, auch Markus hielt notgedrungen an und schob sich mit seinem Fahrrad zwischen die Menschen, die auf dem Bürgersteig die Königstraße säumten.

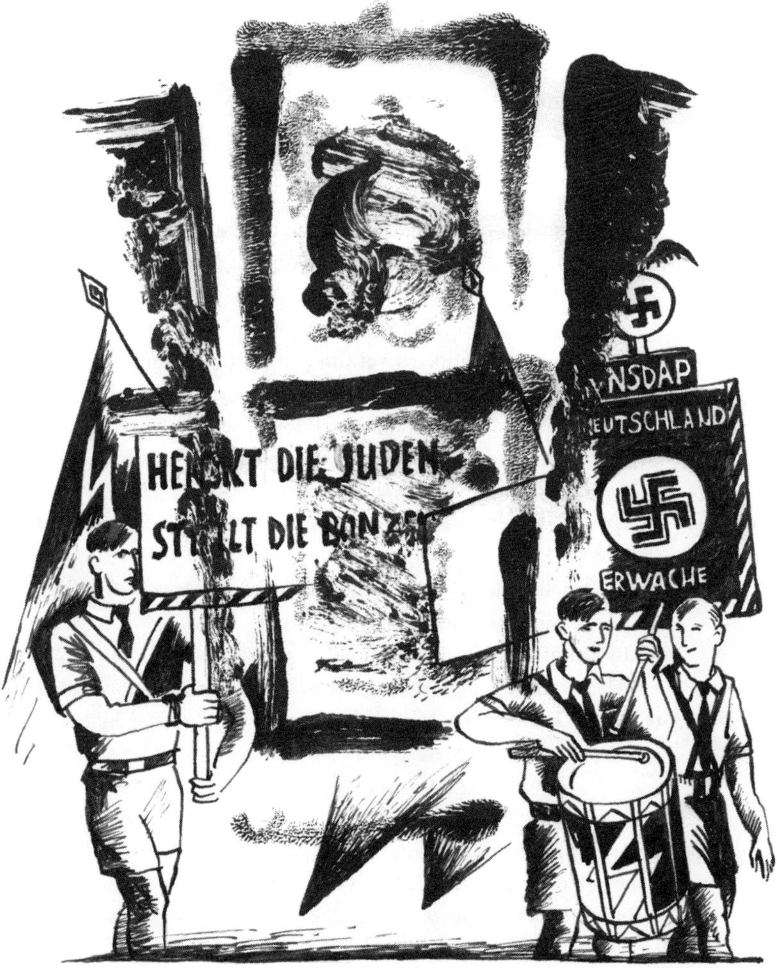

Schon waren von fern der Schlag von Pauken zu hören, Trompetenklänge und der harte Marschtritt von Stiefeln. Beugte er sich über die Lenkstange vor, konnte er fern die Spitze der Kolonne erkennen, braune Uniformen und flatternde Fahnen. Dann aber, als die SA-Männer vorbeimarschierten, sah er nur noch die Fahnen über den Köpfen der Menge. Er hörte, härter jetzt, den Tritt der Stiefel und das Heil-Geschrei ringsum und sah die Leute mit ausgestreckten Armen die Fahnen grüßen. Von allen Seiten eingezwängt, umklammerte er den Lenker seines Fahrrads.

"SA marschiert, die Reihen fest geschlossen ..."

Er ließ den Lenker nicht los, hielt den Kopf gesenkt und wartete, daß die Menge sich auflöste und ihm den Weg zur Weiterfahrt freimachte.

Und fuhr nicht weiter.

Nicht an diesem Tag und auch am nächsten nicht. Denn kaum waren die Pauken und Trompeten verklungen, hatten ihm Hitlerjungen das Fahrrad entrissen und es in den Rinnstein geschleudert. Einer trat die Speichen des vorderen, ein anderer die Speichen des hinteren Rades ein. Wie ein Alptraum war das – es verschlug ihm die Sprache.

"Auch noch feige, was!" höhnte einer.

"Und wie!" rief der andere und dann schleuderten sie ihm das Fahrrad vor die Füße.

Wie weiches Blech knickten die Räder ein, als Markus es aufzustellen versuchte. Er starrte die Hitlerjungen an.

"In Zukunft grüßt du die Fahne!"

"Aber stramm!" sagte der andere, schlug die Hacken zusammen und reckte die Rechte hoch. "So wird's gemacht, kapierst du!"

Stumm schulterte Markus das Fahrrad im Rahmendreieck und ging.

Zwei Tage später hatte ihm der Vater neue Felgen beschafft, mit glitzernden Speichen und grün lackiert wie sein Brennabor Rad. Nur der feine gelbe Streifen fehlte. Doch nicht allein deswegen spürte Markus nicht wieder jenes stolze Gefühl, ein Fahrrad zu besitzen, für das er ohne fremde Hilfe fünfundvierzig Minuten geschwommen war.

Entdeckung

Seit mehr als einem Jahr schon sprach die Mutter nur in den höchsten Tönen von Susi Lenz – nichts gab es an ihr auszusetzen, für sie war Susi die Perle von einer Tochter: höflich, zurückhaltend und bescheiden, ein nicht nur begabtes, sondern auch fleißiges Mädchen, das immer sauber und ordentlich war. Die Vorhaltungen störten Markus, und er gelangte zu der trotzigen Einsicht, daß es für weibliche Wesen leichter war, beispielhaft zu sein. Es mußte an ihrer Beschaffenheit liegen. Jedenfalls schien es ihm allmählich ein Segen, daß Susi in Essen wohnte und allein schon der Entfernung wegen nur selten zu Besuch kam – in Begleitung ihrer Mutter, die alle zwei Monate zum Bridgespiel kam. Öfter hätte Markus so ein Musterkind auch kaum ertragen ...

Musterkind? Mit vierzehn gab sich Susi längst wie eine Dame – sie ahmte ihre Mutter nach, der sie sehr ähnlich sah. Susi war zierlich, filigran wie eine Porzellanpuppe, mit schlanken Händen und schmalen Füßen. Ihr schwarzes Haar glänzte seidig, und stets lag in ihren dunklen Augen ein Hauch von Unschuld. Selten hob sie die Stimme, meist flüsterte sie. Sie ließ sich nie zur Eile treiben – sie schritt einher; sie lachte nicht – sie lächelte nur; erzählte nicht bloß, sondern übte sich in Konversation. Wenn sie sich umsah, war es, als entdecke sie alle Dinge neu – ein Bild, eine Vase, ein Figürchen, eine Spitzendecke wirkten unter ihren erstaunten Blicken wie plötzlich dorthin gezaubert.

Anfangs hatte Susi Markus beeindrucken können, ihn förmlich überwältigt, und er hatte versucht, ihr gerecht zu werden. Je deutlicher er aber erkannte, wie wenig sie gemeinsam hatten, um so mehr rückte er ab von ihr. Sie wurde ihm von Mal zu Mal fremder, und er begann diese Bridge-Nachmittage zu hassen, suchte und fand Ausreden, sich davonzumachen, und erschien erst wieder, wenn es an der Zeit war, sich von Susi zu verabschieden.

"Ich hoffe, du hast dich nicht gelangweilt", brachte er dann mit abgewandtem Blick hervor, "ich hatte zu tun."

"Aber das macht doch nichts", erwiderte Susi stets. "Es war wie immer amüsant."

Und dann ging sie so gelassen und kühl, wie sie gekommen war, ganz die kleine Tochter des Modehauses Lenz & Co., das sie so trefflich ausgestattet hatte. Sie winkte zum Abschied, lächelte und flötete: "Auf Wiedersehen!"

An einem grauen, verregneten Novembertag, dem letzten Bridge-Nachmittag des Jahres, hatten sich Hans, Jürgen, Werner und Markus auf den Dachboden der Epstein-Villa zurückgezogen. Gerade wollten sie auslosen, wer von ihnen in der dort eingebauten Kammer hinter verschlossener Tür abwarten sollte, bis die anderen ein Problem ausgeknobelt hatten, als Susi Lenz auftauchte.

"Guten Tag allerseits", hauchte sie. "Ich hoffe, ich störe nicht."

Sie wartete im Türrahmen und genoß die Bewunderung. Auch als Werner mit den Worten "daß du nicht im Zug stehst" die Tür hinter ihr schloß, tat sie nur einen kleinen Schritt vor und blieb weiterhin zurückhaltend. Sie sah schmuck aus in ihrem beigen Wollkleid mit dem grünen Samtgürtel und Samtkragen, und selbst in den Stiefelchen aus Seehundsfell wirkten ihre Füße noch zierlich. Ihr Haar glänzte feucht vom Novemberregen, ihre Gesichtshaut war frisch und leicht gerötet, und in ihren Augen lag wie stets jener betörende Hauch von Unschuld.

"Schlimmes Wetter", flötete sie. "Aber ich mag's, wenn's schlimm ist."

"O-la-la", rief Werner und deutete auf ein neben ihm liegendes Kissen. "Dann komm her zu uns und mach mit."

Susi zögerte und tat erschrocken. Doch als sie sich dann setzte und ihr Blick auf Werner haften blieb, erkannte Markus, daß ihr gefiel, was sie sah.

"Nun, was treibt ihr hier?"

Werner riß den Reißverschluß seines Rollkragenpullovers auf und zeigte Susi den Dietrich, den er an einem Kettchen trug.

"So einen hat jeder von uns", erklärte er, "weil wir nämlich zur Tom-Shark-Gesellschaft gehören. Wer Tom Shark ist, wirst du ja wissen: der Meisterdetektiv. Wenn du Lust hast, kannst du unser erstes weibliches Mitglied sein."

"Höchst erfreut", sagte Susi. "Was muß ich tun, um solcher Ehre gerecht zu werden?"

"Bloß fünf Minuten in der Kammer da verschwinden", sagte Werner. "Wir denken uns dann was aus."

"Oh", flüsterte sie, und wieder tat sie ein wenig schockiert. Aber sie streckte die Hand nach Werner aus und ließ sich von ihm auf die Füße helfen und in die Kammer führen. "Da soll ich mutterseelenallein bleiben?" fragte sie.

Werner ließ sich nicht bitten. Er verschwand hinter Susi ins Dunkel.

"Unser erstes weibliches Mitglied", sagte Hans vieldeutig.

"Eigentlich brauchen wir keine fünf Minuten", versicherte Markus schnell, weil er sich irgendwie verantwortlich für Susi fühlte und ihm nicht wohl bei der Sache war. "Fragen wir sie doch einfach nach den drei Frauen im Zugabteil, von denen eine in Wirklichkeit ein Mann ist. Wie, glaubt ihr, wird sie das rauskriegen?"

"Wird jetzt wenig Sinn dafür haben", meinte Hans.

Aus der Kammer drang ein leiser Schrei und nach kurzer Stille ein unterdrücktes Kichern. Markus hörte mit angehaltenem Atem hin, dann riß er die Kammertür auf. Susi hatte die Arme um Werners Hals geschlungen und küßte ihn heftig. Jetzt befreite er sich von ihr und hielt sie von sich ab.

"Genug", keuchte er, "du kleines Biest!"

Geduckt kam er ins Zimmer zurück und preßte dabei die Knöchel seiner Rechten gegen den Mund. Eine feine Blutspur zeigte sich auf der Unterlippe. Sein Gesicht glühte. Susi kniete noch immer auf dem Boden der Kammer und sah Markus verächtlich an.

"Spielverderber!" zischte sie, stand auf, glättete ihr Kleid und richtete den Gürtel.

Schon wirkte sie wieder unnahbar und mädchenhaft rein. Wortlos verließ sie das Zimmer. Doch noch lange nachdem sie gegangen war, hielt Markus' Erstaunen an.

DER GEIGER IN HOLLAND

Hochgewachsen, schlank, mit markanten Gesichtszügen, dunklen braunen Augen, dichtem dunklem, aus der hohen Stirn gekämmtem Haar, das bis zur Schulter reichte – für Markus war der Geiger aus Budapest, der täglich am Strand von Egmont zum Tanz aufspielte, der Inbegriff von Virtuosität, in seinem Frack der Inbegriff von Eleganz, und wie der Mann sich auf dem Podium zum Rhythmus seiner Weisen bewegte, er tänzerisch zwischen den Tischen der Hotelterrasse daherschritt und dabei schwungvoll aus der Schulter heraus den Bogen über die Saiten strich und sich am Schluß rundum verbeugte, das alles beeindruckte Markus zutiefst.

Auch dessen Anziehungskraft für Frauen entging ihm nicht – er wußte sein Lächeln zu deuten und wie es wirkte, wenn er bei den Kadenzen den Blick nach innen richtete, so als lausche er in sich hinein, und wie sich dabei die Lippen über die leicht vorstehenden Zähne spannten, die Stirn sich krauste. Ein Anflug von Ungenügsamkeit kam in ihm auf, wenn er all die Frauenblicke auf den Geiger gerichtet sah – wie sie erröteten, wenn er sie beim Vorbeischreiten flüchtig streifte, sie scheinbar absichtslos berührte! Was Ingrid Sörensen, die kleine Schwedin, für ihn empfand, war Markus klar, noch ehe sie es ihm gestand – gestand? Sie, die auf sechzehn zuging, hatte ihm nichts zu gestehen. Noch durfte er sich zugute halten, daß sie sich bei ihm aussprach. Bei irgendwem mußte sie sich aussprechen – und er war halt zu haben.

Was sie ihm in ihrem so angenehm fremd klingenden Deutsch bekannte, schwoll stets an zu einem Lobgesang: Diese Grazie des Geigers, seine Schönheit, seine Eleganz, dazu die feingliedrigen Hände mit dem feinsten Flaum auf den Handrücken ... hatte Markus den nicht bemerkt? Sie schwärmte für den Mann, verging für ihn, wünschte nichts sehnlicher, als daß er sie bemerkte, sie mit einem einzigen Blick bedachte, überallhin würde sie ihm folgen. Wenn er das bloß wollte.

"Deine Eltern werden sich freuen", sagte Markus trocken.

"Wenn ich mit den Eltern bloß darüber reden könnte – nur ein paar Worte. Daß sie mich verstehen. *Du* verstehst mich?"

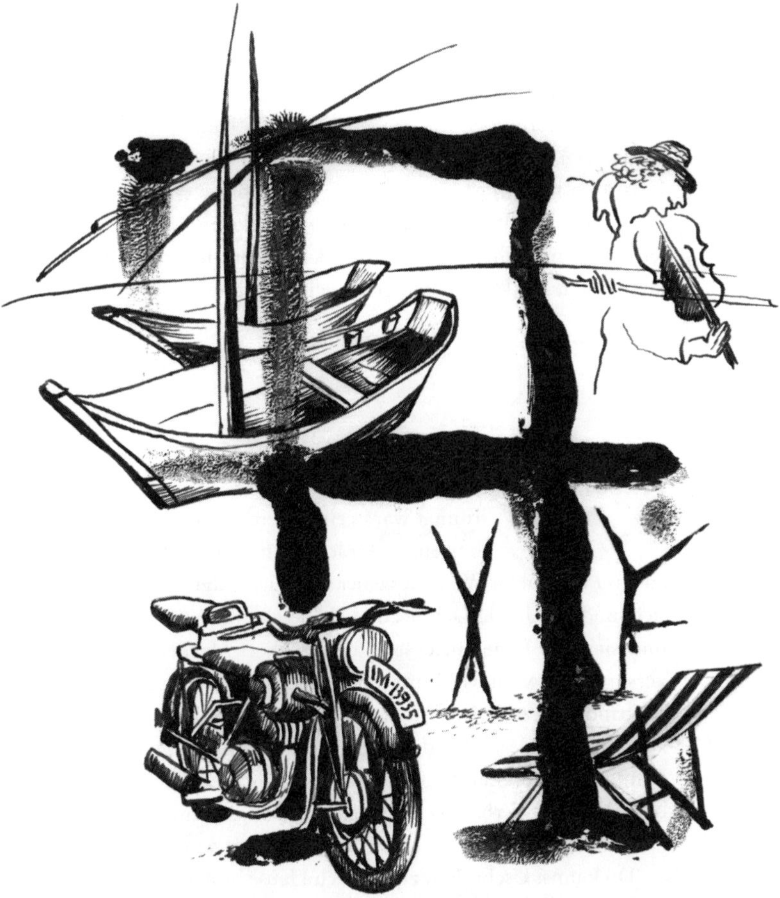
IM-13935

"Sicher, Ingrid. Der Geiger macht was her. Ich finde ihn gut."
"Nicht so wie ich. So nicht!"
"Nicht so wie du – klar."
"Was tu ich bloß – sag mir, was tu ich bloß."
Was sollte er antworten? Der Geiger mochte dreißig sein oder gar älter.
"Sag was. Sag was."
Markus schwieg.

Und schwieg auch am folgenden Sonntagnachmittag, als die Band wie immer zum Tanz aufspielte und der Geiger fehlte. Und Ingrid auch. Und die Eltern nach ihr Ausschau hielten. Dauernd schweiften ihre Blicke vom Strand zur Straße und über die Hotelterrasse hinweg zu den Glastüren hinter dem Podium. Die Türen öffneten sich nicht für den Geiger. Und nicht für Ingrid. Sie blieb verschollen. Und die Eltern suchten weiter nach ihr, suchten vergeblich, und nicht einmal der Gedanke kam ihnen, Markus zu befragen – der alles ahnte.

Helden

Immer war es ein anderer, den die Mädchen bewunderten, vollbrachte ein anderer die Taten, zog ein anderer mit einem Witz oder einer Geschichte die Aufmerksamkeit auf sich, und als Ursula Dahme, die schöne Uschi, beim Radfahren stürzte und sich das Knie aufschlug, war es Hans Merker, der die Wunde versorgte, obwohl Markus schnellstens nach Hause gerannt war, um Verbandzeug zu holen. Als er wiederkam, hatte Hans bereits ein Auto angehalten und sich aus dem Verbandskasten versorgen lassen. Markus konnte nur zuschauen, wie Uschi Hans mit schmelzenden Blicken bedachte. Das Verbandzeug bot er gar nicht erst an, so daß Uschi nicht einmal mitbekam, daß er für sie davongestürzt war.

"Du kannst Uschis Rad zu ihr nach Hause bringen!" sagte Hans Merker zu Markus, während er ihr auf den Soziussitz seines Motorrads half und sie ihm entführte. Was Markus überzeugte, daß kein Mädchen einem widerstehen konnte, der alt und verwegen genug war, eine solche Maschine zu fahren.

So war es auch drei Wochen später in Holland, wo ihn die Eltern für den Rest der Schulferien in einer Strandpension in Egmont zurückgelassen hatten. Hier hieß der Held Jan de Vries – und der verfügte über Fähigkeiten, von denen man nur träumen konnten. Nicht bloß fuhr er Motorrad, er konnte auch fliegen! Täglich gegen zwölf Uhr mittags, wenn am Strand Hochbetrieb herrschte, brauste er mit einem Doppeldecker im Tiefflug über die Badegäste hinweg auf Bergen zu – riesige Papierbuchstaben hinter sich herziehend – JUNO, STOLLWERCK, KAFFEE HAAG ...

Jan war der Sohn der Pensionsinhaber, ein untersetzter, muskulöser Bursche mit rötlichem Haar und windgebräuntem Gesicht, der auch an den heißesten Tagen eine abgewetzte Lederjacke mit weißem Seidenschal trug, und Markus begegnete ihm hin und wieder. Er schien ständig auf dem Sprung zu sein, auf seinem Motorrad zum nahen Flugplatz zu rasen, und wenn er fehlte, vermutete Markus ihn nur dort – bis er merkte, daß Jan sich keineswegs bloß für Maschinen interessierte, die über Landstraßen jagten oder zum Himmel aufstiegen. Er fand auch Zeit, Antje van Seggelen den Hof zu machen, der schönen Antje, die sich zweimal herabgelassen hatte, mit ihm, Markus, bei Sonnenuntergang am Strand und in den Dünen zu spazieren. Als er sie ein drittes Mal dazu einlud, wich sie ihm aus, und seitdem lebte er von der Erinnerung, wie schön es gewesen war, mit ihr reden oder, wenn er ihr eine Böschung hinaufhalf, für einen flüchtigen Augenblick die Hand reichen zu dürfen. Zuweilen, wenn sie dicht nebeneinander gingen, hatte ihm der Seewind eine Strähne ihres weichen Haares ins Gesicht geweht; und er hatte sich gewünscht, daß der Wind zum Sturm werde, damit er sie beschützen könne.

"Hältst du es für möglich, daß die Deutschen hier irgendwann einmarschieren?" hatte sie ihn einmal gefragt.

"*Ich* bestimmt nicht", hatte er ihr versichert und nur hoffen können, daß sie heraushören würde, wie sehr er nicht bloß Holland mochte, sondern auch sie selbst.

Dann aber hatte Jan de Vries ihn mühelos verdrängt – was Wunder! Wo er doch beinahe ein Mann und Besitzer eines chromblitzenden Motorrads war, das Tempo und Abenteuer verhieß. Im Vergleich kam Markus sich vor wie ein Bittsteller mit leeren Händen. Es schien sinnlos, Antje Briefe zu schreiben, sinnlos, sie bei Tisch flehend anzusehen oder unter ihrem Fenster in der Hoffnung auszuharren, daß sie sich zeigte – alles war sinnlos seit jenem Sonntag, als sie mit Jan in dem kleinen Doppeldecker ganz niedrig über das Haus hinweggeflogen war und ihm, der unten im Hof stand, hatte zuwinken können.

"Hast du uns gesehen?" rief Antje, als sie zum Abendessen ins Speisezimmer kam. Ihr Gesicht glühte noch.

"Ja", sagte Markus, "ich hab' dich erkannt."

"Es war herrlich!" jubelte sie. "Mein erster Flug – alles sah so winzig aus, die Häuser, die Autos auf den Straßen, die Badenden am Strand – wie Spielzeug. Und das Meer – so weit!"

Und dann, selbstsicher wie immer, zeigte sich Jan de Vries im Türrahmen. Stämmig stand er da, zog den Reißverschluß seiner Lederjacke auf und lockerte den Seidenschal.

"Was hast du noch erkannt?" fragte er Markus.

"Nicht viel mehr – die Sonne blendete", sagte Markus. "Du hattest lange Handschuhe an – Fliegerhandschuhe!"

"Interessant!"

Jan de Vries trat lächelnd einen Schritt zurück und entnahm dem Schränkchen in der Diele ein Paar lange Handschuhe. "Die haben die ganze Zeit hier gelegen, mein Freund."

"Aber ich hab sie doch gesehen!"

Markus fühlte sich bloßgestellt.

"Na, mit so schlechten Augen wirst du nie ein Flieger", sagte Jan de Vries und setzte sich auf seinen Platz am Tisch.

Markus sah zu Antje hin. Sie hielt den Handrücken vor den Mund, in ihren Augen aber stand das Lachen, das sie zu unterdrücken versuchte. Markus aß schweigend und schenkte ihr nie mehr einen Blick.

X, Ypsilon und die Wohltätige

Ihr Familienname war Gedalje, aber das erfuhr Markus erst später, denn aus Reklamegründen nannten sie sich X und Ypsilon: Zwillingsbrüder mit pfiffigen Augen und widerspenstigem dunklem Haar, die sich in Sporttrikots präsentierten, auf denen groß die Buchstaben ihrer Künstlernamen prangten. Sie waren noch nicht dreizehn und gelenkig wie Affen. Sie konnten Saltos schlagen und zwei Meter über dem Boden auf einem Drahtseil tanzen, konnten mit Wasser gefüllte Gläser im Kreis herumwirbeln, ohne einen Tropfen zu vergießen, und Stöcke mit Tellern auf der Nase balancieren – ein Repertoire, das sie an einer belebten Stelle der Strandpromenade von Egmont viermal am Tage vorführten, zweimal vormittags und zweimal nachmittags.

Nachdem Markus sich ihnen angeschlossen hatte (nach einigem Zögern war Ypsilon damit einverstanden gewesen), konnten sie noch zwei Vorstellungen mehr geben, da ihnen seine Mitwirkung Zeit zum Ausruhen ließ. Zwar brachte er weder einen Salto zustande, noch konnte er auf dem Seil tanzen, und auch den Trick mit den Gläsern und dem Teller auf dem Stock lernte er nie. Doch hatte er den Gedaljes anderes voraus, was sie bald zu schätzen wußten: Er sprach nicht nur fließend Deutsch, sondern auch ein wenig Holländisch und Englisch, und so war er ihnen als Ausrufer nützlich. Sie drückten ihm eine Klingel in die Hand, die er vor jeder Vorstellung kräftig schwang.

"Meine Damen und Herren", rief er in drei Sprachen. "Sehen Sie sich X und Ypsilon an, die erstaunlichen Zwillinge! Sie überwinden die Gesetze der Schwerkraft wie Weltraumfahrer!"

Etwas in der Art hatte er in einem utopischen Roman gelesen, und die Brüder fanden die Ankündigung großartig, denn sie zog die Leute an, und es erhöhte ihre Einnahmen, wenn Markus nach der Vorstellung mit dem Hut herumging.

Der Hut gehörte dem Vater der Zwillinge, der inzwischen als Strandfotograf das Notwendigste verdiente – die Gedaljes waren polnisch-jüdische Emigranten, die sich in Holland eine neue Existenz aufbauten. Am dritten Tag genügte es Markus nicht mehr, nur die Glocke zu läuten und seinen Zauberspruch zu rufen; er begann auch ein paar Lieder zu singen. Woraufhin Ypsilon beschloß, seine Mitwirkung geschäftlich zu verankern.

"Bist du reich oder arm?" erkundigte er sich schlau.

"Weder – noch", entgegnete Markus und fragte sich, worauf Ypsilon hinauswollte. Seine Eltern hatten ihm etwas Taschengeld dagelassen, bevor sie nach Deutschland zurückfuhren, aber wenn er auch das meiste davon bereits ausgegeben hatte, betrachtete er sich deshalb nicht als arm. Immerhin waren sein Zimmer und die Verpflegung in der Pension für die Dauer seines Aufenthalts in Egmont im voraus bezahlt.

"Was heißt weder – noch?" fragte Ypsilon. "Hast du Geld oder nicht?"

"Ich hab noch sieben Gulden."

Ypsilon überdachte diese Mitteilung wie ein Bauer beim Pferdehandel: Auf sieben Gulden belief sich ungefähr ihre Tageseinnahme, also war das eine Menge Geld. Er besprach sich auf jiddisch mit seinem Bruder, ehe er sich wieder Markus zuwandte.

"Wir machen dir ein Angebot", sagte er. "Die Hälfte von dem, was wir am Tage über sieben Gulden verdienen, soll dir gehören."

"Ihr braucht mir gar nichts zu zahlen."

"Sei nicht blöd!" warnte ihn Ypsilon. "Wir arbeiten auch nicht bloß für die Gesundheit."

"Aber mir macht das Spaß, hab nichts Besseres zu tun", sagte Markus.

"Denk an deine Zukunft!" rief ihm Ypsilon zu, der in Turnschuhen herumsprang und in Vorbereitung der nächsten Vorstellung Arme und Beine dehnte und reckte. "Wir alle müssen heutzutage an unsere Zukunft denken."

Da war etwas dran, fand Markus. Also einigten sie sich, daß er künftig auch finanziell an dem Unternehmen beteiligt sein würde – eine Abmachung, die sich bereits am nächsten Tag ausgezahlt hätte, wäre er dabei geblieben.

"Sehen Sie sich X und Ypsilon an, die erstaunlichen Zwillinge ...", rief er gerade auf englisch, als eine hagere, ältliche Frau mit Brille und einer bräunlichen Lederkappe auf sie zutrat und in englischer Sprache nach ihrer Herkunft fragte.

"Wir sind Juden", antwortete Markus, den strikten Anweisungen Ypsilons folgend.

"Ihr armen Jungen!" rief die Frau. "Vor Hitler geflohen, nicht wahr?"

Markus schüttelte den Kopf. Die Gedaljes kamen aus Lodz, und er verbrachte hier seine Ferien. Genaugenommen konnten sie sich nicht als Flüchtlinge aus Hitlerdeutschland bezeichnen. Aber die Frau wollte nichts anderes hören.

"Es muß schwer für euch gewesen sein unter Hitler", fuhr sie fort.

Die Zwillinge, die sich kein Wort entgehen ließen und genau begriffen, worum es ging, nickten heftig.

"Arme Jungen!" wiederholte die Frau und beschloß, sich die Vorstellung anzusehen, die gleich beginnen mußte.

Markus stellte die Glocke weg. Es kam ihm plötzlich unpassend vor, unter den mitleidigen Blicken der Engländerin den gerade populären Schlager von der Erika zu singen, die einen Freund braucht.

Folglich fanden sich weniger Zuschauer ein als je zuvor, seit Markus sich den Gedaljes angeschlossen hatte: Nur ein paar Kinder und ein halbes Dutzend Erwachsene. Es tat Markus leid, aber er konnte es nicht ändern. Die Engländerin irritierte ihn. Immer wenn er in ihre Richtung sah, kreuzten sich ihre Blicke. Sie hielt die bebrillten Augen ständig auf ihn gerichtet.

Vor den paar Leuten strengten sich die Zwillinge nicht sonderlich an. Ihren Saltos fehlte der rechte Schwung, X tanzte nur kurz über das Seil, den Trick mit dem Wasser ließen sie ganz weg, und Ypsilon brachte die Nummer mit dem Teller allein, dabei so nachlässig, daß der Teller sich bald schon nicht mehr drehte und vom Stock herunter in die Hände seines Bruders taumelte.

"Oh je!" rief die Engländerin. "Was für ein Pech!"

Nur zögernd nahm Markus den Hut und fing seine Runde an. Das Ergebnis war so dürftig wie die Vorstellung: Die Münzen fielen spärlich wie Tropfen aus einem undichten Wasserhahn. Markus brachte hin und wieder ein gemurmeltes "Danke sehr" an und hielt die Augen gesenkt. Als er wieder einmal hochblickte, sah er die Frau aufgeregt in ihrer Handtasche kramen.

"Ihr nehmt doch auch englische Pfunde, nicht wahr, mein Junge?" fragte sie ängstlich. "Ich habe noch kein holländisches Geld."
"Lassen Sie nur", erwiderte Markus in seinem Schulenglisch und bekam dabei mit, wie X und Ypsilon ihm wütende Blicke zuwarfen. "Sie schulden uns nichts."
"Doch", widersprach sie und legte eine Pfundnote in den Hut.
Markus hatte nur eine unbestimmte Vorstellung vom Wert dieses Scheines, ahnte aber, daß es ein ungerechtfertigt hoher Betrag war. Er nahm die Geldnote aus dem Hut und wollte sie ihr wiedergeben. "Es ist wirklich nicht nötig!"
"Nimm es nur!" rief die Frau. "Ich bitte dich!"
Was er bisher als ein Spiel empfunden hatte, war ihm plötzlich peinlich. Die Augen der Frau waren feucht und verrieten Mitleid.
"Bitte, nimm es", wiederholte sie leise und gab sich erst zufrieden, als Markus das Geld in den Hut zurücktat. "Es ist wenig genug, wenn man bedenkt, was ihr in Deutschland zu leiden hattet."
Dabei strich sie Markus übers Haar. Er zog den Kopf zurück und begriff, wie demütigend es sein konnte, Almosen anzunehmen.
"Gewiß hast du früher bessere Tage gesehen."
Markus hörte kaum noch hin. Er gab Ypsilon den Hut mit dem Geld. "Es ist was passiert", sagte er kurz. "Wahrscheinlich muß ich schon morgen abreisen."
"Gerade jetzt, wo das Geschäft blüht?" Ypsilon faltete die Pfundnote zusammen und steckte sie kopfschüttelnd ein. "Warte wenigstens, bis wir dir deinen Anteil ausgezahlt haben."
"Mal sehen", sagte Markus.
Am nächsten Tag aber ging er den Gedaljes aus dem Weg. Er lief am Strand entlang, und wenn der Wind seewärts wehte, konnte er hin und wieder ihre Glocke läuten hören.
Doch bei dem Gedanken an die Frau mit den mitleidvollen Augen widerstand er der Versuchung, zu ihnen zurückzukehren.

Der Arier

Bald nachdem Studienrat Öhme die achte Klasse übernommen hatte, wandte er sich betont aufmerksam Wolf Steinberg zu. Es verging kaum eine Geographie- oder Geschichtsstunde, in der er nicht darauf hinwies, was für ein vollkommener Menschentyp Wolf sei: Blond und blauäugig, hochgewachsen, mit ebenmäßigen Zügen – wahrhaftig die Verkörperung eines Ariers.

Markus wollte nicht glauben, daß Wolf das gefiel. Schüchtern und bescheiden, wie der war, wünschte er bestimmt nicht, im Mittelpunkt zu stehen.

"Ich bin nicht sonderlich begabt", hatte er Markus einmal gestanden. "Ich muß mir schwer erarbeiten, was dir anscheinend zufliegt. Bloß gut, daß mein Vater mir Privatstunden bezahlen kann!"

Im Vergleich zu dem anderen Steinberg in der Klasse, der bei weitem der gescheiteste von allen war, hätte man Wolf einen schlechten Schüler nennen können, was aber nicht stimmte – es war einfach so, daß Louis Steinberg, der zierliche, dunkeläugige Sohn des Kantors der Synagoge, mit seinen vierzehn Jahren den meisten Lehrern noch etwas hätte beibringen können. Anders als Leon Jüchen, Hermann Giesen oder Markus Epstein, die sich nur in bestimmten Fächern hervortaten, war Louis vielseitig – sogar im Sport behauptete er sich mühelos. Er war flink auf den Leitern und an der Stange und ein begehrter Staffelläufer.

Die Existenz dieses zweiten Steinberg war immer schon ein Stein des Anstoßes für Studienrat Öhme. Es verdroß ihn sichtlich, daß so einer die anderen in den Schatten stellte – besonders seinen Favoriten Wolf, den er auf jede nur mögliche Weise zu begünstigen begann und bei dem er auch die geringste Leistung lobte.

"Bemerkenswert", pflegte er zu sagen, "hervorragend, Wolf, vorbildlich!"

Anfangs schien es, als sporne Wolf das an. Er zeigte größeres Selbstvertrauen, seine Leistungen in Geographie und Geschichte steigerten sich, und auch in den meisten anderen Fächern gelang es ihm, seine Zensuren zu verbessern. Im Verlauf des Schuljahres aber fiel er bis unter seine früheren Leistungen zurück. Alle glaubten, er hätte sich übernommen, und vielleicht wußte nur Markus, daß er sich nur verweigert hatte.

"Öhmes Unsinn macht mich krank", hatte er ihm anvertraut. "Es will mir nicht in den Kopf, was meine Leistungen mit meiner Augenfarbe zu tun haben sollen. Jedenfalls mache ich hier nicht länger sein Paradepferd – und wenn ich sitzenbleibe!"

Studienrat Öhmes Ansichten von der Überlegenheit der Arier verfingen immer weniger – mit der Zeit versagte Wolf selbst bei den einfachsten Fragen, er ließ sich auch nicht helfen.

"Was ist bloß mit dir los?" forderte Öhme schließlich. "Bist du krank – oder was?"

"Nichts, Herr Studienrat", sagte Wolf.

Markus, der in der ersten Reihe neben Leon Jüchen saß, hörte deutlich, was Öhme Wolf zuraunte: Am Dienstag würden sie die Pazifischen Inseln durchnehmen, genauer die Fidschiinseln. Wolf nickte, verzog aber sonst keine Miene. Der Dienstag kam heran und wurde zur Katastrophe: Wolf erklärte, wenig über die Fidschiinseln zu wissen und fand sie nicht einmal auf dem Globus.

"Abschreiben!" rief Studienrat Öhme erbittert. "Du schreibst die Seiten 124 – 127 im Geographiebuch zehnmal ab!"

Ein entsetztes Murmeln ging durch die Klasse, denn allen war klar, was für eine Qual dieses Abschreiben bedeutete: Endlose Stunden mit dem Federhalter, bis man steif im Nacken war, einem die Augen weh taten und sich die Schreibhand verkrampfte. Studienrat Öhmes Idol schien unwiderruflich gestürzt.

Um Wolf zusätzlich zu beschämen, rief Öhme sogar Louis Steinberg auf, was er seit Wochen nicht getan hatte, und niemand war überrascht, als der einen Vortrag hielt, der weit über die in ihrem Geographiebuch enthaltenen Fakten hinausging. Er teilte der Klasse sogar mit, daß König Ratu Cakobau, ehe er im Jahre 1874 die Fidschiinseln der Herrschaft von Königin Victoria unterwarf, der deutschen Regierung die Verwaltung angeboten hatte.

"Hätte Fürst Bismarck damals zugesagt", behauptete Louis, "dann wäre Fidschi heute eine deutsche Kolonie."

"Sehr interessant", sagte Studienrat Öhme mit steinernem Ausdruck. "Du kannst dich setzen."

Er wandte sich an Wolf, der in sich zurückgezogen dasaß.

"Es hätte mich gefreut, wenn du, als echter Deutscher, wenigstens diese eine Tatsache über die Fidschi Inseln gewußt hättest. Du verstehst mich!"

"Ja, Herr Studienrat", antwortete Wolf, kaum vernehmlich. Er war blaß geworden, aber seine Augen blickten trotzig. "Anscheinend kann ich noch einiges von Louis lernen."

"Sieh mal an!" rief Studienrat Öhme. "Vortreten – und du auch, Louis Steinberg!"

Gleichzeitig erreichten beide das Lehrerpult. Öhme wies sie an, sich mit dem Gesicht zur Klasse zu stellen.

"Nun", fuhr er fort, "ist hier noch jemand – außer den beiden da –", dabei zeigte er auf Leon Jüchen und Markus Epstein, "der deutschen Anstand und deutsche Ehre so weit vergißt, daß er offen zugibt, einem Juden unterlegen zu sein?"

Niemand rührte sich. Studienrat Öhme wartete lange, dann wandte er sich mit tiefster Verachtung wieder an Wolf.

"Du wirst das alles zurücknehmen", forderte er, "sonst sind wir getrennte Leute!"

Wolf sah zu Louis hin, dann blickte er Öhme in die Augen. "Ich kann das nicht zurücknehmen, Herr Studienrat. Mir war immer klar, daß ich von Louis noch etwas lernen kann – auch wenn er Jude ist."

Studienrat Öhme schlug Wolf ins Gesicht.

"Noch einmal zwanzig Mal wirst du die Seiten abschreiben – vielleicht bringt dich das zu der Erkenntnis, daß ich dich als Schande für den Führer betrachte, als Schande für unsere Rasse und nicht zuletzt für unsere Schule. Setz dich!"

Wolf gehorchte. Er ließ keinen Schmerz erkennen, obwohl seine rechte Wange von Öhmes Schlag brannte.

"Jüchen, Steinberg-Louis und Epstein sind für den Rest der Stunde beurlaubt", verkündete Öhme.

Rassenkunde, dachte Markus, während er das Klassenzimmer verließ – und war sicher, daß der Studienrat an diesem Tage noch boshafter als sonst sein würde.

HASS

Nur Studienrat Engelbrechts schützendes Dazwischentreten hatte damals Leon Jüchen gerettet. Er war an der Reihe gewesen, über ein Thema eigener Wahl zu sprechen, und Leon hatte mit einer solchen Fülle von astronomischen Zahlen aufgewartet, daß der Kern seines Vortrags "Die Sterne und ihre Bahn" in der einsetzenden Unruhe unterging. Leon war nahe daran, die Fassung zu verlieren, als Engelbrecht seinen Stock gehoben und damit die Klasse zum Schweigen gebracht hatte.

Jetzt aber konnte nichts, weder Engelbrechts Autorität noch die eines anderen Lehrers, Leon retten – niemand würde ihn warnen, wenn Markus es nicht tat. Denn niemand sonst wußte, was Pape und Stöhr im Schilde führten: Im Umkleideraum der Turnhalle hatte Markus heimlich mit angehört, was sie ausheckten. Sie zur Rede zu stellen, war ein böser Fehler gewesen – Stöhr hatte ihn gepackt und gezischt: "Verrätst du auch nur ein Wort an irgendwen, brechen wir dir alle Knochen im Leib."

Hätte er doch bloß den Mund gehalten, warf er sich vor, dann stünde er jetzt nicht zwischen Baum und Borke und könnte verhindern, daß Leon sich zum Gespött der Klasse machte – aber Leon im Stich lassen, ihre Freundschaft verraten ... Freundschaft? Hatte Leon ihn denn je gebraucht? Louis Steinberg, ja. Aber nicht Leon. Daß er auch jüdisch war, schien ihn nicht zu kümmern – er war weder religiös, noch ließ er sich von Studienrat Öhmes Rassenkunde beirren. Er lebte in seiner Welt der Entdeckungen, und das füllte ihn aus.

"Hast du Darwins Buch über die Entstehung der Arten gelesen, das ich dir geborgt habe?" fragte er Markus.

"Noch nicht. Ob ich viel davon habe, ist sowieso fraglich."

"Meinst du", hatte Leon nachsichtig erwidert. "Schau mal", war er fortgefahren, "angenommen, wir haben es hier bei der Hausmeisterwohnung mit einem Weg von dreißig Metern Länge und zwei Metern Breite zu tun, wie viele zwölf mal zwölf Zentimeter große Fliesen waren dafür nötig?"

"Frag mich was anderes, Leon!"

Darauf hatte Leon einen Finger an den Mund gelegt und mit halb geschlossenen Augen die Lösung ermittelt, war dann seltsam kindlich den Weg entlang gehüpft, wobei ihm die Socken auf die Knöchel rutschten, und hatte die Fliesen gezählt. Schweißperlen tropften ihm von der Stirn, sein kurzes kupferrotes Haar glänzte, seine Brillengläser hatten sich beschlagen, daß man die Augen kaum noch sah.

"Na bitte!" rief er, mit dem Ärmel über die Brille wischend. "All die Anstrengung war durch ein paar Sekunden Kopfrechnen überflüssig geworden!"

Das ist es ja gerade, dachte Markus, der mag glauben, daß er sich selbst genügt – aber diesmal braucht er mich.

"Morgen in der Turnstunde passiert was", sagte Markus. "Bevor du an der Reihe bist, werden Pape und Stöhr die Kletterstange mit Schmierseife bearbeitet haben – also paß auf!"

Leon sah Markus ungläubig an. "Warum sollten sie das tun wollen? Hab nie was mit denen gehabt!"

"Du kennst die nicht."

"Welchen Grund sollten die haben?"

"Oh, Leon ...", sagte Markus. "Schwänze einfach morgen die Turnstunde."

"Dann merken die doch, daß du mich gewarnt hast." Leon schloß die Augen und legte wie stets beim Rechnen den Zeigefinger an die Lippen. "Ich mach's", sagte er. "Und lasse mich sogar fallen."

"Das begreife wer kann."

"Liegt doch eine Sprungmatte unter der Stange. Bei der Höhe und meinem Gewicht wird's so schlimm nicht werden. Muß bloß locker bleiben – wie ein Kind, weißt du, das sich beim Fallen nichts antut."

"Du bist doch nie locker", wandte Markus ein. "Rutsch einfach wieder runter, wenn du die Seife fühlst."

"Ich zeig's Ihnen", beharrte Leon. "Dann habe ich die Genugtuung, nicht sie."

"Hör auf mich!"

"Denk an Galilei", sagte Leon – und lächelte.

Wenn das bloß gutgeht, dachte Markus am nächsten Tag. Staffellauf,

Seilspringen, Purzelbäume auf den Matten – die Stunde näherte sich dem Ende. Wenn ihnen bloß die Kletterstangen erspart blieben – aber nein! Wieder hatte Turnlehrer Schultz Pape und Stöhr eingesetzt und schon war Stöhrs "hopp, hopp – an die – Stangen!" zu hören. "Ich mache den Anfang und Pape den Schluß."

Markus atmete auf. Doch dann, als sei es ihm eben erst eingefallen, verbesserte sich Stöhr: "Fehlanzeige, heute ist Jüchen als letzter dran – nach Pape."

Markus blickte zu Leon hin. Der sah erschöpft aus. Das Turnhemd klebte ihm am Leib. Doch er nickte Stöhr bereitwillig zu. Markus merkte, daß Stöhr auch ihn im Auge behielt – ein einziges Wort und wir brechen dir alle Knochen im Leib.

"Tu's nicht", flüsterte er Leon zu. Leon reagierte nicht.

Turnlehrer Schultz stand bei der Tür zum Duschraum, und während vor ihm die Jungen nacheinander die Stange hoch kletterten, spornte er sie an: "Rauf und rauf und rauf und rauf!"

Dann war Pape dran, der laut verkündete, er würde es mit den Füßen und nur einer Hand schaffen. Und tatsächlich gelangte er einhändig bis unters Dach – fast! Denn dann nahm er doch die rechte Hand zu Hilfe.

"Schmierseife! Tu's nicht!" raunte Markus Leon zu.

Als Pape wieder unten war, setzte Leon die Brille ab und reichte sie Markus. Kurzsichtig durchquerte er die Turnhalle zur Stange, prüfte mit dem Fuß die Sprungmatte und begann zu klettern.

"Ran, Jüchen, ran, ran – da oben gibt's Sterne, die du noch nicht kennst!" riefen Pape und Stöhr.

Gelächter hallte durch die Turnhalle.

"Schneller, Jüchen, schneller!"

Und dann geschah es – jäh brach das Lachen ab, als Leon unterm Dach abstürzte, die Matte verfehlte und hart mit dem Hinterkopf auf den dreizackigen Eisenständer der Kletterstange schlug. Leblos blieb er liegen und bald auch verstummte sein Röcheln …

Erst nach Tagen war Markus zu einem Besuch bei Leons Mutter zu bewegen – doch als er vor ihr stand, versagten ihm die Worte.

"Ich weiß, du hast ihn gewarnt. Ich weiß", sagte sie leise und legte den Arm um ihn. Sie spürte, daß er zitterte, sah sein verzerrtes Gesicht und wie er sich auf die Lippe biß. "Du trägst keine Schuld – du nicht!"

Onkel Markus

War er nach Mutters Bruder benannt, oder war es nur Zufall? Markus erfuhr es nie. Denn Onkel Markus lebte weit weg. Man sprach selten über ihn, und nur einmal im Jahr kam er zu Besuch – wenn in Raffelberg das große Galopprennen lief. Dann fuhr er eigens in seinem silbergrauen Mercedes von Stuttgart bis Duisburg.

Er hatte mit Autos zu tun, rund um die Welt gründete er Verkaufsfilialen. Markus mochte ihn, dem Onkel haftete der Hauch des Weitgereisten an, und es machte ihn nicht älter, daß sein Haar allmählich ergraute. Niemand glaubte ihm seine fünfzig Jahre. Meist war sein Gesicht von südlicher Sonne gebräunt, und wenn er lächelte, strahlten die Zähne. Mochte er auch am Stock gehen, sein künstliches Bein nachziehen, stets schien er alles andere als behindert. Er wirkte jung, ja geradezu sportlich.

Am Tag des großen Rennens konnte man ihn zum Mittagessen erwarten, und daß er bald darauf verschwand und erst gegen Abend wiederkam – ob reicher oder ärmer, war seinem Verhalten nicht anzumerken, immer zeigte er sich gelassen, und daß er Markus bei jedem seiner Besuche eine Silbermünze in die Hand drückte, ein schweres Fünfmarkstück, gehörte zum Ritual. Das ganze Jahr hindurch fühlte sich Markus bereichert, und er brach das Geld erst an, wenn die Zeit verflossen und dem alten Fünfmarkstück ein neues hinzugefügt war.

Oh, es waren schon besondere Besuche.

Und dann, im sechsunddreißiger Jahr, Markus war schon zwölf, verkündete der Onkel, daß er nicht wiederkommen werde: "In diesem Deutschland hält mich nichts mehr – ich setze mich ab." Die Mutter ließ den Kopf sinken und schwieg. "Sorg dich nicht", ermunterte er sie. "Ihr hört von mir."

Am Abend, zurückgekehrt vom Raffelberger Rennen, wirkte er weniger gelassen als die anderen Male. Er schob Markus das Fünfmarkstück zu und strich ihm nachdenklich über den Kopf.

"Hast du viel Geld verloren?" fragte Markus ihn.

"Nein."

"Was ist mit dir?"

"Nichts."

Markus ließ das Geldstück unbeachtet.

"Hör mir mal zu", sagte der Onkel.

Markus setzte sich.

"Es war ein guter Tag und wie geschaffen für Pferderennen. Nichts ging daneben, wenn auch den Großen Preis ein krasser Außenseiter gewann. Zum Sieg gehört eben immer auch das Glück des Augenblicks."

"Warum erzählst du mir das?"

"Denk mal nach!"

"Wirst du durchkommen?"

Onkel Markus sah jetzt entschlossen aus und voller Spannkraft. "Werde ich", versprach er. "Bin ich doch immer – mal abgesehen davon, daß mich der Krieg ein Bein gekostet hat. Aber das Glück des Augenblicks hat mich auch damals nicht verlassen. Und es wird auch dich nicht verlassen, das merk' dir."

"Wie kannst du das wissen?"

"Weil du bist wie ich. Das spüre ich."

"Was ist passiert in Raffelberg?"

"Sag mal", forderte Onkel Markus, "was würdest du tun, wenn du am Eingang zum Rennplatz ein Schild fändest: Juden unerwünscht?"

Markus zögerte nicht: "Eine Karte lösen und wie du dagegen halten", sagte er.

"Eben", sagte Onkel Markus. "Dagegen halten, sich nie besiegt fühlen. Dann hat man auch das Glück des Augenblicks."

Markus nickte und war jetzt sicher, daß Onkel Markus durchkommen würde. Der ja – Onkel Markus würde durchkommen.

BAHNWÄRTERHAUS

Die Eltern wollten, daß Markus nach Köln mit dem Zug fuhr, nicht mit dem Fahrrad, und als er dort die Brodski Brüder traf, waren die beiden schon erschöpft von der langen Strecke, die sie ohne ihn geradelt waren. Nach kurzer Fahrt rheinaufwärts legten sie eine Rast ein, entfachten hinter der Uferböschung ein Feuer, und während sie sich ausruhten, ging Markus auf Quartiersuche.

Eine Bäuerin, die er ansprach, wollte ihnen ihre Scheune nicht lassen, sollten sie doch sonstwo schlafen, und er hatte das Gefühl, sie witterte etwas. Als sich ähnliches zweimal wiederholte, kam er sich gebrandmarkt vor. Ihm war, als läge Bedrohung in der Luft. Nachdenklich kehrte er zu David und Schlomo zurück und löffelte schweigend die Suppe, die sie gekocht hatten.

"Werden wir müssen schlafen im Wald", sagte Schlomo.

Es machte Markus nicht gesprächiger. Schlomos jiddischer Tonfall und wie er und sein Bruder die Worte verdrehten, störten ihn plötzlich. Immer noch schwieg er, und dann spülten sie das Kochgeschirr, packten es weg und löschten das Feuer. Sie radelten weiter. Gegen Abend wurde es kalt, und sie froren. Der Wind pfiff, die Dynamos surrten, und das Licht der Scheinwerfer irrte über dem schmalen Flußweg. Sie bogen ab auf ein Wäldchen zu, und Markus befürchtete schon, sie würden hier übernachten müssen. Wo sonst? Die beiden, David und Schlomo, das war sicher, würden nicht mehr ausrichten als er.

"Redet nicht so verquer", bat er sie, als sie beim Schienenstrang jenseits des Wäldchens auf ein Bahnwärterhäuschen stießen, "sonst landen wir nirgends und erfrieren im Wald."

Schlomo zog die Schultern ein und betrachtete ihn über die Achsel. "Wer wird reden", sagte er. "Du wirst reden – wie immer."

Der Eisenbahner, der im Fenster lehnte, sah sie lange an. "Keine Bleibe, was", meinte er. "Drei obdachlose Judenjungen."

Dabei hatten die Brodskis kein Wort gesagt. Markus spürte, daß die ihm etwas vorwarfen, fand sie im Recht und trat einen Schritt zurück.

"Wohl zwecklos, hier um Quartier zu bitten", sagte er zu dem Eisenbahner.

Der antwortete mit dem Spruch von den drei Affen, von denen einer nichts hört, der zweite nichts sieht, der dritte nichts sagt.

"Könnt ihr das so halten?"

Es war warm im Bahnwärterhaus, im Kanonenofen brannte knackend das Holz, und sie schliefen fest auf dem harten Boden, hörten weder den Streckenmelder noch das Rattern der Züge. Es war schon hell, als sie der Eisenbahner mit dampfendem Muckefuck weckte.

Sie tranken die Becher leer und dankten ihm.

"Drei Affen", warnte er sie. "Ihr wißt Bescheid."

"Werden wir es nicht wissen", sagte Schlomo achselzuckend und stieß dabei seinen Bruder an.

Der Eisenbahner stutzte. "Was soll das heißen?"

"Von uns erfährt keiner was", versicherte Markus schnell.

"Besser auch", sagte der Mann, "und nun ab mit euch."

Er sammelte die Becher ein. Und dann radelten sie zu dritt nach Köln zurück.

MIRIAM

Entgegen seinen wahren Gefühl für Miriam mit den sanften braunen Augen und dem dichten dunklem Haar behandelte Markus die Tochter des Schuhmachers immer nur wie eine jüngere Schwester. Und Miriam, einfühlsam, hielt sich in diesen Schranken den ganzen Frühling und den Sommer über, obwohl sie – fünfzehnjährig wie Markus – im Wesen und Erscheinung reifer war als er.

In seinen Träumen küßte er ihren Mund und umschloß ihr bleiches Gesicht zärtlich mit den Händen. In seinen Träumen fiel das schlichte, aus einem Kittel ihrer Mutter gefertigte Kleid von ihr ab, und er sah sie schlank und weiß und lieblich. Im Leben jedoch verhielt er sich zu ihr

Nur für Arier!

immer nur brüderlich. Zusammen streiften sie durch den Wald, legten sich am Rheinufer ins Gras und blickten über den Strom, auf dem die Sonne glitzerte, oder zum Himmel empor, in die fliehenden Wolken. Wenn sie seine Hand berührte, wie es zuweilen geschah, spannte sich alles in ihm, und dann neckte er sie: "Händchen halten, wie Kinder! Kleines Mädchen, du!"

Lastkähne glitten flußabwärts der Grenze zu, nach Holland. Flachshaarige Kinder spielten an Deck, Laute der fremden Sprache und frohes Lachen drangen an ihr Ohr.

"Wie gern würde ich da mitfahren und nie wiederkommen!" sagte Miriam.

Markus sah den verschwindenden Kähnen nach und während die letzten Bugwellen plätschernd ans Ufer schlugen, sagte er: "Aber Sternchen – was willst du denn ganz allein in einem fremden Land?"

"Wenn du mit mir kämest, wäre ich nicht allein."

"Bleib vernünftig, Sternchen!"

"Ja doch."

Sie seufzte und starrte verloren in die Ferne, ein kleines Mädchen wieder, fügsam und verwundbar.

An jenem Nachmittag im Spätherbst ertönte wie immer das vertraute heisere Scheppern der Glocke, als Markus in der Altstadt die Tür zu Schuhmacher Menachems Werkstatt aufstieß. Der Laut verhallte zwischen den Regalen und der Arbeitsbank am Fenster. Der Schemel, auf dem Miriams Vater tagtäglich hockte und Schuhe reparierte, war leer. Er wartete ein Weilchen, dann setzte er die Glocke noch einmal in Gang. Doch niemand erschien. Aus dem Zimmer hinter dem Laden drang schwaches Murmeln.

"Ich bin's – Markus!"

Schließlich öffnete er die Schranke des Ladentisches und klopfte an die Wohnungstür. Vorsichtig wurde geöffnet und Miriam erschien. Ihr Blick verkündete nichts Gutes.

"Was ist los, Sternchen?"

"Bedecke den Kopf", bat sie, "und sei leise! Vater betet."

Er setzte seine Schülermütze wieder auf und folgte ihr. Miriams Vater saß am Kopfende des Tisches, über den eine Spitzendecke gebreitet war, den Gebetsschal um die schmalen Schultern gelegt, den Blick auf ein Büchlein in seinen Händen. Er beugte sich vor und zurück zum Rhythmus einer kaum hörbaren Litanei, dabei bewegten sich ständig seine Lippen. Er blickte weder hoch, noch unterbrach er sein Beten, als Miriam Markus zum Sofa an der Wand führte. Markus setzte sich. Er wollte etwas sagen. Sie aber berührte beschwörend seinen Arm.

Die Gardinen vor dem kleinen Fenster waren zugezogen, Kerzen spendeten ein mattes Licht. Miriams Mutter saß in sich zusammengesunken auf einem Stuhl in der Ecke. Das Gesicht hielt sie in den Händen. Sie weinte. Ihre Schultern bebten. Ein schäbiger Koffer mit Kleidern und Wäsche stand offen zu ihren Füßen.

"Was ist passiert, Sternchen?"

Miriam legte einen Finger an die Lippen und sah Markus flehend, dabei nachsichtig an.

"Sternchen!"

"Sei still", flüsterte sie.

Das Licht flackerte, eine Kerze verlosch mit leisem Zischen. Miriam saß aufrecht und aufmerksam da, das Gesicht dem Vater zugewandt. Ihre Hände verschlangen und lösten sich in ihrem Schoß.

"Sternchen, so hör doch!"

Ihre Hände wurden still. Sie schloß die Augen, als schöpfe sie Kraft aus ihrem Innersten. Und Markus begriff, daß sie nicht mehr sein Sternchen war. Sie schien verwandelt, seltsam gereift, und das bestürzte ihn.

"Ich will wissen, was passiert ist!"

"Die Gojim", sagte Miriam ruhig und legte einen Arm um ihn, "die Nazis, verstehst du, schicken uns fort – Mutter und Vater und mich. In dieser Nacht noch! Und du mußt bleiben!"

"Schmah Israel, adanoi adaheinu …" betete Miriams Vater und schlug sich sanft mit der Faust gegen die Brust. Hinter ihm, im Dunkeln, weinte die Frau. Miriams Augen zeigten keine Tränen, verrieten keinen Schmerz, während sie Markus an sich preßte.

"Armer Markus!"

"Ich verstehe das alles nicht!" rief er. "Warum ihr und nicht ich?"
"Sie werden dafür sorgen, daß du es verstehst", unterbrach sie ihn.
"Und das, nur das, macht mich traurig."

Flucht

Es dämmerte bereits, und Markus hielt es durchaus für möglich, daß er sich irrte – war es doch in letzter Zeit sogar bei hellem Tageslicht vorgekommen, daß er jemanden, an den er gerade dachte, plötzlich vor sich zu sehen glaubte: war das nicht Miriam? Waren das nicht Rolf Bernstein, Isaak Seligsohn, Rachel Lewin ... die Brodski Brüder? Nein! Wieder nur eine Täuschung. Sie waren ja alle fort. Alle, deren Eltern aus Polen stammten, waren fort, und auch David Hertz war fort. Die Klasse ihrer jüdischen Oberschule in Düsseldorf, die er seit vergangenem Jahr besuchte, war geschrumpft. Der Oktober hatte begonnen, von den Bäumen fielen die Blätter, und kein einziger würde wiederkommen, sie blieben für immer verschollen.

Markus blickte genauer hin. Aber das *war* David Hertz, ohne Zweifel, das war er! Der da gerade ein Fahrrad aus dem Eingang eines Miethauses geschoben hatte und es nun auf die andere Straßenseite trug, war David Hertz. Gleich würde er verschwunden sein. Markus wagte nicht, ihn zu rufen, wagte nicht den Namen von einem zu rufen, den es nicht mehr geben durfte. David, David hämmerte es in ihm, während er über die Straße rannte.

Der hatte Markus noch nicht bemerkt, war mit dem Fahrrad beschäftigt, probierte das Vorderrad, das Hinterrad, pumpte die Reifen auf.

"David", flüsterte Markus, jetzt dicht neben ihm.

Der fuhr schreckerfüllt zusammen. Dann fing er sich, blieb aber blaß.

"Du bist zurückgekommen?"

David schüttelte den Kopf. "Ich war nie weg."

"Und die anderen?"

Das brauchte keine Antwort, ein Achselzucken genügte: Sprache der Zeit – ein Achselzucken, ein warnender Blick, eine flüchtige Handbewegung.

"Hau lieber ab – sofort!" warnte David.

Markus rührte sich nicht, er blieb, mußte bleiben: Der beste Freund, den er seit langem hatte, war der Falle entgangen, war nicht wie all die anderen verschickt worden. Was kümmerte es ihn da, wer ihn sah! Vorsicht wäre jetzt Feigheit, wäre Verrat. David mußte sich in diesem Haus versteckt gehalten haben, oder wie sonst war er ihnen entwischt?

"Was ist mit deinen Eltern?" flüsterte Markus.

David klemmte die Pumpe an den Fahrradrahmen. Als er sich aufrichtete, verriet sein Ausdruck die innere Qual.

"Fort!"

"Ich will was tun. Wie kann ich dir helfen?"

"Es reicht schon, daß du keinem erzählst, wo du mich gesehen hast oder daß du mich überhaupt gesehen hast – zwei Tage lang schweigen. Das reicht."

"Wo wirst du dann sein?"

"So was fragt man nicht."

"Ich werde nie darüber reden – nie! Sag mir, wo du dann sein wirst."

"In Holland – oder tot", entgegnete David ernst.

Nach der Schule am nächsten Tag schob Markus zwei Fahrräder auf die Prinzenstraße hinaus – sein eigenes und das seines Vaters, und begann das Fahren mit beiden zu üben, trat die Pedalen des einen und hielt mit der Rechten die Lenkstange des anderen. Anfangs schwankte er, ein- oder zweimal wäre er fast gestürzt, bald aber wurde er sicherer und schaffte es die Straße hinunter und wieder zurück, zwanzigmal, dreißigmal. Schließlich bog er in die Hohenzollernstraße ein, radelte bis zum Botanischen Garten und dann links die Steigung der Schweizerstraße hinauf. Es war schwer, mit zwei Rädern bergauf zu fahren, doch eine nützliche Übung. Verpatze ich es jetzt nicht, wird es auch morgen klappen. Die Straße hinter Emmerich war glatt und gerade, er würde es dort sogar leichter haben als hier. Aber es würde finster sein. Also galt es die

Dunkelheit abzuwarten und weiter zu üben. Er radelte und radelte ...
und er kam erst nach Hause, als längst die Laternen brannten.

"Wo warst du bloß", empfing ihn die Mutter. "Nicht mal zum Abendessen ..."

"Hatte keinen Hunger."

"Ist das eine Antwort? Wo warst du so lange?"

" Unterwegs – und morgen nach der Schule will ich in Düsseldorf bleiben und bei Tante Erna übernachten. Bitte sag ja!"

"Nicht bis du mir versprichst, nie wieder wegzubleiben, ohne vorher Bescheid zu sagen."

"Verspreche ich. Ehrenwort!"

"Nur mach mir nicht wieder solchen Kummer."

"Laß gut sein, Mutti."

Er küßte sie. Sie spürte die Spannung in ihm. "Was ist los? Sag, was los ist."

"Nichts – gar nichts", versicherte er ihr und ging schlafen, ohne erklärt zu haben, daß er Davids Flucht-Fahrrad den Besitzern zurückbringen wollte.

"Das wäre tatsächlich eine Hilfe", hatte David bekannt. "Würde es an der Grenze gefunden und man käme den Besitzern auf die Spur, nicht auszudenken ..."

"Die haben dich also versteckt?"

"Das behältst du für dich – hörst du!"

"Klar."

"Ja, sie haben mich versteckt – und mir Geld und das Fahrrad gegeben."

"Wir treffen uns also in Emmerich."

"Ja, Mark – abgemacht."

Lange konnte Markus nicht einschlafen. Seine Gedanken kreisten um den nächsten Tag. Wie doch der Entschluß zur Flucht David verändert hatte, David, den Freund, der sich selbst in kritischsten Situationen nie anders als besonnen gezeigt hatte. Als Markus endlich in einen unruhigen Schlaf fiel, fuhr und fuhr er immerzu eine dunkle, schnurgrade Straße an einer Grenze entlang ...

Es dunkelte schon, als Markus sein Fahrrad vor das Bahnhofsgebäude schob, wo David ihn erwartete, und als die Häuser von Emmerich hinter ihnen lagen, war die Nacht vollends hereingebrochen. Vom wolkenverhangenen Himmel fiel feiner Sprühregen und durchweichte das Laub auf der Landstraße. Bald war es so glitschig, daß sie nur noch im Schritttempo fuhren. Lastwagen blendeten sie und spritzten ihnen Dreck ins Gesicht. Der Regen drang durch ihre Kletterjacken, und die Sicht wurde so schlecht, daß sie die Grenzer erst bemerkten, als sie fast auf gleicher Höhe mit ihnen waren – zwei bewaffnete Posten, die mit einem Schäferhund über ein Feld gingen. Der Hund schlug an. Die Männer drehten sich um und richteten ihre Stablampen auf sie. Einer hielt den Karabiner schußbereit.

"Fahr noch langsamer, Mark, und wink ihnen zu!"

Markus winkte. Die Grenzer winkten nicht zurück, aber sie schalteten die Stablampen aus.

Sie radelten weiter, nebeneinander jetzt, und kaum schneller. "Hast du Angst?" fragte David.

"Angst? *Ich* fliehe doch nicht – du fliehst!"

"Stimmt."

"Wie spät ist es?"

"Kurz vor neun. Wir sollten mal nachsehen, wie weit wir gekommen sind."

Markus blickte zurück. Es war stockdunkel hinter ihnen und nirgends ein Licht. Es regnete stärker jetzt, der Regen rann ihnen in den Nacken, durchnäßte ihre Schultern, prasselte auf die Straße und die Felder zu beiden Seiten. Als sie anhielten und die Fahrradlampen erloschen, hüllte die Finsternis sie ein wie ein schwarzes Tuch.

"Dreh dein Vorderrad und richte die Lampe auf meinen Zähler – nur für Sekunden."

Im kurzen Aufflammen des Lichts sah Markus David – das Haar klebte ihm am Kopf wie eine Kappe, sein Gesicht wirkte hohl, sein Ausdruck verzerrt. Der Regen hatte seine Kletterjacke durchdrungen und dunkel gefärbt, und unter der kurzen Lederhose schimmerten knochig und weiß seine Knie.

"Siebzehn Kilometer, das müßte reichen. Dreh das Rad noch mal, Mark."

David hielt einen Kompaß ins Licht. "Hier werden wir uns trennen", entschied er.

Davids Anspannung übertrug sich auf Markus. Ihm war, als müsse er ihn zurückhalten.

"David ..."

"Was?"

"Ich werde für dich beten."

"Dann danke Gott für den Regen und die Wolken."

"Ich bleib noch hier."

"Nicht nötig, Mark! Fahr so schnell du kannst nach Emmerich zurück."

"Nein, ich werde warten."

"Und wenn man dir wegen dem zweiten Rad Fragen stellt?"

"Werde ich sagen, es ist Leons Rad. Leon ist tot. Dem kann keiner mehr was. Und seine Eltern sind fort. Schreib mir aus Holland!"

"Aus Holland, klar. Und Palästina – wenn ich erst dort bin, Mark. Palästina!" sagte David heftig.

Sie lehnten ihre Fahrräder an einen Baum. David drückte Markus die Hand.

"Chasak."

"Chasak, David."

Für einen Augenblick klammerten sie sich aneinander – wie Kinder im Gewitter, dort auf der Landstraße hinter Emmerich. Und noch immer fiel stetig der Regen.

"Nimm das, Markus."

"Was ist das?"

"Ein Davidstern."

David trennte sich von Markus, sprang über den Straßengraben und lief geduckt übers Feld. Markus hörte noch seine Sprünge im Schlamm, als er ihn schon nicht mehr sah. Er steckte den Davidstern weg und setzte sich, den Rücken gegen den Baumstamm, auf den Gepäckträger seines Fahrrads.

Minuten später – waren es zehn oder mehr? – schreckten ihn ein Schuß und Hundegebell auf. Woher kam das? Diesseits oder jenseits der Richtung, die David eingeschlagen hatte. Lieber Gott, hilf ihm hinüber, lieber Gott, hilf ihm über die Grenze, lieber Gott, laß ihn heil über die Grenze kommen ...

Eine Stunde vor Mitternacht gab er die beiden Fahrräder am Bahnhof von Emmerich auf und verließ den Ort mit dem Zug. Er hockte sich in eine Ecke des Abteils und dachte an David – an ihre Freundschaft, an die Radtour nach Remagen, die Nacht in der Scheune und was sie sich erzählt und versprochen hatten, und an alle Gespräche seitdem, in der Schule und der Freizeit, und an die Bücher, die David ihm empfohlen hatte. Er sah ihn deutlich vor sich – seinen wachen und zugleich angespannten Ausdruck, und wie er die Schultern einzog, ehe er den Satz über den Graben tat, sich duckte und dann, den Körper dicht am Boden, im Regen über das Feld robbte. Zur Grenze hin ... In Holland – oder tot! Was auch geschehen war und noch geschehen mochte, sie würden sich nicht wiedersehen ...

In Düsseldorf angekommen, ließ Markus sein eigenes Fahrrad auf dem Bahnhof und fuhr mit dem, das David benutzt hatte, zum Haus seiner Tante.

"Markus, Markus – wo bist du bloß gewesen?" rief sie so außer sich wie am Tag zuvor die Mutter. "Du hattest doch versprochen, vor Einbruch der Dunkelheit ..."

"Da war etwas, das ich tun mußte", unterbrach er sie, "etwas, das bitter nötig war!"

Am nächsten Tag, nachdem er den Rest der Nacht in einem überreizten Zustand zwischen Schlaf und Wachsein überdauert hatte, brachte Markus das ausgeliehene Fahrrad seinen Besitzern zurück. Und erst zehn Tage später, als endlich eine Bildpostkarte aus Holland eintraf, erklärte er seiner Mutter, warum er auch in Düsseldorf bis spät in die Nacht weggeblieben war.

Das Gemälde

Nichts in Vaters Arbeitszimmer war ihrer Zerstörungswut entgangen – außer dem Gemälde an der Wand. Was hatte die SS-Männer davon abgehalten, es zu zertrümmern wie die Möbel? Unberührt hing es, wo es seit Jahren gehangen hatte, stärker vom Tageslicht erhellt als zuvor, weil die Gardinen heruntergerissen worden waren. Das Licht lenkte den Blick auf das Bild, und Markus, der zwischen umgestürzten Polstermöbeln über zersplittertes Glas und zersplittertes Holz darauf zuging, betrachtete es.

Als er klein war und alles, was ihm auffiel, in seiner Phantasie ausschmückte, hatte ihn das Bild viel beschäftigt – zwei junge Frauen, vom Regen überrascht. Wo wohnten sie, und würden sie nach Hause gelangen, ehe sie durchnäßt waren? Mit der Zeit aber hatten ihn ihre bestürzten Gesichter kaum noch beeindrucken können. Und nach den Farben des Laubs die Jahreszeit zu bestimmen und aus dem trüben Himmel die Stunde des Tages zu erraten, war schon lange abgetan. Seit er wußte, was Menschen im wirklichen Leben zu ertragen hatten, kam ihm das Gemälde bedeutungslos, ja geradezu lächerlich vor. Ein bißchen Regen, ein Windstoß, der Regenschirme umstülpt ...

Schließlich hatte er sich sogar gefragt, warum der Vater es überhaupt noch in seinem Arbeitszimmer duldete. Es war in diesem Zimmer, vor diesem Bild gewesen – hier hatte er dem Vater geschildert, was vor seinen Augen Rabbi Levisohn angetan worden war. Aber der Vater hatte nur weiter auf das Bild gestarrt. "Vater, so hör doch!" hatte er gesagt. "Sie packten ihn beim Bart und zwangen ihn, auf allen Vieren zu kriechen. Er mußte bellen wie ein Hund. Und die ganze Zeit grölten sie ..." Der Vater aber hatte weiter geschwiegen und den Blick nicht abgewandt.

Jetzt, in dem verwüsteten Zimmer, überkam Markus die Wut. Alles, was für den Vater, und damit für sie alle, Sinn und Bedeutung gehabt hatte, war unwiderruflich zerstört. Sämtliche Bücher der Bibliothek lagen mit zerrissenen Einbänden auf dem Fußboden verstreut. Nur das Gemälde, dieses Stück bemalter Leinwand im vergoldeten Holzrahmen, hing unversehrt an der Wand – zwei Damen im Regen ...

Vater war von der Gestapo verhaftet worden, Mutter saß verstört im Keller. Mit einem Schritt war Markus bei dem Bild, riß es mit beiden Händen vom Haken und warf es zu den Büchern auf den Boden. Dann verließ er das Zimmer. Im Flur stieß er fast mit seiner Mutter zusammen. "Mein Gott", rief sie atemlos, "ich dachte schon, sie sind wieder da! Ich hörte was fallen."

"Nein, sie sind nicht wieder da", beruhigte er sie. "Bloß das Bild in Vaters Arbeitszimmer ist runtergefallen. Es ist sogar noch ganz. Aber ich hab's nicht wieder aufgehängt – was soll uns so ein Bild in diesen Zeiten!"

Der Schrei der Krücken

Markus folgte dem steilen Weg aus dem novemberlich trüben Wald hinunter ins Tal. Die trägen Wasser der Ruhr schimmerten schwach durch den Nebel. Irgendwo in der Siedlung hinter dem Eisenbahndamm bellte verloren ein Hund. Wo der Boden fester wurde ging er schneller. Die einst so vertraute Welt kam ihm seltsam verändert vor, und das kam nicht bloß von diesem tiefliegenden Nebel. Er fühlte sich ausgestoßen und dabei frei und ungebunden. Seine Zeit gehörte ihm, die Schule war geschlossen, es gab keine Verpflichtungen mehr. Untätig brauchte er nur auszuharren, bis sich die Grenzen einer neuen Welt für ihn öffneten.

Im Geiste sah er seinen Vater, sah die Mutter auf der Suche nach ihm durch endlose Korridore des Polizeipräsidiums hasten, sah sie Türen öffnen, hörte sie bange Fragen stellen. Fünfzehn Jahre Kindheit und Jugend, seine ganze Vergangenheit war im Nebel wie die Landschaft ringsum. Er dachte an die Zukunft.

Der plötzliche Anblick zweier Krücken in einer Mulde unterm Eisenbahndamm riß ihn aus seinen Gedanken. Die Krücken waren alt und abgenutzt, oben mit Lumpen umwickelt, sie schienen weggeschleudert worden zu sein – eben erst, oder wann? Markus spürte, daß es nicht lange her war. Er blickte sich um. Nichts rührte sich, weder im Gebüsch noch in der Mulde oder oben auf der Böschung. Stumm, doch unüberhörbar schrien die Krücken – unheimlicher als das Bellen des Hundes, durchdringender als das Tuten der Nebelhörner im fernen Hafen. Er kletterte die Böschung hinauf, und je näher er den Eisenbahngleisen kam, je deutlicher schien er die Schreie der Krücken zu hören, es war, als gellten sie ihm im Ohr. Und dann sah er den Versehrten auf einer Schwelle zwischen den Schienen, er hockte auf einem Beinstumpf, das andere Bein hatte er steif ausgestreckt. Als er Markus gewahr wurde, stützte er sich mit den Händen hoch und blickte ihn grimmig an. Sein verbeulter Hut war tief in die Stirn gezogen, der Mantel hing ihm lose um die Schulter, das leere Hosenbein war über dem Stumpf zusammengenäht und mit einem Lederflicken verstärkt.

"Scher dich fort!"

Der Mann musterte Markus gespenstisch, seine starren Augen in dem stoppligen Gesicht verengten sich.

"Mach, daß du wegkommst!"

Markus streckte die Hand aus. Der Mann bewegte seinen Beinstumpf so, daß er aufrecht sitzen konnte, schüttelte die Faust und fluchte.

"Verschwinde!"

Der schrille Pfiff einer Lokomotive zerriß die Stille hinterm Wald. Schon glaubte Markus den stählernen Schlag der Räder auf den Schienen zu hören, da glitt er die Böschung hinab, griff die Krücken, er rutschte auf dem feuchten Boden aus, fiel hin, raffte sich hoch, kletterte weiter und hörte den Zug immer näher kommen. Wo war der Zug, wie weit? Er versuchte, dem Mann die Krücken unter die Achseln zu klemmen, der aber sträubte sich. Doch ehe noch der Zug heran war, hatte Markus ihn vom Gleis gezerrt. Und während der Zug vorbeistampfte, hielt er ihn am Rand des Bahndamms fest ...

Der Zug war lang. Asche und Funken flogen Markus ins Gesicht. Klirrend geisterte der Zug durch den Nebel, das Schlußlicht verschwand im Tunnel, der Schlag der Räder verhallte, und da erst wurde Markus die Fracht bewußt, die vorbeigerollt war.

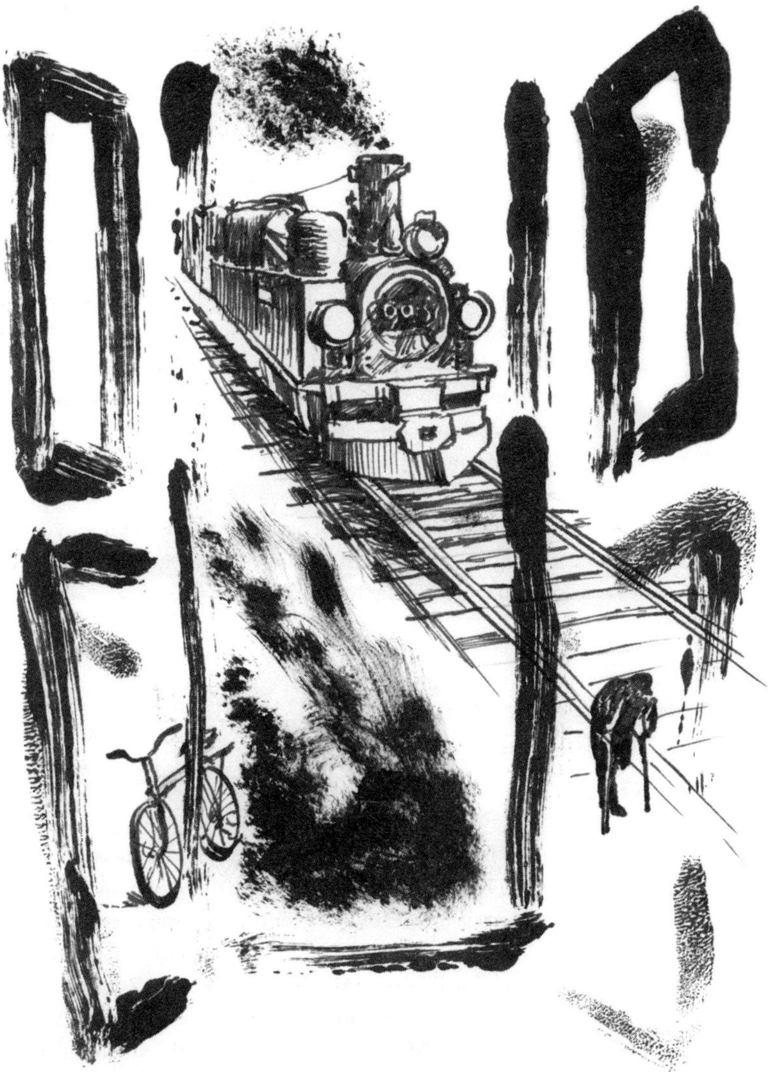

"Panzer und Kanonen, Junge", sagte der Mann. "Kapierst du!"
"Ich konnt' Sie nicht da liegen lassen", rief Markus.
Der Mann sah Markus an. "Verstehe", sagte er, "paar Augenblicke später wäre es auch für dich schlimm gewesen."
Markus griff nach den Krücken neben den Gleisen. "Ich helfe Ihnen weiter."
"Laß sein und verschwinde!"
Der Mann riß die Krücken an sich, richtete sich mühsam auf, hüpfte ein paar Meter von Schwelle zu Schwelle und glitt dann, die Krücken hinter sich herziehend, die Böschung hinab, wo er im Nebel verschwand.

Aus der fernen Siedlung klang wieder das Hundebellen herüber, ein unheimliches Jaulen war zu hören, das in Markus die Fracht heraufbeschwor, die an ihm vorbeigerollt war, und wieder sah er den Mann auf seinem Beinstumpf zwischen den Schienen hocken.

Vom Fluß her kam ein Wind auf, der trieb den Nebel auseinander, und in dem trüben Licht des Tages wiesen die Schienen den Weg in zwei Richtungen. Markus schritt schnell aus, doch als er von fern wieder einen Zug hörte, glitt auch er die Böschung hinunter und folgte dem Weg, der aus dem Tal zur Siedlung führte ...

RUTH

Es hatte geschneit im Januar, heftiger als in vergangenen Jahren, und wo der Weg in den Wald mündete, war er verweht. Unter den Bäumen kam Markus besser voran und bald hatte er das Waldhäuschen erreicht. Noch war es vor der Zeit, war es noch nicht vier, doch es dämmerte schon, und die Krähe, die zwischen den Bäumen davonflog, verlor sich schnell in der Dämmerung. Er hörte Zweige unter der Schneelast brechen und den Schnee fallen – ein Flüstern im Wald. Darüber hinaus war es still, und Markus lauschte in die Stille. Schon fürchtete er, Ruth würde nicht kommen. Es stimmte ihn traurig, denn sie würden sich nicht wiedersehen – innerlich war er längst fort, war auf dem Weg nach England, und in weniger als zweimal zwölf Stunden würde es so sein. Zweimal nur hatten sie sich hier im Wald getroffen, denn nach dem Tag der Vandalen im November war Ruth verschollen. Zum Jahreswechsel aber hatte sie ihm eine Karte mit der Ansicht von Tannen im Schnee geschrieben, ihm Glück gewünscht und daß er sie erwarten solle, heute um Vier.

Gemessen an der zunehmenden Dämmerung ging es auf fünf zu, und immer noch fehlte sie. Er harrte aus, doch noch ehe er in der Ferne Schritte hörte, hatte er sie schon aufgegeben. Jetzt stand sie vor ihm, im schweren, von der Mutter geborgten Mantel, ihr dunkles Haar verborgen unterm Wollschal, und ihr Gesicht war weiß wie der Schnee. Wie sie ihn ansah, spürte er, daß sie schlimme Nachricht brachte.

"Danke, daß du gewartet hast."

Er schwieg.

"Es ging nicht anders, ich mußte zum Arzt, ganz unerwartet mußte ich wieder zum Arzt."

Das brauchte keine Erklärung. Sie hustete heftig, krümmte sich beim Husten und wandte sich ab. Sie hielt sich das Taschentuch vor den Mund, sah hinein und atmete schwer. Sie entzog sich ihm, als er sie berührte, drehte den Kopf weg, als er sie küssen wollte.

"Das sollst du nicht, nie mehr."

"Ruth", sagte er. "Ich reise morgen ab."

"Ich weiß. Und leb wohl – du."

Sie sah ihn an und wirkte, wie damals Miriam, sehr reif und besonnen. Sie lächelte nachsichtig. Es war, als verzeihe sie ihm etwas.

"Du wirst fahren, und ich bleibe hier."

Er begriff sie nicht. War die Überfahrt nicht längst geregelt – nach Amerika, zusammen mit ihrer Schwester?

"Esther fährt. Ich bleibe", sagte sie.

Sie erklärte den Grund nicht, sagte nicht, daß es an der Krankheit lag, ihr wegen der Krankheit die Einreise verweigert war, doch er wußte Bescheid. Wieder hustete sie, wieder verfärbte sich ihr Taschentuch.

"Ich vergesse dich nicht, Ruth", versprach er. "Du hörst von mir."

"Ja, flüsterte sie. Schreib mir, wie es in England ist."

Die Abreise

Der Zug fährt aus dem Bahnhof in den grauen Januarnachmittag – Duisburg, Krefeld, Venlo an der Grenze, Duisburg, Krefeld, Venlo an der Grenze – schneller, die Räder drehen sich schneller, eine Rauchfahne zieht über den entschwindenden Bahnsteig, "Mutter, Mutti!" Sie taucht im Dunkel der Halle unter, nur ihr vertrautes Gesicht hebt sich noch weiß und vage aus der Menge ab, dann wird es vom Rauch eingehüllt.

Als Markus sich auf dem Bahnsteig ein letztes Mal zu ihr hinwandte, hatte er gesagt: "Sei froh, daß ich wegfahre", und dann nichts weiter – der endgültige Abschied, dem soviel Ungewißheit vorausgegangen war, erleichterte ihn derart, daß es alle anderen Gefühle verdrängte. Er hatte seinen Koffer genommen und war mit einem fremden Lächeln auf den Lippen in den Zug gestiegen: "Leb wohl, Mutti!" hatte er gerufen, ohne Tränen in den Augen.

Duisburg, Krefeld, Venlo an der Grenze, der Schlag der Räder auf Stahl ... Venlo an der Grenze. Seine Hände bleiben kalt, obwohl es warm ist im Abteil, besonders bei der Heizung am Fenster. Er vergräbt die Hände in den Manteltaschen und starrt auf die einst so vertraute Stadt. Seit er wußte, daß er sie verlassen würde, war sie ihm täglich fremder geworden. Graupelschnee bedeckt die Dächer, die verschneiten Straßen zeigen dunkle Spuren, eingemummelte Menschen hasten an erleuchteten Schaufenstern vorbei. Wie ein Lappen hängt naß eine Hakenkreuzfahne am Balkon eines Hauses, und der Schnee fällt und fällt. Die Eisenbahngleise gleiten davon und verlieren sich in der Ferne. Und seine Gedanken gleiten davon ... vorbei, vorbei. Hab ich nicht immer wieder lernen müssen, mich von etwas zu trennen, das ich lieb habe – von den Wellensittichen, von Zito, von meinen Zierfischen, die sich auf dem Teppich zwischen den Scherben des Aquariums zu Tode zappelten. Sie haben Leon Jüchen auf dem Gewissen, Louis Steinberg ist nach Honduras geflohen – Honduras? – und David Hertz nach Palästina. Unser Sternchen haben sie nach Polen verschleppt – und wohin wird es Ruth verschlagen? Was tun sie dem Vater in Dachau an? Mutter, sei froh, daß ich wegfahre ...

Duisburg, Krefeld, Venlo an der Grenze ... Der Zug rattert über eine Schienenkreuzung, rollt über eine Brücke. Der Winterwind wirbelt Schneeflocken durch die Brückenträger hinunter zum Fluß, hinunter auf die Autobahn, hinunter auf den dunklen Wald. Und wieder hebt sich eine Krähe aus den Baumwipfeln zu den tiefliegenden Wolken empor, die den Rauch der Schornsteine in sich aufnehmen. Duisburg, Krefeld, Venlo an der Grenze – der Schlag der Räder auf Stahl ...

"Heil Hitler! Die Reisepässe gefälligst!"

Es ist, als wäre Deutsch bereits eine fremde Sprache – für den Jungen mit dem krausen Haar auf dem Platz bei der Tür, für die beiden schlanken Mädchen neben ihm, die deutlich Schwestern sind, und für das kastanienbraune Mädchen, das Markus gegenüber bei der Heizung sitzt. Nur zögernd gehorchen sie der Aufforderung. Schweigend, gespannt weisen sie ihre Pässe vor mit dem großen roten "J" auf der ersten Seite. Bis jetzt haben sie kaum ein Wort miteinander gesprochen. Nein, sie haben nichts zu verzollen, versichern sie dem Beamten. "Was ist in diesem Kasten da?" – "Mein Akkordeon", sagt der Junge und schickt sich an aufzustehen. "Ist das Ihr Gepäck? Was ist darin?" – "Nur persönliche Sachen", flüstert das Mädchen mit dem kastienbraunen Haar.

Sie sieht den Beamten an, dann wieder Markus. Die Andeutung einer stummen Mitteilung verschwindet aus ihrem Blick, als ein SS-Offizier breitschultrig in der schwarzen Uniform mit den Totenkopfabzeichen in der Abteiltür auftaucht. Er tritt ein und ragt nun über ihnen. "Lauter abreisende Juden", erklärt ihm beflissen der Zollbeamte. Der SS-Mann nickt, sein Blick wandert über die Gepäcknetze, er mustert ihre Gesichter, ehe er ihre Pässe einfordert und die Namen mit einer Liste vergleicht. Dann wirft er den Packen Pässe auf den Fenstertisch. "Fünf weniger, die Scherereien machen", sagt er dem Zollbeamten. Der folgt ihm in den Gang. Die Abteiltür wird zugeschlagen. Drinnen herrscht Schweigen. Endlich ruckt der Zug an und rollt langsam über die Grenze.

Duisburg, Krefeld, Venlo an der Grenze ... vorbei und vergangen, und der Zug eilt durch das holländische Tiefland – weite Felder, eine Windmühle im Schneegestöber, saubere Gehöfte unter wogenden Wolken. Der holländische Beamte hat ihnen die Pässe mit einem höflichen

"Danke sehr" wiedergegeben, und aus seinem Mund klingt das Deutsche nicht fremd. Der Junge mit dem krausen Haar spielt Akkordeon, ganz leise – es klingt wie das Echo einer fernen Musik. Hand in Hand, wie sie die meiste Zeit dagesessen haben, hören die Schwestern versonnen zu. Und auch sie hört zu, das Mädchen mit dem kastanienbraunen Haar. Ihre Augen ruhen auf Markus.

"War das deine Mutter auf dem Bahnsteig?" fragt sie plötzlich, ganz so, als hätte ihre Reise eben erst begonnen. Markus bestätigt es, ihm kommt es vor, als hätte der Zug bereits hundert Städte hinter sich und hundert Grenzen überquert.

Meine Mutter, ja, und vielleicht sehe ich sie nie wieder, ich fahre nach England und kehre nicht mehr zurück. Duisburg, Krefeld, Venlo an der Grenze, warum also fragst du nach meiner Mutter? Sie ist weit weg, sehr weit ... Lieber Gott, vergib mir, daß ich so empfinde. Ich fange ein anderes Leben an, ich will nicht an meine Mutter denken, ich will nicht an meinen Vater denken, nicht an Miriam, nicht an Ruth, an niemanden will ich denken, an nichts, das ich in Deutschland zurückgelassen habe ...

"Fährst du auch nach England?"

Sie nickt. "Nach Manchester. Ich habe einen Onkel dort."

"Ich fahre nach Kent, in eine Schule. Das ist weit weg von Manchester."

"Wie heißt du?"

"Markus. Und du?"

"Sarah." Sie errötet und flüstert: "Ich heiße wirklich so, ich habe den Namen nicht erst von den Nazis. So heiße ich schon immer."

"Wie alt bist du?"

"Vierzehn. Bist du viel älter als ich?"

"Nicht sehr viel."

Für wie alt hält sie mich wohl? Mit meinen langen Hosen sehe ich älter als fünfzehn aus, ich weiß. Sie gefällt mir, ich wünschte, sie hätte keinen Onkel in Manchester. Wir könnten Freundschaft schließen, und wenn wir beide nicht mehr zur Schule gehen, könnten wir immer zusammen sein. Sarah – vielleicht halten die Engländer Sarah für einen schönen Namen.

"Wenn wir in Hoek van Holland ankommen, wollen wir dann zusammen aufs Schiff?"

"Wenn du willst."

"Ich werd' dir dein Gepäck an Bord bringen. Und in England von Bord."

"Nett von dir, aber nicht nötig. In Southend holt mich mein Onkel ab. Der bringt mich zum Zug."

Markus zuckt die Achseln, er starrt aus dem Fenster. Der Schlag der Räder durchdringt die leisen Klänge des Akkordeons.

"Bist du traurig?" fragt sie.

"Nein."

"Oder böse über was."

"Nein."

"Er spielt sehr schön Akkordeon, findest du nicht auch?"

"Ja. Er spielt gut."

"Was hast du denn?"

"Nichts."

Ich wünschte, sie hätte keinen Onkel in Manchester, dann könnten wir in Kent zur Schule gehen, und wir blieben zusammen. Was ist dabei, daß ich sie jetzt schon mag – obwohl ich sie kaum kenne. Miriam ist in Polen, weit weg; was wird aus Ruth? Und Mutter ist hinter der Grenze, der Vater auch. Ich mag Sarah, ich würde jetzt gern neben ihr sitzen und ihr später auf dem Schiff Gesellschaft leisten. Ich wünsche mir ein Andenken von ihr – etwas, das ihr gehört. Denn sie wird mit ihrem Onkel wegfahren, und ich werde sie nie wiedersehen.

"Bis Southend bleiben wir aber zusammen, oder?"

"Natürlich, wenn du das willst."

Der Junge mit dem Akkordeon ist ans Fenster getreten, ohne sein Spiel zu unterbrechen. Er lehnt sich mit dem Rücken gegen den Tisch, so daß Markus Sarah kaum sehen kann. Ihr Gesicht ist verdeckt. Da bietet er dem Jungen seinen Fensterplatz an und setzt sich neben Sarah. Sie lächelt ihm zu. Die Lider überschatten ihre Augen, die im Halblicht sehr dunkel wirken. Markus berührt ihre Hand.

"Sarah", sagt er, "bevor du mit deinem Onkel wegfährst – gib mir etwas, das dir gehört."

"Was? Was soll ich dir geben?"
"Vielleicht ein Foto, damit ich eine Erinnerung habe."
"Ich hab nur kleine Paßbilder, die sind nicht gut."
"Das macht nichts. Gib mir eins, ehe dein Onkel kommt."
Sie hört die Bitterkeit. "Hast du niemanden in England?"
"Doch. Einen Onkel, keinen richtigen, einen, der mich nicht einmal kennt."
Das Mädchen sieht ihn nachdenklich an.
"Dann könntest du doch mit zu uns kommen."
"Das geht nicht. Du weißt doch, ich werde in Kent zur Schule gehen. Darum möchte ich etwas, das mich an dich erinnert – denn wir werden uns nie wiedersehen."
"Warum denn nicht! In den Ferien könnten wir uns wiedersehen."
Markus schüttelt den Kopf. Nein, denkt er, Sarah lügt, alle lügen sie. Alle, die von mir weggegangen sind oder von denen ich weggegangen bin, sind seitdem für mich verschollen – ja, alle, auch die Eltern. Er hält bei dem Gedanken den Atem an und blickt auf das Mädchen.
"Wir werden uns nicht wiedersehen, Sarah", sagt er, "weil du weggehst von mir. Aber das macht nichts. Ich bin es gewohnt, mich von etwas zu trennen, das ich gern habe."

IN LONDON

Sarah war fort, sie alle waren fort, Markus aber hockte Gott weiß wie lange schon auf seinem Koffer und wartete auf dem Bahnsteig auf den, der sein Onkel sein sollte. Lange hielt er nach ihm Ausschau bis er es schließlich aufgab und sich vor der Kälte in ein Wartehäuschen rettete, wo ihn dann ein hagerer Mann in Uniform durch ein Rütteln an der Schulter aufgeweckt hatte. Markus begriff, daß es um sein Woher und Wohin ging. Aus Germany käme er, hatte er benommen in seinem dürftigen Schulenglisch erwidert, und daß er hier warten müsse. Nein, Geld habe er keins. Wie alt er sei?

Fünfzehn, heute würde er fünfzehn, es sei sein Geburtstag, aber wenn schon ...

Es hatte dann aber doch bewirkt, daß sich der Mann weit über seine Dienstzeit in der Bahnhofsmission für ihn einsetzte – denn der Onkel war bis zur mitternächtlichen Stunde telefonisch unerreichbar geblieben. Markus schien es längst, als gäbe es ihn gar nicht.

"And now, my boy, what shall we do with you?"

Lange hatte der Mann gezögert, ehe er ein asylum vorschlug – eine Art Herberge zur Heimat, begriff Markus, wobei er sich an Gutscheine erinnerte, die seine Mutter an Obdachlose vergeben hatte. Ja richtig, bestätigte ihm der Mann, ein Asyl, wie du sagst, dort habe er wenigstens ein Dach über dem Kopf.

"And tomorrow we'll see further."

Dafür war Markus ihm dankbar – der schien ein Herz zu haben, auch wenn er Uniform trug. Ob das in England so üblich war ...

"Vielen Dank!"

Der Mann erwiderte etwas, das Markus nicht verstand, und als sie dann nach langer Busfahrt durch das nächtliche London zu einem Backsteinhaus gelangt waren, das sich dunkel im Stadtnebel abhob, und der Pförtner dort angewiesen war, Markus aufzunehmen, verabschiedete er sich mit genau den Worten, die in Köln fünf Tage zuvor der englische Konsulatssekretär an ihn gerichtet hatte, als er ihm die Einreise bewilligte: "Consider it your lucky day!"

Ein Glückstag!

Und als er dann endlich in dem einzigen noch unbelegten Bett des großen Schlafsaals lag, das in dem fahlen, durchs Fenster fallenden Licht einer Straßenlaterne zu finden gewesen war, er zwischen all den schlafenden Obdachlosen den Kopf auf seinen zusammengerollten Mantel sinken ließ, empfand er tatsächlich, daß sein Geburtstag am Ende doch noch glücklich ausgegangen war – die Zahl Neunzehn würde fortan bedeutsam für ihn bleiben, wie auch die Dreizehn: Denn am dreizehnten Januar hatte er nach stundenlangem Warten vor der britischen Botschaft dem Konsulatssekretär seinen Paß vorgelegt, erleichtert, daß der Mann ihn akzeptiert hatte, obwohl die Seiten vom Regen durchweicht waren: Consider it your lucky day ... diese Worte im Ohr schlief Markus ein.

Es läutete draußen – was bis in den Schlafsaal zu hören war, und auch, wie der Pförtner mit klirrenden Schlüsseln öffnete. Angespannt horchte Markus hin, denn seit der Nachricht, die ihm anderen Tags vor Einbruch der Dunkelheit vermittelt worden war, hatte er auf dieses Läuten gewartet. Rings um ihn wandten alle die Köpfe zur Tür – und verstummten, als der Pförtner einen stattlichen, grauhaarigen Herrn hereinführte und dabei auf Markus zeigte. Pochenden Herzens blieb Markus neben dem Bett auf seinem Koffer hocken: Steifer Hut, schwarzer Mantel mit Samtkragen, Lackstiefel und überm Arm den Schirm – wer sonst als sein Onkel konnte das sein! Er sah, wie die anderen ihn musterten und sich der Einbeinige mürrisch abwandte. Er hörte den Pförtner seinen Namen rufen, und da stand auch schon der fremde Mann vor ihm.

"Sie suchen mich?"

"Allerdings, mein Junge!"

Markus stand auf und ließ sich vorwerfen, daß er erst heute erwartet war und nicht schon gestern.

"Wohl eine Fehlmeldung deiner Mutter, mein Junge."

Wie am Abend zuvor, als er auf dem Bahnsteig umhergeirrt war, überkam Markus ein Anflug von Trotz.

"Nun, ich hoffe, du hattest hier nichts auszustehen", hörte er den Mann sagen.

"Mir ging es gut."

"Während ich nicht einmal wußte, wo du steckst – nun gut – nimm also deinen Koffer und folge mir."

An der Tür wandte sich Markus noch einmal um. Er sah den Einbeinigen winken und hörte ihn rufen: "So long, reffo-boy!"

"Einer wie der", sagte ihm der Onkel, "hat immer auch gleich ein Schimpfwort parat. Reffo-boy, verstehst du! Aber was soll's. Ihn und die ganze Bagage siehst du ja nicht wieder."

Selbst noch als er schon längst im Gästezimmer in der Wohnung des Onkels untergebracht war, einem Gemach mit Bettcouch, Spiegelschrank, stoffbezogenen Wänden und Aussicht zum Hyde Park, empfand Markus die Männer im Asyl als Schicksalsgefährten. Bagage? Von dem Augenblick an, als er im Schlafsaal mit Hand angelegt und den Boden gefegt hatte, war er einbezogen worden, und dem Einbeinigen, der sich Wooden Peg nannte, verdankte er das Stück Kernseife und daß während der Nacht sich niemand an seinem Koffer zu schaffen gemacht hatte ...

"Der Mann verlor sein Bein bei der Eisenbahn", hatte Markus dem Onkel zu erklären versucht, war aber unterbrochen und zu Bett geschickt worden.

"Gute Nacht, mein Junge. Du hast noch viel zu lernen."

"Schade, daß Sie soviel Mühe mit mir hatten."

Gnädig hatte der Onkel abgewinkt.

"Die Mühe hat morgen ein Ende. Denn du fährst ja ins Internat."

"Ja", hatte Markus geantwortet – und kein Wort mehr.

Die Münze

Mit der Zeitschrift, die ihm der Onkel noch auf dem Bahnsteig in die Hand gedrückt hatte, ließ sich wenig anfangen – viel Text und wenig Bilder: Jemand einwandfrei nach der Uhrzeit fragen zu können, reichte ja wohl nicht, um englische Abhandlungen über die Antarktis oder die neuseeländischen Maoris zu lesen. Die Stirn ans Abteilfenster gepreßt, ließ Markus die graue Winterlandschaft an sich vorbeiziehen – von Feldsteinen umrandete Äcker, weite Gehöfte, hier und da ein hochherrschaftliches Landhaus, Waldstücke und Wiesen und immer wieder diese begrenzten Äcker ... Verlassen kam er sich vor, abgeschoben – "wie, in Herrgotts Namen, konnte es passieren, daß du einen Tag früher als angekündigt eintriffst!" hatte er den Onkel immer wieder sagen hören. Verschickt war das Wort, das

Markus nicht aus dem Kopf wollte: der Onkel hatte ihn verschickt und für den Fall eines Malheurs mit einer Münze ausgestattet, die er half a sovereign nannte. Obwohl Markus wußte, daß der Onkel ein wohlhabender Reeder war, schien ihm die Zuwendung großzügig. Immerhin war für einen Bruchteil von zehn Schillingen, dem Wert von einem halben Sovereign, das World Wide Magazine zu haben gewesen – für was sonst noch alles würde das Geld reichen? Vorerst, jedenfalls, würde er die Münze nicht anbrechen, gar nichts würde er kaufen. Wo auch immer der Zug hielt, widerstand er der Versuchung all dieser Mars Bars und Milky Ways, die auf den Bahnsteigen angeboten wurden, ließ sich keine Brause zum Abteilfenster hochreichen, kein Mineralwasser. Dem halben Sovereign würde nämlich kein zweiter folgen: "Im Internat hast du alles, was du brauchst – das Geld ist für den Fall eines Malheurs."

Wer garantierte ihm, daß nicht das neue Leben, dem der Zug ihn entgegen trug, voller Ungewißheiten war – also sparen, nichts verschwenden! Ohne die Münze gewechselt zu haben, gelangte er nach Faversham, und weil er dort abgeholt und im Auto zum Internat gebracht wurde, blieb sie auch weiter intakt, wie auch all die Monate, die er im Internat verbringen sollte. Er kaufte nichts, kaufte niemandem etwas, ließ sich, um nicht verpflichtet zu sein, von keinem etwas kaufen. Hätten ihn die Jungen vom Boys House nicht für gänzlich mittellos gehalten, er wäre bald nicht bloß als geizig, sondern als ein regelrechter Geizhals verschrien gewesen - und, tatsächlich, im Inneren kam er sich auch so vor.

"Du", sagte eines Nachts im Park Alicja, die zur gleichen Zeit wie er im Internat aufgenommen worden war, und die er mochte, weil sie nicht bloß schön war, ein jüdisches Mädchen aus Lodz, sondern geradezu betörend, "leih mir was – da gibt's ein Kettchen, das kostet bloß zehn Schillinge. Leih mir die."

Markus erstarrte. Was wußte sie, wie hatte sie von dem halben Sovereign erfahren?

"Ich habe nichts, Alicja."

"Du magst mich nicht."

"Ich mag dich – bloß woher nehmen?"

"Zehn Schillinge, was ist das schon. Ist das viel?"
Fast verriet er sich, fast sagte er, das ist alles, was ich für den Notfall habe. Sie sah ihn prüfend an. Ihre Lippen wölbten sich. Das Kettchen würde sie schmücken und sie noch schöner machen. Er hatte das Geld, um sie schöner zu machen, und er mochte sie, und dennoch ...
"Glaub's mir. Ich habe nichts."
Alicjas Augen wurden schmal. Sie kam auf ihn zu, riß den Reißverschluß seiner Jacke auf, ihre Hand schlüpfte in die Innentasche, kam mit der Münze zum Vorschein, hielt sie ihm vor die Augen, ließ sie dann wieder in seine Tasche gleiten, schloß ruckartig den Reißverschluß, drehte sich weg und ging.
Und sprach fortan kein Wort mehr mit ihm.

Wochen später, als er an Bord des Truppentransporters Dunera über gefahrvolle Meere zum fünften Kontinent verschleppt wurde, einer unter zweitausend Internierten auf dem Weg nach Australien, stieß bei der Durchsuchung ein britischer Wachposten auf die Münze.
"Blow me down, ten bloody shillings", rief er, und steckte das Geld weg. "Smokes galore – genug zu rauchen bis nach Sydney."
Und spätestens da wurde Markus deutlich, daß Sparen seine Tücken hatte ...

English, Markus Epstein

Anfangs schien es ihm gespenstisch, daß keiner antwortete, wenn er versuchte, sich auf Deutsch mitzuteilen – zwar lebten sie alle schon seit Jahren in England, stolze Schüler dieses renommierten Internats, das im Bayrischen gegründet und in den frühen Dreißigern nach Kent verlegt worden war, aber sie stammten aus dem Land, woher auch er stammte, und trugen deutsche Namen: Erwin,

Kurt, Fritz, Werner, Lutz ... Natürlich begriff er, warum Deutsch verpönt war, nicht aber, daß sie sich derart rigoros an die Regeln hielten. Schließlich war es mit seinem Englisch nicht weit her, es machte ihm Mühe, und er glaubte, Nachsicht erwarten zu dürfen. Doch selbst Rolf Maron, sein Zimmernachbar im Boys House, stellte sich taub, sprach Markus ihn in schlichtem Rheinländisch an. Er tat, als verstünde er ihn nicht und war doch aus Düsseldorf, nicht weit von Duisburg und, anders als die anderen, erst knappe achtzehn Monate im Internat. Sein Englisch aber war längst impeccable – auch eines jener schwierigen Worte, das Markus von ihm lernte, und im Grunde bewunderte er Rolfs Zielstrebigkeit. Fünfzehn Jahre alt wie er selbst, bis zum dreizehnten Jahr in deutschen Schulen, sprach er schon Englisch wie studierte Engländer, schrieb fehlerlose Aufsätze in Englisch und erweiterte seinen Wortschatz täglich. Das Oxford Dictionary war seine Bibel, englische Kreuzworträtsel löste er mühelos, und wollte Markus ihn zum Freund, würde er sich üben und es ihm nachtun müssen. "German is for the Germans", pflegte Rolf zu sagen, "and we are outcasts and don't belong."

Das war eine Feststellung, über die nicht nachzusinnen war. Sie stimmte – sie waren Verstoßene und gehörten nicht mehr dazu. Aber mußten sie deshalb ihre Muttersprache verleugnen? Markus wollte das nicht einleuchten. In der Art, wie sie sich alle sperrten und ihn mieden, wenn er Deutsch sprach, lag etwas Zwanghaftes, ja Widernatürliches, und er empfand es als einen Segen, daß ihn Recha Melchinger, die Haushälterin und Näherin im Internat, unterm Dach ihrer kleinen Wohnung sprechen ließ, wie ihm der Schnabel gewachsen war. Sie war ein fraulich-mütterliches Wesen, und er schüttete ihr sein Herz aus, und eher von ihr als den Mitschülern nahm er an, daß es zu seinem Vorteil war, Englisch so schnell wie möglich zu meistern.

Er nahm das auch von Mr. Anthony Leighton an, dem Englischlehrer, der alleinstehend und wohl Recha Melchingers Geliebter war und des öfteren bei ihr auftauchte – ein hochgewachsener Mann mit schulterlangem Haar, lässig gekleidet in immer demselben hellbraunen Kordanzug. Mr. Leighton begriff sein Dilemma, schätzte Heine, liebte Rilke, bewunderte Kleist, und zog keine Gleichung zwischen dem Deutsch der

Dichter und dem der Nazis. Er ließ Markus reden wie es ihm paßte, obwohl auch er nie anders als in Englisch antwortete. Mochte Recha Melchinger Markus zuliebe die Regeln des Internats brechen – er nicht. Und Markus vergaß nie, wie peinlich es ihm war, als er bei einem gemeinsamen Spaziergang im Park, bei dem er auch ein paar deutsche Worte hatte fallen lassen, von der fast blinden, aber sehr hellhörigen, im Fenster des Hauptgebäudes lehnenden Schulleiterin schrill ermahnt wurde: "English, Markus Epstein, please!"

Mit der Zeit steckte Markus auf, fügte sich den Regeln, begann er selbst mit Recha Melchinger englisch zu sprechen und, angeleitet von Mr. Leighton, nicht zuletzt auch von dem emsigklugen Rolf Maron aus Düsseldorf, war er bald auf dem Weg ins Herz der englischen Sprache, zu Charles Lamb und zu Charles Dickens, gingen ihm die Oden von Wordsworth bald so nah wie die Strophen in Rilkes Stunden-Buch.

JENE STUNDEN IM INTERNAT

Spätabends dann, als sie alle abgereist waren, die Verwandten und Bekannten von nah und fern, und die Lampions im Park erloschen und wieder Stille herrschte, fragte sich Markus, ob der so unerwartete Besuch seiner Cousine Marion überhaupt ihm gegolten hatte – vielleicht wollte sie auch nur den Tag der offenen Tür nutzen, um seinem Onkel zu begegnen – Onkel? Noch immer tat er sich schwer mit dem Wort. Nach ihm, Mr. Hugo Margolis, hatte Marion sofort gefragt. Schlimmer aber war, daß Markus sich danach überflüssig vorkam und seine dringlich vorgebrachte Bitte auf taube Ohren fiel – der Onkel hatte ihm bündig erklärt, es sei Krieg, und er könne für die Eltern nun nichts mehr tun.

Stimmte das? War Kurt Goldbachs Eltern nicht noch Monate nach Kriegsausbruch geholfen worden, aus Deutschland auszuwandern?

Warum sollte der Onkel mit seinen Verbindungen in aller Welt keine Mittel und Wege für seine Eltern finden können? Markus glaubte zu spüren, daß der nur Marions wegen kein Ohr mehr für ihn hatte. Sie war eben eine junge Frau, schön obendrein, und sie wiederzusehen war dem Onkel mehr als nur angenehm! Wie zuvorkommend er zu ihr gewesen war. Am Ende lud er sie sogar ein, mit ihm in seinem Bentley nach London zurückzufahren – nach London und wohin noch? Markus hatte mitbekommen, daß auch von den Bahamas die Rede gewesen war, von einem Sonnenurlaub in der Karibik, und wolle Marion nicht ... Oh, sie wollte, das war deutlich genug gewesen! Über seine Eltern aber war nicht mehr gesprochen worden.

Und nun waren beide fort! Er warf sich vor, nichts, aber auch gar nichts für die Eltern erreicht zu haben – er hatte versagt. Wie konnte er zulassen, daß Marion, nie auch nur die geringste Besorgnis um seine Eltern geäußert hatte, sich so in den Vordergrund drängte! Er hätte den Onkel nicht abreisen lassen dürfen, ohne ihn noch einmal dringlich an die Eltern zu erinnern. Es war nicht abzusehen, wann sich wieder die Gelegenheit dazu bieten würde – der nächste Tag der offenen Tür war lange hin!

In sich gekehrt und bedrückt durchstreifte er den Park. Die Gelegenheit war vertan, das Fest vorbei, vorbei der ganze Trubel, von dem nur noch die aufgebockten, leer geräumten Tische zeugten, auf denen die Papierdecken im Wind raschelten. Was blieb ihm anderes als dem Onkel zu schreiben – wohin aber? Und was würde ein Brief bewirken – hätte der Onkel sich wirklich zugänglicher gezeigt, wenn Marion nicht aufgetaucht wäre?

"Könnte dich brauchen", hörte er eine Stimme sagen. "Vier Hände schaffen mehr als zwei."

Aufblickend, erkannte er Arno Mertens, der kürzlich als Hausmeister und Gärtner eingestellt worden war – ein hochgewachsener junger Mann, der immer diese ausgebeulte kurze Lederhose trug, aus der die Beine weiß hervorstachen.

"Was liegt denn an?"

Arno erklärte es, Markus nickte, und noch vor der Dämmerung hatten sie gemeinsam im Park aufgeräumt, die Stühle und Klapptische im Schuppen verstaut.

"Prima", sagte Arno. "Und wenn du mich mal brauchst …"

"Wäre schon jetzt."

Arno trat so dicht zu Markus hin, daß deutlich wurde, wie schlecht er selbst mit Brillengläsern sehen konnte, die dick wie Flaschenglas waren.

"Was gibt's denn?"

"Arno", sagte Markus, "deine Eltern – leben die noch in Deutschland?"

Arno schwieg lange. "Das laß mal weg", antwortete er schließlich, "das frag mal nicht."

Markus wartete, auf Schlimmes gefaßt.

"Sippenhaft", sagte Arno. "Schon mal davon gehört?"

Markus nickte.

"Ein Spitzel!" fuhr Arno fort. "Die ganze Gruppe ging hoch, nur ich konnte fliehen – seitdem aber hält die Gestapo meine Eltern fest. Wäre der Krieg nicht, ich führe zurück und würde mich stellen."

Markus war, als deckten Arnos Ängste die eigenen zu, und er begriff plötzlich, warum Arno meist für sich blieb und bis in die Nächte hinein nur schuftete.

"Was hattet ihr denn gemacht?"

"Flugblätter an Mauern und Bäume – du verstehst schon", sagte Arno. Sein schmales Gesicht lag jetzt im Schatten. "Du fragst nach meinen Eltern und denkst an deine. So ist es doch?"

Markus nickte.

"Komm noch mal in den Schuppen", sagte Arno. "Einen Schnaps wirst du doch vertragen."

Drinnen hockten sie auf Kisten, die Flasche zwischen sich auf dem Boden. Nach dem ersten Schluck stellte Markus sein Glas aufs Regal. Arno lockerte der Schnaps auf, er wurde mitteilsam. Markus schien es bald, als wäre auch er in jener Nacht in Ulm dabeigewesen, als schreckte auch er vom Splittern der Haustür, dem Stampfen der Stiefel hoch, als blende auch ihn das grelle Licht von Stablampen, das jetzt durch den Keller und über die erstarrten Gesichter streicht, als hörte er die SA-Leute brüllen: "Da haben wir das Pack, nun aber los!" Und weil Arno nicht schnell genug hochkommt, versetzt ihm der SA-Mann einen Tritt, Arno prallt gegen die Wand, es reißt ihm die Brille vom Gesicht, und der SA-Mann zertritt die Brille mit dem Stiefelabsatz. Wie blind tastet sich Arno aus dem Keller die Treppe hoch und durch die zertrümmerte Haustür den anderen nach auf die Straße. Sie müssen ihn zu dem Laster führen, der da vor dem Haus parkt, und dort packen sie ihn und schleudern ihn auf die Ladefläche. "Ab mit dir, du Sack!" Und Markus begreift, daß sie den, der da hilflos um sich tastet, am wenigsten beachten – der entkommt uns nicht. Und ehe noch der Laster um die Ecke biegt, hat Arno sich an der Ladeklappe hochgestemmt, einen Satz in die Straße getan, und ist im Dunkel einer Gasse verschwunden.

"Hast du mal einen Blinden an der Bordsteinkante beobachtet?" fragte ihn Arno.

"Wer nicht."

"Will nur erklären, warum mir gleich geholfen wurde und trotz dem Gebrüll in der Gasse keiner auf den Gedanken kam, daß das mir galt. Und zwei Tage später hatte ich es über die Grenze zur Schweiz geschafft und schließlich von dort nach England." Aus seiner Brieftasche nahm er ein Foto und hielt es Markus hin. "Das sind sie – meine Eltern."

Markus stellte sich die beiden Alten zwischen den kahlen Wänden von Gefängniszellen vor und empfand Arnos Ängste wie eigene.

"Sieht man gleich, daß das deine Eltern sind."

Arnos Hand zitterte, als er das Foto in die Brieftasche zurückschob. "Und nun laß endlich hören, was dich bedrückt."

Markus tat sich schwer – da war dieser Brief, den die Eltern ihm noch über das Rote Kreuz hatten schreiben können, und ihr Foto, das ihn auf Umwegen erreicht hatte. Wie gezeichnet der Vater noch war von der langen Haft in Dachau! Und was bedeutete es, daß die Mutter sich mit den Füßen plagte, von geschwollenen Füßen schrieb? Aber es geht schon, ich schaff's schon. Wohin mußte sie so weit laufen, wonach sich so lange anstellen? Wir denken immer an Dich und hoffen auf ein Wiedersehen. Wenn er das Foto betrachtete, überkamen ihn Ängste, die er Arno nicht erklären konnte – wo war das Foto entstanden? Zwar wohnen wir nicht mehr in der Kellerwohnung, aber auch nicht mehr in unserem

Haus, sondern teilen eins mit anderen Familien – da ist auch ein Junge dabei, der uns oft an Dich erinnert. Wie war Arno begreiflich zu machen, was es den Eltern bedeutet haben mußte, das eigene Haus aufzugeben. Noch müssen wir nicht auf die lange Reise, hatten sie geschrieben, und haben Hoffnung. Von was für einer Reise war da die Rede?

"Stell dir einen reichen Reeder vor, mit Schiffen auf allen Weltmeeren – glaubst du nicht, daß so einer meine Eltern noch aus Deutschland rausholen könnte?"

"Von wem sprichst du überhaupt?"

Markus erklärte es und erzählte, warum es ihm nicht gelungen war, den Onkel um Hilfe für die Eltern zu bitten. Arno hörte schweigend zu. Schließlich sagte er: "Je größer das Haus, je weniger Platz für die Gäste? Den Onkel schlag dir aus dem Kopf."

Schweigend stand Markus auf, doch Arno hielt ihn zurück. "Ich könnte mich auch geirrt haben", sagte er.

"Ich glaube nicht", sagte Markus.

WHITELADIES

Ein Brief aus London – Markus drehte ihn um. Der Absender war ihm fremd, und er fragte sich, wer da was von ihm wollte. Doch schon beim Überfliegen der ersten Zeilen löste sich das Rätsel. Hinter dem Namen Ken Craven-Smith verbarg sich Kurt Goldbach, der zusammen mit ihm zur jüdischen Schule in Düsseldorf gegangen, vor ihm aber nach England gelangt war.

"Und wenn Du in den Sommerferien nicht weißt, wohin", schrieb er, "ich lad Dich ein, Du kannst hier wohnen, Platz ist genug. Und für mich wär's schön, Gesellschaft zu haben. Schreib bald. Dein Freund Kurt."

Freund? Markus ließ den Brief sinken. So eng waren sie nie gewesen – der kluge, allzu strebsame Kurt Goldbach lag ihm nicht sonderlich. Ken Craven-Smith? Wie der wohl so schnell in eine andere Haut geschlüpft war? Dazu noch diese schillernde Adresse – Whiteladies! Der Name beschwor in Markus die Vorstellung von einer hochherrschaftlichen Villa herauf. Und dorthin war er eingeladen! Ein Glücksfall, so gesehen – denn während der Ferien würde er im Internat ziemlich einsam sein, also schrieb er zurück:

"Lieber Kurt! Du – das war sehr nett, und ich käme schon gern für ein paar Tage. Und schönen Dank auch an die Familie, die Dich aufgenommen hat. Kleine Frage: Sind deine Eltern nicht noch nach Argentinien gelangt? Oder was ist mit ihnen, daß Du Dich jetzt Ken Craven-Smith nennst? Aber das wirst Du mir ja alles erzählen. Bis dann also. Mach's gut – Dein Markus."

Verglichen mit der Wirklichkeit, erwiesen sich seine Vorstellungen als blaß – Whiteladies in jenem vornehmen Londoner Vorort mutete Markus wie ein Schloß an. Es dauerte, bis er sein Köfferchen die lange Auffahrt hochgetragen hatte, die durch einen parkähnlichen Garten zum Haupteingang führte. Ehe er aber noch die Freitreppe bis zur letzten Stufe erklommen hatte, war ein grauhaariger Mann in einer schwarzen Livree ins Freie getreten, der ihn mit dem Anflug einer Verbeugung empfing.

"Willkommen, Sir. Der junge Herr erwartet Sie schon."

So angeredet, verstummte Markus und war erleichtert, als Kurt Goldbach auftauchte – in dem schmuddligen Turnhemd, das er anhatte, und der wie von Säure zerfressenen Trainingshose wirkte er neben dem Butler geradezu ärmlich.

"War im Keller im Labor", erklärte Kurt. "Da taugt nur dieses alte Zeug."

Der Butler nahm Markus das Köfferchen ab und verschwand in der Villa. Markus sah Kurt fragend an.

"Bertram macht das schon", versicherte Kurt. "Ich zeige dir gleich, wo du wohnen wirst. Aber erstmal – schön, daß du da bist."

"Ken Craven-Smith", sagte Markus. "Gilt das auch für mich?"

"Du", erwiderte Kurt sanft. "Da reib dich nicht dran – das mußte so sein. Für dich aber bin ich immer noch Kurt."

"Da freue ich mich."
"Ich freu mich auch", sagte Kurt.

Nicht nur gefiel es Markus in Whiteladies, er erkannte auch gleich, welches Glück es für Kurt gewesen war, über eine Anzeige in dieser englischen Zeitung an Kindes Statt aufgenommen worden zu sein. Wie Kurt es erklärte, war zu dem Zeitpunkt an eine Auswanderung zusammen mit den Eltern noch gar nicht zu denken gewesen.

Wie auch immer – an eine bessere Familie hätte er nicht geraten können, sagte sich Markus. Nie wurde Kurt bevormundet, nie etwas dagegen eingewendet, daß er in Verbindung mit seinen Eltern blieb. Sybil und John Craven-Smith sahen sich als seine Vizeeltern. War erst der Hitlerspuk vorbei, würde Kurt die Wahl überlassen bleiben, auch die des Namens – inzwischen aber sollte es bei Ken Craven-Smith bleiben und er als Sohn des Hauses gelten. Auf Markus wirkten die Craven-Smiths eher wie gute Freunde – Vizeeltern?

Markus war schon beeindruckt gewesen, als sie gleich nach der Begrüßung darauf bestanden hatten, daß auch er sie beim Vornamen ansprach, und als sie ihn schlicht Mark nannten, fühlte er sich herzlich einbezogen. Und wie sie sein Zimmer ausgestattet hatten – Bücher, Zeitschriften, ein kleines Radio, Blumen auf der Fensterbank. Und weil er Kurts Kreise nicht störte und Kurt die seinen nicht, gestaltete sich ihr Miteinander von Anfang an angenehm. Whiteladies! Wenn hier jemand kühl und unnahbar durch die Villa glitt, dann höchstens das Personal – die Zimmermädchen, der Butler. Sybil und John Craven-Smith zeigten sich von unverminderter Gastlichkeit. Was für ein Zuhause!

"Hör mal! – Wie kommt es, daß Sybil und John soviel Zeit für uns haben?"

Kurt verwunderte die Frage. "Ich sagte dir doch, es sind Theaterferien und für Sybil noch keine Proben angesetzt – und zurzeit verwaltet ein Vertreter Johns Anwaltspraxis."

"Seltsam", sagte Markus, "ich bin erst ein paar Tage hier, und schon denke ich immer weniger ans Internat."

"Wie wäre das zu verstehen?" fragte Kurt in einem Ton, der Markus aufhorchen ließ.

"Vergiß es."
"Du hast Sybil gern, nicht wahr", sagte Kurt.
"Ich mag sie beide. Du doch auch."
"Sicher", antwortete Kurt und schwieg eine Weile lang, dann sagte er: "Heute abend am Kamin, wie du Sybil angesehen hast, das hat auch John gemerkt. Du, so geht das nicht!"
"Was geht so nicht?"
"In einem Film", sagte Kurt, "hab ich Sybil eine Achtzehnjährige spielen sehen – und John ist fast fünfzig. Verstehst du mich jetzt?"
"Kein Wort."
"Du hast sie angesehen wie verliebt."
"Totaler Unsinn!"
"Du", sagte Kurt, "daß Sybil meine Vizemutter sein soll, will natürlich auch mir nicht in den Kopf – sie ist erst vierundzwanzig."
Und könnte Johns Tochter sein, dachte Markus. "Warum erzählst du mir das?" fragte er.
"Weil ich verstehen kann, daß du dich verliebt hast."
"Wieder so ein Unsinn", sagte Markus.
"Glaubst wohl, ich bin eifersüchtig. Bin ich nicht."
Markus schwieg.
"Was soll's", sagte Kurt. "Reden wir über was anderes."
"Meine ich doch", sagte Markus – aber ausgeräumt war die Spannung nicht.

Von da an regten sich die Vorbehalte wieder, die Markus schon früher gegen Kurt hatte – diese überlegene Ruhe, und wie er über lange Stunden des Tages sich selbst genügte: der Alchimist in seinem Kellerlabor! War es Markus nur recht gewesen, daß er für sich sein konnte, plötzlich drängte es ihn, Kurt alle möglichen Unternehmungen abzuverlangen: Tischtennis, Croquet im Garten, Wettläufe, Wettspringen im Swimmingpool, ja sogar Ringkämpfe, und je unterlegener sich Kurt zeigte, desto lieber war es Markus. Als er aber merkte, daß damit weder Sybil noch John zu beeindrucken waren, begann er Kurt zu meiden. Selbst während der Mahlzeiten tat er, als gäbe es ihn nicht – er sprach an ihm vorbei und bemühte sich um Sybils Aufmerksamkeit. Wie er zu erzählen, sich in den Vordergrund zu spielen wußte! Und es ihm gefiel, wenn er Sybils Blick auf sich gerichtet sah, er ihr ein Lächeln, gar ein Lachen abgewann.

"Your English isn't Shakespeare, but it's quaint", hörte er sie sagen.

"Quaint – wie übersetzt man das?"

Markus blickte fragend von Sybil zu John, die aber kein treffendes deutsches Wort dafür wußten.

"Quaint – das heißt so viel wie putzig", ließ sich Kurt vernehmen.

Markus sah Kurt an.

"Putzig, was! Dein Pausenclown bin ich schon lang nicht mehr."

"Mal heiß, mal kalt", sagte Kurt. "Ich glaub, dich würde selbst deine Mutter schwer begreifen."

"Sybil begreift mich."

"Quaint", bestand Kurt, "heißt putzig."

Abrupt bat Markus Sybil, ihm sinnverwandte englische Worte für quaint zu nennen.

"Odd", sagte Sybil, "strange, unusual."

"Was du mir nicht zu übersetzen brauchst", sagte Markus zu Kurt. "Sonderbar, seltsam, ungewöhnlich – also keine Rede von putzig!"

"Ich weiß eigentlich nicht, warum, oder vielleicht doch", meinte Kurt leise, "aber mit uns beiden läuft es nicht mehr so."

"Du sagst es", erwiderte Markus, verließ wortlos den Abendbrottisch und ging auf sein Zimmer.

Leise wurde die Tür geöffnet. Markus, der auf dem Bett lag, brauchte den Kopf nicht zu heben, um zu sehen, wer da eintrat – der Spiegel in seinem Blickfeld zeigte es. Er rührte sich nicht. Doch ihm pochte das Herz.

"Was ist denn mit euch beiden?" hörte er Sybil fragen.

Markus schwieg.

"Gefällt es dir nicht mehr bei uns?"

Noch immer sagte er nichts. Seit er von zu Hause fort war, hatte er sich nirgends wohler gefühlt – doch als Sybil sich zu ihm setzte, wandte er das Gesicht zur Wand.

"Möchtest du abreisen?"

Dumpf sagte er ja und meinte nein.

"Schade", sagte Sybil. "Und ich dachte, ihr seid Freunde. Ich hatte mich so gefreut, als Ken jemand aus seiner Heimatstadt fand. Wirklich, lieber Mark …"

"Ken bleibt Kenny, so lang er will. Doch wenn ich hier weg bin, nennt mich keiner mehr lieber Mark – und das ist der Unterschied."

Jetzt war sie es, die schwieg.

"Und wir hatten dich schon liebgewonnen", sagte sie schließlich.

Markus drehte sich um. "Du hattest mich liebgewonnen?"

"Wir", sagte Sybil leise. "John und ich."

"Schon gut. Ihr habt ja Ken."

"Weißt du", sagte Sybil, "wir hatten schon überlegt, auch dich bei uns aufzunehmen – aber das ginge wohl nicht, solange du und Kenny …"

Wieder dieses Kenny, dachte Markus und verschloß sich. "Ginge nicht", sagte er, "ganz richtig."

Sie stand auf. Er sah nicht hin, hörte es aber.

"Geh nur", sagte er, "was gibt's da noch!"

Und wieder sah er sie im Spiegel – Johns schöne junge Frau, Kurts junge Vizemutter, und sagte: "Warum gehst du nicht? Das bißchen Packen schaff ich schon."

"Könnte doch sein, daß ich mir Gedanken über den Rest deiner Ferien mache."

"Bin ich erst in Guernsey, dann geht's auch weiter."

"Wirklich", fragte sie. "Wen kennst du denn dort?"

"In Guernsey kenne ich wen", behauptete er. "Und auch in Wales und in Irland. Kein Grund sich Gedanken zu machen – überall kenn ich Leute."

"Mark", sagte sie sanft, "ich begreif dich besser als du denkst."

"War mal", sagte Markus. "Ich gehöre nicht hier her. – Da nützen die schönsten Worte nicht."

"Dir fehlt das Zuhause, nicht wahr – deswegen bist du so grob."

"Mir fehlt nichts", sagte Markus.

Sie strich ihm übers Haar. "Tu mir den Gefallen", sagte sie, "und pack heute nicht. Versprichst du das?"

"Versprech ich", sagte er.

Doch vor dem Frühstück am nächsten Morgen hatte er sein Köfferchen schon hinunter in die Halle getragen – und er reiste ab, noch ehe es Mittag war.

DIE GUERNSEY LEKTION

Noch ehe sie auf der Fähre über stürmisches Meer zur Insel gelangt und im Licht der sinkenden Sonne ins Ferienlager hinter den Dünen eingezogen waren, hatte Markus die Tage in Whiteladies verdrängt und sich dieser Schar von Großstadtjungen angepaßt, Arbeiterkindern aus Londons Osten. Sie hatten ihn mit einbezogen, sich um ihn bemüht und nicht spüren lassen, daß in ihrem Jugendclub für Flüchtlinge aus Nazideutschland, also auch für ihn, gesammelt worden war.

Allein schon deshalb hätte er sich mehr um den kleinen Tim Maxwell kümmern müssen, mit dem er ein Zweimannzelt teilte. Dem war während der Seefahrt übel geworden, und konnte es da ein Wunder sein, daß er beim Lagerfeuer den Kesselgulasch nicht angerührt hatte? Nie hätte er Tim beim Wort nehmen dürfen, als der ihn anfuhr, ihn bloß in Ruhe zu lassen, und noch weniger hätte er, als längst im Lager Stille herrschte und hinter dem Fenster des Blockhauses vom Lagerleiter kein Licht mehr brannte, an die Tür klopfen dürfen, bis schließlich geöffnet wurde.

"Wo fehlt's denn, mein Junge?"

"Mr. Bottomley ..."

"Kannst ruhig Jim zu mir sagen", hatte der Lagerleiter ihn unterbrochen. "Und nun laß hören."

"Jim", hatte Markus gesagt, "darf ich das Zelt wechseln? Nichts gegen Tim – es ist nur, weil ..."

"Nur zu, nur zu."

"Ach nichts." Plötzlich wollte ihm nicht über die Lippen, daß es im Zelt unerträglich roch. "Schon gut. Nichts weiter."

Befremdet hatte der Lagerleiter ihn angesehen, sich dann Trainingszeug über den Schlafanzug gestreift, eine Taschenlampe gegriffen und war Markus zum Zelt gefolgt – wo er Tim Maxwell, wimmernd und mit angezogenen Beinen auf seiner Strohmatratze im Erbrochenen liegend vorfand.

"Und deswegen wolltest du umziehen?"

Beschämt hatte Markus geschwiegen.

"Hol eine Schüssel Wasser und ein Handtuch aus dem Blockhaus – dann kannst du gehen und in meinem Bett schlafen. Ich bleib die Nacht bei Tim."

Und so waren sie verblieben ...

Als Markus am nächsten Morgen auftauchte, war ihm, als richteten sich aller Augen auf ihn – tatsächlich aber beachtete ihn keiner, als er durchs Lager zu seinem Zelt ging, das nun leer stand, peinlichst aufgeräumt war und nach Seife und Karbol roch. Von dort konnte er Tim Maxwell am Ende der Schlange vor dem Kochhaus stehen sehen, blaß und schmächtig in Turnhose und Turnhemd. Schnell schlüpfte auch Markus in sein Turnzeug, stopfte den Schlafanzug unter die – von wem wohl? – sorgfältig auf der Strohmatratze zusammengefalteten Wolldecken und reihte sich in die Schlange ein.

"Grüß dich, Tim. Wie geht's?"

"Schon besser", sagte Tim.

Dann schwieg er. Auch Markus schwieg – und als der Lagerleiter, der neben dem Koch bei der Essenausgabe stand, wissen wollte, wie er geschlafen habe, wußte er das zu deuten.

"Jim", begann er, kam aber nicht weiter, weil ihn der Koch unterbrach: "Porridge – bacon and eggs?" Und schon hielt er Markus zwei gefüllte Teller hin.

"Danke."

Im Eßzelt saßen die anderen längst an den Holztischen. Er setzte sich dazu und sagte nichts, bis er den Lagerleiter nach Freiwilligen fürs Kartoffelschälen rufen hörte.

"Das mach ich, Jim."
Der beachtete ihn nicht.
"Ich mach das!"
Da erst antwortete der Lagerleiter: "Mußt du nicht – bist schließlich unser Gast."
Markus senkte den Kopf. Sein Frühstück wollte ihm nicht mehr schmecken.

Später rannten sie mit ihrem Badezeug über die Dünen zum Meer, und keiner schien ihm seine Übernachtung im Blockhaus zu verübeln. Sie tollten in den Wellen, die auf den Strand schlugen, und bezogen ihn in den Staffellauf ein. Wurde er auch erst als letzter in eine Riege gewählt, so mochte das daran gelegen haben, daß sie ihn nicht einzuschätzen wußten und er überzählig blieb, bis Tim Maxwell auf eigenen Wunsch zurücktrat.
"Meinetwegen brauchst du das nicht", sagte Markus zu Tim.
Der aber sah ihn nur an, und es wirkte echt, als er erklärte sich noch zu schwach zu fühlen.
"Weak in the knees, you see!"
Obwohl als letzter gewählt, lief Markus als einer der ersten und holte für seine Riege einen solchen Vorsprung heraus, daß er sich wunderte, warum das nicht anerkannt wurde – niemand rief ihm auch nur ein "well done!" zu.
Still wandte er sich ab, suchte sich eine sonnige Mulde zwischen den Dünen und blickte aufs Meer hinaus. Zwar hatten sie ihn zum Staffellauf geholt, vom Küchendienst aber war er befreit geblieben, selbst zum Postenstehen brauchten sie ihn nicht. Tim Maxwell, mit dem er hätte antreten sollen, war ein anderer zugeteilt worden. Warum, das erklärte ihm keiner. Alle schwiegen sie, dabei wäre ihm inzwischen jede Art von Anfechtung lieber gewesen. Und weil ihm klar war, daß er sich durch seine Übernachtung im Blockhaus viel verscherzt hatte, suchte er nach Bewährungsproben – das Feuer aber, das in einem der Zelte ausbrach, wurde nicht von ihm gelöscht; nicht ihn ließen sie den Sanitäter holen, als sich Ronny Carmichael an einer Scherbe den Fuß verletzt hatte, noch

mithelfen, als sie das gekenterte Boot an Land zogen und nach den Rudern ausschwärmten, die irgendwo angespült sein mußten. Und das würde so bleiben, so lange er den Lagerleiter nicht unstimmte – nein, umstimmen war wohl nicht das richtige Wort. Denn Mr. Bottomley hatte ihn ja auch nach der Nacht nicht ausgegrenzt. Wo also konnte er ansetzen? Die Lehre, die man ihm erteilte, war von so sanfter Art, daß es keinerlei Ansatzpunkte gab – am besten, er ließ den Dingen bis zur Abreise ihren Lauf ...

"Was schreibst du da, Tim?"

Erstaunt blickte Tim Maxwell hoch – wußte denn Markus nicht, daß der Lagerleiter zum Bergfest einen Wunschkasten vors Blockhaus gestellt hatte?

"Lagerfeuer", sagte Tim, "ich wünsche mir noch ein Lagerfeuer, weil mir doch beim ersten schlecht geworden ist." Er erklärte Markus die Bewandtnis mit dem Wunschkasten und gab ihm einen Zettel und einen Stift.

"Ich bin nur Gast hier – wie du weißt."

"Ach was", sagte Tim. "Schreib schon. Das gilt auch für dich."

"Anonym, oder wie?"

"Hauptsache, du schreibst was."

Markus beugte sich über den Zettel und schrieb – in Blockschrift, auch seinen Namen schrieb er deutlich. Und ihm stockte der Atem, als ihn nach dem Abendbrot der Lagerleiter ins Blockhaus rief.

"Du willst also Posten schieben – das also willst du?"

"Will ich, Mr. Bottomley."

"Hab ich dir verboten, mich Jim zu nennen?"

"Haben Sie nicht."

Der Lagerleiter setzte neu an: "Posten schieben – kein Zuckerlecken bei den Mücken!"

"Mir egal."

Mr. Bottomley blätterte die Zettel durch, die vor ihm auf dem Tisch lagen, und las halblaut die vielen Wünsche vor. Sie reichten von einer zweiten Bootsfahrt bis zum Geländespiel.

"Posten schieben will keiner."
"Für mich aber ist das wichtig. Was anderes will ich nicht", sagte Markus.
Der Lagerleiter lächelte. "Nun dann", sagte er. "Das geht klar."
"Danke!" sagte Markus und war geradezu glücklich, als er am Morgen nach der Nacht des langen Postenstehens, über und über von Mücken zerstochen, mit den anderen die Heimreise antrat. Er mochte sich irren, doch ihm schien, als bemühten sich alle, ihn wieder einzubeziehen.

Parias

Und keiner stand am Tor – wie auch! Es wußte ja keiner, warum er vom Unterricht weggeholt und zur Schulleiterin ins Sanctum gerufen worden war. Und jetzt, noch benommen vom plötzlichen Unheil, wollte er von niemandem Abschied nehmen – was änderte das? Man holte ihn weg, brachte ihn in ein Lager nach Liverpool, und damit mußte er sich abfinden. Was schwer war. Denn er sah die Gründe nicht ein. Selbst die sonst immer selbstsichere Schulleiterin schien verunsichert und hatte sich in Worten ausgedrückt, die ihm hohl klangen – und als er ihr in die Augen sah, merkte er sehr wohl, daß sie sich zum Sprachrohr der Behörden gemacht hatte. Sie schien selbst nicht zu glauben, was sie da vorbrachte: Agententätigkeit, Spionage im Küstengebiet! So etwas mochte es geben, würde es wohl geben, sagte sich Markus. Aber doch nicht in diesem Internat – dieser Schule! Markus fühlte sich in einem Netz gefangen, das gar nicht für ihn ausgelegt war. Zu Unrecht bestraft, zu Unrecht ausgesondert. Er dachte an das große rote J in seinem Paß, an Arnos verhafteten Eltern. Sollte er oder Arno sich dafür hergeben, für die Nazis zu spionieren? Widersinniger ging es nicht. Doch was half's, er hatte sich in sein Schicksal fügen und den Koffer packen müssen.

Schon während er damit zugange war, hatte er sich innerlich vom Internat gelöst, sich von seinen Schulgefährten abgewandt, von den Lehrern auch – nur Janos Szabo beschäftigte ihn noch. Den hatte er mehr als alle anderen Lehrer gemocht. Er sah seine gütigen Augen, spürte wieder seine Anteilnahme, hörte, wie der Lehrer ihm in seinem so warm klingenden Ungarn-Deutsch eine Ellipse zu erklären versucht hatte: "Markus, mein Junge, so schwer ist das doch gar nicht ..." Und als er jetzt an zwei Constables vorbei in das Polizeiauto stieg, das vor dem Tor parkte, war er sogar erleichtert, wenigstens Janos Szabo nicht enttäuschen zu müssen, weil er ja morgen bei der Mathematikarbeit und, wie es aussah, auch beim Abschlußexamen nächste Woche fehlen würde.

Liverpool war weit!

Arno Mertens, der schon im Polizeiauto saß, blickte ihn verwundert an, seine durch die dicken Brillengläser vergrößerten Augen wirkten übergroß. "Macht dir wohl nichts aus", sagte er.

Markus schwieg. Die Constables stiegen ein und schlugen die Türen zu. Das Auto startete. Schnell fuhren sie ab, und als hinter der Kurve der Park und das Hauptgebäude des Internats aus der Sicht verschwanden, blickte Markus schon nicht mehr hin.

"Dein Reeder Onkel wird schon zusehen, daß du bald wieder hier bist", sagte Arno.

Markus schüttelte den Kopf. Auch weil der Onkel nicht erreichbar gewesen war, wieder einmal nicht erreichbar, sich also niemand für ihn verwendet hatte, war alles so gekommen. Daß auch Arno dran glauben mußte, sie auch ihn holten, hatte wohl die gleiche Ursache – vermutlich war auch der ohne Fürsprecher und darum im selben Netz gefangen.

"Juden einsperren, deutsche Hitelergegner hinter Gitter bringen – so führen die ach so demokratischen Engländer diesen Krieg!" sagte Arno verbittert.

Abrupt wandte sich einer der beiden Constables zu Arno um.

"Und dazu steh ich", sagte Arno.

"We'll see about that", erwiderte der Constable und ließ in der nächsten Ortschaft vor dem Polizeirevier anhalten. Er befahl Arno, ihm zu folgen.

"Sollten wir hier getrennt werden, dann Kopf hoch", sagte Arno zu Markus.

"Kopf hoch – du auch."

Als er ihn neben dem Constable im Revier verschwinden sah, trotzig und mit gereckten Schultern, glaubte er schon nicht mehr an ein Wiedersehen.

Doch sie sahen sich wieder – sahen sich? Es war dunkel dort unten im Bauch des Schiffes, das heftig schlingernd seine Fracht von über zweitausend Internierten durch die aufgewühlten Wogen der irischen See trug – niemand wußte, wohin! Und als Markus durch zwei dumpf krachende, den Schiffsrumpf erschütternde Stöße aus der Hängematte geschleudert wurde, er seitlich auf den Tisch schlug, von dort aufs Deck abrollte und wie von schwerer Faust getroffen liegenblieb, waren es Hände, die er fühlte und nicht sah, war es ein Arm, der sich unter seinen Kopf schob, und wer ihm zu Hilfe gekommen war, erkannte er zunächst nur an der Stimme.

"Arno?"

Markus richtete sich auf, zog sich mühsam, mit schmerzender Schulter zur Bank am Tisch hoch, und erst da erkannte er im Notlicht, daß es tatsächlich Arno war – der zu weite Mantel schlotterte ihm um die Schultern, und sein Gesicht sah knöchern und eingefallen aus.

"Bist du verletzt?"

"Daß du da bist!" sagte Markus.

"Hast du dir was getan?"

"Es geht schon."

Ringsum hatten die dumpfen Schläge Panik ausgelöst. Durcheinanderschreiend, sich gegenseitig stoßend, drängten die Männer aus dem düsteren Zwischendeck zu den Niedergängen, glitten aus auf Erbrochenem, fielen hin, rappelten sich wieder hoch, und immer noch schlingerte das Schiff, polterten Kannen und Schüsseln gegen die Stahlwände, und die überschwappenden Fäkalienkübel verpesteten die Luft.

"Bleib ruhig. Rühr dich hier nicht weg!"

Es brauchte Arnos Weisung nicht – die Dunkelheit, der Schmerz in der Schulter, Übelkeit und das Schwanken des Schiffes hielten Markus am Fleck.

"Was bloß passiert ist?"

"Hitlers verlängerter Arm", sagte Arno.

"Torpedos oder Minen?" Galle stieg Markus vom Magen zum Mund. Er würgte. "Oder was glaubst du?"

"Halt dich in meiner Nähe!" sagte Arno nur. "Immer an meiner Seite."

Und das tat Markus – nicht bloß in dieser Nacht, auch in den Tagen und Nächten, die folgten. Blieb auch sein Lager auf eine dunkle Ecke im Zwischendeck beschränkt, in die nicht einmal das Notlicht drang, wenn bei stürmischem Seegang die Hängematten heftig schwankten, an Arno Mertens hielt er sich, so gut es ging. Dabei spürte er allmählich, daß auch Arno ihn brauchte, es ihm geradezu gut tat, helfen zu können – seinen Limonensaft zu teilen, den er sich von irgendwo beschafft hatte, oder das rationierte Frischwasser. Und als Arno ihm den Posten abtrat, zu dem er wie durch ein Wunder gekommen war: Kartoffelschälen in der Kombüse an Deck, ließ er sich keinen Augenblick anmerken, was er damit opferte. Mancher hätte für die Möglichkeit, eine Stunde oder zwei an frischer Luft zu sein, Tabak, Seife, Spielkarten, ja sogar Kleidungsstücke hergegeben – Arno Mertens! Was der für ihn tat, war nicht aufzuwiegen ...

"Arno, warum tust du das alles?"

"Weil du sonst auf den Hund kommst!"

"Siehst selbst nicht gut aus."

"Ach was – gibt doch jetzt jede Menge frische Luft."

Wirklich? Selbst nachdem die Wachmannschaft mittags die Lukendeckel anzuheben begonnen hatte, sich also die Tage und Nächte wieder voneinander unterscheiden ließen, drang nur wenig Luft und kaum Sonne bis zu Arnos Lager im Bauch des Schiffes.

"Hör mal zu, Arno – das stimmt doch nicht. Du bist schlimmer dran als ich."

"Kann ja irgendwann auch wieder Kartoffelschälen gehen", sagte Arno bloß.

Doch dazu kam es nicht – an jenem Tag, als das Schiff irgendwo an einer Küste vor Anker lag, waren sie, keiner wußte warum, allesamt an Deck beordert worden. Was bedeutete, sie würden Land sehen. Endlich nach all den Wochen unter Lukendeckeln würden sie Land sehen. Fast so heftig wie in jener gefahrvollen Nacht in der irischen See drängten sie sich aus dem Zwischendeck. Nur raus, raus auf Deck! Die Sonne blendete, und als sich ihre Augen gewöhnt hatten und sie das Ufer bestaunten, fragten sie sich: Wo sind wir? Die Palmen dort, der Strand, und in der Ferne die grünen Berge … ist das Afrika?

Bald schon entstand in den Niedergängen ein immer dichter werdendes Gedränge – und dann geschah es! Um Ruhe zu schaffen, ließ einer aus der Wachmannschaft seinen Gewehrkolben auf den Fuß eines Jungen niedersausen. Der schrie gellend auf.

Im gleichen Augenblick warf sich Arno Mertens dem Posten entgegen, und der schlug zu – hart mit der Faust. Es riß Arno die Brille vom Gesicht, und Arno, fast blind jetzt, wehrte sich und traf dabei das Kinn des Soldaten. Der setzte sein Gewehr quer über Arnos Nacken, zwang ihn in die Knie und hielt ihn so, bis ein zweiter Posten zur Stelle war – und zusammen zerrten sie Arno durch das Gewühl an Deck zum Niedergang. Wo sie ihn im Knebelgriff abführten.

Teil 2

Verbannung

Markus hielt inne – das war der Mann! Und als er an ihm vorbei über die Schwelle der Gangway trat, spannte sich alles in ihm. Jäh drehte er sich um, er spürte den Gewehrkolben im Rücken und hörte den Soldaten brüllen: "Come on and git!" Doch ehe ihm noch ein Widerwort über die Lippen gekommen war, zerrte ihn jemand weg – und wo der Soldat jetzt mit dem Gewehrkolben hinstieß, waren eben noch Markus' Füße, die nur von einem Paar aus Autoreifen geschnittenen Sandalen geschützt waren.

"Git going, you!"

Den zwei britischen Offizieren, die am Kai den Abtransport der Internierten überwachten, war anzusehen, daß es sie gleichgültig ließ, wie man mit den Männern umsprang – keiner war mehr als das zu erkennen, was er einmal gewesen: Handwerker, Politiker, Modeschöpfer, Arzt, Kaufmann, Rentner, Student. Ein zerlumpter Haufen bot sich ihnen dar, der sie nichts mehr anging. Hauptsache, die Bagage kam zügig vom Schiff und in ein Lager – so weit weg wie möglich! Krieg war Krieg und wo gehobelt wird, fallen Späne. Und überhaupt – all diese Parias, feindlich oder nicht, die sich da mit starr nach vorn gerichtetem Blick die Gangway hinunterschleppten, durften froh sein, die Überfahrt überstanden zu haben. Für die Offiziere jedenfalls, das bezeugten ihre Mienen, waren sie allesamt abgetan – Parias eben!

Markus, noch unterm Schock der Bedrohung, sprang von der Gangway auf den Kai. Der Seewind blies ihm ins Gesicht, und er spürte ihn kühl auf der Haut. Grell strahlte die Sonne, und er verengte die Augen gegen die zitternden Lichtreflexe auf den Bohlen. Jenseits des Schuppens, verschwommen im Sonnenlicht, wölbte sich eine Brücke hoch über den Hafen, ein mächtiges, wunderbares Bauwerk, zwischen dessen Pfeilern und Stahlträgern stattliche Villen in blühenden Gärten zu erkennen waren. Jenseits des Kais leuchtete die Sichel des gelben Strandes einer weiten Bucht, auf der Jachten mit gebauschten Segeln die Bahn von Frachtern kreuzten, die im Schlepptau das offene Meer gewannen. Gelb leuchtend in der Sonne schipperten Fähren in alle Richtungen.

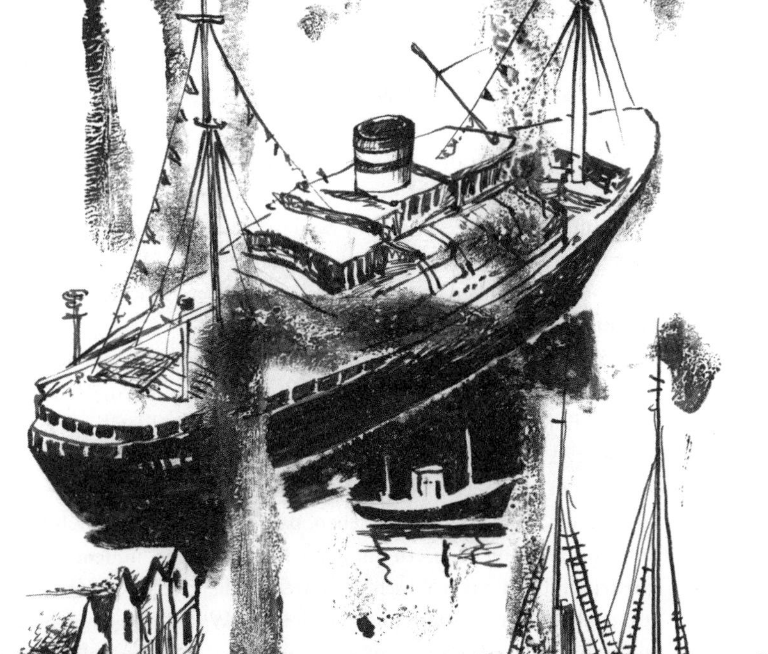

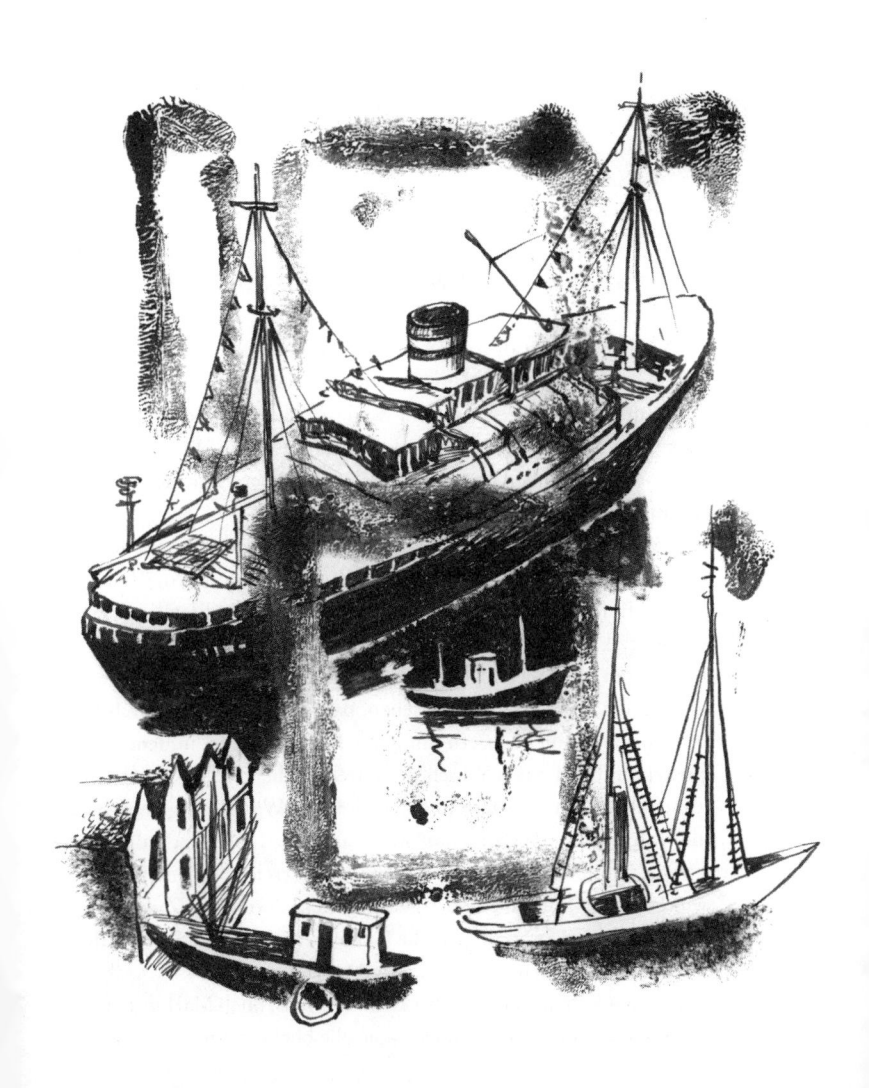

Sydney!

Noch einmal sah Markus zur Gangway hin – doch Arno Mertens, nach dem er immer wieder Ausschau gehalten hatte, war nirgends. Und als dann Kommandos hinter ihm laut wurden, folgte er den anderen durch ein Spalier lässig dastehender Soldaten in Schlapphüten und lockeren Uniformröcken bis hin zu einem Eisenbahnzug vor einem Schuppen. Er ging leichtfüßig, denn ihn beschwerte nicht mehr als er am Leibe trug – eine vom Salzwasser zerfressene Hose, zu weit für ihn und durch eine Schnur um die Hüften gehalten, ein kragenloses Flanellhemd und um den Hals einen Wollschal seiner Mutter, von der er jetzt nicht nur durch ein Spalier von Soldaten, sondern auch die Weiten der Meere getrennt war.

Im Zug starrte er durch das verriegelte Fenster, unter dem in regelmäßigen Abständen die Mündung eines Gewehrs über einem Schulterstück auftauchte. Das scherte ihn wenig – nichts scherte ihn im Augenblick mehr als ein paar Stiefel zu besitzen, feste braune Schnürstiefel, wie die Posten da draußen sie trugen. Heil am anderen Ende der Welt angekommen zu sein, verblaßte dagegen.

Hinter dem Schuppen sank allmählich die Sonne. Eine Pfeife schrillte. Die Soldaten verteilten sich auf den Zug und schlossen die Türen hinter sich. Puffer klirrten, die Wagen ruckten an und rollten langsam vom Kai. Kurz kam noch einmal die Hafenbrücke in Sicht, hoch gewölbt vor dem klaren Himmel, auch die Bucht, strahlend blau bis hin zum offenen Meer, war noch einmal zu sehen. Bald aber rollten sie durch Vororte, vorbei an Reihenhäusern mit kleinen Hinterhöfen, in denen Kinder spielten und an Leinen Wäsche flatterte, auf die sich der Rauch des Zuges senkte. In den Fenstern und zwischen der Wäsche zeigten sich Frauen – flüchtig nur, bei zunehmender Fahrt allzu flüchtig, und dann lag die Stadt hinter ihnen, war das offene Land erreicht – weite Ebenen mit welkem Gestrüpp und knorrigen Bäumen, deren tote Zweige in den Himmel ragten. In der Ferne die Gehöfte, deren breite Dächer dunkle Schatten warfen, wirkten einsam und verlassen.

In Gedanken noch immer bei Arno Mertens, blieb Markus in sich gekehrt, kaum einer sprach ihn an – sie alle blickten stumm in die Landschaft. Den Schlag der Räder nahmen sie kaum noch wahr. An den zwei Ausgängen des schwankenden Wagens lehnte je ein Posten. Breitbeinig auf ihre Gewehre gestützt, standen sie da, die Uniformröcke aufgeknöpft, die Schlapphüte aus der Stirn geschoben, und musterten gleichmütig die Männer, die sie zu bewachen hatten. Des Stehens müde, ließ sich einer von ihnen, ein hochgewachsener Mann um die Fünfzig, mit knochigem Gesicht und drahtigen Brauen über hellen Augen, neben Markus nieder, stellte sein Gewehr zwischen die ausgestreckten Beine und fragte wie nebenbei: "Laß mal hören, wo sie dich erwischt haben."

Markus sah den Mann verständnislos an.

"Na, sag schon, wo bist du in die Falle geraten?"

Markus schwieg.

"Also doch einer von Hitlers Haufen!"

Markus schüttelte den Kopf, sagte, daß er Jude sei.

"Tatsächlich?"

Erstaunt fragte der Posten nach den anderen und brauchte dabei ein Wort, das sich wie cobbers anhörte und wohl Kumpel bedeutete.

"Die auch", sagte Markus.

"Warum, zum Teufel, sperrt man euch dann ein? Ahnte doch gleich, daß hier was nicht stimmt."

Sein Ausdruck verriet Anteilnahme, als er hörte, daß Markus erst sechzehn war und seine Eltern noch in Deutschland lebten. Was das bedeute, konnte er sich vorstellen – Juden unter Hitler! Und er begann von einem Zahntechniker in Sydney zu erzählen, der ihm ein neues Gebiß gefertigt hätte, das er ohne Umschweife vorzeigte.

"Patenter Kerl, dieser Jude in Sydney – unerhört, daß wir solche wie dich hier einsperren. Und deine Leute noch immer in Deutschland …" Gedankenvoll wiegte er den Kopf. Plötzlich stand er auf und rief dem anderen Posten zu: "Hunnen sind das nicht, Danny. Alles Juden. Vor Hitler geflohen, kapierst du! Kannst ruhig die Fenster öffnen, die hauen nicht ab!"

Und schon schlug er mit dem Gewehrkolben einen Riegel weg und öffnete das Fenster neben Markus. Frische Nachtluft strömte ein, während er quer durch den Wagen schritt und auch die anderen Fenster traktierte. Die zertrümmerten Riegel warf er nach draußen, wo sie klirrend neben die Schienen fielen.

"Schrott!" rief er, kehrte um und setzte sich wieder zu Markus. "Und nun erzähl mal, wie es bei den Tommies zuging."

Markus begriff, daß von der britischen Wachmannschaft die Rede war.

"Schlecht", sagte er. "Einem haben sie den Fuß gebrochen." Er zeigte auf den Jungen mit dem Gipsfuß.

"Tolle Helden!" Der Posten spuckte aus. "Hab nie'n Tommie erlebt, der was taugt."

"Mal sachte", ermahnte ihn der andere. "Setz dem Jungen keine Flausen in den Kopf. Wir sind im Krieg, und nicht gegen England."

"Schon gut, Danny, schon gut!" Der Posten schlug Markus auf die Schulter. "Wirst schon klarkommen hier. Bist jetzt in Australien – beste Land der Welt!"

Die Männer ringsum rückten zusammen, um auch dem anderen Posten Platz zu machen, und der warf sein Gewehr ins Gepäcknetz, setzte sich und reichte seinen Tabaksbeutel herum. Bald zog würziger Rauch durch den Wagen.

"Kein schlechtes Kraut, hilft gegen Kohldampf. Den habt ihr sicher, aber das kriegen wir hin – über kurz oder lang kriegen wir auch das hin."

Als sich das erste graue Licht des Morgens über die Ebene legte, trug der Zug sie noch immer weiter Nordwest, und öd blieb das Land, trocken, rissig und rot unter der aufsteigenden Sonne. Kaum ein Lufthauch bewegte das verdorrte Gras, und große schwarze Vögel saßen reglos in den Zweigen ferner Bäume, deren Stämme weiß im Morgenlicht leuchteten. Es war, als läge ein Fluch über der Ebene, die sich weit unter dem wolkenlosen Himmel hinzog. Vorn die Sträucher zwischen den sandigen Hügeln waren so tot wie die Bäume in der Ferne. Noch immer flogen die Pfosten endloser Drahtzäune vorbei, und plötzlich, als hätte der lange Pfiff des Zuges sie hochgeschreckt, tauchten zwei Känguruhs auf und hielten mit weit ausholenden Sprüngen das Tempo. Der Schlag ihrer Schwänze war deutlich zu hören, und die Kraft zu spüren, mit der sie sich vorwärts schnellten. Jäh wie sie aufgetaucht waren, schlugen sie sich seitwärts weg und verschwanden zwischen den Hügeln. Wieder lag das Land leblos unter der Sonne – und nicht bloß des blendenden Lichts wegen schloß Markus die Augen.

Hoch stand die Sonne im Himmel, als sie endlich ihr Ziel erreichten und zermürbt aus dem Zug stiegen. Wie Ofenglut schlug ihnen die Hitze entgegen. Es war, als brenne die Luft, und sie drängten sich in den schmalen Streifen Schatten unterm Bahnhofsdach – doch sie waren zu viele. Man hatte sie, das begriffen sie längst, in eine Wüste verschleppt, aus der es kein Entrinnen gab.

Als der leere Zug aus dem Bahngelände rangiert wurde, sahen sie sich einer berittenen Schar Soldaten gegenüber, die, locker in den Satteln, das Gewehr in der einen, die Zügel in der anderen Hand, ihre Pferde längs der Schienen in Trab setzten. Auf und ab ritten sie und blickten dabei gelassen auf die Männer herab, die da von Gott weiß wo hergebracht worden waren.

Vom Bahnsteig rief jetzt ein drahtiger Offizier ein Kommando, sie sahen ihn die Reitpeitsche gegen die blanken braunen Schnürstiefeln schlagen, den Sturmriemen des breitkrempigen Hutes fest unters Kinn zurren, und schon hörten sie die berittenen Soldaten zurückrufen: "Right-o, Captain!" Die gaben ihren Pferden die Sporen und scherten rings um das Bahnhofsgelände aus. Als dann ein kräftiger Feldwebel mit tiefgebräuntem Gesicht der Wachmannschaft vom Zug die Order zum Aufsitzen in Lastwagen gegeben hatte, setzte er seinem schwarzen Hengst die Sporen in die Flanken und sprengte in die Landstraße, die zu einer fernen Ortschaft führte.

"Heiß und staubig, damn right", sagte der Posten vom Zug zu Markus, wischte sich mit einem khakifarbenen Tuch Gesicht und Nacken und setzte zum Abschied zu einer Ermunterung an: "Doch bis zur Hölle ist's noch ein Stück. Wirst dich gewöhnen – mit der Zeit!"

Aufgeteilt in Gruppen und ringsum von Berittenen bewacht, schleppten sie sich über die Landstraße bis zu einer Kreuzung. Weit vor ihnen, verhüllt vom Staub, rollten die Laster mit den Posten vom Zug. Die Berittenen ließen sie anhalten, bis der Staub sich gelegt hatte, keiner trieb sie an, und als sie weiterzogen, war jede Ordnung dahin, hatten sich die Gruppen aufgelöst. Neben ihnen stampften die Pferde, schnaubten in der Hitze und bäumten sich auf, und ihre Felle glänzten schweißnaß in der Sonne.

Sie erreichten das Lager lange nachdem sie von weit her die Wachtürme gesichtet hatten, und als sich hinter ihnen die drei Stacheldrahttore schlossen, empfanden sie die Baracken wie eine Zuflucht vor der Wüste. Jenseits der hohen Zäune führten die Soldaten ihre Pferde weg. Ein Hund schlug an, und der helle Klang einer Trompete drang an ihr Ohr. Wer da spielte, sahen sie nicht und wußten das Signal erst zu deuten, als sie der Feldwebel zum Appell rief. In Viererreihen formiert, standen sie auf dem großen Platz während der Feldwebel rasch die Reihen ablief – zwei Mann für jeden Schritt, so zählte er sie, und nahm es nicht genau dabei. Wer würde fliehen, wo in dieser Wildnis sollten sie hin? Der Offizier vom Bahnhof begann die Lagerordnung zu verlesen, seine Stimme durchdrang nur schwer die drückende Hitze, und kaum einer verstand ihn.

Irgendwo, unbemerkt zwischen den zweitausend, stand Markus. Er hörte nicht auf die Anordnungen, er dachte an Arno Mertens, und es schien ihm ein Segen, daß dem das Lager erspart geblieben war. Wo er auch sein mochte, oder konnte es dort nicht sein.

Hoch am blauen Himmel tauchte ein Habicht auf und kreiste in weiter Bahn, einmal, zweimal, bis er auf einen knöchernen Baum zustieß und zwischen den Ästen verschwand.

DER DICHTER

Fast spielerisch verfaßte George Raven Verse über ihr Barackenkätzchen – seine Anmut, wie es lugte, jagte, es aus dem Nichts herbeisprang, wenn es die Worte milk and meat rufen hörte. Milch und Fleisch brachte Markus täglich von der Arbeit in der Lagerküche mit. George war sprachgewandt, ein Jongleur mit Worten, das gehörte wohl zum Dichten, und Markus bewunderte die Fähigkeit. Auch äußerlich war Georg, wie sich Markus einen Dichter vorstellte – schlank und feingliedrig. Beredte Gesten unterstrichen, was er sagte, und er wußte zu wirken, wenn er aus tiefblauen, von dunklen Wimpern überschatteten Augen sein Gegenüber musterte. Nie gab er sich als einer von vielen, stets blieb er der University Don aus Oxford, der seine Bildung weder leugnen konnte noch leugnen wollte.

Hatte ihn auch mit der Verbannung die Vergangenheit eingeholt, so nannte er sich doch weiterhin George Raven und ließ seinen Geburtsnamen nicht gelten. Als George Raven war er in Oxford bekannt, nicht als Georg Rapp, und dabei sollte es bleiben. Denn nach Oxford würde er zurückkehren – es war nur eine Frage der Zeit. Stets ausgerichtet auf sein Ziel, verließ ihn das Selbstvertrauen nie. Und auch dafür bewunderte ihn Markus. Es hatte ihn ermutigt, als George von seinen Träumen, Ängsten, Sehnsüchten wissen wollte, und bald beschäftigte er über lange Strecken sein Innerstes. Er las, was ihm zu lesen empfohlen worden war, Auden und Spender, so rätselhaft ihm deren Lyrik nicht selten auch schien, und Christopher Isherwoods Berliner Geschichten, selbst an T. S. Eliot wagte er sich, dessen Verse er mehr vom Klang der Worte her als durch deren Sinn erfaßte: Waste Land, East Coker. Beim Lesen hörte er George, sah er ihn vor sich – das schmale, kluge Gesicht mit der sanft gebogenen Nase, und wie er er beim Vortrag das lange Haar aus der Stirn warf. Täglich hoffte er, daß George auf ihn wartete, ihn zur abendlichen Stunde erwartete, damit er sich ihm mitteilen, er ihm zuhören konnte. Er weckte Empfindungen in ihm, die später nur Frauen in ihm weckten, und wenn George ihn wie von ungefähr berührte, spürte er eine zunehmend starke innere Berührung. Er hoffte zu werden wie er, und heimlich setzte er Georges Gedichten eigene entgegen. Das ahnte der andere sehr wohl, doch noch ehe Markus seine Versuche vorzutragen wagte, bewahrheitete sich, was er innerlich nie hatte wahrhaben wollen, stets aber erwarten mußte – der Dekan von Oxford hatte Georges Entlassung bewirkt und ihn nach England in die Fakultät berufen.

Markus traf die Nachricht tief. Er war froh für George, doch die bevorstehende Trennung bedrückte ihn derart, daß er stumm von Georges Koje weg zu seiner eigenen ging. Als er sich dort ausstreckte, sprang ihm das Barackenkätzchen auf die Brust. Er setzte es ab und beachtete es nicht weiter. Lang lag er wach.

Am nächsten Morgen, als die Lagertore geöffnet wurde, George am Posten vorbei in die Freiheit hinaustrat und Markus ohne ihn zurückblieb, empfand er, wie seit langem nicht, den Stacheldraht als das, was er war, wurde die Wüste wieder zur Wüste, brannte die Sonne grausam vom Himmel, und nur das Gedicht, das er an diesem Tag schrieb, vermochte ihm etwas von dem zurückzugeben, das er verloren hatte.

Das Lineal

Schweißgebadet erwachte Markus, setzte sich auf – in der Baracke um ihn her schliefen alle, unruhig in der Hitze der Nacht. Manch einer schnarchte, andere wälzten sich auf den Strohsäcken von Seite zu Seite. Wach war nur er. Der Mond stand hell und klar im Fenster, sein Licht warf die Schatten von Zaunpfosten und dem nahen Wachturm auf die Lagerstraße. Markus starrte hinaus. Ihm saß der Alptraum in den Gliedern. Da trieb ein hölzernes Lineal auf Meereswellen, und zwei bleiche aus dem Wasser ragende Hände griffen danach …

Er schätzte die Uhrzeit – Mitternacht wohl. Der Posten auf dem Wachturm regte sich nicht. Wie eine Attrappe stand er da. Markus riß das Handtuch von dem Draht in seiner Koje, trocknete Gesicht und Brust und streckte sich wieder auf dem Strohsack aus. Lange schlief er nicht ein, und kaum daß er eingeschlafen war, verfolgte ihn der gleiche Alptraum – Wellen, ein Lineal auf den Wellen, und zwei nach dem Lineal greifende Hände.

Jemand packte ihn bei der Schulter, rüttelte ihn wach: "Was ist mit dir?"
"Ein Alptraum – nichts weiter."
"Du mußt ihn sehr vermissen."
"Wen – was soll das?"
"Rudi Karbasch – nach dem hast du geschrien."

Er dachte an Rudi, und wie er am Zaun stand und ihn gehen sah, so wie er vor langer Zeit George hatte gehen sehen, durch die drei Tore aus dem Lager hinaus in die Freiheit: Rudi, dessen Hilfsbereitschaft er und manch anderer hier viel zu verdanken hatten – der kleine Serge Milstein, zum Beispiel, der in einem Anflug von Lagerkoller seine Mundharmonika über den Stacheldrahtzaun geschleudert hatte, die dann verschwunden geblieben wäre, hätte Rudi nicht einen Posten überreden können, sie für Milstein zu suchen. So war Rudi: In allen Lebenslagen hatte er sich zu bewähren gewußt, stets Ruhe bewahrt und Weitsicht bewiesen. Er strahlte Besonnenheit aus, und wenn in all der Zeit überhaupt einer den Verlust von George hatte lindern können, dann war er es gewesen. Nun war er fort. Und er hatte im Traum nach ihm geschrien.

"Es war nichts", sagte Markus dem, der ihn geweckt hatte, "vergiß es."

Aber auch beim nächsten Schlafversuch verfolgte ihn wieder der Alptraum – Wellen, ein Lineal, nach dem Lineal greifende Hände. Und er erkannte die Hände und wessen Lineal das war – Rudi hatte ihm während der Mathematikprüfung der Lagerschule sein Lineal zugeschoben, auf dessen flacher Unterseite er die Lösungen geschrieben hatte. Und jetzt, in dem Alptraum, waren es Rudis Hände, die an einem in den Wellen treibenden Lineal Halt suchten ...

In der folgenden Woche erreichte sie im Lager die Schreckensmeldung von der Torpedierung und dem Untergang der *Abosso* im Irischen Meer. Alle an Bord waren in der Nacht jenes Alptraums in die stürmischen Wellen gerissen worden, keiner konnte gerettet werden.

Auch Rudi Karbasch nicht.

Nacht über Shepparton

Auch zum Abend hin war es noch heiß am Kanal, wo Markus und Albert Klett, der Schlosser aus dem Ruhrgebiet, seit ihrer Entlassung aus dem Lager in einer Hütte hausten. Die Tageshitze blieb im Holz wie Glutwärme im Ofen, und es half nichts, daß sie eimerweise Wasser übers Wellblechdach gossen – in der Windstille drückte die Luft. Sie wichen zum Kanalufer aus. Dort aber plagten sie die Mücken, stachen sie in Stirn, Hals, Hände, Arme, ihr Sirren durchdrang das blubbernde Quaken der Bullfrösche, es sirrte ihnen im Ohr, bis sie, vom Ufer geflohen, vor der Hütte ein Feuer entfacht hatten, dessen Rauch die Mücken vertrieb.

Spät in der Nacht noch saßen sie auf Baumstümpfen beim glimmenden Feuer, erschöpft von der Plackerei in der Obstplantage, voll Ingrimm auch gegen Tom Cornish, den Sohn des Bosses, der jeden ihrer Körbe nach unreifen Pfirsichen abgesucht hatte – auch heute wieder würde ihnen der Lohn gekürzt werden. Zum Teufel mit dem Kerl – Saufraß, Plackerei von früh bis spät, und dazu diese stickige Bruchbude, in der sie hausen mußten ... Über dem Feuer brühten sie Tee gegen den Durst und die Hitze auf, der trieb den Schweiß und machte, daß sie sich kühler fühlten.

Als habe Albert während ihres langen Schweigens an nichts anderes gedacht, begann er plötzlich von einer Aktion in Mönchen-Gladbach zu reden, und was er sagte trug Markus aus dieser Welt in jene andere vor dem Krieg: "Glaub mir – das war keine Heldentat, den Brandsatz ins Sturmlokal der SA zu schleudern, wo ich doch danach Brunos Fahrrad einfach fallen ließ, um über die Hinterhöfe abzuhauen. Bis heute verfolgt mich das – immer denke ich, das Fahrrad könnte in die Klauen der Gestapo geraten sein, und dann ... Mit der Zeit ist in meinem Kopf daraus eine Foltermaschine geworden, und Bruno Heilmann, der uns all die Monate zusammengehalten hat, wird aufs Rad geflochten. Denn da wo es herkam, hat Bruno gearbeitet – darum ist mir bis heute, als hätte ich eine Spur gelegt! Sieben Jahre ist's her seit ich über die belgische Grenze aus Deutschland weg bin, und noch immer quält mich das mit dem Fahrrad."

Das Feuer war erloschen, und es war kühler jetzt unterm Mondlicht. Hell strahlte das Kreuz des Südens im blauschwarzen Himmel. Ein Windhauch kam auf. In der Hütte jetzt, ausgestreckt auf ihren Strohsäcken, lauschten sie dem Rauschen der Blätter in der Nacht.
"Bist du noch wach, Mark?"
"Ja."
"Diesen Brandsatz zu schleudern, und dann ohne das Rad verschwinden ... wo doch Umsicht und Weitblick zum Überleben gehörte."
"Wer wird schon damit geboren", sagte Markus. "Das bringt erst die Erfahrung."
"Mir zu spät", erwiderte Albert dumpf, "zu spät."

Absent Without Leave

Die Frau war schlank und schön, mit braunen Augen und rötlichem Haar, und unnahbar schien sie Markus bis hin zu dem Augenblick, als sie mit einem thanks ever so much den Buchladen verließ, wo sie beide über einen Gedichtband von D. H. Lawrence ins Gespräch gekommen waren – das Buch hatte er ihr überlassen, kein zweites war zu haben gewesen, und erstaunt war er, nicht wenig verwirrt, als er sie auf der Straße auf ihn warten sah – thanks ever so much.

Und daß sie bald danach gemeinsam zum fernen Sandringham aufgebrochen waren, einem Vorort am Meer, wo sie wohnte, war ihm nach all den Monaten hinter Stacheldraht und den Wochen Plackerei auf der Obstplantage wie ein Märchen vorgekommen. Im Zug hatte sie ihn nach seinem Namen gefragt, und ohne zu überlegen, nicht wirklich zu wissen warum, hatte er sich mit Mark Stone vorgestellt und Ontario in Kanada als Heimatstadt erwähnt. Und sich sehr bald dafür verflucht – Mark Stone, Ontario, Kanada ... wohin würde das führen? Wie kam ein Kanadier in die australische Armee? Es war schon ungewöhnlich genug, daß einer wie er in dieser Armee war, deren Uniform trug und seit ein paar Tagen auf dem Rennplatz von Caulfield stationiert war ... Unter dem Dach ihrer schmucken Strandvilla in Sandringham blieb er wortkarg und zurückhaltend, weil er wußte, die Lüge würde weitere nach sich ziehen, und erst in der Nacht, als sie ihn zur Rede stellte: Ontario, dear Mark, is a Canadian province, not a city ... so why did you have to lie to me? hatte er sich zu seiner wirkliche Herkunft bekannt. Ihm war heiß geworden dabei, seine Lippen hatten zu beben begonnen, und aus Furcht vor neuen Verstrickungen, Vorurteilen gar, hatte er zum Aufbruch gedrängt. I have to get back to my unit by midnight. Was stimmte und strikt zu befolgen war. Twentyfour, fiftynine ... Keine Minute später hatte er sich wieder auf dem Rennplatz einzufinden. Doch er war geblieben, war bei ihr geblieben, die sich merklich anders verhielt, seit sie die Wahrheit erfahren hatte, fraulich, mütterlich, und die er fortan Helen nennen, die er berühren, deren Wärme er spüren, deren Duft er atmen durfte – und die ihn in dieser Nacht noch zu sich geholt, ihm Wege der Liebe gezeigt hatte, bis all seine Bedenken in einem Strudel von Gefühlen untergegangen waren. Mit den Lippen, dem Schoß, in zärtlicher und stürmischer Umarmung hatte sie in ihm verdrängt, was auf ihn zukommen würde, dafür daß er sich von der Truppe entfernt hatte. Mark, dear boy, Mark, so there ... come now, come to me! Fahnenflucht und Strafe waren hohle Begriffe, ließen ihn gleichgültig, waren bedeutungslos geworden, er fühlte sich nicht mehr dazugehörig, war kein Soldat mehr – nur dies hier war wirklich, in den Armen der Frau zum Mann werden, nichts sonst war wirklich.

Und es traf ihn hart, als sie ihn am Abend vor der Heimkehr ihres Mannes, nach vierzehn Tagen, vierzehn Nächten sanft aber bestimmt des Hauses verwies. Now you must go, it was lovely, but you must go now, this had to end some day ...

Seine Einheit, so stellte es sich heraus, hatte den Standort gewechselt, war ins ferne Queensland abkommandiert, und vor dem Rennplatz von Caulfield, wo ihre Zelte gestanden hatten, stand nur noch ein Posten, der ihm Bescheid gab und vor der Militärpolizei warnte. Don't let them catch

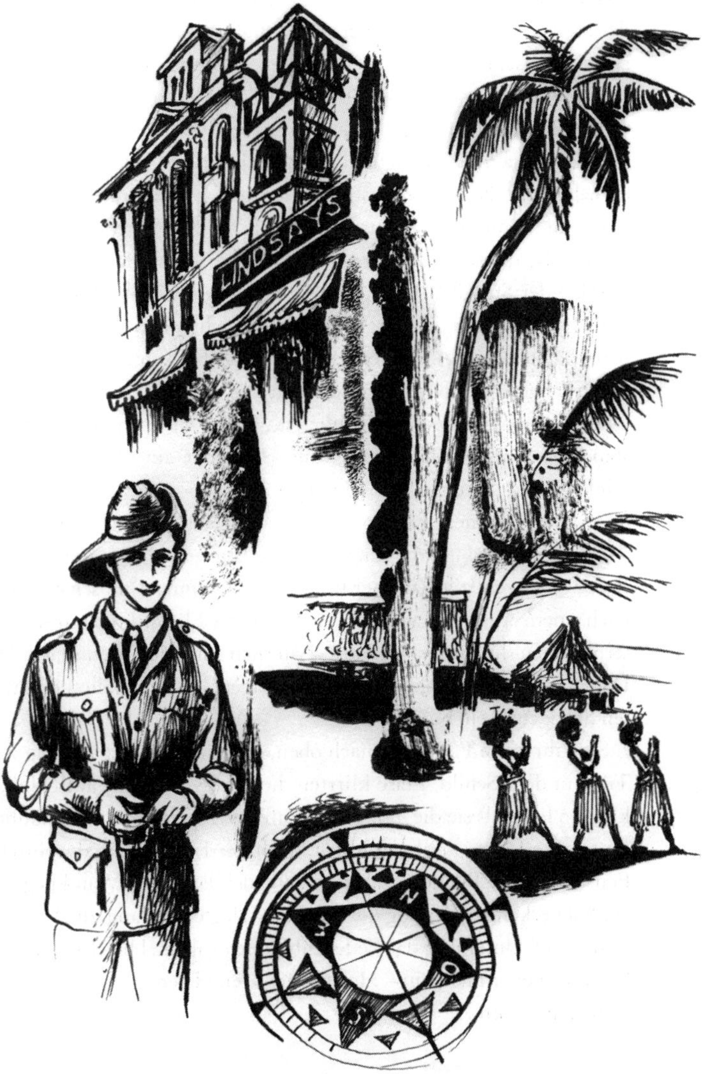
LINDSAYS

you. Er fuhr in die City, es war Nacht inzwischen, und ließ sich im Strom der Menschen aus dem Flinders Street Bahnhof treiben – Soldaten überall, australische, amerikanische, und unter ihnen keiner, den er etwas anging. Glück im Unglück, daß auch die Militärpolizei ihn übersah. Obdachlos unter Brücken, davon hatte er gehört. Nun würde er es erleben. Die Villa in Sandringham gab es nicht mehr, eine Helen Coster gab es nicht mehr. Now you must go ... this had to end some day ...

Es war Winter in Melbourne. Kalter Juniregen nieselte vom Himmel. Ziellos überquerte er die Yarra Brücke hinterm Bahnhof, tauchte ein ins Dunkel der St. Kilda Road, das auch das Dunkel der Huren war, und daß er sein Geld in der Tasche ließ, hatte nicht allein mit den vergangenen Nächten zu tun, sondern auch mit der Einsicht, daß ihn in einem Bordell die Militärpolizei am ehesten aufgreifen würde. Aber wohin? Obdachlos unter Brücken. Bläulich im Regen blinkten die Leuchtbuchstaben Y. M. C. A. über dem grauen Gebäude am Fluß. Ihm war, als winkten sie – Young Men's Christian Association. Dort, wo sonst, würde er unterkommen. Er war Soldat, man würde ihn nicht abweisen ...

Doch im Empfang die junge Frau bedauerte – die Amerikaner seien in der Stadt und alle Zimmer belegt. Sie hielt inne. Ihm schien, sie sann nach einem Ausweg. Durch die Scheiben der Flügeltüren sah er naß unterm Regen die Straße am Park. Laternen spiegelten sich in der Nässe. Die Frau lächelte ihm zu. Er hörte sie sagen: "In der Bibliothek im vierten Stock steht ein Sofa ..."

Sie fuhren im Fahrstuhl nach oben, gingen den Gang entlang zu der Tür mit dem Schild. Leise klirrten die Schlüssel, als sie aufschloß, und klirrten leise, als sie die Tür von draußen versperrte. Es roch staubig im Raum, die Luft war abgestanden, doch der Lichtschein, der durch das Fenster auf die Bücherregale fiel, ließ auch längs der Wand gegenüber ein Sofa erkennen. Er zog die Stiefel aus, legte sich lang, die Hände unterm Kopf. Unter ihm das Leder fühlte sich kalt an, blieb lange kalt, und lange schlief er nicht ein – Helen, dachte er, Helen.

Sie fehlte ihm ...

Maroochydore Mooloolaba Fernab am nördlichen Pazifik lag der Umschlagplatz für Kriegsgut, das die Soldaten seiner Einheit aus Lagerschuppen auf Laster hieven mußten, und Markus brauchte sechs Wochen, bis er dorthin gelangte. Quer durch Victoria und New South Wales bis hin nach Queensland hatte er trampen müssen, von Armeefahrzeugen auf Güterzüge war er umgestiegen, zuletzt sogar auf einen Lazarettzug, und war stetig, wenn auch langsam, vorangekommen – einem versprengten Soldaten half damals jeder in Australien.

Zwar hatte der Posten vor dem Melbourner Rennplatz über die Entfernung keinen Zweifel gelassen – Maroochydore Mooloolaba: das klang wie ein Ort in einer anderen Welt, zugleich aber auch verheißungsvoll. Kaum einer, der ihn auf der schier endlosen Reise mitgenommen hatte, wußte von dem Ort, und als er dann an einem Montagmorgen unbemerkt vom Wachposten ins Armeelager vordrang, links eine Baracke, rechts die Zelte und dazwischen der Appellplatz, empfand er das Ende seiner Suche wie eine Heimkehr. Was ihm bevorstand, würde er durchstehen – er hatte gelebt, hatte erlebt, und nach der Strafe würde er dazugehören, nicht länger ein Außenseiter sein. Schon jetzt war er kein Landstreicher mehr, der nachts in Scheunen oder an Feldrändern schlief und tagsüber trampte – Armeefahrzeuge, Güterzüge, ein Lazarettzug. Damit hatte es ein Ende gehabt, als er es im Hafen von Brisbane auf ein Postboot schaffte, das auf dem Weg nach Bundaberg war. In Maroochydore Mooloolaba würde man ihn absetzen, und weil das am späten Morgen geschah, hatte er das Lager erst erreicht, als seine Einheit schon zur Arbeit ausgerückt war.

Die Zelte standen leer, und der Appellplatz lag verlassen da. Nichts rührte sich ringsum. Nur aus der Baracke drang das Klappern von Schreibmaschinen. Er hockte sich in den Schatten der Baracke, drehte sich eine Zigarette und hatte noch nicht ausgeraucht, da scheuchte ihn eine barsche Stimme hoch.

"He, Sie – mal herkommen!"

Ein Sergeant war aufgetaucht und brüllte ihn an. Markus ging zu ihm hin. Der Mann stand breitbeinig da, in blanken Stiefeln, die Daumen unterm Ledergürtel, das Gesicht überschattet vom breitkrempigen Hut, und musterte ihn.

"Was, zum Teufel, treiben Sie hier?"

Markus nahm Haltung an und brachte vor, was er sich in all den Wochen zurechtgelegt hatte.

"Blanker Wahnsinn", hörte er den Sergeanten sagen, es war, als traute er seinen Ohren nicht. "Glauben Sie bloß nicht, es ist damit getan, daß Sie das alles einfach so wegbeichten. In Melbourne auf der Strecke geblieben ... eh? Mann Gottes, ich hör nicht richtig – oder etwa doch!"

Markus schwieg. Er machte sich aufs Schlimmste gefaßt – Handschellen, Militärgericht und für ein paar Monate ab in den Bau. Er nahm den Armeehut ab und hielt ihn dem Sergeanten hin. Der musterte ihn nur weiter und rieb sich die Hakennase. Als er endlich wieder sprach, war es Markus, der seinen Ohren nicht traute.

"Hut auf – und mal zugehört! Ich hab Sie nicht gesehen, und wie Sie ungeschoren am Posten vorbei ins Lager gekommen sind, will ich nicht wissen. Hauptsache, Sie rücken morgen mit den anderen zur Arbeit aus – kapiert!"

"Ja, Sir."

"Sergeant McPherson", korrigierte der schroff. "William Guthrie McPherson. Den Sir schenken Sie sich." Er sah ihn hart an. "Mann Gottes, mehr Glück als Verstand!"

Markus begriff, daß der Mann ihn seit der Einmusterung nicht vermißt haben konnte und folglich sein Fehlen nicht gemeldet hatte.

"Werde mir wegen Ihnen keine Laus in den Pelz setzen", ließ er Markus wissen. Aus der Brusttasche holte er eine Liste und ging sie durch. "Markus Epstein – tatsächlich! Mann Gottes, hatten Sie ein Glück!"

Trotz des herrischen Tons, war spürbar, daß der Sergeant sich in Bedrängnis wähnte.

"Von mir erfährt keiner was", versprach Markus.

"Das", entgegnete ihm McPherson bedrohlich leise, "will ich Ihnen auch geraten haben. Und jetzt weggetreten – mir aus den Augen!"

Markus machte kehrt und suchte sich ein Zelt. Am nächsten Morgen reihte er sich zur Arbeit ein, und es brauchte Sergeant McPhersons Blicke nicht, daß er den Mund hielt und zu keinem ein Wort über die letzten sechs Wochen sagte – Sergeant McPherson schwieg und Markus schwieg. Und das war gut für sie beide.

COLIN

Plötzlich, wie seltsam, trug ihm der Wind die Klänge erhabener Musik zu. Zwischen sanften braunen Hügeln und über Steppengras, wo Känguruhs weideten, war Markus, dessen Einheit aus dem nördlichen Australien nach Neu Süd Wales verlegt worden war, an einem dienstfreien Sommertag in Alburys Hinterland zu den Ufern des Murray gelangt, und dort, im Schatten der Trauerweiden, erkannte er, was er hörte – Beethovens Eroica. Er ging den Klängen nach, sie führten ihn zu einem Pfad, der vom Fluß durch Unterholz in eine Lichtung mündete. Da sah er ihn mit dem Rücken gegen den Stamm eines Eukalyptusbaumes vor einem schlichten Holzhaus sitzen, neben sich eines jener alten Grammophone mit Trichter und Handkurbel, ein Die-Stimme-seines-Herrn-Grammophon – selbst der kleine Hund fehlte nicht. Nur daß dieser ein Spitz war. Der junge Mann war blaß für einen Australier vom Lande, mit schmalen Schultern, langarmig und langbeinig, und wie er da saß, wirkte er schwächlich, überaus sensibel, verletzlich auch – Augen voller Sanftheit, ein weicher Mund und Haar so seidig, jeder Windhauch bewegte es. Er sprach mit gedämpfter Stimme. Was er zur Begrüßung sagte, prägte sich Markus ein, auch, wie er es sagte. Sein Name sei Colin Cartwright, und es bedeute ihm viel, daß Markus kannte, was da im Grammophon zu hören war. Noch mehr bedeute es ihm, daß er dem Land der Geburt jenes großen Tonmeisters entstammte, dazu noch im Rheinland nicht weit von Bonn aufgewachsen sei.

Von Hitlerdeutschland schien Colin Cartwright nur begrenzte Vorstellungen zu haben – es war dort zum Krieg gerüstet worden, und nun war er ausgebrochen. Von den Verfolgungen, die dem Krieg vorangegangen waren, konnte nur wenig zu ihm gedrungen sein. War nicht auch Menuhin Jude und Bruno Walter, und musizierten sie nicht immer noch in Deutschland? Nicht mehr, schon lange nicht – er nahm das zur Kenntnis, und es stimmte ihn nachdenklich.

Als Markus erfuhr, daß er zuweilen bei der Lokalzeitung als Korrektor aushalf, wunderte er sich über so viel Weltfremdheit. Begriff der denn nicht, was er da korrigierte? Doch schon, versicherte ihm Colin Cartwright, vom Weltgeschehen aber sei in dem Blatt nicht viel zu finden, und es verlange ihn auch kaum danach. Was er mitbekam, genüge ihm und Markus, der an dem Schicksal seiner Eltern litt, an den Gerüchten von Verschleppung und Mord und jeder Nachricht vom Verlauf des Krieges nachging, brachte dafür wenig Verständnis auf. Gleichzeitig aber erweckte Colin Cartwrights Hingabe an deutsche Musik Vorstellungen von einem Deutschland lang vor seiner Zeit. Es tat Markus gut, wie der die Namen Bach, Beethoven, Brahms sprach, und später, als er erfuhr, daß Colin Cartwright unheilbar krank war, verstand er, warum der Einsichten über das Land des Schreckens, das Deutschland in jenen Jahren war, nicht in sich aufkommen ließ.

Bach, Beethoven, Brahms – seit jener Begegnung traf Markus niemand mehr, dem diese Musik ein solcher Born von Hoffnung war. Und wenn immer er an Colin Cartwright denkt, hört er, wie damals an den Ufern des Murray, Beethovens Eroica und folgt im Geiste dem Pfad bis hin zu dem Holzhaus unterm Eukalyptusbaum.

Auch an diesem Sonntag, Monate nach jenem anderen, als Markus DIE EINFACHEN DINGE zu Papier gebracht hatte, nutzte er die Stille im Armeelager, um über Elaine zu schreiben, und all dem, das zwischen ihrem Anfang und den zwei unbeantworteten Briefen lag, die er an sie geschickt hatte ...

Elaine

Wir vom 8. australischen Arbeitsbataillon waren im Spätsommer dieses Jahres in Neu Süd Wales stationiert, außerhalb einer blühenden Kleinstadt unter flachen braunen Hügeln, die von Buschland umgeben war und fruchtbaren Feldern zu beiden Seiten eines Flusses namens Murray.

Tag für Tag holten wir große Mengen von Munition aus Lagerschuppen, verluden sie auf Lastwagen und von dort auf Güterzüge, die ihre für Borneo bestimmte Fracht zum Hafen von Sydney brachten. Wir waren durchweg Europäer, hauptsächlich Deutsche, ein paar Österreicher, ein paar Griechen, einige wenige Italiener – aus der Heimat vertriebene Männer, die durch die Wechselfälle der Geschichte erst in alle Winde verstreut und dann, wie durch eine Laune des Schicksals, auf diesem Vorposten in einem fremden Kontinent zusammengewürfelt worden waren.

Eine breite, von stämmigen Eukalyptusbäumen gesäumte Hauptstraße durchquerte Albury vom Rennplatz, der für unsere Einheit requiriert war, bis hin zu den Geschäften, dem Warenhaus, dem Rathaus, dem Mechanics Institute und dem Hotel im Zentrum. Zwischen der Methodistenkirche und der Stadtbibliothek war eine Baracke für Soldaten errichtet worden, und an unseren freien Tagen, wenn wir uns in der Stadt müde gelaufen hatten, saßen wir dort oft an den Holztischen, beobachteten das

Treiben draußen in der Sonne, musterten die Frauen, die im Schatten der Markisen an den Barackenfenstern vorbeihasteten. Hin und wieder entlockte einer von uns dem Klavier in der Ecke einen Wiener Walzer, eine italienische Weise oder ein rheinländisches Lied – was seltsam anmutete in einem Raum, wo an der Holzwand über dem Tisch mit den Schachbrettern ein überlebensgroßes Bild von australischen Schafscherern hing.

Zweimal die Woche half hinter der Theke Schwester Norwood aus, eine verwitwete Privatpflegerin mittleren Alters, ein wenig beleibt und bedächtig, deren zwei Söhne an der Front in Neuguinea im Einsatz waren. Für sie, das spürten wir an ihrer Freundlichkeit, waren auch wir australische Soldaten und nicht bloß, wie für viele Einwohner der Stadt, ein Haufen Fremdenlegionäre.

Wohl weil ich sie an ihren jüngsten Sohn erinnerte, bevorzugte mich Schwester Norwood. Ich faßte Vertrauen und mit der Zeit erzählte ich ihr von meiner Flucht aus Deutschland, dem Schicksal meiner Eltern dort, und wie ich von England nach Australien verschleppt worden war. Schließlich deutete ich sogar an – es war, als müsse ich endlich einmal darüber sprechen – daß ich als Zwölfjähriger durch eine Angestellte erfahren hatte, ein Adoptivkind zu sein, Sohn einer polnischen Jüdin, die zur Zeit meiner Geburt in einem Warenhaus in Berlin tätig gewesen war. Schwester Norwood hing förmlich an dem, was ich sagte.

"Vor siebzehn Jahren", bekannte nun sie, "haben wir unsere Elaine adoptiert, deren Mutter hier in Albury in Maxwells Warenhaus beschäftigt war." Durchs Fenster wies sie auf ein Gebäude gegenüber. "Ich kannte sie schon, ehe Elaine geboren wurde, denn sie war eine Waise und kam mit ihren Sorgen zu mir – ein lebhaftes, phantasievolles Mädchen, das immer glaubte, die große Liebe gefunden zu haben, und stets betrogen wurde. Als der Vater ihres Kindes sie verließ, warf sie sich jedem Mann an den Hals, bis das Gerede über sie so gehässig wurde, daß sie spurlos verschwand." Leise fuhr Schwester Norwood fort: "Ich habe Elaine das alles verschwiegen, jetzt aber fürchte ich, ihr könnte durch andere etwas davon zu Ohren gekommen sein – so wie bei dir."

Just dann trat aus dem flimmernden Sonnenlicht eine Schar Soldaten in die Baracke. Einer schlug mir auf die Schulter und rief: "Komm mit auf ein Bier ehe die Kneipe schließt – ich geb' heute einen aus."

Ich sah Schwester Norwood an. "Für mich war das damals ein ziemlicher Schock", sagte ich, worauf sie meine Hand ergriff und mir dankte: "Schön, daß du so offen zu mir warst."

Der Soldat, der einen ausgeben wollte, schlug immer wieder die gleichen drei Töne auf dem Klavier an. "Geb einen aus – trala …"

Schwester Norwood wollte mich nicht weglassen. "Besuch uns doch mal", bat sie. Seit Jahren schon lebe sie allein mit ihrer Tochter in einer kleinen Wohnung nahebei. "Wir würden uns freuen – Elaine und ich."

Der Soldat warf den Klavierdeckel zu. "Wer kommt mit?"

Schon bedauerte ich, zu viel von mir erzählt zu haben. Mich zog es zu den Männern, mit denen ich draußen in den Hügeln schuftete.

"Klar, komm ich mit", rief ich und verschwand.

Meine Neugier auf Schwester Norwoods Tochter war geweckt, den Besuch aber mußte ich lange aufschieben – zu viel Arbeit lag an. Eines Abends dann war es so weit. Schwester Norwood empfing mich freundlich und führte mich ins Wohnzimmer, wo sie mich ihrer Tochter vorstellte – ein schlankes, schönes Mädchen, mit zarter Haut und feinen Zügen, das mich abwartend aus schrägen Augen musterte.

Während Schwester Norwood Tee und Kuchen brachte, blieb sie, zusammengerollt wie eine Katze im Sessel sitzen, ohne auch nur zu erwägen, ihrer Mutter zu helfen. Mir schien, daß sie mich ablehnte. Schwester Norwood bemühte sich beharrlich, ein zwangloses Gespräch in Gang zu bringen. Elaine aber sprach

kaum, sah mich nur weiter prüfend an, den Kopf ein wenig geneigt, daß ihr langes dunkles Haar die Schultern berührte.
Mir wurde unbehaglich, ich nahm mir vor, bald wieder zu gehen, und als Schwester Norwood zu einem Patienten gerufen wurde, stand auch ich auf. Schwester Norwood drängte mich zu bleiben.
"Es wird bestimmt nicht lange dauern. Bin bald zurück!"
"Ich geh jetzt besser."
"Unsinn!" rief sie. "Ihr habt euch ja noch nicht einmal kennengelernt."
Als sie fort war, warf mir Elaine wieder diesen herausfordernden Blick zu, durchquerte das Zimmer, öffnete die Vorhänge und setzte sich aufs Fensterbrett.
"Gib's zu", sagte sie plötzlich, "Du warst doch gestern abend mit ein paar Soldaten dort unten auf der Straße."
"War ich nicht."
"Ich hab eine rege Phantasie. Doch diesmal bin ich sicher – fast."
"Fast – siehst du."
"Dann war es jemand, der dir ähnlich sieht – jedenfalls habe ich gestern abend, als Mutter fort war, ein hübsches Spiel gespielt. Bloß ..." sie zögerte, "ich wünschte, du wärst es gewesen."
Sie hatte, gestand sie, einen Soldaten auf der Straße durch ein unmißverständliches Nicken auf sich aufmerksam gemacht. "Nur eine Andeutung", behauptete sie. Als sie ihn aber ins Haus treten sah, hatte sie schnell das Fenster geschlossen, das Zimmerlicht ausgeschaltet und sich in einen Sessel geduckt, bis ein Klingeln an der Tür sie aufgeschreckt und zugleich auch erregt hatte.
"Als ich ihn wieder die Treppe hinuntergehen hörte, war ich sogar ein wenig enttäuscht."
Ich mußte lächeln.
"Bin ich schlecht?" wollte sie wissen. "Durch und durch verdorben?"
Ich spürte, sie hätte das gern bestätigt. "Höchstens keß", sagte ich.

"Ich bin schlecht", widersprach sie, glitt vom Fensterbrett und kam auf mich zu. "Schlecht – wie meine Mutter. Weißt du, wer meine Mutter ist?"
"Schwester Norwood, denk ich mir."
"Nein!" rief sie. "Ich spüre das. Eines Tages werde ich alles erfahren!"
Erleichtert hörte ich den Schlüssel im Wohnungstürschloß. Schwester Norwood trat ein, außer Atem vom schnellen Treppensteigen. Elaine stürzte auf sie zu
"Endlich – daß du endlich wieder da bist!"
"Was hast du nur?" Schwester Norwood strich ihr übers Haar. "Was war denn los?"
"Gar nichts", beteuerte Elaine, "ich bin einfach froh, daß du wieder da bist."
Schwester Norwood sah mich fragend an. Ich aber schwieg.

In den folgenden Wochen verbrachte ich meine Freizeit fast nur mit Elaine. So überspannt und unberechenbar sie auch war, sie wollte mir nicht aus dem Kopf. Auf Spaziergängen zu den Ufern am Murray Fluß erfuhr ich von ihren Erwartungen und Sehnsüchten: Es drängte sie in die Ferne, gleichzeitig aber wünschte sie sich Geborgenheit, sie begehrte die Liebe vieler Männer und träumte von der verzehrenden Leidenschaft für den einen. Sie wollte überall und nirgends sein, wie Treibholz im Strom, konnte aber im gleichen Atemzug versichern, in einem Beruf etwas leisten zu wollen. In ihr, das wurde mir zunehmend deutlich, lauerte die Angst, nirgends hinzugehören, keinen Menschen auf der Welt zu haben, die Ahnung, die Tochter einer lasterhaften Frau zu sein.
Wie Schwester Norwood richtig vermutet hatte, waren ihr Anspielungen zu Ohren gekommen. Und je heftiger sie dagegen anging, um so mehr bestärkte sich Elaines Argwohn. Vergebens hatte sie im Spiegel nach äußeren Ähnlichkeiten mit Schwester Norwood gesucht und sich schließlich von dem Gefühl wurzellos zu sein nicht mehr befreien können.

"Als mein Vater beerdigt wurde", erzählte sie mir, "ging auch ich mit zum Friedhof. Auf einmal hörte ich die Worte des Pfarrers nicht mehr, ich sah nur, wie seine Lippen sich bewegten. Ich konnte nicht trauern, ich fühlte gar nichts. Später, zu Hause, hab ich dann geweint. Aber bloß, weil ich keine Trauer spürte. Da siehst du's", wieder blickte sie mich trotzig an, "ich bin durch und durch schlecht."

"Unsinn, Elaine!"

"Du kennst mich nicht", sagte sie in einem Ton, der keinen Widerspruch duldete und lief dann, in einem jähen Stimmungswandel, mit wehenden Haaren zwischen den Weidenbäumen vom Murray Ufer weg auf ein Sumpfgebiet zu. Ich sah sie die Schuhe abwerfen und in den weichen, trügerischen Sumpf waten, wo sie erst bis zu den Knöcheln, dann tiefer einsank.

"Komm zurück!"

"Zieh die Stiefel aus, mir nach!" rief sie.

"Nein! Komm zurück!"

Als sie merkte, daß ich ihr nicht folgen würde, kehrte sie um, die Beine bis zu den Knien mit Schlamm verschmiert, den Rock bis zu den Oberschenkeln geschürzt.

"Hättest du versucht, mich zu retten?"

"Weiß ich nicht." Mir war, als müsse ich sie schlagen.

"Einmal", sagte sie, "war ich mit Mutter hier. Ich bin auf und davon und war noch weiter drin. Beinahe wäre ich im Sumpf ertrunken. Mutter hat so bitterlich geweint, daß ich merkte, wie sehr sie mich liebt. Erst da gab ich Ruh' und war zufrieden."

Meine Spannung und mein Zorn verflogen sofort. Ich dachte daran, wie ich als Junge meine Mutter auf dem Dach unseres Hauses herausgefordert hatte. Ich hörte sie flehen und erinnerte mich, daß ich in ihrem bangen Ausdruck den Beweis ihrer Liebe gesehen hatte. Ich erzählte Elaine davon und schließlich auch, wie sehr es mir zu schaffen machte, an Kindes Statt angenommen worden zu sein. Sie hörte still zu. Dann warf sie sich mir in die Arme, drückte mich fest an sich, küßte mein Gesicht, wo ihre Lippen gerade hinfanden.

"Die Nazis, die Zerstörung eures Hauses und daß du fliehen mußtest", stieß sie hervor, "alles war Vorsehung, sollte dich zu mir führen. Nie werde ich dich lassen – niemals! Ich will dich lieben."

Ich löste mich von ihr. Ein Schwarm wilder Enten stieg über dem Sumpfgebiet auf und flog im Licht der untergehenden Sonne auf die fernen Hügel zu. Ich sah ihnen nach. Elaine blickte mich unverwandt an.

Von diesem Tag an begann sie, mich zu lieben, als sei sie dazu verpflichtet. Bald existierte die Welt für sie nur noch in dem Maße, wie sie mich anging. Der Verlauf des Krieges bewegte sie plötzlich, weil eine Verschiebung der Fronten meine Einheit betreffen konnte. Was sich in Europa ereignete, bislang für sie Ereignisse wie auf einem anderen Planeten, berührte sie jetzt unmittelbar, weil ich von dort kam. Ihre Zukunftspläne, die vage gewesen waren, schienen ihr mit einmal in ein Gewebe verflochten, dessen Fäden alle zu mir führten. Sobald sie achtzehn sei, wolle sie zur Armee als Krankenschwester, ab sofort ihr Leben dem meinen anpassen – wo ich hinging, da wolle auch sie sein. Ihre Ausschließlichkeit erschreckte mich. Ich war noch keine zwanzig und unvorbereitet für so viel Hingebung.

Je mehr sie klammerte, desto mehr wich ich ihr aus. Ich begann, sie zu meiden und traf mich mit ihr oft nur aus Pflichtgefühl. Und doch schien es mir auch weiterhin, daß wir füreinander bestimmt sein könnten. Wenn ich an sie dachte, ich sie mir vorstellte, ihre kleinen festen Brüste, schlanken Arme, zarten Schultern, glaubte ich, ihre Haut auf meiner Haut, ihre Lippen auf meinem Mund zu spüren, und mich überkam ein Verlangen, das gepaart war mit Schuldgefühl.

Nach jenem Vorfall im Sumpfgebiet vermied ich das Thema unserer Herkunft. Bald aber brachte ein unvorhergesehenes Ereignis es wieder hoch.

An jenem Tag im Spätherbst – es war der Abend vor einem meiner freien Tage, den ich diesmal bei den Norwoods verbrachte – wurden wir durch ein kräftiges Läuten an der Wohnungstür aufgeschreckt und erlebten den unerwarteten Besuch eines Soldaten und seiner Frau – einer früheren Bekannten, wie Schwester Norwood uns wissen ließ. Sie schien bestürzt, ihre Hände zitterten, fahrig schob sie Stühle heran, stieß dabei eine Tasse um und ließ den Tee auf den Teppich tropfen. Gezwungen lächelnd stellte sie sich auf den Besuch ein. Elaine schien das Verhalten ihrer Mutter kaum bemerkt zu haben, sie musterte die Frau und den Soldaten mit der ihr eigenen verwirrenden Direktheit.

Während das Paar wenig überzeugende Erklärungen vorbrachte, hatte ich Zeit, die beiden einzuschätzen. Der Soldat, leicht angetrunken und darum allzu beflissen, war ein breitschultriger, muskulöser Mann mit rötlichem Haar. Die Frau, schlank und blaß und, wie ich fand, zu grell gekleidet, zeigte sich von übertriebener Heiterkeit, lachte viel und neigte dazu, wen immer sie ansprach vertraulich zu berühren. Die Beine übereinandergeschlagen, zeigte sie ihre Schenkel bis hoch hinauf, oft auch beugte sie sich vor, um ihren Busen zur Geltung zu bringen, wohl dem Soldaten zuliebe, oder auch nur aus Gewohnheit. Ich schätzte sie auf etwa vierzig.

Die Unterhaltung erging sich in Banalitäten über dies und jenes, während Schwester Norwood, die sich gefangen zu haben schien, belegte Brote und Bier anbot, was der Soldat zu würdigen wußte und – "ja, danke, sehr gern" – auch die Frau. Sie hatte sich als Mrs. Traven vorgestellt, der Soldat hieß O'Connor, verheiratet waren sie demnach nicht. Zu all dem verhielt sich Elaine gleichgültig, bis sie auf einmal die Frau mit der Frage überfiel: "Wann, das wüßte ich gern, haben Sie hier in Maxwells Warenhaus gearbeitet?"

"Oh, vor über siebzehn Jahren. Da wirst du noch nicht auf der Welt gewesen sein."

"Woher wollen Sie das wissen?" fragte Elaine.

"Meine Liebe", antwortete leichthin die Frau, "ich muß es ja schließlich wissen!"

Schwester Norwood schien wie vom Schlag gerührt. Ihr Bierglas schwenkend, blickte Mrs. Traven Elaine unverwandt an, und lächelte verschworen.

"Warum müßten Sie das wissen?" beharrte Elaine. Ihre Hände verkrampften sich um die Tischplatte.

"Elaine, bitte!" rief Schwester Norwood.

"Da war dieser Bursche im Rekrutierungslager", fiel O'Connor gezwungen lachend ein, "der sagte zum Arzt: 'Doktor', sagte er, 'wenn Sie mich tauglich schreiben, wird man bald auch Fahnenstangen einziehen. Wo ich doch so schmalbrüstig bin! Wäre ich durchlöchert, könnte man mich glatt für eine Blechpfeife halten.' …"

Sein Versuch verfing nicht. Zwar lockerte sich Elaines Griff, ihr Ausdruck aber blieb gespannt. Sie lehnte sich zurück und schwieg.

"Liebes Kind, ich weiß, wann du geboren bist, weil ich deine Mutter kannte. Verstehst du?" sagte Mrs. Traven und schaute uns alle der Reihe nach an. "Warum sind wir nicht alle miteinander lustig?"

"Ja, jetzt verstehe ich", flüsterte Elaine.

Die Unterhaltung schleppte sich noch eine Weile hin. Der Soldat spann sein Garn, und Mrs. Traven applaudierte hysterisch. Hin und wieder klatschte auch ich verhalten, während Elaine sich nicht rührte und Schweigen bewahrte. Sie musterte die Frau unverwandt. Als Schwester Norwood unter einem Vorwand das Zimmer verlassen wollte, sprang Elaine impulsiv auf und küßte sie. Schwester Norwood streichelte ihr übers Haar.

"Es muß wunderbar sein, wenn die Kinder einen so lieb haben", bemerkte Mrs. Traven.

"Es ist der schönste Lohn", bestätigte Schwester Norwood.

Dann aber, schon wagten wir zu hoffen, daß der Besuch ohne weitere Zwischenfälle enden würde, denn die beiden machten Anstalten, sich zu verabschieden, kam es zum schlimmsten.

Etwas unsicher auf den Beinen, leicht angetrunken wohl, war mir Mrs. Traven in die Diele gefolgt, wo ich ihr in ihren Sommermantel helfen wollte. Vor dem Spiegel brachte sie ihre Frisur in Ordnung, drehte schließlich ihre wohlgeformten Beine und zog die Nähte ihrer Strümpfe bis obenhin gerade. Während sie in ihren Mantel schlüpfte, wandte sie sich plötzlich zu mir um und fragte mit angehaltenem Atem: "Sagen Sie, sind Sie in meine Tochter verliebt?"

Über ihre Schultern hinweg sah ich Elaine in der Tür stehen. Ich nickte, um Mrs. Travens unerwartete Frage kurz abzutun.

"Das freut mich für euch beide!" Rasch hob Mrs. Traven das Gesicht zu mir empor und küßte mich. "Viel Glück", flüsterte sie.

Da stürzte Elaine vor und riß sie von mir weg. "Wie können Sie es wagen!" schrie sie. "Sie billige Hure!" Sie holte aus und schlug Mrs. Traven ins Gesicht.

Die Frau stand wie versteinert. Ihr roter Mantel war zu Boden geglitten. Ohne den Versuch sich zu verteidigen, vergrub sie das Gesicht in den Händen und fing krampfhaft zu weinen an. Elaine lief ins Badezimmer und warf die Tür hinter sich zu.

"Schmeißt das Frauenzimmer raus!" schrie sie. "Raus mit ihr, ich will sie nie mehr sehen!"

"Elaine", rief Schwester Norwood, "diese Frau – diese Frau ist deine Mutter."

Mrs. Traven zuckte zusammen. "Das bin ich nicht", beteuerte sie unter Tränen, "Sie sind ihre Mutter – nur Sie! Oh, Bill", flehte sie, "bring mich weg, bitte – bring mich weg!"

Der Mann hob ihren Mantel auf und legte ihn ihr um die Schultern. "Du hättest auf mich hören sollen, Schatz", sagte er, "warum hast du nicht auf mich gehört?"

Tränenüberströmt wandte sich die Frau an Schwester Norwood. "Verzeihen Sie mir!" Und dann, gefolgt von dem Soldaten, floh sie nach draußen in den Flur. Ich schloß die Wohnungstür hinter ihnen.

"Elaine!" rief ich. "Elaine!"

Die Herbstsonne schien hell ins Treppenhaus, als ich am nächsten Morgen wiederkam. Der Himmel über der Stadt war weit und hoch. Es war ein stimmungsvoller Tag, der es mir hätte leichter machen müssen durchzustehen, was immer auch durchzustehen war. Doch meine Ahnungen wollten nicht weichen.

Am Abend zuvor hatte Elaine mich in der kurzen Zeit, die ich noch geblieben war, mit Vorwürfen überschüttet, weil ich, wie sie meinte, auf die Annäherungsversuche "dieser Frau" eingegangen sei. So sehr ich auch bestritt, daß es die gegeben hatte, sie war nicht zu überzeugen. Es schien, als wollte sie den Schock, den sie erlitten hatte, auf den belanglosesten Anlaß zurückführen und vor allem anderen die Augen verschließen.

Auf mein Läuten hin öffnete Elaine die Tür. Ihre Augen waren umschattet, sie blickte verstört, schien übernächtigt, ihr Haar war wirr.

"Oh", sagte sie, als hätte sie mich nicht erwartet, wandte sich ab und verschwand.

Ich schloß die Tür hinter mir und ging ins Wohnzimmer. Die noch zugezogenen Vorhänge ließen nur wenig Licht herein, die Luft war abgestanden. Gläser, Bierflaschen, Eßgeschirr auf dem Tisch und in der Spüle zeugten vom Vorabend. Ich warf einen Vorhang auf und öffnete das Fenster. Elaine trat ein und begann wortlos Ordnung zu schaffen. Ich wollte ihr helfen, doch sie wehrte ab.

"Laß nur. Ich mach das schon."

"Hast du überhaupt geschlafen?"

"Kümmert's dich?"

"Was soll das, Elaine!"

"Ich hab geschlafen. Warum auch nicht?"

Ohne mich zu beachten, räumte sie weiter auf. Ich ging auf die Wohnungstür zu.

"Wo willst du hin?" rief sie.

"Komm mit, Elaine. Es ist besser, wir gehen raus."

"Wohin bloß?"

"Zum Fluß. Es ist ein schöner Tag. Da können wir uns aussprechen."

"Es gibt nichts auszusprechen", behauptete sie.

Aber sie kam mit. Den ganzen Weg durch die Stadt und auch später am Murray Ufer verlor sie kein Wort über den Abend zuvor.

"So nicht", sagte ich endlich, "wir müssen reden!"

Sie schüttelte den Kopf. "War alles bloß ein Alptraum, nun ist er verflogen. Sieh doch, was für ein schöner Tag es ist, wie die Hügel in der Sonne leuchten! Es gibt nur dich und mich, nichts sonst ist von Belang."

Die Hügel leuchteten wirklich in der Sonne. Lichtstrahlen stachen durch das Blattwerk der Weiden, das tief über dem dunkelgrünen Wasser des Flusses hing. Auf den Feldern das Gras wiegte sich im Wind.

Sie ergriff meine Hand. "Wenn du mich nur ein wenig lieb hast, dann sprich nicht drüber", sagte sie. "Es ist vorbei und vergessen."

"Begreifst du denn nicht ..."

"Nie wieder werde ich von Bestimmung und Schicksal reden", unterbrach sie mich. "Ist es denn so wichtig, wer unsere Mütter waren? Die Vergangenheit zählt nicht. Nur die Gegenwart. Ich will nicht länger bloß versuchen, dich zu lieben, denn jetzt ..." ihre Fingernägel bohrten sich in meine Handfläche, "... jetzt weiß ich, daß ich dich liebe! Ich will, daß wir zusammen bleiben, würdest du mich heiraten."

"Elaine, was redest du da", entgegnete ich ruhig, "dafür sind wir noch zu jung."

"Du liebst mich nicht."

"Eigentlich waren wir immer mehr wie Geschwister", sagte ich. "Vielleicht aber ändert sich das mit der Zeit."

"Mehr wollte ich nicht wissen."

Dann, in dem jähen Stimmungswechsel, wie ich ihn bei ihr kannte, lief sie voraus und winkte mir, ihr zu einer kleinen, versteckten Mulde am Flußufer zu folgen, die warm von der Sonne war.

"Hier wollen wir bleiben, verborgen vor der Welt", drängte sie. "Unser erstes gemeinsames Zuhause!" Sie zog mich zu sich herunter. "Hier sind wir allein. Hier stört uns keiner." Sie schloß die Augen und streckte die Arme aus. "Küß mich!"

Ich blieb, wo ich saß. Sie öffnete ihr Kleid, warf sich auf mich, drückte sich fest an mich. Meine Bedenken schwanden, ich beherrschte mich nicht länger.

"Mark", flüsterte sie, und ließ mich nicht los, "bitte warte. Kannst du warten?"

Ich versuchte mich von ihr zu lösen.

"Nein", drängte sie, "küß mich wieder. Du sollst mich küssen. Nur das – das noch nicht."

"Du willst es doch auch."

"Ja", sagte sie, "ich will es auch. Wir sollten aber warten – versteh doch bitte!"

Ich setzte mich auf und schlang die Arme um die Knie. Im Fluß trieb ein Ast. Ich sah ihm schweigend nach, bis er verschwunden war.

"Was hast du?"

"Nichts, Elaine – zieh dich wieder an."

"Ich liebe dich", sagte sie.

Am Abend, noch im Bann dieser Stunde, baten wir Schwester Norwood um ihre Zustimmung zur Heirat. Sie sah uns beunruhigt und, wie mir schien, auch irgendwie traurig an.

"Wartet noch", sagte sie, "ein Jahr oder zwei!"

Im Innern gab ich ihr recht, und darum schwieg ich. Elaines Augen blickten hart. Sie wandte sich Schwester Norwood zu. "Du verstehst nicht!" rief sie. "Mutter ..."

"Ihr solltet noch warten. Glaub mir, Elaine, ich will nur euer Bestes!"

Als ich weiter schwieg, kehrte mir Elaine den Rücken und stürzte in ihr Zimmer. Ich hörte die Tür ins Schloß fallen, wollte ihr folgen.

"Laß sie jetzt", bat mich Schwester Norwood.

Ich verließ die Wohnung und stieg langsam die Treppe hinunter. Wind war aufgekommen, es war kühl jetzt. In der Straße die Laternen schimmerten schwach im Dunkel. Entschlossen, der Zukunft zu überlassen, was sich nicht gleich entscheiden ließ, kehrte ich ins Lager zurück.

In der Folgezeit waren wir ständig im Einsatz. Fern im Norden, in Neu Guinea, hatte eine Großoffensive begonnen. Tag und Nacht pendelten die Lastwagen zwischen den Munitionsdepots und Alburys Güterbahnhof. Nicht nur die Fahrer, wir alle arbeiteten Doppelschichten, bis uns die Augen brannten und die Knochen schmerzten. Es herrschte Ausgehverbot und unsere freien Stunden wurden auf ein Minimum gekürzt. Wir schufteten. Weit draußen, zwischen den friedlichen Hügeln, verluden wir Granaten und Bomben und Munitionskisten. Ich ließ Elaine eine Nachricht zukommn, hörte aber nichts von ihr. Erschöpfung verdrängte allmählich jeden Gedanken an sie. Nach siebzehn Tagen hatten wir es geschafft. Das Klirren der Rollen verstummte, die leeren Schuppen wurden geschlossen, die Lastwagen geparkt. Wir warfen uns auf unsere Pritschen ...

Tage später, beim Ausgang in die Stadt, kam mir alles fremd und verändert vor, obwohl sich nichts verändert hatte. Eine große Gleichgültigkeit hatte mich befallen. Ich spürte kein Verlangen nach Elaine. In mir wehrte sich alles gegen weitere Gefühlsausbrüche. Trotzdem hielt es mich nicht unter den Kameraden, ich mied die Kneipen, und nachdem ich eine Weile ziellos durch die Straßen gelaufen war, schlug ich wie unter Zwang die Richtung zu Elaines Wohnung ein. Unterwegs stieß ich auf Schwester Norwood, die fast an mir vorbei geeilt wäre.

"Entschuldige", sagte sie tonlos. "Ich hab dich nicht bemerkt. Aber ich bin froh, daß du gekommen bist. Demnach hast du meinen Brief ..."

"Nein, da war kein Brief. Was ist denn los?"

"Elaine ist im Krankenhaus."
Schuldgefühle überkamen mich.
"Was ist passiert?"
"Eine Überdosis Morphium", sagte Schwester Norwood leise.
"Aber es ist überstanden. Sie ist außer Gefahr."
"Morphium!"
"Du hast keine Schuld", versicherte sie mir. "Ich habe Schuld. Hätte ich sie doch bloß auf die Erschütterung vorbereitet, die unweigerlich kommen mußte ..."
"Ich werde auf sie warten", versprach ich bedenkenlos, wie ich in diesem Moment alles versprochen hätte, sogar sie zu heiraten.
"Darf ich ihr das sagen?"
Schwester Norwood schüttelte den Kopf.
"Sie tat es nicht wegen dem, was zwischen euch war und nun vorbei ist", sagte sie, "das weiß ich sicher – ich weiß es!"

Das Krankenhaus war nicht weit. Ich ging unter dem kalten Licht der Kugellampen den Korridor entlang, und alles um mich her schien unwirklich. Noch vor Schwester Norwood betrat ich Elaines Zimmer. Sie lag ganz still. Wie ein dunkler Schleier breitete sich ihr Haar über dem Kissen aus. Das Tageslicht betonte die bläuliche Blässe ihrer Haut und das Dunkel ihrer Augen. Sie atmete mit Mühe.
"Elaine", flüsterte ich.
Ihre ungewöhnlich großen Pupillen wandten sich mir zu, nichts aber deutete darauf hin, daß sie mich erkannte.
"Ich hab dich lieb, Elaine", sagte ich.
Sie öffnete die Augen ein wenig weiter, so als überraschten sie meine Worte, oder gar meine bloße Anwesenheit.
"Wo ist Mutter?" fragte sie. "Mutter soll kommen."
"Elaine, erkennst du mich nicht?"
"Ja doch", sagte sie, "bring Mutter her."
Schwester Norwood kam näher und setzte sich aufs Bett. Elaines Hand schob sich vor.

"Mutter, liebste Mutter!" Sie lächelte matt. "Geh nicht weg, geh nie mehr weg!"

Ich fühlte mich ausgeschlossen. Durchs Fenster konnte ich weit hinter dem Fluß die braunen Hügel sehen. Wolkenschatten zogen über die Hänge.

"Verzeih mir, Mutter, bitte verzeih mir", hörte ich Elaine sagen, "ich weiß jetzt, daß du mich lieb hast."

Zwei Tage später wurde unsere Einheit in eine andere Stadt verlegt. Ich schrieb zwei Briefe an Elaine, hörte jedoch nie wieder von ihr.

Margie

Erst im Bett, später in der Nacht, bemerkte er die Mißbildung ihres linken Fußes, fühlte Markus unterm Deckbett die Krümmung. Beim Tanz im Trocadero, wo sie sich begegnet waren, hatte er nur Augen für ihr Gesicht, das schön war, mit klaren blauen Augen, sanft gewölbter Stirn, und ihre schlanken Arme, schlanken Hände und wie ihre Brüste sich abhoben unterm Kleid.

In seiner Freizeit, his time on leave, den sie fortan gemeinsam verbrachten, vermied sie Spaziergänge: Wohin sie wollten, fuhren sie mit der Straßenbahn, das ging gut und leicht damals in Melbourne, und kostete nichts, weil er Soldat war. Und kam es zu Abstechern im Botanischen Garten, fand sie gleich eine Bank zum Verweilen: "Komm, setz dich hierher – marschieren tust du doch genug im Dienst. Was macht ihr dort überhaupt, außer marschieren? Erzähl mal."

Er erzählte, und sie hörte aufmerksam zu – erstaunlich im Grunde: Was schon war besonders an Verladearbeiten im Hafen und in Lagerhallen? Allmählich ging ihm auf, daß für sie sein Erzählen nur ein Vorspiel für Zärtlichkeiten war, so auch diesmal wieder, hier auf der Parkbank. Er warf den Soldatenhut vom Kopf, beugte sich über sie und küßte sie bis sie außer Atem waren. Sie lachte gurrend und tupfte ihm mit dem Spitzentaschentuch die Spuren ihres Lippenstifts vom Mund.

"Du sollst erzählen. Erzähl weiter!"

"Da war einmal ein Mädchen, das war siebzehn und schön wie eine Blume, und tanzte gern, und wie die für Frank Sinatra schwärmte, war zum Auswachsen."

"Dann wachse dich ein bißchen aus!"

"Was bloß hat dieser Sänger, das ich nicht habe?"

"Den Nachteil, weit weg zu sein", entgegnete sie prompt. "Dein Glück."

Und dann, von einem Tag zum anderen, war auch er weit weg, die Einheit zurück verlegt nach Albury; und sie war achtzehn und er neunzehn inzwischen, als ihn ein kurzer Urlaub wiederbrachte. Und auch Sinatra war in town – war nach Melbourne zu einem Konzert für die Truppen eingeflogen.

"Wie bloß komme ich da rein. Wie bloß?" fragte sie.

Markus schwieg.

"Warum sagst du nichts. Denk nach!"

Das tat er, und es ermunterte ihn wenig, als er sie sagen hörte: "Ich schlaf mit dir so oft du willst, und wie du es willst, wenn ich bloß da reinkomme."

Einen kurzen Augenblick verschlug ihm das die Sprache. "Du", sagte er dann, "da ist kaum was zu machen – das ist ein Konzert nur für Soldaten."

Sie sah ihn an. "Ausflüchte", sagte sie. "Wo ein Wille ist ..."

Er wich ihrem Blick nicht aus. "Richtig", sagte er, "wäre da ein Wille, gäbe es einen Weg."

Postausgabe

Die Einheit stand zur Postausgabe im Karree um Sergeant McPherson – die Briefe waren alphabetisch sortiert und bis Dombrowski an der Reihe war, der Briefmarken sammelte und fast täglich Sendungen aus aller Welt empfing, hätte Markus nicht hinzuhören brauchen. Aber er hörte hin. Seit jenem aufregenden Bescheid aus Adelaide wartete er auf die Zeitschrift mit seiner ersten zum Druck angenommenen Geschichte. Schon Monate lang hatte er sich gedulden müssen, und doch war er in all der Zeit bei jeder Postausgabe mit wachen Sinnen dabei.

So auch heute, einem regnerischen Junimorgen im Melbourner Camp Pell, wohin sie, nur wenige Wochen vor der Abmusterung, zum Einsatz im Hafen zurückbeordert worden waren. Gleich fiel ihm der große, braune Umschlag auf, den Sergeant McPherson unterm Arm hielt, um beim Briefeverteilen die Hände frei zu haben. Er hörte ihn Namen von Auer bis Cohen rufen, auch Dombrowkis, und seine Hoffnung wuchs. Nachdem mit dem Namen Zadek die Postausgabe beendet war, traten alle ab. Nur Markus blieb – und tatsächlich, diesmal hatte er nicht vergeblich gehofft. Stumm, dabei innerlich aufgewühlt, nahm er die Sendung in dem großen Umschlag in Empfang, machte kehrt und verschwand über den Appellplatz in sein Zelt. Das war leer. Ungestört vollzog er die heilige Handlung, riß den Umschlag auf, stutzte erschrocken, daß da auch noch ein Schreiben beigefügt war – nicht etwa eine Absage? Nein, gottlob! Nur die Erklärung, warum die Auslieferung verzögert worden war. Und dann, endlich, hielt er das dicke Heft mit dem Titel Angry Penguins in den Händen, überflog das Verzeichnis mit klangvollen Namen wie Sargeson, Cowan, Farrell und Marshall, und entdeckte dazwischen auch seinen Namen. Angry Penguins! Zornige Pinguine ... Bei dem Anblick seiner Erzählung im Druck, der Name Markus Epstein groß gesetzt über dem Titel DIE EINFACHEN DINGE, fühlte er alles andere als Zorn. Er war stolz, glücklich, dankbar.

Vor den Männern behielt er die Veröffentlichung für sich, wer von ihnen würde nachempfinden können, was er empfand. Er zehrte davon, daß die Erzählung gedruckt war und lebte, und daß er ein Exemplar des

Heftes an eine Mrs. Helen Coster in Sandringham schicken ließ, zeigte, wie viel ihm die Frau noch bedeutete.

Wo ist Tommy?

Der Wäschereibesitzer sah die zwei Bewerber prüfend an, stellte ein paar Fragen, dann nickte er Markus zu, ihm in sein Büro zu folgen. Markus erkannte in dem Mann den harten, herrischen Typ, und er mißfiel ihm sofort.

"Sie scheinen den Job nötiger zu haben als der andere", sagte der ihm unverblümt.

Markus schwieg. Seine Armeeuniform, braun gefärbt und von einem Schneiderlehrling in so etwas wie einen Anzug umgeändert, sprach für sich. Der andere Bewerber war in guten neuen Sachen angetreten und hatte keine Enttäuschung gezeigt, als er abgewiesen wurde.

"Ja", sagte Markus, in der Armee habe er auch Lastwagen fahren müssen, und er hätte die Fahrerlaubnis.

Da warf der Wäschereibesitzer einen Bund Autoschlüssel auf den Tisch und sagte: "Auf Probe vorerst. Mal sehen, wie Sie sich machen." Ob Markus verheiratet sei, wollte er noch wissen, und als Markus das verneinte, wiegte er bedenklich den Kopf. "Unser letzter Fahrer war auch Junggeselle – hat ihm eine Menge Ärger gebracht."

Danach verschwand er eine Weile, und Markus sah sich den an der Wand hängenden Straßenplan von Melbourne an. Die Vororte South Yarra, Prahran, Windsor und St. Kilda waren mit roter Tinte umrandet. Blaue, rosa, gelbe und grüne Stecknadeln markierten die Straßen, in denen Wäsche abgeholt und geliefert werden mußte. Markus zählte die Nadeln. Es waren zweiundsiebzig, demnach würde er alle Hände voll zu tun haben. Jetzt war es neun – ihm blieb nicht einmal mehr der volle Arbeitstag ...

"Tommy war mit der Montagstour gewöhnlich um zwei Uhr fertig", ließ sich der Wäschereibesitzer vernehmen, als er wiederkam. "Da hatte er immer noch Zeit, die Schmutzwäsche hereinzutragen und den Lieferwagen zu beladen, daß er dienstags, wenn die Fabriken dran sind, zeitig losfahren konnte."

"Merkwürdig, daß Sie einen so guten Mann entlassen haben", sagte Markus.

"Wer behauptet das – Tommy hat selbst das Handtuch geworfen und ist von einem Tag auf den anderen nach Sydney verschwunden."

"Wird seine Gründe gehabt haben."

Der Wäschereibesitzer grinste vieldeutig. "Kann man wohl sagen!"

Die Bedeutung des Grinsens begriff Markus, als er das Mädchen, das ihm helfen sollte, den vor dem Hintereingang der Wäscherei geparkten Lieferwagen zu beladen, bestürzt fragen hörte: "Wo ist Tommy?"

"Freitag abgehauen", sagte ihr der Wäschereibesitzer.

"Das darf doch nicht wahr sein!" rief sie und erbleichte. Sie war jung, gut gewachsen, ihr Gesicht aber aufgedunsen wie bei vielen Wäscherinnen, und die Augen waren von aufgeweichter Wimperntusche verschmiert. "Warum ist er weg?"

"Gewöhnen Sie sich lieber an den Neuen, Nancy," riet ihr der Wäschereibesitzer.

Sie warf Markus einen flüchtigen Blick zu, beachtete ihn danach nicht länger. Während sie die Pakete aus der Wäscherei trug, war ihr anzumerken, wie sehr ihr Toms Abgang zu schaffen machte. Mit der Schürze wischte sie ein paar Tränen von der Wange, oder waren es Schweißperlen? Plötzlich wandte sie sich ab, stürzte nach drinnen und rief schrill: "Tommy ist weg!" Danach arbeitete sie verbissen weiter, bis der Lieferwagen voll war.

"Wie hießen Sie noch gleich?" fragte sie Markus, als der schon am Steuer saß.

"Mark."

"Also, Mark", sagte sie, "geliefert wird nach den Farben der Stecknadeln: blau für South Yarra, rosa für Prahran, gelb für Windsor und grün für St. Kilda. In der Reihenfolge. So läuft das. Die Straßennamen und die Hausnummern stehen auf den Zetteln."

"Danke."

"Schon gut", sagte sie, "aber merken Sie sich's lieber gleich. Später könnte zu spät sein."

"Heißt das, wir sehen uns nicht wieder?"

"Weiß nicht", sagte sie, drehte sich weg und ging mit hängenden Schultern in die Wäscherei zurück.

Markus startete und fuhr langsam aus der Seitenstraße in die Commercial Road. Der Verkehr und der Zustand des Lieferwagens beanspruchten ihn so, daß er nichts anderes denken konnte. Die Kupplung schleifte, und er kam erst auf Touren, wenn er gehörig Gas gab. Die Fußbremse reagierte schleppend, und er wagte es nur bis zum zweiten Gang, um keine rote Ampel zu überfahren. Auch die Handbremse versagte. Jedesmal, wenn er auf einer Steigung anzufahren versuchte, rollte der Wagen gefährlich auf die Fahrzeuge zurück, die sich hinten stauten. Die Fahrer hupten, an den Kreuzungen pfiffen Polizisten, und bald war er in Schweiß gebadet. Dieser Tom ist verduftet, ehe es ihn bei einem Zusammenstoß erwischte, sagte er sich immer wieder, und der ersten Hausfrau, die sich erkundigte: "Wo ist denn Tommy heute?", antwortete er, der verstecke sich vor der Verkehrspolizei.

"Unsinn!" bekam er heftig zu hören. "Sie kennen Tommy nicht – der versteckt sich vor niemandem, das lassen Sie sich gesagt sein!" Und damit warf ihm die Frau die Tür vor der Nase zu.

Er verstaute ihr Bündel Schmutzwäsche und brach zur High Street in Prahran auf. Dabei mahnte er sich zur Vorsicht – dieser Tom hatte die Frauen auf seiner Seite. Und wirklich, noch ehe er mit dem Vorort Windsor fertig war, war er so oft nach Tommy gefragt worden, daß er sich nicht länger über den Zustand des Lieferwagens wunderte. Ausgelastet wie sein Vorgänger gewesen sein mußte, hätte er nie auch noch Reparaturen schaffen können.

Inzwischen hatte er an die fünfzig Pakete abgeliefert und etwa gleich viele Bündel Schmutzwäsche entgegengenommen. Glockenschläge von irgendwo verkündeten die zweite Nachmittagsstunde. Die Zeit drängte. Mehr als zwanzig Adressen in St. Kilda standen noch aus, und er entging in seiner Eile einem Zusammenstoß nur um Haaresbreite. Nicht nur war er bis zum äußersten angespannt, ihn plagte auch der Durst. Wie ausgetrocknet war seine Kehle vom Fragen nach versteckten Seitengassen und dem ständigen "Wäsche!" rufen vor den Eingängen zu Villen und in den Hinterhöfen der Mietshäuser. Und weil er nicht bloß die Schmutzwäsche einzusammeln hatte, sondern auch kassieren mußte, fehlte ihm allmählich die Übersicht – stimmten seine Einnahmen noch, oder war da schon ein Manko in dieser Straßenbahnschaffner-Umhängetasche, die ihm der Wäschereibesitzer noch kurz vor der Abfahrt verpaßt hatte? Ein widerwilliger Respekt für seinen Vorgänger begann sich in ihm zu regen – bei all dem Ärger, den zusätzlich zu dem klapprigen Lieferwagen das Kassieren machte, gebührte dem Mann alle Achtung, Herr der Lage geblieben zu sein!

Seine Beliebtheit verblüffte ihn zunehmend: Eine Frau in der Moore Street hatte ihn einen wirklichen Gentleman genannt, eine andere in der Upton Road ein Universalgenie und hübschen Kerl dazu, während eine dritte in der Vine Street ihn für so etwas wie einen Dichter hielt und zum Wäscheausfahren viel zu schade. "Ich wünsche ihm alles Gute, wo immer er auch sein mag", verkündete sie.

Ob jung oder alt, es gab kaum eine Frau, die nicht sofort nach Tommy fragte, und die Kinder jammerten, weil sie daran gewöhnt waren, montags Bonbons zu ergattern und obendrein ein Stück im Lieferwagen mitgenommen zu werden .

Längst war sich Markus klar, daß er gehörig mithalten mußte, wenn er hier bestehen wollte. Abgehetzt, wie er war, hatte er sich zu den Kundinnen wortkarg verhalten, war auf ihre Fragen kaum eingegangen und so gut wie gar nicht auf das Betteln der Kinder. Je knapper die Zeit wurde, desto schroffer ließ er sich über Tommy aus: "Nach Sydney abgehauen – ist alles!"

Einmal parkte er den Lieferwagen auf einer Steigung in der Punt Road ohne vorher den ersten Gang einzulegen und als er vom Haus Ecke Nelson Street zurückkam, sah er, daß das Fahrzeug sich selbständig gemacht hatte und einen ganzen Block zurückgerollt war. Die Handbremse! Wäre es nicht gegen einen Bordstein geprallt und mit dem

Kühler zur Fahrbahn zum Stehen gekommen, hätte weit schlimmeres passieren können. Zu allem war auch noch ein halbes Dutzend Pakete von der Ladefläche weg auf die Straße gerutscht.

"Ein Dichter und ein Gentleman!" sagte Markus zu der Frau, die ihm bis ans Gartentor gefolgt war. "Ein famoser Bursche dieser Tom – wahrhaftig!"

"Das stimmt", sagte die Frau, "Tom hat ein goldenes Herz. Sogar meine Mimi spürte das. Sie wissen ja, auf den Instinkt von Katzen ist Verlaß."

"Katzen fahren keine Lieferwagen", sagte er, was auf taube Ohren fiel. Stumm sammelte er die Pakete auf, stieg hinters Lenkrad und setzte seine Runde fort. Mimi, die Katze, dachte er, was noch!

Mochte auch die Anteilnahme all dieser Frauen nichts weiter als Zuneigung sein, zumindest zwei von ihnen, das war Markus klar geworden, hatten sich in ihn verliebt – Nancy aus der Wäscherei und Miss Hopkins, seine letzte Kundin in St. Kilda. Als er an deren Tür in der Marine Parade auf die Klingel drückte, wurde augenblicklich von einer schlanken Frau mit großen, kindlichen Augen geöffnet, die ihn bestürzt musterten.

"Wo ist Tommy?" flüsterte sie.

Weniger schroff als bislang gab er Auskunft.

"Nach Sydney?" fragte sie ungläubig. "So weit weg!"

"Aus der Welt ist das nicht."

"Für mich schon", widersprach sie und fügte etwas von einem alten Vater hinzu, den sie mit dem Geld für ihre Musikstunden versorgte.

"Ich verstehe", sagte er und fragte, ob sie schmutzige Wäsche mitzugeben habe – er sei in Eile, weil es schon nach drei wäre und er zurück müsse; damit legte er das Wäschepaket auf den Garderobentisch in der Diele.

"Nach Sydney", rief sie. "Und kein Wort davon zu mir!"

"Das macht sieben Shilling, neun Pence, Miss Hopkins."

"Ja, ja", sagte sie verstört und verschwand im Wohnzimmer, um das Geld zu holen. Durch die offene Tür sah er einen runden Eichentisch, auf dem Kuchen und eine dampfende Kaffeemaschine angerichtet waren. Zwischen dem Fenster und dem Klavier mit aufgeklapptem Deckel saß ein alter Herr im Schaukelstuhl, die Beine unter einer Wolldecke.

"Tommy ist weg", sagte Miss Hopkins kaum hörbar zu ihm und ließ dabei die gleiche Verzweiflung erkennen wie das Mädchen in der Wäscherei.

Dann ging sie zu Markus hinaus und bezahlte.

"Was ist mit der Schmutzwäsche?" fragte er wieder.

"Tommy hatte eine so schöne Stimme, müssen Sie wissen", sagte Miss Hopkins. "Wenn er Zeit hatte, sang er uns immer etwas vor und ich begleitete ihn auf dem Klavier."

"Wenn Sie heute keine Schmutzwäsche haben", sagte er, "werde ich nächsten Montag noch mal nachfragen."

"Nicht nötig. Ich kann ja auch wieder selbst waschen. Wir haben nicht viel."

"Wie Sie meinen, Miss Hopkins."

Er schnappte die Geldtasche zu und wandte sich zum Gehen. Sie folgte ihm auf die Straße. Draußen wirkte ihr Haar eher grau als blond. Er hielt sie jetzt für über vierzig. Sie sah ihn nicht an, als sie goodbye flüsterte, sondern fernab über die Hobsons Bay – es war, als suche sie nach jemand im Dunst überm Meer.

Erst knapp vor Feierabend war Markus zurück in der Wäscherei. Er meldete sich beim Besitzer und fragte, ob ihm Nancy noch kurz helfen könne, den Lieferwagen zu beladen.

"Könnte sie, wäre sie noch da."

"Sie ist weg?"

"Hat mittags gekündigt – und sich nicht mal auszahlen lassen."

"Allerhand."

"Eben", sagte der Wäschereibesitzer. "Man kann halt in keinen reinschauen. Ihren Lohn aber kann sie sich jederzeit holen."

"Von Sydney bis Melbourne – nicht gerade um die Ecke", sagte Markus.

Der Wäschereibesitzer sah Markus an.

"Bei zwei Millionen Menschen dort, wird es nicht leicht für sie sein, Tommy zu finden."

Pit & Monica

Mit dem Lohn für all die Wochen Wäscheausfahren in der Tasche und seiner zurechtgeschneiderten Armeeuniform überdrüssig, entschloß sich Markus zu einem Neubeginn: Sporthose, Sportjacke und ein dazu passendes Hemd, und obwohl die Verkäuferin des kleinen Konfektionsladens mit ihrem Pagenschnitt und überschlanken Figürchen nicht sonderlich auf ihn wirkte, beeindruckte ihn doch, wie gut sie sich auf Herrenmode verstand. Was sie vorschlug, schien wie für ihn geschaffen – er nickte zu allem, kleidete sich in der Kabine um und kam sich danach wie verwandelt vor. Ihr wohl auch. Es war, als betrachte sie ihn neu.

"Schmuck", entschied sie. "Total schmuck!"

Da keine weiteren Kunden zu bedienen waren, kamen sie ins Gespräch, und am Ende lud sie ihn ein, seine Verwandlung ein wenig zu feiern. Markus stutzte. Wie sollte das gehen? Ladenschluß stand zwar bevor, doch wo konnte man zu dieser Zeit in Melbourne noch feiern – hier schlossen die Kneipen um sechs, Konditoreien meist auch, und sie nach Parkville zu entführen, wo er wohnte, schien sinnlos. Also wartete er, und was kam, ließ aufhorchen.

"Unsere Wohnung ist nicht weit und von dort haben wir den schönsten Ausblick zum Park."

"Unsere Wohnung?"

"Monicas und meine."

Wer war Monica? Neugierig geworden, nahm er ihren Vorschlag an und erfuhr dabei auch wie sie hieß.

"Pit – für Peter. Richtig aber heiße ich Petra. Es ist bloß, daß Monica von diesem Pit nicht lassen will, bis ich selbst fast dran glaube."

Pit paßte zu ihrem Pagenschnitt, ihrer flachen Brust, dem jungenhaften Figürchen und ihrer burschikosen Art. Sie bündelte seine Armeekleidung zusammen, und er ließ sie alles in den Müllschacht werfen – Armee ade, das war's!

"Und nun können wir – Ladenschluß ist längst."

Schnell räumte sie auf, machte Kasse und schon waren sie auf dem Weg. Zu ihrer Wohnung war es nur ein Katzensprung, der Ausblick zum Park aber blieb Markus vorenthalten – auf den Balkon sollte er nicht gelangen: Zu angetan von Monica hatte er sich gezeigt, die reizvoll war, blond, üppig, und geneigt, ihre Brüste zur Geltung zu bringen. Auch pflegte sie ihre Gesprächspartner zu berühren – in diesem Fall ihn. Irgendwann reagierte er und streichelte spielerisch ihren Arm.

"So nicht, lieber Freund", hörte er Petra rufen.

Ihr Ton ließ ihn aufhorchen. Als er aber bald darauf durch die offene Anrichte zur Küche sah, wie jetzt sie Monica den Arm streichelte, begriff er die Lage.

"Gin-Fizz oder Ale?" rief Monica ihm zu.

Er hatte sich abgewandt, im Wohnzimmerspiegel aber, der Einblick in die Küche gab, sah er Petras Hand zärtlich über Monicas Schenkel gleiten, sie küßten sich, und da ließ er beide wissen, es sei wohl besser, daß er ging.

"Warum bloß?" rief Monica.

"Laß ihn", meinte Petra. "Nicht immer machen Kleider Leute."

"Mir gefällt er", widersprach Monica.

"Ach wirklich," entgegnete Petra.

Markus sah, wie sie sich straffte und zum Schlag ausholte. Die Ohrfeige hinterließ Striemen auf Monicas Wange, und noch lange nachdem er gegangen war, stand ihm ihr verwirrter, zutiefst ungläubiger Ausdruck vor Augen.

OUT OF BENDIGO

Bis heute weiß Markus die Entfernung zwischen Bendigo und Melbourne nicht genau zu bestimmen – eine schier endlose Strecke über staubige Landstraßen. Die Sonne brannte heiß an jenem Dezembertag. Er fuhr bedächtig, hart am linken Straßenrand, denn oft war ihm die Sicht in einer Wolke von Staub genommen, wenn Lastwagen vorbeizogen und sich in der Ferne verloren. Das kleine Auto schwankte im Luftzug der Laster, er spürte, wie leicht es war, leicht abzudrängen in die Böschung, doch der Motor lief stetig, und die Lenkung gehorchte. Mit der Zeit wurden sie eins, das Auto und er, und er freute sich daran und daß er es hatte kaufen können für so billiges Geld. Fünfzig australische Pfund war ein Spottpreis in jener Zeit rarer Autos, und zehn von siebzehn Jahren hatte es aufgebockt in einer Scheune gestanden. Für ihn war es erst sieben Jahre alt und so gut wie neu. Zwar waren die Reifen so, daß er sie würde ersetzen müssen, doch nicht gleich – wann regnete es schon im australischen Sommer. Jetzt, in der Trockenheit, hatte er keine Mühe, in der Spur zu bleiben. Es war sein erstes Auto, und er liebte es auf Anhieb.

Der Farmer, der es ihm verkaufte, liebte es auch. Aber er war alt, litt an der Gicht, und zehn Jahre lang hatte er sich nicht mehr hineinzwängen können in den Schalensitz hinterm Steuer. Und nun war es seines, war sein Auto und überschrieben auf ihn. Es war ein Austin 7, gebaut wie eine Schachtel, aber mit Speichenrädern, und wenn der Wind pfiff, pfiff es in den Speichen. Es war gelb lackiert, und er taufte es canary, Kanarienvogel, nicht bloß der Farbe wegen, sondern auch, weil es zwitscherte. Der Fahrersitz zwitscherte und auch das Fahrwerk, wohl weil es lange nicht geschmiert worden war, doch das würde sich beheben lassen, wenn es nur durchhielt, er schadlos in Melbourne ankam.

Und er kam an. Trotz Hitze und Staub und etlicher Hügel, die das Auto zwitschernd bezwang, und es war ein Segen gewesen, daß die Winker gehorchten, links und rechts heraussprangen wie kleine Flügel, wenn er vor dem Abbiegen den Hebel bediente. Er kam an und parkte in der Park Street von Parkville vor dem Haus, in dem er damals wohnte.

Es war gut, es dort stehen zu sehen nach der langen Reise, fünf Stunden hatte er gebraucht und es dämmerte schon, und sein Auto leuchtete gelb im Dämmerlicht. Wie vor Jahren, als er wie um sein Leben schwimmend das Brennabor Fahrrad erkämpft hatte, dachte er an die Touren, die er machen würde, morgen und morgen und morgen, zum Strand von St. Kilda und Sandringham – ja, auch Sandringham! – und in die Hügel von Healesville, und er fühlte sich gut dabei und freier als je zuvor in seinem Leben, dreiundzwanzig Jahre alt und auf mehr als nur zwei Rädern.

Noch heute sieht er sich in der Nacht nach jenem Tag auf dem Balkon stehen und hinunter blicken auf die Straße, wo im Schein der Laterne ein Auto stand, dem er de Namen canary gegeben hatte – und das nur ihm gehörte.

Da ist wohl begreiflich, daß er nicht preisgeben will, wie es ihm nur Wochen später abhanden kam ...

BILL & HENRY

Es ließ sich gut an – Bill Harvey, dem Markus die leerstehende Wohnung in dem Haus vermittelt hatte, in das er selbst neu eingezogen war, zeigte sich erkenntlich, indem er einmal die Woche mit seinem kleinen Ford zum Markt fuhr und auch sonst den Großteil aller Besorgungen machte, während Henry Jenkins, der zur Überraschung mit eingezogen war – was wußte Markus damals schon von Männern, die anders waren – für sie in der Gemeinschaftsküche kochte und das Haus sauberhielt. Von dem Tag an, als Henry seufzend klagte, Frauenarbeit sei nie getan, nannte er ihn im stillen Henriette. Sie tangierten sich nicht. Die Wohnung von Bill und Henry lag zum Hinterhof und seine den rund ums Jahr blühenden St. Vincent Gardens gegenüber.

Das Haus war alt, aber gut in Schuß, weiträumig, mit großen Fenstern, war renoviert worden, ehe sie alle einzogen, und außen und innen weiß. Oben, in der Wohnung mit der Veranda, lebte der Hauswirt mit seiner Mutter, und anzurechnen war ihm, daß er keinen Anstoß an Bill und Henry nahm. Er akzeptierte sie, und wie sie waren, und honorierte Henrys Mühen, indem er den beiden die Miete herabsetzte.

Nichts also störte den Lauf der Dinge, bis Markus Bill eine Wochenendarbeit anbot – von montags bis freitags war Bill Buchhalter einer

Sportwarenfirma, nun fuhr er Markus samstags und sonntags im Auto von Kirche zu Kirche, wo er für Elite-Fotos mit einer Leica Hochzeitsbilder zu machen hatte. Henry vermißte Bill und war eifersüchtig, ließ gleich das Kochen und vernachlässigte das Haus. Bald mußte wieder der Hauswirt die Arbeit tun, und natürlich brachte er die Miete auf den alten Stand.

Henry bemerkte das schadenfroh. Auch sonst hatte er sich verändert – er war hämisch geworden, spitz, und weil niemand mehr kochte, magerte er ab. Bill aß in Restaurants und fehlte jetzt nicht nur an den Wochenenden, und Markus, der in der Stadtbibliothek an einem Buch zu schreiben begonnen hatte, ging während der Woche für billiges Geld in Emily McPhersons Kochschule essen und an den Wochenenden zu Chung Wah, dem Chinesen. Seine Wohnung gegenüber den Gärten war zu einer Schlafstätte reduziert, und fortan sah er Henry so gut wie nie. Der Augenblick, als er ihn in der Dämmerung auf den Stufen der Stadtbibliothek sitzen sah, blieb in ihm haften. Henry weinte. Er saß dort, zusammengekauert, und weinte. Natürlich ließ Markus sich aufhalten, natürlich fragte er nach Henrys Kummer – doch der antwortete nicht gleich.

"Was zahlen Sie Bill, daß er Sie an den Wochenenden zu den Kirchen fährt?" fragte er schließlich. Markus sagte es ihm. Henry putzte sich die Nase, wischte sich mit dem Handrücken die Augen und nahm dann aus seiner Brieftasche eine Fünfpfundnote. "Nehmen Sie das, ich bitte Sie, und mieten Sie sich jemand anders – und jeden Freitag komme ich mit dem Geld."

Das schlug Markus aus und bestellte fortan ein Taxi für seine Wochenendfahrten. Henry war es zufrieden und bald glänzte das Haus wieder von innen, wie zuvor aßen sie zu dritt in der Gemeinschaftsküche, doch erst als Markus eine Freundin einzuladen begann und sie zu viert aßen, war Henry ganz der alte. Er sang beim Servieren, warf allen freundliche Blicke zu und wirkte gelöst wie in den Tagen, als er mit Bill eingezogen war.

Dunkelkammer

Hochzeitsfotograf noch immer, fuhr Markus weiterhin an den Wochenenden in einem Taxi quer durch Melbourne – Toorak, Malvern, Richmond, Collingwood, Fitzroy, wohin immer ihn der Chef von Elite-Fotos schickte. Auf den Fahrten begleitete ihn bald eine junge Frau, Irene McKenzie, die wochentags in einer Radiofabrik am Fließband arbeitete, samstags und sonntags aber frei und niemandem verpflichtet war. Verhalten, schweigsam saß sie im Wagen und sah den Hochzeiten zu, sah zu, wie Markus die Jungvermählten unterm Konfettiregen ablichtete, strahlende Paare auf den Stufen der Kirchen, und selten sagte sie mehr dazu als "schön, zu schön!"

So vergingen für sie die Wochenenden, von Kirche zu Kirche, Hochzeit zu Hochzeit, und da sie stets zu den verabredeten Zeiten im Flur vor der Dunkelkammer zur Stelle war, mußten ihr die Ausflüge zum Bedürfnis geworden sein. Andeutungen, die sie schon bald über ein Krebsleiden und dessen Folgen gemacht hatte, ließen in Markus nie mehr als freundschaftliche Gefühle aufkommen. Dabei war sie eine schöne Frau. Braune Augen belebten ihr blasses Gesicht, das von dichtem dunklem Haar umrahmt war, ihr Mund und ihre Stirn waren wohlgeformt, nur ihr Ausdruck blieb freudlos, selbst wenn sie lächelte. Harsche oder gar gehässige Worte über andere kamen ihr nie über die Lippen, immer suchte sie in ihren Mitmenschen nur Gutes. Auf Freundlichkeiten aber, Anerkennendes über ihr Aussehen, reagierte sie bitter.

"Laß es gut sein", wehrte sie dann ab, "wer will mich schon. Welcher Mann will eine solche Frau."

Sie litt, das war deutlich – wie auch nicht, nach einer so schweren Operation, die sie körperlich entstellt hatte, und Markus hatte es sich gleich angewöhnt, nie schöne Worte zu machen. Dafür war sie ihm dankbar, und ihre Ausflüge blieben ungetrübt.

Allmählich weitete sie diese aus, trennte sie sich auch nach den Hochzeiten nicht von Markus, sondern wartete auf einem Stuhl in der Dunkelkammer, bis seine Arbeit dort getan war. Im rötlichen Schein der Lampe, schwach umrissen nur und kaum zu sehen, überwand sie ihre

Hemmungen, war sie gesprächiger, klang ihre Stimme heller und froher. An jenem Spätnachmittag im Frühling aber schwieg sie beharrlich, sagte kein Wort, bis er schon glaubte, sie irgendwie gekränkt zu haben. Spannung lag im Raum. Plötzlich war ihm, als spürte er ihre Nähe. Lautlos war sie mit ihrem Stuhl an seinen Arbeitstisch gerückt, saß nun neben ihm im Dunkel – und berührte ihn. Verstört ließ er den Film, der ihm um den Hals hing, zu Boden gleiten und, mehr aus Mitleid als anderen Gefühlen, zog er sie zu sich herüber, gab sie aber sogleich wieder frei. Ein Zittern ging durch ihren Körper, das spürte er noch, und dann begrub sie ihr Gesicht in den Händen.

"Wie konnte ich glauben, du würdest es auch nur einen Augenblick vergessen", hörte er sie sagen.

"Was vergessen?"

"Als ob du das nicht wüßtest – nicht wüßtest", flüsterte sie heftig und sagte nichts weiter, bis sie die Dunkelkammer verließen und auseinander gingen. Am folgenden Wochenende fehlte sie. In der Dunkelkammertür aber steckte ein Zettel: "Leb wohl auch weiter – Irene McKenzie."

DER INSPEKTOR

Als Markus im Melbourner Hafen in den Laderaum des Frachters kletterte, forderte gerade ein stämmiger Mann mit gebrochener Nase zu einer Spende für "den armen alten Bill" auf, einen bei der Arbeit verunglückten Schauermann, den Markus ersetzen sollte – es war sein erster Einsatz, seit er unter dem Decknamen Geoff Carrigan in die Gewerkschaft gelangt war und er, nun nicht länger Fotograf, mit der kleinen grünen Mitgliedskarte eines Hafenarbeiters antreten durfte. Den ganzen Morgen lang hatte er in dem Schuppen ausharren müssen, bis endlich seine Registriernummer an der Anzeigetafel aufleuchtete.

Noch wurde unten im Laderaum nicht gearbeitet, obwohl die Mittagspause vorbei war. In Gedanken noch bei dem Unfall, legten die Männer schweigend ihren Beitrag zu der Pfundnote des Stämmigen auf einen Wollballen, und erst als Markus einen Schein aus der Tasche holte und dazutat, nahmen sie ihn wahr.

"In Ordnung, danke", sagte der Stämmige und ließ Markus wissen, daß er Nugget genannt wurde und Tom McIntyre dort hinten die Gang anführe.

Er zählte umständlich das Geld, schrieb den Betrag auf ein Stück Papier und band alles in einem Taschentuch zusammen. Dann nickte er Tom McIntyre zu, und alle begannen sie zu arbeiten, während Markus darauf wartete, daß ihm jemand sagte, wo er gebraucht wurde.

An Deck neben dem Lukenmann lehnte ein hagerer Mann und blickte unentwegt in den Laderaum. Von seinem Gesicht konnte Markus wenig erkennen, weil es von einem breitrandigen Hut beschattet war, aber ihm fiel auf, daß er Schlips und Kragen trug und Stifte in seiner Westentasche steckten. Da es Markus widerstrebte, untätig herumzustehen und sich von oben beobachten zu lassen, sah er zu, wo es etwas anzupacken gab, und begann zu arbeiten. Aus der Armeezeit an Verladearbeiten gewöhnt, dauerte es nicht lange, bis er sich beweisen konnte.

"Bei uns bist du richtig", hörte er den Stämmigen sagen. "Schau dich um und sag, ob du in der Gang bleiben willst. Sieht nicht so aus, als ob Bill bald wiederkommt."

Abgesehen davon, daß er die Stelle eines Verletzten einnahm, wäre alles in Ordnung gewesen, wenn er sich nicht weiterhin von dem Mann mit Schlips und Kragen beobachtet gefühlt hätte. Da den aber keiner beachtete, vergaß er ihn schließlich, bis er ihn Anweisungen rufen hörte:

"Sie, da unten – der Wollballen da ist für Marseille und nicht für London bestimmt, der muß zurück auf den Kai."

Für Markus war deutlich, daß Marseille durchgestrichen und in dicker Schablonenschrift durch das Wort LONDON ersetzt worden war. Daher begriff er nicht, daß Nugget widerspruchslos gehorchte und gutmütig eine Schlinge um den Ballen legte und die Fracht wieder an Land hieven ließ.

"Geht klar, Mister Atkins. Kommt nicht wieder vor."

"In Ordnung."

Markus hatte Nugget als kämpferisch eingeschätzt und wunderte sich, daß der sich untertänig zeigte – bis Nugget näher kam und ihm zuraunte: "Der arme Kerl da oben ist nicht richtig im Kopf – war hier mal Inspektor, bis die Company ihn rausgeschmissen hat, als er nach dem Tod seiner Frau zu versagen anfing. Hatte nur sie, keine Kinder, keine Kumpel, nur sie. So kommt er also immer noch, als wäre nichts gewesen – armer Teufel! Und wir machen dabei mit. Wer wird einen auch noch treten, der schon am Boden liegt?"

Markus war froh, geschwiegen zu haben. Und in der nächsten Stunde half er, Berge von Wollballen in schwer zugängliche Ecken zu verstauen. Die Nachmittagssonne stand jetzt prall überm Laderaum, und Schweiß floß allen über Gesicht und Nacken. Einmal noch warf Markus einen Blick nach oben – der Mann in Schlips und Kragen hatte sich nicht von der Stelle gerührt. Er sah ihn einen Stift zücken und in einen Notizblock schreiben, wobei er zu sich selbst sprach.

"Gleich bläst er die Pfeife", sagte Nugget. "Der hat in zwanzig Jahren nicht einmal versäumt abzupfeifen – außer voriges Jahr, in der Woche, als seine Frau starb."

Und wirklich, Schlag drei Uhr ertönte die Pfeife, nur Sekunden früher als die des Inspektors am Kai.

"Schluß, Leute, Rauchpause!"

"Okay, Mister Atkins", rief Nugget zurück.

Als Markus auf Deck kam, stand Atkins in unnahbarer Haltung an der Backbordreling. Er setzte sich nicht, gönnte sich keine Pause. Markus goß sich aus seiner Thermosflasche Tee ein; aufblickend sah er, wie Atkins die Zeit seiner Nickeluhr mit der auf der Normaluhr über dem Ladeschuppen verglich; einmal nur blickte er sich um.

"Heiß", sagte er und fuhr sich mit dem Finger den Kragen entlang, "sehr heiß!"

Markus bot ihm Tee an. "Nein, schönen Dank", sagte Atkins, "die Zeit ist zu kurz. In zwei Stunden habe ich zu Hause meinen Tee."

Markus stellte sich vor, wie Atkins dort allein zurecht kam.

"Sie erinnern mich an jemanden", hörte er ihn sagen. "Ich – ich …"

Die Handflächen aneinander reibend, sah er Markus forschend an. Sein Gesicht hatte Farbe verloren, ihm schien elend zumute, und Markus begriff, warum alle ihn verschonten.

"Erkennen Sie mich nicht?" flüsterte er und wischte sich die Stirn mit einem Taschentuch ab. "Tim Atkins – Moonah-Farm ... da waren Sie doch auch damals."

Markus schüttelte verneinend den Kopf. "War nie auf so einer Farm."

"Wirklich", sagte Atkins ungläubig. "Da werden Sie sich auch an Ivy nicht erinnern – die blonde Ivy aus der Küche, mit der ich dann weg nach Melbourne bin. Ivy McIntosh."

Markus schwieg. Was Atkins auf seine Weise deutete. "Sehen Sie", sagte er, "jetzt erinnern Sie sich." Sein Ausdruck hatte sich belebt, er wirkte froher, streckte die Hand aus. "Schauen Sie doch mal bei uns rein. Ivy wird sich freuen."

Übergangslos begann er zu erzählen, wie er seine Ivy nach Melbourne entführt, geheiratet und in seinem Reihenhäuschen in Port Melbourne untergebracht hatte – es war, als stöße er alle Türen des Häuschens auf. Und in jedem Zimmer wohnte Ivy, die kleine Küchenhilfe von der Moonah-Farm. Ihretwegen hatte er einen Fernkursus durchgestanden und es danach bei der Schiffahrtsgesellschaft bis zum Inspektor gebracht: als Angestellter mit festem Gehalt und Leistungszulagen.

"Nach Jahren, wohlgemerkt, und treuen Diensten – alles für Ivy."

Beklemmend war daran, daß Atkins nicht in der Vergangenheit redete, sondern der Gegenwart – Ivy lebte, und nur für sie lebte er.

"Nach der Schicht kommen Sie bei uns vorbei, nicht wahr?"

Markus nickte.

"Kinder haben wir nicht, wissen Sie", fuhr Atkins fort, "aber ein gemütliches Zuhause. Ivy wird sich freuen ..."

Die Pfeife, die das Ende der Rauchpause verkündete, schreckte ihn auf. Er sah sich verstört um, als sei er fahrlässig gewesen, zog seine Nickeluhr aus der Westentasche und verglich die Zeit. Dann blies auch er in die Pfeife.

"Sie kommen zu spät", sagte er zu Nugget, der gerade die Gangway heraufkam.

"Dummer Fall, Mister Atkins", entgegnete Nugget freundlich grinsend. "Hab mich bloß nach Bill Adams erkundigt, Sie wissen doch, der Mann, der heute früh verunglückt ist."
"Laß ich noch mal durchgehen", versprach Atkins.
"Danke", sagte Nugget, und Markus bezweifelte nicht, daß er jeden wirklichen Inspektor grob abgefertigt hätte.
"Nun dann", sagte er zu Markus, "mir nach."
Atkins stand wieder am Lukensüll und überprüfte den Laderaum. Markus war sicher, daß er die Einladung längst vergessen hatte. Und richtig – nach Feierabend steckte Atkins Stift und Notizblock weg, ging grußlos von Bord und verschwand in Richtung Hafentor.

Eppi Carrigan

"Pack sie da rein, Geoff", rief Tom McIntyre, nachdem er mit einem kräftigen Ruck eine der Kisten in die Ecke befördert und so Platz zwischen dem Pfosten und der Bordwand geschafft hatte. Da hieb auch Markus den Schauerhaken in die Kiste und paßte sie in die Lücke ein. Es war Millimeterarbeit – McIntyre verstand sein Handwerk, hatte Augenmaß.
"Good on you, Tom!"
McIntyre reagierte nicht. Seit Markus ihm hier unten im Bauch des Frachters zugeteilt worden war, beschäftigte ihn, mit wem er es zu tun hatte – der irische Name Geoffrey Carrigan machte ihn stutzig, der paßte nicht zu dem Neuen, den nahm er ihm nicht ab. Mochte der auch selbstgedrehte Zigaretten rauchen, wie die meisten Schauerleute einen breitkrempigen Hut tragen und ein Schweißtuch um den Hals, mit einem abgewetzten Gladstone Bag zur Hafenarbeit antreten und sich dabei geübt zeigen, nichts davon überzeugte McIntyre. Er sah ihn als einen aus welchem Grund auch immer in die Gewerkschaft Eingeschleusten, dem zu mißtrauen war.

"Kein Rauchen unter Deck", warnte er scharf, als Markus eine Pause dazu nutzen wollte. "Hat dir wohl noch keiner gesagt?"

Markus war das bekannt, hatte aber auch beobachtet, daß die Regel häufig umgangen wurde. Ahnend, warum McIntyre ihn aufs Korn nahm, hielt er sich zurück und drückte die Zigarette aus.

Diese Schicht und die nächste noch ertrug er McIntyres Mißtrauen, seine Wortkargheit, die rauhen Rüffel, wenn etwas nicht nach seinem Willen ging. Spätestens aber, als die gesamte Gang von ihm abzurücken begann, entschloß er sich, reinen Wein einzuschenken – selbst wenn er danach mit noch größeren Schwierigkeiten zu rechnen haben würde.

"Ich bin's satt, mit den Fliegen zu trinken", sagte er zu McIntyre vorm Aufbruch ins arbeitsfreie Wochenende "Trinkst du einen mit?"

McIntyre sah ihn an, zögerte und nickte dann. Sein Gesicht lag im Schatten. Doch Markus wußte, was er dachte – und wußte es auch, als McIntyre in der Kneipe mit undurchdringlicher Miene das Glas Bier entgegen nahm, das Markus ihm reichte.

"Ich trete an unter der Nummer und dem Namen von einem, der mal in der Gewerkschaft war", begann Markus unvermittelt, und sagte, wie er wirklich hieß und daß er als Soldat Hafenarbeit getan hatte.

"Darum ist das alles hier nicht neu für mich."

McIntyre schwieg. Er war auf den Namen konzentriert. "Epsteen – sieh einer an!" sagte er schließlich und musterte Markus aus verengten Augen als sehe er ihn zum ersten Mal. Ein verschmitztes Lächeln stahl sich auf seine Lippen. "Auf der Flucht", sagte er, "vor den Bullen auf der Flucht – eh, Eppi?"

"Nichts davon – mein Name steht auf der schwarzen Liste."

"Wieso?"

Es widerstrebte Markus, sich dafür rechtfertigen zu müssen, daß er – das war noch im Krieg und er Soldat – auf dem Forum der Yarra Bank zu Spenden für das von der Hitler Armee belagerte Leningrad aufgerufen hatte.

"Weil ich als Roter gelte", sagte er bloß.

McIntyre stutzte. Markus merkte, er hätte das alles lieber nicht erfahren.

"Du lebst gefährlich", hörte er ihn sagen. "Falsche Nummer, falscher Name – rundum gefährlich."

Er wirkte unentschlossen, verunsichert.

"Du mußt tun, was du mußt", sagte Markus zu ihm.

"Geoff Carrigan", fragte McIntyre, "war das auch so einer?"

Markus nickte. "Bloß, daß der nie auf die Liste kam."

McIntyre reagierte nicht, bis Markus ihn dazu anhielt: "Sag geradeheraus, ob ich bei euch weitermache oder nicht." McIntyre schwieg noch länger als zuvor. Schließlich wandte er sich an den Barmann und bestellte zwei neue Bier. Er hob sein Glas, gab sich einen Ruck und sagte: "Ab heute trinkt Eppi Carrigan nicht mehr mit den Fliegen."

Und dann stießen sie an.

Jenseits der Stadt

Er ertrug sie nicht. Keine Woche ertrug Markus die Einsamkeit jenseits der Stadt in den Hügeln. Seine Gedanken zogen Kreise, und er sah sich in einen Strudel von Schreibversuchen gerissen – gehe ich es so an, oder anders? Formulierungen kamen und gingen, bis nichts mehr ging und seine Abgeschiedenheit wie eine Strafe auf ihn wirkte. Bald würde er den Dandenongs den Rücken kehren, dieser Buscheinsamkeit, wo ihm das Lachen der Kukaburras in den Zweigen der Bäume wie irre Laute klang und ihn Schwärme bunter Sittiche erschreckten, wenn sie plötzlich mit rauschendem Gefieder in den wolkenlosen Himmel stiegen. Nachts, wenn der Mond schien, die Vögel und alle Tiere schwiegen und nur die Grillen tausend und abertausendfach zirpten, empfand er seine Abgeschiedenheit noch stärker als am Tag.

Er floh.

Zur Stadt zurückgekehrt, unter dem Gewölbe der großen Bibliothek, wo ringsum an den mit grünem Filz bespannten Tischen die Besucher im Lichtschein der Lampen Bücher lasen, hoffte er auf eine Wende. Aber noch immer brachte er nur Ansätze zustande, immer nur Versuche bis er erkennen mußte, daß was er schreiben wollte noch unklar war, ihm der Überblick fehlte. Aber er harrte aus, kehrte täglich zur Bibliothek zurück und mied die Außenwelt, mied den Hafen, wo vier Schauerleute aus der Gang seinen Teil der Arbeit taten, damit er frei sei für das Schreiben. Sie waren es, Tom McIntyre, Jim Warren, Harry O'Leary und Nugget Jeremy, die eine ausrangierte Straßenbahn ersteigert, sie entrostet, mit einer dem Busch angepaßten Tarnfarbe gestrichen und innen so umgebaut hatten, daß man dort an einem Stehpult schreiben, auf einer Liege schlafen und rund um einen Tisch auf Bänken sitzen konnte. Regale für Konserven und Getränke hatten sie eingebaut, einen Holzkohlenherd und zwei Wassertanks, deren Inhalt bei sparsamer Nutzung drei Wochen reichen würde. Und als das getan war und sie die Straßenbahn hinter einem Trecker quer durch die Stadt über kurvenreiche Straßen hoch in die Hügel geschleppt und auf einem Plateau mit weiter Sicht aufgebaut hatten, erklärten sie Markus, dies sei nur in zweiter Linie ihre Wochenendbleibe, fürs erste gehöre sie ihm. Drei Wochen lang solle er in den Dandenongs bleiben und dann, in Abständen, immer wieder drei, bis das Buch, das sie ihm zutrauten, geschrieben sei. Er aber hatte nicht durchgehalten und würde sie, um das nicht eingestehen zu müssen, weitere fünfzehn Tage zu meiden haben – und das, unter den Umständen, schien ihm eine lange Zeit.

Professor Picasso

Sie tauften ihn Professor gleich zu Beginn seiner ersten und Picasso im Zuge seiner zweiten Heuer.

Die Aeon ein ausgedienter Kohlendampfer, der nur noch eine Trampfahrt in australischen Gewässern zu leisten hatte, bevor er in Yokohama verschrottet wurde, lag in jener Sommernacht in Geelong vor Anker, einem kleinen Hafen unweit von Melbourne. Und Markus, der nach Monaten als Schauermann, Decksmann auf einem Schlepper und weiteren Monaten mühsamer Schreibarbeit in der Stadtbibliothek, kurzentschlossen als Kohlentrimmer angemustert hatte, irrte mit dem Seesack auf dem Buckel im Hafengelände umher, bis er endlich die Anlegestelle fand, von wo ein Boot ihn übersetzen sollte. Es war spät und längst dunkel, als er schließlich auf den Wellen schaukelte und in der Ferne die Umrisse des Frachters ausmachen konnte – steiler Schornstein, klobige Ladebäume zwischen kantigen Aufbauten.

Der Matrose an den Riemen, ein stämmiger Kerl mit buschigen Brauen, zeigte sich mürrisch. Er hatte auf Markus warten müssen, und was er von sich gab, beschränkte sich auf sieben Worte: "Bist also der Neue – na dann, Professor!"

Als Markus wissen wollte, wie er auf den Namen gekommen war, pfiff der Mann einen Shanty nach, der durch die offenen Bullaugen der Aeon übers Wasser schallte – ein grölender Männerchor, der lauter wurde, je näher sie kamen: "Rolling home, rolling home ..." Mit einmal verstummten die Stimmen, und auch der Matrose an den Riemen verstummte, bis er aufblickte und sagte: "Mann Gottes, wenn einer mit vier Augen 'ne Ewigkeit braucht, die Anlegestelle von dem Boot hier zu finden, wird's kein Seemann sein, sondern so 'ne Art Professor!"

Markus schluckte das – in den Kohlenbunkern und vor den Kesseln im Heizraum würde er keine Brille brauchen. Er nahm sie ab und steckte sie weg. Was nichts half: Den Namen Professor wurde er bis Japan nicht los, wo nach der Verschrottung des Schiffes die Mannschaft ausgezahlt wurde und sie auf getrennten Wegen in ihre Heimathäfen zurückkehrten.

Nicht anders erging es ihm Wochen später, als er – wieder als Kohlentrimmer – auf der Fiona anheuerte, die zu den Fidschi Inseln unterwegs war. Schon am zweiten Tag überließ ihn der Zweite Ingenieur dem Bootsmann, der jemand für Malerarbeiten brauchte. Was bedeutete, daß Markus sechs der sieben durchweg sonnigen Tage ihrer Überfahrt auf einer Staffelage in frischer Luft bei ruhiger See die Farben der Reederei rund um den Schornstein erneuern durfte: gelb und grün mit einem schwarzen Anker als Emblem. Noch vor dem Einlaufen im Hafen von Suva war die Arbeit getan, und obwohl er ahnte, daß er dafür weit mehr Zeit als üblich war gebraucht hatte, trommelte er guten Mutes die Mannschaft zusammen: "Seht her, was ich geschafft habe – ein Bild für die Götter!"

Nicht daß er erwartet hatte, sie würden ihn auf Schultern tragen. Ein Lob aber erhoffte er sich doch. Die Männer schwiegen und sahen prüfend zum Schornstein hoch, auf dem die Farben in der Tropensonne prangten. Markus wartete. Aus den Augenwinkeln sah er, wie sich der Bootsmann am Kopf kratzte und dann stumm an den Fingern die Tage zu zählen begann, die Markus beschäftigt gewesen war.

"Picasso", sagte er schließlich, "das war gerademal ein Tag weniger als unser Herrgott für die Welt nötig hatte – ist dir das ein Kasten Bier wert?"

Wer den denn stiften sollte, fragte Markus. Der Bootsmann sah ihn an als höre er nicht richtig. "Du, Picasso", sagte er dann, "oder glaubst du etwa ich?"

Und fortan verfolgte ihn der Name Professor Picasso auf allen Schiffen ...

Auf allen Schiffen – hatte er nicht nach seiner Entlassung aus der Armee Kameramann in einer Dokumentarfilmgruppe werden wollen und sich dann, weil das scheiterte, mit einem Posten als Straßen- und Hochzeitsfotograf begnügt? Ganz richtig. Bald aber war ihm aufgegangen, daß solche Tätigkeit fürs Schreiben wenig hergab. Arbeit im Hafen oder auf See würde da ergiebiger sein.

Bildhaft, als lägen nicht Jahre, sondern nur Tage dazwischen, hatte er sich an seine Soldatenzeit in Albury erinnert, als Korporal Bernie Bleichert, der aus England eine Reiseschreibmaschine nach Australien gerettet hatte, Willi Tanks Erinnerungen ans Schwarze Brett zu heften begann – allmorgendlich in Fortsetzungen. Mochten auch viele den Titel der Serie blaß finden, was da aufgeschrieben war, fesselte derart, daß sie sich bald vor dem Anschlagbrett drängten.

Willi Tank, erfuhren sie, war Matrose in der deutschen Handelsmarine, bis sein Schiff torpediert und er, als einer der wenigen Geretteten, von den Briten interniert und nach Australien deportiert wurde. Im Lager hatte er sich – wie sie alle – zum australischen Armeedienst gemeldet und war ihrer Einheit zugeteilt worden. Ehe Korporal Bleicherts Serie erschien, war er kaum aufgefallen – schließlich gab es in der Einheit genug abenteuerliche Typen!

Willi Tanks Erinnerungen – allein die Häfen, die darin auftauchten, machten Markus süchtig: Santiago de Cuba, Rio de Janeiro, Montevideo, Yokohama, Suva auf Fidschi. Markus fieberte vor Fernweh und sah sich an Willi Tanks Seite bei kubanischen Macumbas und am Fuß des Zuckerhuts durch Favelas streifen, die – wie er las – voll brodelndem Leben steckten. In japanischen Teehäusern liebkosten ihn Geishas und an weißen Pazifikstränden ging er unter Palmen zum Klang von Gitarren, den eine Brise ihm entgegen trug. Ihm war, als hörte er das Rauschen der Wellen, und es drängte ihn hinaus in die Weiten der Meere, die Willi Tank in Wind und Wetter durchkreuzt hatte, in Flaute, Stürmen, bitterer Kälte, sengender Hitze – zu fernen Häfen an fremden Küsten! Das sollten Strapazen gewesen sein? Für Markus, der es bis zur nächsten Fortsetzung der Serie kaum erwarten konnte, prangten die Sterne um so heller, je dunkler die Nächte waren, und immer glänzte das Mondlicht silbern in den Tälern und auf den Kämmen der Meereswellen. Stürme würden ihm nichts anhaben und keine Sonne so heiß brennen, als daß sie nicht auch herrlich strahlte.

Er bewunderte Willi Tank, beneidete ihn, und nur der Umstand, daß er noch jung und Willi längst über Dreißig war, hielt seinen Neid in Grenzen – war der Krieg erst zu Ende, würde er es Willi Tank nachtun.

"Ist das zu schaffen, Willi?"

"Warum nicht, min Jung", antwortete der wie einer von Waterkante, "warum soll's nicht zu schaffen sein?"

Dabei stammte Willi aus Duisburg im Rheinland – das brachte sie näher, ließ Markus eine Beziehung anbahnen, die er gern Freundschaft genannt hätte.

"Wie schafft man es, zur See zu fahren – Willi?"

Der erklärte es und Markus hortete, was er erfuhr – Santiago de Cuba, Rio de Janeiro, Montevideo, Yokohama, Suva auf Fidschi …

Coalburner

Die Kessel des SS Fiona unter Druck zu halten kostete Kraft, und zu Beginn jeder Wache schuftete Curly Connors, der kleine drahtige Heizer, dem Markus nach den Malerarbeiten an Deck als Trimmer zugeteilt worden war, aus Leibeskräften. Er schuftete und ließ dabei alle Flüche ab, die ihn seine lange Seefahrt gelehrt hatte. Nicht wenige davon galten Markus, der ihn aus den Bunkern mit Kohle zu versorgen hatte und zunehmend länger dafür brauchte. Connors ertrug es nicht, wenn ihm die Kohle knapp wurde, und einmal, als er bei der letzten Schaufel und Markus noch nicht in Sicht war, schleuderte er sein Brecheisen so wuchtig gegen die Bordwand, daß es zurückprallte und ihn am Bein traf. Markus hörte ihn brüllen und für den Rest der Wache sah er zu, daß der Schubkarren zwischen ihm und Connors blieb.

Es ging hart zu zwischen ihnen. An Deck die Matrosen fragten sich schon, wann Markus die Geduld reißen und er Connors mit der Schaufel den Schädel spalten würde. Doch Markus ließ Connors seine Wut – der Mann, das sah er ein, war bessere Trimmer gewöhnt, geübte Kerle, auf die Verlaß war, und so blieb ihm nichts weiter, als die Zähne zusammenzubeißen und bis zur Rückkehr nach Sydney durchzuhalten.

Doch es kam anders. Schon bald teilte ihn der Zweite Ingenieur für Lofty Clarks Mitternachtswache ein. Lofty, wie Connors, ein erfahrener Heizer, war hochgewachsen, breitschultrig und sanft, trug auf der Brust ein Kreuz und fluchte nie. Er arbeitete stetig, behielt mühelos die Kessel unter Druck, und fehlte ihm Kohle, kroch er in die Bunker und schaufelte selbst die Karren voll. Das spornte Markus zu doppeltem Einsatz an, und er bemühte sich, den Nachschub zu sichern – und war Lofty dankbar, daß er es hinnahm, wenn das mal nicht klappte. Lofty zeigte sich immer nur versöhnlich und spätestens als Markus erfuhr, daß er seit eh und je freiwillig auf Mitternachtswache zog, sagte er sich, der wird sich dafür hergegeben haben, mich zu übernehmen. Lofty wölbte bloß die Lippen, als er ihn darauf ansprach, und mehr als ein schon gut! war ihm nicht zu entlocken.

Erst in Singhs Resthouse in Lambasa auf Vanua Levu, wo die Fiona kurzzeitig angelegt hatte, bot sich Markus die Gelegenheit, Curly Connors zu befragen. Wortlos trank der sein Bier weiter und grinste bloß.

"Wisch das Grinsen weg", warnte Markus ihn leise.

"Donnerwetter", entgegnete Connors, "das Greenhorn muckt auf."

Markus spürte, das gefiel Connors geradezu.

"Wenn Curly was nicht paßt, dann sagt er's frei raus. Ist das klar! Warum sollte ich dich abgeschoben haben – könnte doch sein, daß du anderswie bei Lofty gelandet bist."

"Anderswie – im Arsch. Das hast du ihm eingeredet."

Wieder grinste Connors. "Eingeredet – der hat dich mir weggeholt. Lofty holt sich doch immer die Schwächsten. Ist halt ein Heiliger, der Kerl."

Damit verstummte er und griff nach seinem Bier.

Lambasa Frau

Was sich Singhs Resthouse nannte, nicht weit vom Hafen von Lambasa, war ein Schuppen unter Palmen, offen ringsum und mit einem aufgebockten Brett in der Mitte, hinter dem der Inder lauwarmes Bier ausschenkte und eine milchige Flüssigkeit, die zu Kopf stieg und Kawa hieß. Sie hatten alle davon getrunken, doch in Stimmung war keiner. Frauen fehlten, und der Inder wußte nichts und sagte nichts. Als Markus weit unten am Strand eine Frau gehen sah, langsam, mit wiegendem Gang, dunkel umrissen vor der sinkenden Sonne, setzte er sich wortlos ab. Sie blieb stehen, als er sie ansprach, schüttelte aber zu allem den Kopf. Sie verstand ihn nicht. Sie war eine junge Mulattin mit dunklem, schulterlangem Haar, schön anzusehen, und er blickte sie an, und beide schwiegen sie. Er spürte, wie ihm sein Lächeln zur Grimasse geriet, und da gab er es auf und ging zurück zu Singhs Schuppen.

Die Männer sahen ihn an und keiner begriff ihn. Einer gab ihm mit dem Daumen das Zeichen, die Frau herzuholen. Er versetzte ihm einen Stoß, aber Markus blieb. Die Frau aber wollte ihm nicht aus dem Sinn. Er verfluchte sich. Schließlich zahlte er, was er zu zahlen hatte, goß dem letzten Schluck Kawa ein Bier nach, klopfte grußlos auf das Brett mit den Flaschen und machte sich auf den Weg. Er fand die Frau nicht, weder am Strand noch im Hafen – er suchte nach ihr und fand sie nicht. Schließlich ging er an Bord. Lange saß er auf einem Poller an Deck und starrte in die Nacht. Erst als er Stimmen hörte, verschwand er nach achtern in seine Kammer. Wach lag er in der Koje, er sah die Frau, wie er sie gesehen hatte, am Strand am Meer, umrissen vor dem roten Abendhimmel, sah sie mit wiegendem Gang zwischen den Palmen dem Blick entschwinden.

Wie von weither hörte er auf Deck jemand sagen: "War kein Wort aus ihr herauszukriegen, weiß nicht mal wie sie heißt. Aber ein Weib war das – zum Teufel, was für ein Weib!"

Und Markus biß sich in die Lippe, daß es schmerzte.

MITTERNACHTFAHRT

Im australischen Cookstown erfuhren sie, es könne Wochen, gar Monate dauern, ehe die Fiona zum Heimathafen Sydney zurückkehrte – Markus sah Lofty an: "Wie komm' ich hier weg?" "Weg, wohin?" entgegnete Lofty, und als Markus es ihm erklärte und auch den Grund dafür, riet Lofty: "Mutual consent – anders ist's nicht zu schaffen." Markus war sich klar, daß er für sechs Monate angeheuert und gerade mal einen Monat abgearbeitet hatte – also würde er sich beim Chief ins Zeug legen müssen, damit er von Bord und auf welchem Schiff auch immer nach Sydney kam.

Die zwei Zauberworte mutual consent aber, gegenseitiges Einvernehmen, funktionierten erst, als unmittelbar vor dem Auslaufen aus Cook-

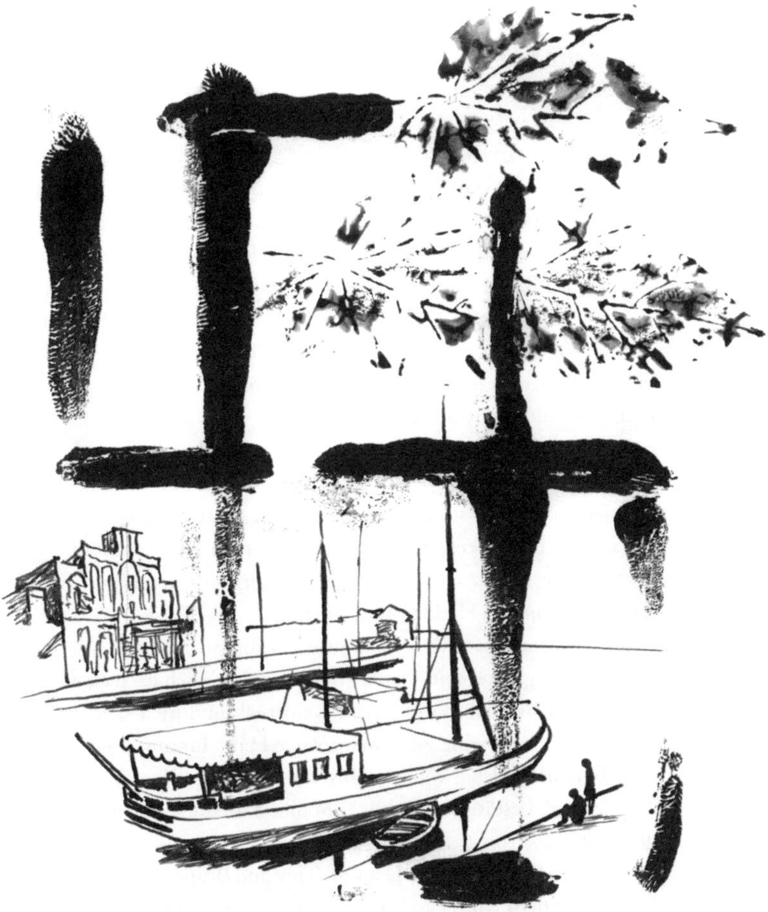

stown ein Kohlentrimmer, der zu den Fidschi Inseln wollte, für Markus einsprang.

Nur ein einziges für Sydney bestimmtes Schiff lag im Hafen, doch dessen Mannschaft war komplett – bloß ein Mannschaftssteward fehlte, und Markus bewarb sich um den Posten. Die Corinna, sagte man ihm im Heuerbüro, würde um Mitternacht auslaufen, a midnight sailing, und es war acht Uhr abends und dunkel, als er mit geschultertem Seesack den Kai entlang ging, an dessen Ende, schwach im Mondlicht, ein Frachter, so schrottreif wie damals die Aeon, auszumachen war.

An Deck zeigte sich niemand, aber von achtern her tönte Gesang – laut, abgerissen, roh: das shanty vom betrunkenen Seemann. Markus fühlte sich in die Nacht zurückversetzt, als sie ihn Professor tauften. Das war lange her, und er würde es für sich behalten.

Über den Kränen erloschen jetzt die Lichter, es wurde finster am Kai. Nur im Wächterhäuschen weit hinten am Hafentor brannte noch eine Lampe. Die Nacht war mild. Sanft klatschten die Wellen gegen die Kaimauer, und noch immer grölten sie an Bord: "What'll we do with the drunken sailor early in the morning ..."

Markus kletterte das Fallreep hoch. Niemand hielt ihn auf. Achtern, bei der Tür zur Messe, stellte er seinen Seesack ab und trat ein. Am Tisch die vier Seeleute verstummten, setzten ihre Bierflaschen ab und musterten ihn. In der linken Ecke hockte auf einem Koffer ein alter Mann. Vornübergesunken saß er da in seinem zerknitterten braunen Anzug, das Gesicht in den Händen vergraben.

Markus fragte nach dem Obmann. Der jüngste in der Runde, ein Rothaariger mit gebrochener Nase, griff unter den Tisch nach einer Flasche, öffnete den Verschluß mit einem Geldstück und hielt sie Markus hin. Bierschaum rann seine sommersprossige Hand hinunter.

"Obmann bin ich", sagte er. "Bist also der Peggy?"

"Richtig", bestätigte Markus – Mannschaftsstewards wurden Peggy genannt.

"Ich bin Mick Callaghan. Das sind Tiny und Bruiser und Curly O'Brian. Der da auf dem Koffer ist fertig – kann sich kaum noch kratzen, unser guter alter Tumbler." Dann geradezu: "Wie heißt du?"

"Mark Stone."

"Großartiger Pott", sagte Curly O'Brian und wandte sich wieder seinem Bier zu.

"Richtig", ergänzte Tiny, ein kräftiger Kerl mit arglosen blauen Augen, "ein schwimmendes Wrack!"

Bruiser spuckte aus, trank seine Flasche leer und warf sie in den Korb unterm Tisch. "Sydney or the bush", rief er. "Bloß diesmal packen wir's, und dann ab nach Japan."

Markus stutzte. Japan? Er überlegte, wie lange sich die Rückkehr von dort das letzte Mal hingezogen hatte ...

"Hast wohl 'n Weib in Sydney?" fragte Bruiser. "Keine Bange – das klappt. Sydney, Yokohama und zurück. Wie geschmiert!"

Die Männer grölten wieder – "drunken sailor ..." und wechselten dann zu einem Lied über Irland. Mick erklärte Markus, daß er als Peggy die Kammer mit einem Schweden teile, Old Swede, und beschrieb ihm den Weg. Er mußte brüllen, um sich verständlich zu machen. Markus holte seinen Seesack und folgte dem Gang zur letzten Kammer achtern.

Auf der oberen Koje lag nackt und schwer atmend der Schwede. Laken und Decken waren am Fußende zu einem Haufen geknüllt. Sein linkes Bein hing seitwärts ab wie das eines Toten. Markus schob das Bein zur Seite und setzte sich auf die untere Koje. Über ihm der Schwede stöhnte und drehte sich auf den Rücken. Die Ginflasche, die er umklammert hatte, entglitt ihm, und der Inhalt floß über seinen Brustkasten und den muskulösen Arm entlang zu den Fingerspitzen. Er setzte sich auf, und dabei rollte ihm die Flasche in den Schoß. Er stierte ins Leere, tastete nach dem Korken, fand ihn, fand schließlich auch die Flasche und drückte den Korken in den Flaschenhals. Erschöpft fiel er aufs Kissen zurück. Sein Haar glänzte gelb im Kojenlicht.

"Wie geht's Tumbler?" ließ er sich vernehmen, wohl spürend, daß sich jemand an der unteren Koje zu schaffen machte, "dem alten Peggy."

"Ist noch an Bord", sagte Markus.

"Wo sind meine Jeans?"

Der Schwede suchte und fand die Hose, kramte in den Taschen und brachte einen Geldschein und eine Handvoll Silber zutage.

"Gib das dem Tumbler."

"Wird er nicht brauchen. Hat doch jetzt seine Heuer – oder?"

"Heuer ist weg, wie weiß ich nicht", erklärte der Schwede. "Einfach so. Gib ihm das Geld und bring ihn an Land – und sag's den anderen."

Das Sprechen schien ihn überfordert zu haben, sein Gesicht fiel ein und wurde wächsern. Er verstummte.

Markus ging zur Messe zurück.

"Hört mal", sagte er zu den Männern. "Tumblers Heuer ist weg. Wußtet ihr das?"

Sie sahen ihn an. "Was ist los?" fragte Bruiser.

Markus wiederholte es.

"Wer sagt das?" fragten sie.

Markus erklärte es.

Mick Callaghan stand schwankend auf und ging zu dem Alten, der noch immer mit dem Gesicht in den Händen auf seinem Koffer hockte. Er rüttelte ihn.

"Wo ist deine Heuer – wo ist sie?"

Der Alte blinzelte, schüttelte traurig den Kopf. "Wir waren zu viert", sagte er, "zwei verschwanden. Der Schwede kippte um. Der weiß nichts. Ich auch nicht. Ich weiß nichts."

Er hielt inne und in sein Schweigen hinein fragte Tiny: "Was wird jetzt – ich hab' nichts."

Mick Callaghan kratzte sich am Kopf. Er tastete sein Hemd ab und fand zwei Pfundnoten in den Taschen. "Also", sagte er, "Tiny hat nichts. Wieviel hast du, Curly?"

"Vier Zehner."

"Gib her. Und du, Bruiser?"

"Von mir kriegt der nichts", erklärte Bruiser. "Bin ich von der Heilsarmee."

"So nicht", sagte Mick bedrohlich.

"Du – und wer noch?" forderte Bruiser.

"Also, Bruiser, wieviel hast du? Noch einmal frag' ich nicht!"

"Der kriegt nichts."
"Dann trink ab jetzt mit den Fliegen", sagte Mick und wandte sich ab.
"Wieviel hast du?" fragte er Markus.
Markus gab ihm eine Pfundnote.
"Am Zahltag kriegst du die wieder – bist schließlich neu hier", erklärte Mick. "Ist kein schlechter Kerl, der Tumbler!"
Nach kurzem Rundgang an Deck und durch die Kammern hatte er von der Mannschaft an die zwanzig Pfund erbeutet, die stopfte er dem Alten in die Jacke und sagte väterlich: "Komm. Wir beide gehen jetzt an Land."
Zusammen stolperten sie aus der Messe, die Railing entlang zur Gangway. Markus schleppte ihnen den Koffer nach. Schon waren die Luken abgedeckt und Matrosen schickten sich an, den Anker zu lichten. Der Alte, noch immer ein Bild des Jammers, stützte sich schwer auf Mick. Ehe sie die Gangway erreicht hatten, trat ihnen der Erste Offizier in den Weg.
"Callaghan – wo wollen Sie hin?"
"Ich bring Tumbler an Land", sagte Mick.
"Ausgeschlossen, so kurz vorm Auslaufen", entschied der Offizier, "Was hat der überhaupt noch an Bord zu suchen?"
"Hören Sie, Mister", sagte Mick, "ich bin hier der Obmann und bring Tumbler an Land. Reicht das?"
"Mir nicht. Sie melden sich auf der Brücke."
Mick fuhr herum. "Mister", rief er wütend, "den Mann haben sie ausgeraubt. Seine ganze Heuer ist weg. Sagt Ihnen das gar nichts?" Dann leise, väterlich zu dem Alten: "Komm, Tumbler, gehen wir weiter."
"Callaghan!" rief der Erste, "Sie landen im Logbuch – ist das klar!"
Ein Fluch unterbrach ihn: "Drück ein Auge zu, verdammt!" Bruiser war aus dem Dunkel aufgetaucht, grob, klotzig, kriegerisch. "Sind Sie mit dem Pott verheiratet, Mister – Sie kriegen doch auch nur Heuer wie wir. Oder?"
"Ab mit Ihnen auf die Brücke!" sagte der Offizier und wandte Bruiser den Rücken zu.
"Jetzt oder später?" brüllte Bruiser.

Er entriß Markus den Koffer und stolperte die Gangway hinunter hinter Mick und dem Alten her. Bald tauchten alle drei in die Nacht, nur ihre Schritte waren noch zu hören. Fern unten, im Licht des Wärterhäuschens, machte Markus sie wieder aus. Mick führte den Alten am Arm, und neben den beiden schleppte Bruiser den Koffer. Er blickte ihnen nach, bis er sie hinterm Hafentor aus den Augen verlor.

Und fühlte sich weit von Sydney weg – sehr weit …

Am Hafentor

In verdreckten Jeans, das Gesicht bis zum Mützenrand rußig vom Kohlenstaub, war er damals, einen Tag vor dem Auslaufen nach Fidschi, von Bord der Fiona und die paar Schritte den Kai entlang zum Kiosk am Hafentor gelaufen.

"Postkarten, ja sicher", hatte ihm die junge Verkäuferin bestätigt, "auch Briefmarken in kleinen Mengen."

"Eine reicht", hatte er versichert und hinzugefügt, daß niemand groß auf ihn warte. Sie hatte verstanden und lächeln müssen. Damit er die Postkarten mit seinen rußigen Händen nicht anzufassen brauchte, hatte sie eine Auswahl vor ihm aufgeblättert, ihn dabei verstohlen gemustert und gestaunt, als er sich für die Picasso-Karte entschied – Femme à la Chemise, eine junge Frau mit hochgestecktem Haar und sinnlichem Mund.

"Sieh an!"

"Weil die Ihnen ähnlich sieht", hatte Markus ihr gesagt.

"Ist vor Ihnen noch keinem aufgefallen – einem Seemann schon gar nicht."

"Seemann …" Er hatte die Achseln gezuckt. "Wollte in die Südsee – da sucht und findet man Wege."

"Sieh an!"

Sie hatte die Karte und die Briefmarke in einen Umschlag gesteckt und den Umschlag in die Zeitschrift gelegt, die er noch ausgesucht hatte, und sich dann einem anderen Kunden zugewandt – die Zeitschrift aber hatte sie unterm Arm behalten.

"Nie je in Sydney gewesen?" hatte sie Markus gefragt, als der Kunde gegangen war.

"Wie heißen Sie. Wüßte gern, wie sie heißen."

"Warum wollen Sie das wissen?"

"Weil Sie mir gefallen."

Sie hatte lachen müssen. "Sie trauen sich was."

"Zugegeben." An seiner verdreckten Kleidung herab schauend, hatte er gesagt: "Wenn aus dem Kohlentrimmer wieder ein Mensch geworden ist, würden Sie dem ein Stück von Sydney zeigen?"

"Ein Kohlentrimmer und Picasso – macht neugierig."

Und wieder hatte er sie nach ihrem Namen gefragt – und war nicht entmutigt gewesen, als sie stumm blieb. Er würde ihn schon noch erfahren.

"Wenn ich wieder ein Mensch bin …?"

"Um fünf", hatte sie geantwortet, "schließ ich hier ab."

Als bei Sonnenaufgang des nächsten Morgens die Fiona in See stach, schien ihm Sydney auf wundersame Weise vertrauter als Melbourne, wo er die Jahre nach dem Krieg gelebt hatte. Im Abendlicht waren sie durch die blühenden Parkanlagen bei der Bucht bis hin zu einer urigen Kneipe gelangt, wo im Hof hinter hohen Mauern aus Quadersteinen zur Gitarre Lieder gesungen und zum Wein gegrillter Fisch vom offenen Feuer aufgetischt wurde. Und waren sich in kurzer Zeit sehr nah gekommen – daß er die Erfahrungen der Seefahrt fürs Schreiben brauchte, war ihr verständlich gewesen, und ihn hatte aufhorchen lassen, daß sie von einem Leben auf der Bühne träumte und mit dem, was sie im Hafenkiosk verdiente, einen alten Mimen namens Sam Goldblatt für Schauspielunterricht bezahlte – "du würdest ihn mögen, du bestimmt!" Ihre Hoffnungen für die Zukunft, den eigenen so verwandt, hatte sie ihm noch begehrenswerter gemacht, und als sie später wie selbstverständlich zu ihrer Wohnung aufgebrochen waren, zu ihren zwei Zimmerchen unterm Dach eines Hauses am Darling Harbour, sie sich dort leidenschaftlich geliebt hatten, war es für sie beide die Krönung der Nacht. Die Trennung am Morgen hatten sie wie einen schmerzhaften Einschnitt empfunden – sie mußten sich wiedersehen, würden sich wiedersehen ...

"Mark, Mark ..."
Sie lief aus dem Kiosk in seine Arme, umarmte ihn, küßte ihn, und es kümmerte sie nicht, wer das sah, und jäh veränderte sich ihr Ausdruck, als er ihr Glücksgefühl dämpfen mußte.
"In einer Stunde laufen wir wieder aus."
"Mark , nein – das darf nicht sein ..."
Er löste sich von ihr und lächelte beruhigend.
"Ist erst die Corinna in Yokohama zum Verschrotten parat, fliegen sie uns auch nach Sydney zurück. Dann hätten wir uns wieder, so lange du willst. Falls du das noch willst."
"Das fragst du!" hatte sie geantwortet.

Und doch, schon nach wenigen Monaten, als er die Erzählungen CALL OF THE ISLANDS abgeschlossen hatte, war er an Bord jenes schmucken italienischen Passagierschiffs gegangen, das ihn nach Genua und auf den Weg zu den Warschauer Weltfestspielen bringen sollte. Auch war für ihn eine russische Reise geplant, und spätestens da hatte er beschlossen, länger als die anderen in seiner Gruppe junger Australier in Europa zu bleiben – durfte er denn Berlin aussparen, den Zufluchtsort seiner leiblichen Mutter, oder Duisburg, die Stadt seiner Kindheit und Jugend, Stadt der verschollenen Eltern? Sich das fragend, ahnte er noch nicht, wie nah er dem endgültigen Abschied von Australien schon war – und auch dem Abschied von Shirley aus dem Kiosk am Hafentor ...

Teil 3

An einem rohen Holztisch hoch unterm Dach eines zerfallenen
Berliner Mietshauses namens Albrechts Eck wird Markus in
grau-kalten Wintertagen die Erfahrungen seiner späten Heimkehr in eben jener zerfledderten Kladde festhalten, in die er als
junger Soldat seine erste Erzählung DIE EINFACHEN DINGE
und Jahre später über eine Kette von FERNFAHRTEN geschrieben hatte … und in der Entfremdung seines Umfelds war ihm,
als schriebe er über einen anderen.

Heimkehr 55

Geschlossen der Kreis – nach siebzehn Jahren im Ausland aber war mir Berlin so fremd wie um mich her die Sprache und deren Tonfall, und was die Wirtin sagte, als sie mich einwies in das Zimmer mit dem Fenster überm Bahnhof. Wenn unten die Züge rollten, klirrte die Scheibe, und bis zur mitternächtlichen Stunde schallte es durch die Lautsprecher hoch: Friedrichstraße. Letzter Bahnhof im demokratischen Sektor. Der Ruf verfolgte mich in den Schlaf, der unruhig war in der Kälte, dem schmalen Bett, dem Widerschein des Lichts, das durch das Fenster auf die grauen Wände fiel, und die Erlebnisse des Tages verfolgten mich bis in den Schlaf, die Ruinen der Stadt, die Trümmer unter bleiernem Himmel, das Ödland zwischen den zerbombten Häusern und wie die Menschen waren, die mich für einen Ausländer hielten und mir mehr als ihresgleichen offenbarten, wobei sie Worten wie "drüben" und "im Westen" eine sonderbare Bedeutung gaben. Ich verstand sie und auch wieder nicht, obwohl mir schon in Australien so manches über die Zustände in dieser Stadt mit den zwei Währungen zu Ohren gekommen war, den Wechselstuben, die es dort geben sollte, dem ausgedehnten Schwarzmarkthandel. Erst in den folgenden Nächten, im Theater, erreichte mich, wie aus einer anderen Welt, die mir fremd gewordene Sprache, die Schillers war und Lessings und Brechts, in ihrem tiefsten Sinn. Immer auch im Schlaf verfolgten mich die Gedanken an Regina, der jungen Tänzerin aus Polen, an das Versprechen, das ich ihr gegeben hatte und nicht würde halten können. Ich sah sie in den Nächten und suchte sie am Tage, so sinnlos das auch war, und einmal, auf dem Bahnhof, rief ich ihren Namen einer Frau nach, doch die wandte sich nicht um, und ich verlor sie in der Menge. Und die, der ich später in einem Theaterfoyer begegnet war und die mir folgte in das Zimmer überm Bahnhof, glich Regina, war schlank und blond wie sie und war eine Puppenspielerin mit beredten Händen, die schweigsam wurden und still, als sie spürte, daß ich an eine andere dachte, auch dann und gerade dann, und die nicht wiederkehrte in mein Zimmer überm Bahnhof.

Wie in Moskau, der letzten Station vor meiner Rückkehr, war auch im Verband der Schriftsteller dieses Landes ganz oben einer, der wie Polewoi teuflisch gut schrieb, einer, dessen Hand, war es die linke oder rechte, in Spanien von einer Kugel durchschossen worden war, und der blickte mich forschend aus schrägen Augen an, wußte zu spotten und zu lachen, gab sich rauhbeinig und hart, und hatte doch in einem seiner Romane für einen kleinen, verängstigten polnischen Juden aus den Reihen der Interbrigaden brüderliche Worte gefunden, die zeigten, daß in ihm nie jener Dünkel gewesen sein konnte – und das war für mich, den Heimgekehrten, der Prüfstein. Wo standest du, als die Synagogen brannten, hatte ich mich bei jeder Begegnung mit Deutschen meiner Generation gefragt. Der andere gestern, der getönt hatte, das deutsche Volk gehöre vor die jüdische Klagemauer und müsse ausgerottet werden, war mir verdächtig gewesen. Ich hatte ihn abgetan. Diesen hier respektierte ich. Der hatte am Jarama gestanden, war gegen Ende des Krieges unter italienischen Partisanen und hatte ein Recht auf seinen forschenden Blick und die bohrenden Fragen. "Bist zwar in Berlin geboren, aber im Ruhrpott aufgewachsen, dann gehörst du dorthin", waren seine abschließenden Worte gewesen, dabei stammte er selbst aus Essen und fand sich hier zu Hause. Und auch das gestand ich ihm zu, dem Kommunisten und Spanienkämpfer, und ich überdachte, was von mir gefordert worden war. "Bis wann muß ich mich entschieden haben", fragte ich und bekam die Antwort: "Kein Mensch muß müssen." Doch impulsiv, wie ich war, packte ich in der gleichen Stunde noch den Koffer, gab das Zimmer überm Bahnhof auf und reiste ab.

Aufbruch über die Grenze, und auffällig war, wie die Reisenden, alte Leute zumeist, furchtsam geschwiegen hatten am Kontrollpunkt von Helmstedt und dann zu geifern begannen, als sie sich vor den Grenzern sicher wähnten – "Russenknechte"!

Von Deutschland nach Deutschland, und gegen Morgengrauen nach nächtlicher Fahrt war der Nebel rot durchzogen von den Feuern der Hochöfen, waren dunkel im Nebel die Silhouetten der Stahlwerke auszumachen gewesen, die Schlote und Fördertürme des Ruhrgebiets. Der Zug donnerte über Brücken, hoch über den Flüssen meiner Kindheit, die unsichtbar und nur zu erahnen waren, lief endlich ein in den Bahnhof von Duisburg, hielt klirrend am Bahnsteig, und es war kalt im Morgengrauen jenes Novembertages, naßkalt und beklemmend, und meine Schritte hallten von den Fliesen des langen Tunnels wider.

Hier war es, hier waren sie zu Hunderten zusammengepfercht worden vor der langen Reise ins Ungewisse. Ich aber wußte seit Jahren, wohin die Reise all jener polnischen Juden, wohin Miriams Reise gegangen war und wie sie geendet hatte, und es war mir eine Herausforderung, die meine Gedanken vergiftete und mich innerlich verhärtete. Hier soll ich leben, in dieser Stadt?

Der Taxifahrer, der mit einem "Bitte sehr" den Wagenschlag geöffnet hatte, war meines Alters und konnte der Mörder gewesen sein, auch der Wirt der kleinen Pension, wohin mich der Fahrer brachte – alles war anders in Duisburg. Ich fühlte mich ausgeliefert hier, konnte nicht flüchten ins Fremdsein. Ich kannte den Bahnhof und den Vorplatz, zu dem der Tunnel führte, und auch den Platz, wo die Synagoge gebrannt hatte, kannte jede Straße, jedes vom Krieg verschonte Haus; und die Luft, die ich atmete, diese rauchige Luft, beschwor Erinnerungen. Wer hat das Recht, von mir zu fordern, daß ich hierher zurückkehre?

Und als ich Stunden später, wach jetzt nach kurzem Schlaf in der Pension, gefaßter auch, in der Kanzlei jenes Anwalts vorsprach, der die Räumlichkeiten des Büros meines Vaters übernommen hatte, und ihn sagen hörte: "Sie meinen also, Ihr Vater sei ein Deutscher wie wir alle gewesen – Salomon Epstein! Da bin ich anderer Meinung, denn es war ja nicht nur eine religiöse, sondern auch eine Rassenfrage", da waren die Würfel schon gefallen: Ich werde die Stadt auf den Spuren der Vergangenheit durchforschen, aufspüren, wen ich kann, und mit den Menschen sprechen, doch bleiben werde ich nicht.

Sie war siebzehn, als sie in mein Elternhaus kam, Käte, unser Dienstmädchen, und die Gefühle, die sie in mir, dem Elfjährigen, wachgerufen hatte, waren in all den Jahren nicht verblaßt – sie prägten mein späteres Wunschbild von Frauen. Sanft im Wesen sollten sie sein, einfühlsam, liebevoll und anmutig wie Käte, mit hellem, duftendem Haar und einer Haut wie Samt. Noch immer hatte ich ihre Stimme im Ohr und wußte, wie sie beschaffen war, der Nacken, die Arme, Schultern und Hüften und die wohlgeformten Brüste. Ich hatte nicht wegschauen können, als sie sich über mich beugte, damals, als ich krank im Bett gelegen hatte, und es war wohl kein kindlicher Blick gewesen, den ich auf sie warf.

Nun aber, da sie vor mir stand, in der Tür der kleinen Wohnung in der Moltkestraße, schien sie weit älter als ich zu sein – eine verhärmte Frau mit stumpfem Blick und verwelkter Haut. Nichts war erkennbar mehr von der einstigen Anmut, und obwohl ich erst später erfuhr, daß ihr Mann sie schlug, erkannte ich gleich, daß das Leben sie geschlagen hatte. "Du darfst nicht bleiben", sagte sie, "wenn er nach Hause kommt und dich hier antrifft ..." Sie brauchte den Satz nicht zu vollenden, damit ich sie verstand, und in der kurzen Spanne Zeit, die ich bei ihr verbrachte, zerstoben die Vorstellungen, die ich mir von ihrem Leben gemacht hatte. Nicht mit Gerhart hatte sie es teilen dürfen, den hatten die Schergen der Gestapo zu Tode gefoltert – sie war an einen Mann geraten, den der Krieg verroht hatte und in dem nicht einmal die Geburt des eigenen Kindes einen Funken von Güte zum Glimmen hatte bringen können. "Sie werden ihn nehmen", sagte sie, "einer wie der wird immer gebraucht, und ich hoffe, daß es bald sein wird." Ich fragte, was sie damit meine, und sie sagte, "die Fremdenlegion", und sagte dann noch, "wenn er erst ist, wo er sein will, in Algerien oder sonstwo, werde ich endlich Ruhe haben."

Bald darauf war ich gegangen. Nicht einmal die Schwelle ihrer Wohnungstür hatte ich überschritten, wie ein Hausierer war ich im Treppengang geblieben, und doch schien mir, als hätte ich tief in ein Dasein geblickt, das die Käte meiner Kindheit zu dieser Frau gemacht hatte.

Es dämmerte schon, als ich dem Pfad folgte, der vom Fuß des Kaiserbergs quer durch den Wald ins Tal führt. Selbst wenn die Siedlung umgebauter Eisenbahnwagen die zweiundzwanzig Jahre überdauert haben sollte, was sprach dafür, daß ich noch irgendwen von damals finden würde – Georg Brehr gar, den Freund von einst. Schon zögerte ich, weiterzugehen. Nichts mehr schien zu dem Bild von Dörnerhof zu passen, das ich in Erinnerung hatte. Zwar waren in den Schwaden dichten Novembernebels die Umrisse von Eisenbahnwagen zu erkennen, dazwischen aber ragte jetzt ein massiver Betonbau, der ein Luftschutzbunker gewesen sein mußte. Lichtschimmer drangen durch Schlitze im Bunker, aber kein menschlicher Laut war zu hören. Nur das heisere Bellen eines Hundes durchdrang den Nebel.

Je näher ich der Siedlung kam, umso lauter wurde das Bellen. Es hörte sich bedrohlich an. Lautlos ging ich den schlüpfrigen Weg zurück. Da tauchte aus dem Nebel ein Mann auf und versperrte mir den Weg.

"Was suchen Sie hier?"

Der Mann musterte mich aus zusammengekniffenen Augen. Haarsträhnen hingen ihm ins Gesicht. "Georg Brehr", verächtlich wiederholte er den Namen, den ich ihm genannt hatte, "längst tot – in Polen verschütt gegangen. Die Brehrs sind alle verschütt gegangen."

Lautlos wie ein Wolf auf der Fährte glitt aus dem Nebel ein räudiger Hund, der die Zähne fletschte. Ich ließ das Tier nicht aus den Augen und rührte mich erst, als der Mann es mit einem Tritt verscheucht hatte. Jaulend verschwand der Hund im Nebel.

"Sonst noch wer?"

Der Mann zeigte keine Regung, als ich Karl Katzinski anführte und hinzufügte: "Wir riefen ihn Katze damals." Plötzlich aber sagte er: "Katzinski – das bin ich!"

Nichts an ihm erinnerte an den Armer-Leute-Jungen, den meine Mutter weit länger als ein Jahr bei uns essen ließ. Und selbst, als ich ihm klarmachte, wer ich sei, wollte er sich nicht erinnern.

Ich beließ es dabei. "Katzinski also", sagte ich, "und hast all die Jahre hier gelebt?"

Er lachte bitter auf. "Scheinst zu vergessen, daß dazwischen auch noch Krieg war. Da kommt so manch einer in Bewegung – oder geht verschütt." Wieder lachte er. Er wies in die Ferne. "Gefangenschaft. Zehn Jahre bei den Russen."

Mir kamen Visionen: In Scheunen verbrannte Frauen und Kinder, erhängte Geiseln in verwüsteten Dörfern, und ich folgte dem Mann nur unwillig zu dem Eisenbahnwaggon, in dem er hauste. Die Kerosinlampe am Haken im Fenster warf spärliches Licht über Stuhl und Tisch, holte schwach ein Feldbett aus dem Dunkel und ein Regal aus Kistenbrettern. Ein Holzfeuer glimmte im Kanonenofen in der Ecke. Es war kalt im Wagen.

"Wie im Lager", sagte Katzinski und schob mir einen Schemel hin. "Nur daß ich jetzt nicht mehr für die Russen schufte – damit ist Schluß." Er klatschte ein Bündel Banknoten auf den Tisch. "Wo die herkommen, gibt's mehr – Dank der Heimat, jawoll. Für Spätheimkehrer wird gesorgt."

"Wo's keine Kläger gibt, gibt's keinen Richter", sagte ich mehr zu mir selbst als zu ihm.

Und schon blitzte in Katzinskis Faust ein Küchenmesser, das hielt er mir an die Kehle. Ich spürte die Schneide auf der Haut. "Könnten deine letzten Worte gewesen sein – Epstein", raunte er mir ins Ohr. Er gab der Tür einen Tritt, daß sie aufflog und stieß mich in den Nebel hinaus. "Hau ab, und laß dich hier nicht wieder blicken."

Verdammter Stolz! Aber nicht nur Stolz, auch Beklemmung, die sich nicht legen wollte, hinderten mich am Vordringen ins Elternhaus. Ich umschlich die Villa wie ein Dieb bis hin zum Garten mit den jetzt kahlen Pappeln und, wieder in der Straße, strich ich mit der Hand über das Geländer der Treppe, die im Bogen hinauf zum Eingang führt. Langsam ging ich die Stufen hoch, las das Messingschild unter der Klingel, Mollenschott, und die Warnung auf dem Emailleschild, Hausieren verboten. Und dachte an die Briefe, die man mir nach Australien geschickt hatte über Hypotheken, Kriegseinwirkungen, Reparaturkosten, die glaubhaft machen sollten, daß ihnen das Haus – die Mollenschotts hatten es von den Eltern noch vor deren Verschleppung für ein Spottgeld erstanden – geradezu eine Belastung war.

Fest wie für die Ewigkeit gebaut, wirkte es noch immer, war unversehrt vom Dach bis zum Keller, blank und lückenlos das Mauerwerk, die Fenster sauber vor luftigen Gardinen, die Rahmen gestrichen und weiß abgesetzt gegen die roten Klinkersteine. Noch einmal blickte ich zu dem Fenster hoch, das einst mein Zimmerfenster war, sah, daß da noch die Antenne hing, die ich als Junge ausgelegt hatte, und das weckte Erinnerungen in mir – Nora hieß das kleine Radio, das ich mir erspart hatte, war hergestellt von einer Firma Aron, einer jüdischen, wie mir der Vater versichert hatte, und mit diesem Radio hatte ich mir Europa erschlossen, Musik aus Luxembourg und Hilversum, Nachrichten aus London und Sender Köln am Samstagnachmittag mit Tünnes und Schäl, und ich dachte daran, daß ich bei den Goebbelsreden angstvoll nachgezählt hatte, wie oft die Juden Erwähnung fanden.

Derweil war in der Villa nebenan die Tür aufgegangen: "Darf man erfahren, was Sie dort treiben?" hörte ich rufen, und wußte augenblicklich, das ist Frau Bankdirektor Niernheim, die dich als Junge damals von der Gartenmauer verjagt hat, und blickte ihr ins Gesicht und verbat mir die Frage. Die Frau verschwand, und ich ahnte, jetzt würde sie zum Telefon greifen und die Mollenschotts anrufen so wie einst den Vater. Das abzuwarten ersparte ich mir und ging – Stolz, verdammter Stolz ... und spürte zugleich auch den Zwang, wiederzukehren, hierher wiederzukehren.

Abreise von Duisburg und Abkehr dazu – fest stand, es gab für mich in dieser Stadt kein Bleiben. Sie waren mir entfremdet, Käte mit ihrem zerbrochenen Leben, Katze Katzinski, der Spätheimkehrer, keiner, den ich getroffen hatte, war aus dem Schatten der Vergangenheit getreten, jener Anwalt nicht und auch nicht Studienrat Talbert, den ich noch aufgesucht hatte, am Kaiserberg beim Wald, und der unter der Bedrohung eines Kollegen litt, der damals wie heute Nazi war. "Hüten Sie sich, es kommt wieder anders", hatte der ihn gewarnt, "und dann geht's auch Ihnen an den Kragen." Dabei war Talbert nie des anderen Widersacher gewesen, nur hatte er nach dem Krieg, gläubiger Christ, frommer Katholik, der er war, dem Entnazifizierungsausschuß aus Gewissensgründen Auskunft erteilt.

"Was soll ich jetzt bloß tun?" hatte er von mir, seinem einstigen Schüler wissen wollen. Ich aber war ihm die Antwort schuldig geblieben, hatte ihn nur lange angesehen, und wäre nicht Talberts Tochter gewesen, die für meine Pläne in jenem anderen Deutschland im Osten Verständnis zeigte, ich hätte das Haus schon nach Minuten verlassen und so Frau Falk nicht mehr getroffen, die Mutter von Fritz, mit dem ich so befreundet gewesen war wie mit Georg. Die Frau hatte mich entgeistert angesehen, als sei ich nicht bloß unerwartet vor dem Haus der Talberts aufgetaucht, sondern einem Grab entstiegen, und am Ende hatte auch sie beteuert, von nichts gewußt zu haben – ach, sie hatten alle nichts gewußt, Frau Falk, der Studienrat und seine Tochter, selbst Käte nicht. Und ich hatte es ihnen geglaubt, Angesicht zu Angesicht mit ihnen hatte ich, was sie sagten, für bare Münze genommen. Später aber waren mir Zweifel gekommen. Waren denn die Schrecken von Auschwitz nicht schon in den Anfängen zu erkennen gewesen – im Gegröle der Nazis in den Straßen, den Verhaftungen im Morgengrauen, den Hetztiraden im Radio, den zertrümmerten Läden und Häusern schließlich, und brennenden Synagogen? Und als ich Frau Falk bedauern hörte, den Mollenschotts beim Kauf des Elternhauses nicht zuvorgekommen zu sein und sie dabei tatsächlich von einer Abreise der Eltern sprach, hatte ich mir vorgeworfen, nicht längst schon auf dem Zug zu sein, der mich forttragen würde aus dieser Stadt, zurück in jenen Teil Berlins, von wo ich aufgebrochen war ...

Polnisches Zwischenspiel

Jener Sommertag in Warschau will ihm nicht aus dem Sinn, und nicht der Augenblick, als leise der Schlüssel ins Schloß geschoben wurde, leise die Tür aufging und leise Borowski eintrat – nichts hatte Markus gehört, Regina aber hatte alles gehört: den Schlüssel, die Tür, die Schritte, und war hochgeschreckt aus seinen Armen, war vom Bett quer durchs Zimmer zum Fenster geflohen, und stand nun da, verhüllt im Vorhang, den sie sich um den Körper geschlungen hatte, und starrte entsetzt auf Borowski.

Auch er starrte auf Borowski und fühlte sich betrogen, verraten, hintergangen, war voll Abscheu gegen den Mann und dessen Gelüste, sie beide zu ertappen, und er sagte: "Verschwinde!" und Borowski sagte: "Das ist meine Wohnung!", und er wiederholte drohend "Verschwinde!", daß Borowski fluchend ging. "In zehn Minuten seid ihr hier weg", hörten sie ihn in seinem gebrochenen Deutsch durch die Tür rufen, und hörten im Flur seine Schritte verhallen.

Danach waren sie durch die Straßen von Warschau gegangen, Regina und er, keine zehn Minuten hatten sie gebraucht, das Haus zu verlassen, und sahen sich nicht an, sahen auch nicht, wohin sie gingen, gerieten auf die Marszalkowska und hinunter zum Fluß, wo sie oft gewesen, und blieben auch dort nicht, und gingen weiter, und irgendwo in Muranow, wo einst das Ghetto stand, kehrten sie in eine Teestube ein, und sie wollte nur Tee und er trank Wodka zum Tee, trank einen Becher leer und fühlte sich danach nicht weniger betrogen und wußte nicht, wie er es gut machen sollte an Regina.

Die Festspiele waren durch sie zu einer Kette von Höhepunkten geworden – gemeinsam erlebte Konzerte, Theaterstücke, Museen, Galerien, sie tanzen zu sehen auf der großen Bühne des Kulturpalastes und auf sie zu warten am Bühneneingang, und dann mit ihr das nächtliche Warschau zu durchstreifen, sie neunzehn, eine junge Polin, blond und mit dunklen grün-braunen Augen, und nicht nur auf der Bühne beim Tanz, lächelte sie gewinnend, und weil sie auf liebliche Art schön war, weit jünger schien als neunzehn, drängte er sie nicht, bedrängte sie nicht. Sie berührten sich, küßten sich, erfuhren und erahnten viel von einander, und die Nutzung der Wohnung war nicht geplant, war Borowskis Angebot: "Wenn ihr mal allein sein wollt, tagsüber überlaß ich euch den Schlüssel ..."

Es war noch früh am Nachmittag gewesen und irgendwie schicksalsergeben war sie mitgekommen, aber die Wohnung war ihnen fremd geblieben, es war anders als an den Ufern der Weichsel und in den Gärten der Stadt, die sie kannte und ihm hatte zeigen wollen, und schicksalsergeben ließ sie zu, daß er sie entkleidete, nicht aber, daß er sie ansah, und flüchtete unter das Laken im Bett. Er saß am Bettrand und streichelte ihr Haar, küßte ihre Augen und spürte, daß sie ruhiger wurde und ihre Ängste schwanden, und legte sich zu ihr, hielt sie in den Armen, und es war weit noch bis dorthin, als leise der Schlüssel, leise die Tür, leise die Schritte ...

Jetzt saßen sie in der Teestube, und der Wodka spülte seine Abscheu gegen Borowski nicht weg, und er sah Regina an und sagte: "Verzeih mir – verzeih, was passiert ist", und sie antwortete: "Was gibt es zu verzeihen. Alles ist gut."

DIE WORTE DES BARDEN

Die Blätter der Bäume im Park von Obory in Polen leuchteten bunt in der Herbstsonne, und überm Boden trieb das Laub im Wind. Sanft rauschten die Kronen der Bäume. Als der Wind sich legte, glich die Stille, die folgte, der Leere in ihm selbst – Shirleys Brief! Nur schwer konnte er sich mit der Einsicht abfinden, daß ihr nichts vorzuwerfen war. Was denn hatte sie in Sydney anderes getan als er in Warschau! Doch als er sich zu einem Antwortbrief aufraffte, verschwieg er Regina und ging auf Shirleys Geständnis nur mit den Worten ein: "Trotz allem werde ich dich nie vergessen."

Die Leere, die er auch weiterhin spürte, ließ ihn erkennen, was sie ihm bedeutet hatte – das Band war nicht zerrissen, als das Schiff ihn über die Meere forttrug. Verlor er Shirley, würde viel von dem verlorengehen, was sie in ihm geweckt hatte – Lust zum Schreiben, Neugier auf ferne Welten, und ja, selbst auch die Neugier auf Begegnungen. Ihm war mit einem Mal, als sollte er auf das Wiedersehen mit Regina verzichten …

Er faltete den Brief in einen Umschlag, setzte Shirleys Anschrift darauf und machte sich auf den Weg zur Dorfpost. Die Frau hinterm Schalter wog den Brief, frankierte ihn, entwertete die Marke und bemerkte dabei, daß der Absender noch hinzuzufügen sei. Sie las seinen Namen, stutzte und wollte seinen Paß sehen. Er gab ihn ihr. Da händigte sie ihm ein Telegramm aus. Er riß es auf, erkannte gleich, woher es kam, und auch, daß die Nachricht auf dem langen Weg von Sydney arg verstümmelt worden war. Es dauerte, bis er das Shakespeare Zitat zusammen hatte: Love is not love which alters when it alteration finds. Shirley.

Die Frau hinterm Schalter sah ihn an. Er zeigte keine Regung, als er das Telegramm einsteckte. Doch die Leere in ihm, die innere Lähmung waren nicht mehr. Liebe, die sich bei Veränderungen ändert, ist keine Liebe … und noch am gleichen Tag reiste er zu Regina nach Krakau.

REQUIEM

Eine milde Sonne tauchte die Stadt ringsum, den Dom, die Burg in ein goldenes Licht und ihm war, als hörte er das Echo jener anmutigen Melodie. Er sah sich mit Regina durch die Gassen der Altstadt bis hin zur Katharinenkirche gehen und glaubte, die Orgelklänge zu hören, die aus der Kirche drangen, die anschwollen, als sie eingetreten waren und sich auf eine Bank im Kirchenschiff gesetzt hatten – Bachsche Fugen, wie er sie ergreifender nie gehört ... Noch ehe aber Reginas Bruder zu spielen aufgehört hatte, drängte sie zum Aufbruch, weil sie dem Bruder nicht begegnen, ihm keine Erklärungen geben wollte, wesentlich war ihr nur, daß Markus ihn an der Orgel erlebte, so wie er sie später auf dem Platz unterm Rathausturm erleben sollte, tanzend zu den Klängen, deren Echo er wieder zu hören glaubte.

Lange noch an diesem Abend waren sie am Ufer der Weichsel gegangen, über ihnen der sternenklare Himmel und ein Mond, der sich im Fluß spiegelte. Erfüllt noch von dem Fest, der Musik, den Tänzen, der Freude an ihrem Auftritt, schwiegen sie lange, teilten sie sich mit in der Gewißheit ihres Gleichklangs, und als er ihre Stirn, ihre Augen, ihren Mund küßte, war ihr Glücksgefühl zugleich auch von der Ahnung der unvermeidlichen Trennung durchdrungen.

"Ich komme mit dir", hatte sie am Morgen gesagt, und obwohl sie Polnisch sprach, hatte er sie verstanden. Er schüttelte den Kopf. Es war eine Reise, die er allein tun mußte, ganz auf sich gestellt, und in Gedanken an die Eltern.

"Ich komme mit dir."

"Nein, Regina."

Er löste sich von ihr, kleidete sich an, verließ lautlos die Bodenkammer, die ihr Schlafgemach war, stieg die Leiter nach unten und trat aus dem Haus auf die Straße. Aber schon auf dem Weg zu dem Platz, wo der Linienbus nach Auschwitz einsetzte, war ihm, als ginge Regina neben ihm.

In dieser Nacht, ihrer Nacht nach dem Fest, hatte sie durchlebt, was ihm bevorstand – er spürte das, mehr noch: er wußte es. Er hatte ihr die

Tränen von den Augen geküßt und sie, als könne sie nur so seine Vorahnungen lindern, hatte sich ihm leidenschaftlich gegeben. In der Vereinigung waren sie wesensverwandt wie Geschwister gewesen und zugleich auch innig Liebende.

"Diesen Weg will ich mit dir gehen."
"Ich weiß, Regina. Aber es geht nicht."

Und doch war sie an seiner Seite, als er die Rampe entlang und später durch den Torbogen des Lagers und über den Appellplatz ging, bis hin zu der Stätte des Todes.

Gorkistrasse Moskau

Hotel Moskwa am Roten Platz, mit der Stalinbüste im Foyer, viel Marmor und Plüsch, geräumig und wohnlich aber das Zimmer mit der Aussicht auf den Kreml und die Kathedrale – und rührend besorgt die Dolmetscherin Sonja, ein zierliches kraushaariges Wesen mit dunklen Augen. War ihr nach zwei Wochen eifrigster Pflichterfüllung abzuschlagen, daß sie sich diesen Montag freinahm? Ihr Mann, Übersetzer aus dem Japanischen, habe einen Studienauftrag in Kyoto, und sie wolle ihn zum Flughafen begleiten.

"Tun Sie das getrost", sagte ihr Markus, der schon Pläne für den Tag hatte und sich zutraute, allein zurechtzukommen.

An Rubel mangelte es ihm nicht, er hatte im Rundfunk gesprochen, in Zeitungen waren Reportagen und Erzählungen von ihm veröffentlicht worden, der Taxifahrer aber war weder mit Worten noch Geld zu bewegen, ihn zu der Adresse zu befördern, die laut Auskunft in der Hotel-Rezeption weit außerhalb der Stadt lag. Er gab Markus seinen mit kyrillischen Buchstaben beschriebenen Zettel zurück und wies in die Gorkistraße. Für die kurze Strecke lohne es sich nicht, den Motor anzulassen. Erstaunt machte sich Markus auf den Weg und nahm nicht weniger erstaunt wahr, daß jetzt jemand neben ihm ging. Der junge Mann, wie aus dem Nichts aufgetaucht, war schmächtig mit schütterem Haar und flinken graublauen Augen, stellte sich als Tolja vor und bot ihm seine Hilfe an – dabei sei auch ihm geholfen, denn er wolle sich in Englisch üben.

Wohl oder übel fand sich Markus damit ab – so würden sie eben gemeinsam in der Gorkistraße nach dem Mietshaus suchen, in dem die Tochter des russischen Musikers leben sollte, der vor Jahren während einer Konzertreise in Australien um Asyl angesucht und Markus gebeten hatte, bei seinem Moskauaufenthalt Grüße auszurichten. Am Mietshaus angelangt, wies ihnen ein altes Mütterchen wortreich den Weg durch ein Labyrinth von Gängen bis hin zu einer Tür, an die sie klopften. Ein blasses Mädchen dunkel gekleidet, als trüge sie Trauer, öffnete vorsichtig und bestätigte Chana Rabinowa zu sein, die Tochter jenes Maxim Rabinows.

Sichtlich verwirrt bat sie die beiden zu dem Teil eines Zimmers, das durch eine Stellwand für sie abgetrennt war. Kleidungsstücke hingen an Wandhaken, eine Liege und ein Stuhl füllten die Stellfläche. Sie bot Markus den Stuhl an, nahm selbst auf der Liege Platz, während Tolja mit dem Rücken zur Trennwand wartete. Nur allmählich begann sie, Markus über ihren Vater zu befragen, erst in Russisch, was Tolja übersetzte, dann in stockendem Schulenglisch, und stets richtete sie sich dabei an beide. Dankbar sei sie für die Grüße vom Vater – den habe sie in lieber Erinnerung und sei froh, daß es ihm gut ging. Wenn bloß die Mutter das noch hätte erfahren können ...

"Obwohl", einen Augenblick lang zögerte sie und sagte dann, weniger zu Markus als zu dessen Begleiter: "Obwohl Mutter dem Vater bis zu ihrem Tod nicht verziehen hat, daß er die Familie im Stich ließ ..."

Verwirrt noch immer, entschuldigte sie sich, nichts anzubieten zu haben, sie leider nicht bewirten zu können, aber ... man sehe ja! Als Markus ihr sagte, er hebe im Hotel noch Fotos und auch einen Brief ihres Vaters auf, willigte sie ein, ihn dorthin zu begleiten – zögernd zwar und nicht ohne einen Blick zu Tolja.

Sie wirkte verschüchtert, sprach kaum ein Wort auf dem Weg zum Hotel, und es wunderte Markus, von Tolja keine Einwände dagegen zu hören, daß sie ihn aufs Zimmer begleitete – er würde derweil im Foyer warten, meinte Tolja entgegenkommend. Als dann aber das Zimmertelefon schrillte, kaum daß die Fotos und der väterliche Brief überreicht waren, wunderte Markus das nicht: Im Speisesaal stünde das Essen bereit, vermeldete Tolja, worauf Chana sich eilig verabschiedete – eine Einladung zum Essen lehnte sie ab: "Nein, nein – das geht nicht. Vielen Dank, aber nein ..."

Markus wollte das Essen nicht schmecken – wie kam dieser Tolja dazu, sich ungebeten mit an den Tisch zu setzen. Eine weitere Gelegenheit für Sprachübungen – tatsächlich? Markus ließ das nicht gelten. Er schnitt Tolja das Wort ab. Der blickte bekümmert. Womit er Markus verstimmt hätte, wollte er wissen, er habe doch nur von Nutzen sein wollen und – sich selbst dabei auch, zugegeben. Worauf er anhob, die Kluft zwischen den Welten und das so entstandene Mißtrauen zu beklagen. Selbst Gleichgesinnte verstünden sich nicht mehr – und Gleichgesinnte, das seien sie doch wohl. Oder?

Was sollte Markus antworten – als Gast im Lande glaubte er, sich den Gepflogenheiten fügen zu müssen. Als aber am folgenden Tag Sonja fehlte und er erfuhr, sie sei wegen Pflichtvergessenheit entlassen worden, legte sich sein Zorn selbst dann noch nicht, als ihm der Vorsitzende des Schriftstellerverbandes in die Hand versprochen hatte, Sonja wieder einzustellen.

Boris Polewoi hielt Wort.

Aber Tolja, und alle Toljas der Welt, blieben seitdem für Markus ein Greuel.

Russisches Tagebuch

In der Dämmerung verwischen sich die Konturen, werden die tristen Mietshäuser mit ihren Fensterhöhlen, zerschossenen Mauern und klaffenden Dächern zu einer gespenstischen Kulisse: Stalingrad. Bald liegen die Straßen leer und verlassen da. Dort, wo noch vereinzelt Lichter brannten, gehen die letzten aus. Hin und wieder wird Hundebellen

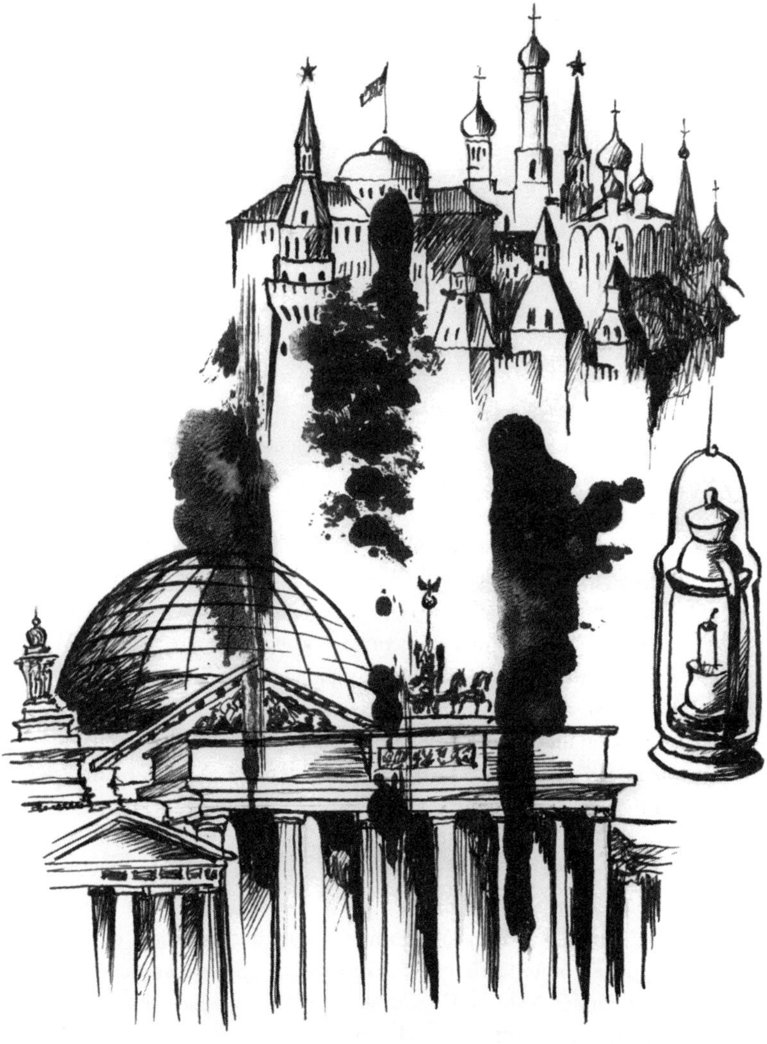

laut, findet ein Echo zwischen den Häuserzeilen. Von der Wolga her wallt jetzt Nebel über das Stück Landschaft, das vom Hotelfenster zu überblicken ist.

Markus schaltet die Schreibtischlampe an und führt Tagebuch wie allabendlich um diese Zeit –

da quält sich eine Frau auf Beinstümpfen über den holprigen Platz; tanzt anmutig ein Mädchen vor den Spiegeln eines Frisörladens, und es ist, als flögen die Zöpfe von drei Tänzerinnen; mitten in der Bahnhofshalle brechen zwei junge Frauen Bücherkisten auf, scharen sich Lesehungrige um die Werke von Simonow, Grossman, Dreiser, und bald schon sind die Kisten leer gekauft; die Stiefelschritte von zwei bärtigen Nachtwächtern verhallen, noch ehe die Lichter ihrer Laternen im Dunkel der Stadt untergehen.

Er schildert ein Treffen mit Komsomolzen und wie der Name Stalin in seiner Antwortrede brausenden Applaus auslöste und er innehielt, bis die Begeisterung sich legte: Stalin, Stalin! Er beschreibt die junge Bauarbeiterin in einer Laienspielgruppe, die von den Schwierigkeiten beim Durchsetzen einer Satire über die örtliche Bürokratie erzählte. *Der Koloß* hieß das Stück, und es paßte dem Dolmetscher nicht, daß Markus sich notierte, wer in Stalingrad damit gemeint war. Folglich überraschte es ihn auch nicht, daß der einäugige alte Mann, den er später in einem Lagerschuppen ansprach, den Dolmetscher bei seiner Bitte um eine Wiederbegegnung verunsichert anblickte.

Als sie am Abend zur verabredeten Zeit am Rande der Stadt anlangten, kam ihnen der Alte aus seinem Lehmhäuschen entgegen und bat sie einzutreten. Der Tee war schon bereitet, der Samowar summte leise. Eine Ölfunzel warf spärliches Licht auf Schrank, Stuhl, Tisch und das an den Tisch gerückte, als Bank dienende Bett aus Brettern, auf denen Strohmatten lagen. An den gekalkten Wänden markierten sich hell die Flecken abgehängter Bilder.

"Wir waren eine große Familie", sagte der alte Mann und zählte die Schwestern und Brüder auf, die Schwäger, Schwägerinnen und sämtliche Kinder. "Als die Faschisten unser Dorf niederbrannten, kamen sie alle um – keiner konnte sich retten."

Markus zögerte lange, ehe er nach der Frau zu fragen wagte, deren gerahmtes Foto auf dem Fenstersims stand. Der alte Mann hielt die Ölfunzel vor das Bild. "Das ist meine Tochter Olga mit den Enkelkindern", sagte er, "und seit der Krieg sie alle verstreut hat, fehlt jede Spur von ihnen. Ich weiß nicht einmal, ob Olga je erfahren konnte, daß ihr Mann nur ein paar Straßen von hier in den Kämpfen gefallen ist und ihre Mutter nicht mehr lebt – meine Ludmilla."

Er senkte den Kopf, sah Markus nicht länger an, griff nach der Wodkaflasche auf dem Tisch und goß drei Gläser voll.

"Trinken wir auf das Leben", sagte er.

Und weil Markus nicht mit jenen Mördern in Verbindung gebracht werden wollte, die so viel Leid verursacht hatten, sprach er vom Tod seiner Eltern in Auschwitz.

Der alte Mann blickte ihn an und nickte. "Ja, ja", sagte er. "Bitter – das Los der Juden ist bitter."

Bahnhof Friedrichstrasse

Die S-Bahn hielt lange, länger als normal, und zweimal schon hallte es laut überm Bahnsteig: Letzter Bahnhof im Demokratischen Sektor. Niemand sprach, die Fahrgäste blickten unruhig, und da sah Markus, wie sich die beiden Blauuniformierten durch den Wagen zwängten. In der Stille hörten sich ihre Anweisungen bedrohlich an. "Die Ausweise, bitte!" Stumm hielten die Leute ihre Ausweise hin, und irgendwo raunte jemand: "Die Schinder", doch wer das war, konnte Markus nicht erkennen. Noch standen die Türen offen, noch rollte der Zug nicht, und da zwängten sich zwei Koffer schleppende Männer nach draußen und tauchten in der Menge auf dem Bahnsteig unter.

Die Frau mit dem Kinderwagen bei der vorderen Tür wirkte in sich versunken und so, als gingen sie die Vorgänge nichts an. Sie wippte den Korb und strich hin und wieder mit der Hand übers Deckbett. Mechanisch holte sie ihren Ausweis aus der Handtasche und hielt ihn zur Kontrolle hin. Sie war nicht mehr jung, konnte die Mutter eines Babys kaum sein. Nicht bloß Markus, auch dem Blauuniformierten fiel das auf. Markus sah ihn stutzen, den Ausweis der Frau genauer prüfen, sah, wie er ihn durchblätterte und dann beschlagnahmte.

"Bitte kommen Sie mit."

Die Frau reagierte nicht. Es war, als verstünde sie nichts. Sie wippte den Kinderwagen und starrte ins Leere. Im fahlen Licht sah sie blaß aus, blasser jetzt, wie es Markus schien, und ihr Ausdruck blieb versteinert.

"Bitte kommen Sie."

Wieder raunte es "Schinder" von irgendwo. Die Frau blieb stehen und hielt den Kinderwagen fest, als wolle man ihn ihr entreißen.

"Verlassen Sie den Zug!"

Sie drehte den Kopf weg, zog die Schultern ein, sie wehrte sich, ihr ganzer Körper wehrte sich, kein Wort aber wollte ihr über die Lippen. Markus sah den Uniformierten in den Kinderwagen greifen, und dann hörte man die Frau schreien, daß es durch den Wagen gellte.

"Hände weg!"

Noch stand der Zug. Und dann zerrte der Uniformierte etwas weißes, Gefiedertes aus dem Kinderwagen. Die Gans, die er am Hals hochhielt, baumelte schwer in seiner Hand.

"Verlassen Sie den Zug!"

Als sie endlich fuhren, sah Markus wie alle um ihn her zum Bahnsteig hinaus. Langsam glitten sie vorbei an der Frau mit dem Kinderwagen und dem Mann in der Uniform. Schon nach wenigen Metern aber hatte er beide aus den Augen verloren.

Suche nach der Herkunft

"Ein Junge mit dem Namen hier in der Mulackstraße? Nicht daß ich wüßte!" Der kleine Mann in Schiebermütze und Lederjacke, der sich als Alfons Hinze vorgestellt hatte, Angestellter in der Zoohandlung beim Alexanderplatz, beäugte Markus mißtrauisch. "Dabei hab ich mein Leben lang hier gewohnt."

Nicht lang genug, sagte sich Markus, führte Hinze dann doch zu dem Haus, dessen Nummer in der Adoptionsurkunde vermerkt war, von der er eine Kopie im Standesamt von Friedrichshain hatte aufspüren können. Das Haus war eines jener zahllosen Berliner Kriegsruinen, an die er sich hatte gewöhnen müssen. Nur der Keller des Hauses schien noch bewohnt – durch den Vorhang eines Fensters dicht überm Bürgersteig schimmerte rötliches Licht.

"Muß vor meiner Zeit gewesen sein", sagte Hinze. "Die da wohnt, wohnt da schon ewig – und kennt auch jeden. Fragen wir sie doch." Schon wollte er an die Scheibe klopfen, da besann er sich. "Ist zwar nicht mehr die Jüngste, schafft aber noch immer an. Besser, wir warten."

Nieselregen fiel. Markus fröstelte in der kalten Novembernacht und dem viel zu leichten australischen Mantel. Er zog die Schultern ein, schlug den Kragen hoch, schob die Hände in die Taschen.

"Hocken wir uns eine Weile in die Mulackritze", schlug Hinze vor. "Dort kommt sie immer mal hin – kann sein auch heute."

Sie waren erst beim zweiten Bier, als eine vollbusige Frau, die trotz schlohweißen Haars kaum älter als fünfzig wirkte, die Kneipe betrat und an einem Ecktisch Platz nahm, an dem schon ein vierschrötiger Mann saß. Schminke gab ihrem Gesicht eine unnatürliche Röte. Ringe glitzerten an den Fingern beider Hände, und als sie ihren Mantel hinter sich auf der Stuhllehne ablegte, war das wie eine Entkleidung – ihre durchsichtige Bluse enthüllte füllige Arme und einen üppigen Busen.

"Wäre richtig nett, wenn Sie mal herkämen", bat Hinze sie höflich und wandte sich dann an den Wirt: "Eine Lage für drei!"

Die Frau beschwichtigte den Mann an ihrem Tisch und folgte Hinzes Bitte. Sie musterte Markus.

"Auf Ihr Wohl!" rief Hinze.

"Was verschafft mir das Vergnügen?" fragte die Frau.

"Das ist sie", sagte Hinze zu Markus. "Der Rest ist Ihre Sache."

Markus stellte sich vor, was der Frau nichts sagte, als er sich aber nach dem kleinem Jungen erkundigte, der vor dreißig Jahren in ihrem Haus gelebt haben mußte, horchte sie auf.

"Was wissen Sie von dem?"

Als Markus nicht gleich antwortete, stand sie ungehalten auf. Er hielt sie zurück und breitete die Adoptionsurkunde auf dem Tisch aus.

"Lesen Sie selbst."

Die Frau überflog ein paar Worte und setzte sich wieder, als könne sie stehend nicht ertragen, was da zu lesen war.

"Sind das etwa Sie?"

Markus nickte. Da breitete die Frau die Arme aus und preßte ihn an sich: "Mein Jizchak!"

Der Geruch ihres Körpers vermischt mit ihrem aufdringlichen Parfüm machte, daß Markus sich befreite – könnte das meine Mutter sein? Sie mußte seine Gedanken erraten haben, denn sie hob abwehrend die Hände.

"Rachelas kleiner Jizchak – Rachela, die, wo Verkäuferin bei Tietz war. Siebzehn war die damals, aus Lodz – und kaum in Berlin, schon ein Balg am Hals. Klar, daß die mich gebraucht hat, damit ich tagsüber auf dich aufpasse."

Markus fragte, was sie von seinem Vater wisse.

"Männer", rief die Frau, "die Männer!"

"Könnte es sein, daß mein leiblicher Vater mich adoptiert hat?"

"Was weiß ich. Ich hab dem die Krätze an den Hals gewünscht, weil er uns den Jizchak weggenommen hat. Jahrelang keine Spur von ihm – und auf einmal nimmt er den Jungen weg. War auch für mich schlimm. Nicht bloß für sie."

Die Erinnerung hatte sie sichtlich aufgebracht.

"Kannst mich Herta nennen", bot sie an, als sie sich beruhigt hatte. "Bist schließlich der Jizchak!"

"So kennt mich keiner."

"Aber damals", rief sie, "als du bei mir warst, riefen dich alle so."
Verschwommen wie aus weiter Ferne sah Markus sich als Dreijähriger in einer Kellerwohnung auf einer Fensterbank zwischen Geranien sitzen und Füße auf dem Bürgersteig vorbeigehen.

"Sie war schön", sagte die Frau jetzt. "Dunkle Augen, dunkles Haar – Rachela war schön."

"Und was wurde aus ihr, wo ist sie hin?"

"Oh." Die Frau blickte verstört. Sie sah Markus nicht an. "Wie meinst du das –"

"Sag ihm die Wahrheit, Herta!" rief plötzlich der Mann vom Ecktisch.

"Es ist ihr nichts passiert", beteuerte die Frau leise.

Der Mann schob seinen Stuhl zurück, kam mit schwerem Schritt auf Markus zu und reichte ihm die Hand. "Bist der Jizchak", sagte er, "die Prügel aber hab immer ich gekriegt. Weil ich aussah wie ein Jud."

Markus musterte ihn – krauses Haar, dunkle Augen, gebogene Nase.

"Sie kannten meine Mutter?"

"Wolltest doch die Wahrheit wissen – oder?" Markus nickte. "Was Herta da zusammenspinnt." Er wandte sich an die Frau. "Große Hamburger – so war's doch, Herta. Also, warum sagst du's ihm nicht?"

Die Frau verbarg ihr Gesicht in den Händen.

"Von dort gingen nämlich die Transporte ab, von dort hat man doch –"

"Ich weiß Bescheid", unterbrach Markus ihn.

"Was weißt du?" fragte ihn leise die Frau.

Markus schwieg. Und es war wie ein Echo auf seine Gedanken, als er sie sagen hörte: "Mein Gott, was waren das bloß für Zeiten!"

Haus am Stadtrand

Häuser haben Seelen – dieses, weiß getüncht und mit großen Fenstern zur baumreichen Straße, hatte die Seele eines untersetzten, glatzköpfigen Mannes in brauner Uniform, dessen Foto Markus in einer Schublade fand, die zu einem Schrank gehörte, den es im Haus nicht mehr gab. Außer einer Truhe voller Gerümpel gab es dort bei seinem Einzug keine Möbel mehr, und daß er die Schublade nicht gleich auf den Sperrmüll warf, hatte mit dem Inhalt zu tun. Sie war voller Naziinsignien – Hakenkreuzabzeichen, Blut-und-Boden-Dolchen, Ordensbändern.

Frau Lenz, die Markus bei der Beschaffung neuer Möbel und beim Einrichten half, verstand sehr wohl, warum er als erstes das schmiedeeiserne Hakenkreuz aus dem Gitter vor dem oberen Fenster schlug.

"Daß das bis heute da hing", sagte sie kopfschüttelnd.

Als er aber die Schublade in den Mülleimer entleeren wollte, hielt sie ihn am Arm fest.

"Nicht doch! Für sowas zahlen die Amis gute Dollars – Souvenir, Souvenir."

Sie war eine dralle Frau und lachte gern. Jetzt aber klang ihr Lachen gezwungen. Wohl schien ihr nicht dabei, als sie den Schubladeninhalt in ihren Einkaufskorb verschwinden ließ. Markus hielt sie nicht davon ab – sie war ihm unentbehrlich. Und hatte sie sich nicht mehr als kritisch über den früheren Hausbesitzer ausgelassen?

"Wo der hin ist, gehört er hin", wiederholte sie auch heute, wurde aber gleich darauf versöhnlich. "Doch tierlieb war er. Das immerhin."

"Tierlieb?"

"Sie werden's merken, wenn Sie erst Post kriegen", erklärte sie und verwies auf den Briefkasten.

Markus ging zum Gartentor und sah sich den Briefkasten an. Säuberlich unter Zellophan prangte auf dem Deckel ein Kärtchen – ACHTUNG, VOGELNEST. BITTE KEINE POST EINWERFEN. MIT DANK UND DEUTSCHEM GRUSS – MAX PETER WULFF.

SCHUHE

... und spürte gleichwohl den Zwang, wiederzukehren, hierher wiederzukehren.

Im folgenden Jahr wird Markus ein zweites Mal durch die Prinz-Albrecht-Straße von Duisburg gehen, wird haltmachen vor der zweistöckigen Villa aus roten Klinkern, die heil dort steht, von Bomben verschont, mit frisch gestrichenen Fensterrahmen und der gewundenen Steintreppe, die makellos gescheuert ist – makellos auch das Messinggeländer, nur die faustgroßen Kugeln am oberen und unteren Ende haben sich in den Jahren grün-braun verfärbt.

Er steigt die Stufen hinauf und verharrt lange vor der Haustür, bis endlich er läutet – der Laut verhallt, während alles um ihn her, die Straße, die Villen, die Bäume in der Straße, und das Elternhaus kulissenhaft bleibt, unwirklich, wie schon damals.

Er hört Schritte, hört wie die Glastür hinter der Haustür zurückgezogen wird, wobei ein bis nach draußen vernehmbarer Sog entsteht, und das Hausmädchen öffnet die Tür nur einen Spalt. Er hört sich sprechen, seine Worte klingen hohl, der eigene Name klingt fremd, und das Mädchen bittet ihn zu warten, schließt die Haustür, und wartend erlebt er, nicht hineingebeten zu werden von der hageren Alten, die jetzt die Haustür einen Spalt weit geöffnet hat.

"Ich bin allein im Haus, kommen Sie doch ein andermal."

Ein andermal, denkt er. Woher nimmt sie das Recht ... und er fragt, ob sie nicht ahne, wer er sei.

"Ja, doch."

"Meine Eltern müßten Sie noch persönlich ..."

"Ja doch."

Der Spalt zwischen Tür und Rahmen wird nicht weiter. Er sieht die Frau gespenstisch in der schmalen Öffnung, das Gesicht grau im Halbdunkel, grau das Haar, das Kleid, die Stimme grau und bedeckt.

"Ein andermal bitte. Ich bin allein."

Das ist auch er – allein hier auf dem Treppenabsatz vor der Haustür des Elternhauses. Die Eltern ermordet, Rauch im All über Auschwitz.

Und alles um ihn her wirkt weiter unwirklich: Die Stadt, die Straße, das Haus.

"Sie kannten meine Eltern?"

"Die Mutter ja. Ihren Vater kaum."

Der Spalt zwischen Tür und Rahmen bleibt eng. Noch aber versperrt sie die Tür nicht. Noch hört er sie zittrig Antwort geben.

"Ihre Mutter ja, die kannte ich. Flüchtig. Sie kam ja hierher, ehe sie auf die große Reise ging, und sagte: Wie soll ich denn so weit ohne feste Schuhe".

"Keine Schuhe?" fragt er dumpf.

"Schuhe schon, aber keine festen", hört er die Alte sagen. "Und da gaben wir Ihrer Mutter noch ein paar feste Schuhe."

Er tut einen Schritt zur Tür, die Frau fühlt sich bedrängt, und betont erneut, sie sei allein, und würde er doch bitte ein andermal kommen, wenn Tochter und Schwiegersohn zu Hause seien.

In ihm haben sich ihre Worte von den Schuhen festgesetzt, und als er sich zur Treppe wendet und hinuntergeht, ist die Haustür schon zu. Auch das nimmt er als etwas Unwirkliches wahr – die Stadt, die Straße, das Haus, die verschlossene Tür und ein Paar feste Schuhe.

Berliner Karl-Marx-Allee

Eggers hatte die Leiter zum Obergeschoß der Atelierwohnung schon flach gelegt – für da oben war keine weitere Arbeit geplant, zu inspizieren gab es dort auch nichts mehr, und überhaupt, es war längst Feierabend. Die Brigade war fort, nur er, der Brigadier, war geblieben, um Rede und Antwort zu stehen für das Interview, das die Zeitung Markus in Auftrag gegeben hatte: EIN HELD DER ARBEIT ERZÄHLT. Was gab es da noch zu erzählen? Von der Qualität der Malerarbeiten hatte Markus sich überzeugen können, auch bezwei-

"...Noch müssen wir nicht auf die lange Reise und haben Hoffnung..."

felte er nicht, daß etliche Verbesserungsvorschläge gemacht und auch angewandt worden waren. Schließlich war die Brigade nicht nur für Qualität, sondern auch vorfristige Planerfüllung ausgezeichnet worden. Es war Eggers anzusehen, daß er des Geredes überdrüssig war. Markus ging es nicht anders. Wer würde lesen wollen, was es mit diesen Verbesserungsvorschlägen auf sich hatte. Es war schon fraglich, ob es außerhalb des Baugewerbes irgendwen interessierte, wie die Brigade zu diesem staatlichen Orden gekommen war. Mit einer *human interest story* aber hatte die Zeitung wenig im Sinn – der Held der Arbeit sollte von der Arbeit erzählen und nichts sonst. Und das hatte Eggers getan. Aber reichte das?

"Ich würd gern in der Kneipe nebenan ein Bier mit Ihnen trinken und danach, wenn's geht, einen Abstecher zu Ihnen machen", sagte Markus. "Sie verstehen schon – wie ein Brigadier so lebt."

Eggers zögerte. Er sah Markus an. "Fall da aus dem Rahmen, würde ich sagen."

"Wieso?"

"So fragt man Leute aus", sagte Eggers und schwieg.

Markus hätte es nie erfahren, wären sie nicht in die Kneipe eingekehrt – nicht daß der Alkohol Eggers die Zunge löste, es war die besorgte Frage eines Kumpels, die Markus aufhorchen ließ:

"Wie steht's um die Frau, Kurt?"

"Beschissen", entfuhr es Eggers. "Nicht einmal die Untersuchungshaft wurde ihr angerechnet. Und an den vierzehn Monaten, die sie ihr aufgebrummt haben, war nicht zu rütteln."

Markus konnte nicht so tun, als hätte er nichts gehört. Er sah Eggers fragend an.

"Ja", bestätigte ihm Eggers schroff. "Vierzehn Monate für ein paar Zettel an Bäumen – bringen Sie das in die Zeitung und ich überlasse Ihnen meine Prämie. Jeden Pfennig davon. Bloß, das schaffen Sie nie."

"Was für Zettel an Bäumen?"

Eggers sah seinen Kumpel an. "Soll ich's ihm sagen?"

"Gib's ihm", antwortete der, und nicht lange später wußte Markus Bescheid.

Und Eggers hatte Recht. Brächte er das in seinem Artikel, keine Zeitung im Lande gäbe sich dafür her. Wer würde drucken, daß die Familie Eggers am 13. August von ihrem Töchterchen getrennt worden war, weil sich nach dem Mauerbau die Westberliner Großmutter weigerte, das Kind in den Osten zurückzubringen. Und schon gar nicht würde man drucken, wie die dringende Bitte der Mutter, ihr Töchterchen holen zu dürfen, von den Behörden und am Ende sogar von Ulbricht persönlich abgewiesen worden war – was dann zu den Zetteln an Bäumen geführt hatte: Brigade Eggers ist nicht faul, sie haut dem Ulbricht eins aufs Maul!

"Chancenlos", gab Markus Eggers recht. "Ist schon das reinste Wunder, daß es trotz des Husarenstücks Ihrer Frau noch zur dieser staatlichen Auszeichnung gekommen ist."

"Da hat die eine Hand nicht gewußt, was die andere tut", sagte Eggers. "Und außerdem stimmt's zum Teil – faul ist die Brigade Eggers nicht."

Er lachte, auch sein Kumpel lachte. Markus aber war nicht zum Lachen – mit dem, was er erfahren hatte, nicht an die Öffentlichkeit zu gelangen, wäre das geringste Übel. Vierzehn Monate für ein paar Zettel an Bäumen: Im Vergleich damit war der geplatzte Zeitungsauftrag ein Nichts.

Verlagshaus

"Diese Frau da mitten im Roman – so untypisch. Ja geradezu an den Haaren herbeigezogen", sagte der Leiter des Rostocker Verlages. "Nichts fehlte, würde man sie streichen." Und dann zitierte er Schdanow, den für die ideologische Ausrichtung sowjetischer Literatur Verantwortlichen: "Typische Menschen in typischen Umständen." Er schlug vor, das Kapitel noch einmal zu überprüfen, so wie es im Lektorat redigiert worden sei, also "ohne diese Verrückte, die Protestzettel an Bäume klebt." Danach hieße es nur noch, die Kürzung abzuzeichnen, und der Roman wäre im Plan.

Markus war die Auseinandersetzungen leid und bereit nachzugeben. Zwei Jahre hatte er an dem Buch gearbeitet, er wollte es verlegt sehen, und die Frau gehörte tatsächlich zu den Randfiguren. Sie schien entbehrlich. Auch wenn er ihren Alleingang mit den Protestzetteln an Bäumen und der anschließenden Haftstrafe tilgte, bliebe der eigentliche Handlungsablauf intakt.

"Wie lange würden Sie brauchen, das Kapitel durchzugehen?" fragte der Verlagsleiter. Markus sagte es ihm, der Verlagsleiter wies ihm ein Zimmer zu, wo er ungestört sein würde, und eine halbe Stunde später trafen sie sich wieder.

"Nun", forderte er sanft. "Wie haben wir uns entschieden?"

Markus schwieg. Der Verlagsleiter spürte den Widerstand, blieb aber zugänglich. Er lächelte, und lächelnd ließ er Markus wissen, er verstünde, daß er sich gegen den Eingriff sträubte. Diesmal zitierte er den Hamburger Verleger Rowohlt, den er schätzte: "Wenn ein Manuskript ohne den Autor gekürzt wird, wird es nicht kürzer, sondern länger."

Er lächelte.

Markus atmete auf. Der Verlagsleiter schien ein Einsehen gehabt zu haben. Schon wähnte er den Roman samt der gestrichenen Seiten im Plan, und es traf ihn hart, als er das Lächeln schwinden sah.

"Wir sind also übereingekommen, daß wir nicht übereinkommen können", hörte er ihn sagen.

"So wird es sein."

"Meine Hochachtung", sagte der Verlagsleiter. "Ein Autor mit Prinzipien."

Zwei Jahre vergeblicher Mühe wegen drei lumpiger Seiten, dachte Markus. Doch es gab kein Zurück. Ihm ging das mausgraue Mädchen durch den Kopf, das er am Morgen auf der Plattform des Zuges nach Rostock verstohlen hatte rauchen sehen, die glimmende Zigarette zwischen Daumen und Zeigefinger in der hohlen Hand. "Knast?" hatte er sie gefragt, und erstaunt hatte sie zurückgefragt, woher er das wisse. Er hatte ihr geantwortet, daß so nur rauche, wer nicht dabei erwischt werden wolle, und da hatte sie zugegeben, heute erst aus dem Werkhof ent-

lassen worden zu sein, auch den Grund für ihre Maßregelung hatte sie ihm gesagt – das Ansprechen von Männern auf Bahnhöfen.
"Es muß an mir liegen, daß ich immer wieder an untypische Menschen in untypischen Umständen gerate", sagte er dem Verlagsleiter. "Da war dieses Mädchen auf dem Zug ..."
Der aber hörte nicht mehr hin. Ihn drängten Termine, und kurze Zeit später hatte er sein Manuskript zurück und war auf dem Weg zum Bahnhof.

... und schon am folgenden Tag meldet er sich bei der Redaktion der Berliner Illustrierten, die ihn seit langem für Auslandsreportagen hatte gewinnen wollen: *Hier bin ich. Schickt mich in die Welt.* Was bewirkte, daß es ihn zur Zeit des Präsidentenmordes in Dallas nach Amerika verschlägt, und noch vier weitere Male in den kommenden Jahren – dem spurlosen Verschwinden von Chaney, Goodman und Schwerner, drei jungen Bürgerrechtskämpfer in Mississippi, wird er nachgehen, wie auch dem Attentat auf Martin Luther King in Memphis, Tennessee, und als sich die junge Angela Davis, eine afro-amerikanische Kommunistin und Hochschullehrerin, im kalifornischen San José einer Mordanklage ausgesetzt sieht, entsendet man ihn als Prozeßberichterstatter – vier Amerika Bücher entstehen aus solchen Erfahrungen im Strom der Zeit, und noch während er das gesellschaftliche Klima nach dem Kennedy Mord zu ergründen versucht, er in New York, San Francisco und New Orleans unterwegs ist, und er den Rückflug in London unterbricht, wird in den zwei Deutschlands seine Erzählung FERNFAHRTEN erscheinen, die er der inzwischen zerfledderten, mit den Jahren zu einer Art Talisman gewordenen Kladde entnommen hat, in der auch die beiden anderen autobiographischen Arbeiten aufgeschrieben sind ...

Fernfahrten

Den kürzesten Weg nach Kalkutta wollte er plötzlich wissen und welche Meere zwischen Europa und dem Golf von Bengalen lägen. Mir fielen das Rote und das Arabische Meer ein und natürlich der Indische Ozean. Trotzdem stieg Wut in mir hoch – Kurt Trautwein, blaue Augen und Babyspeck, sonst immer sanft und schüchtern, der Neue im englischen Internat, wagte es, mich auf die Probe zu stellen! Schroff antwortete ich ihm, was mir gerade eingefallen war.

"Und jetzt laß mich in Ruh! Ich war damals erst elf, also ist das schon vier Jahre her. Wie soll ich mich da noch an alles erinnern! Wir fuhren von Amsterdam mit dem Schiff, die ganze Zeit war Sturm. Mein Vater hatte mich mitgenommen. Wie du weißt, reiste er viel. Indien! Kalkutta! Hör bloß, wie das klingt! Dabei kannst du dir sicher nichts vorstellen?"

"Nein, gar nichts", sagte Kurt Trautwein. "Ich glaub' auch nicht, daß du überhaupt da warst."

"Schlangenbeschwörer", sagte ich, "bärtige alte Männer mit Turbanen, und Schlangen, die sich beim Lockruf der Flöten aus ihren Körben winden. Unter einem Torbogen ein Flickschuster, der mit nackten Füßen das Leder festhält, damit er die Hände frei hat für die Nadel."

"Bücherquatsch!" sagte Kurt Trautwein sanft, "das hast du alles aus Büchern."

"Bücher riechen nicht", ließ ich ihn wissen, "höchstens nach Leim. Aber ich habe heute noch den Gestank der Abfälle in der Nase und weiß, wie es stank, als der weiße Ochse mitten auf der überfüllten Straße pißte und wie die Menschen rochen."

"Tatsächlich?"

"In Kalkutta", sagte ich, "da ließ ich mir mein Haar auf der Straße schneiden, ich saß auf einer Packkiste, die Füße im Rinnstein, und der Friseur kniete hinter mir auf einer Matte. Er brauchte lange, und ich saß da und sah das Gewimmel zwischen

all den Schubkarren und Ochsenwagen, und wie der Verkehr den Kühen auswich – in Indien sind die Kühe heilig."
"Bücher", wiederholte Kurt Trautwein.
"Weißt du, wie es ist, wenn man erwürgt wird?" fragte ich ihn.
"Einmal, in Kalkutta, gab ich einem zerlumpten Bettler eine Münze, und plötzlich war ich von einem ganzen Schwarm von Bettlern umringt, sie packten mich, und wenn mein Vater mich nicht gerettet hätte, dann wäre ich tot gewürgt worden. In Büchern kannst du was von Palästen und Tempeln und Pagoden lesen, aber wo kannst du lesen, wie man erwürgt wird?"
"Will ich nicht wissen. Erzähl einfach was von den Palästen, Tempeln und Pagoden!"
"Sie waren wunderbar in der Sonne", sagte ich, "der glänzende Marmor und die goldenen Kuppeln. Und alles spiegelte sich im Wasser des Ganges, die Spiegelbilder zitterten in den Wellen. Aber wenn man aufsah, da prangten wirklich die Paläste unter blauem Himmel. Glaubst du mir jetzt?"
"Phantasie", sagte Kurt Trautwein.
"Und du bist blöde und fett und ekelhaft, mir wird schlecht, wenn ich dich sehe", schrie ich. "Wenn dich einer sticht, dann kommt höchstens was Wäßriges raus, bestimmt kein Blut."
Ich packte ihn am Arm und, ohne die Folgen zu bedenken, schleifte ich ihn durch die Brennesseln am Weg, ließ ihn nicht eher los, als bis seine nackten Beine voll roter Flecke waren. Ich selbst spürte das Brennen kaum, aber er schrie und wollte sich losreißen.
"Laß mich los! Du Lügner, du Aufschneider, du Angeber!"
"Kalkutta!" fuhr ich ihn an. "Das liegt westlich der pakistanischen Grenze und südlich des Himalaya. Und in Bengalen gibt es Tiger, und ich wünschte, es gäbe Tiger hier, daß dich einer anfällt und frißt!"
"Lügner und Aufschneider!" schrie Kurt Trautwein. "Kein Wort glaub ich dir!"

Während ich dies schreibe und an den Zwischenfall zurückdenke, sehe ich das Spiegelbild meines Gesichts auf der Tischplatte – meine Nase wurde an jenem Tag gebrochen, als man mich bei Sonnenuntergang zum Tennisplatz bestellte. Ich habe die Jungen des Internats wieder vor mir: Gabriel und Sascha und Genek, John, Alan und David und die anderen, alle achtzehn, die in bedrohlichem Schweigen auf mich gewartet hatten. Kurt Trautwein saß abseits auf einer Bank. Sie zogen die Drahttür zu, verschlossen sie, und dann stieg Gabriel, der Klassensprecher, auf den Schiedsrichtersitz.

"Dies ist der Gerichtshof der Schule. Und du bist zum Verhör geladen. Kannst du mich hören, laut und klar?"

Ich nickte.

"Punkt eins: Warst du je in Indien?"

"Eines Tages werde ich nicht bloß nach Indien, sondern durch die ganze Welt reisen!" sagte ich.

"Beantworte die Frage!"

"Nein, ich war noch nie in Indien."

"Was beweist, daß du ein Lügner bist."

"Ich bin kein Lügner."

"Punkt zwei: Hast du Kurt Trautwein beleidigt und durch die Brennesseln geschleift?"

"Ich habe mich selbst an den Nesseln verbrannt. Hier, seht euch meine Beine an! Und alles wäre nicht passiert, wenn er mir geglaubt hätte."

"Warum hätte er dir denn glauben sollen? Du warst ja nie da!"

"Ich bin durch die Welt gereist, es gibt kein Land auf der Welt, das ich nicht kenne."

Sie sahen mich an, selbst Kurt Trautwein hob verwundert den Blick. Langsam versank die Sonne hinter den Pappeln. Ihre Gesichter waren jetzt im Schatten. Nur Gabriels Gesicht, oben auf dem Sitz, blieb hell vom Widerschein.

"Weil du ein Lügner bist, wirst du einen fairen Dreirundenkampf mit Sascha durchstehen", entschied er. "Wenn einer von

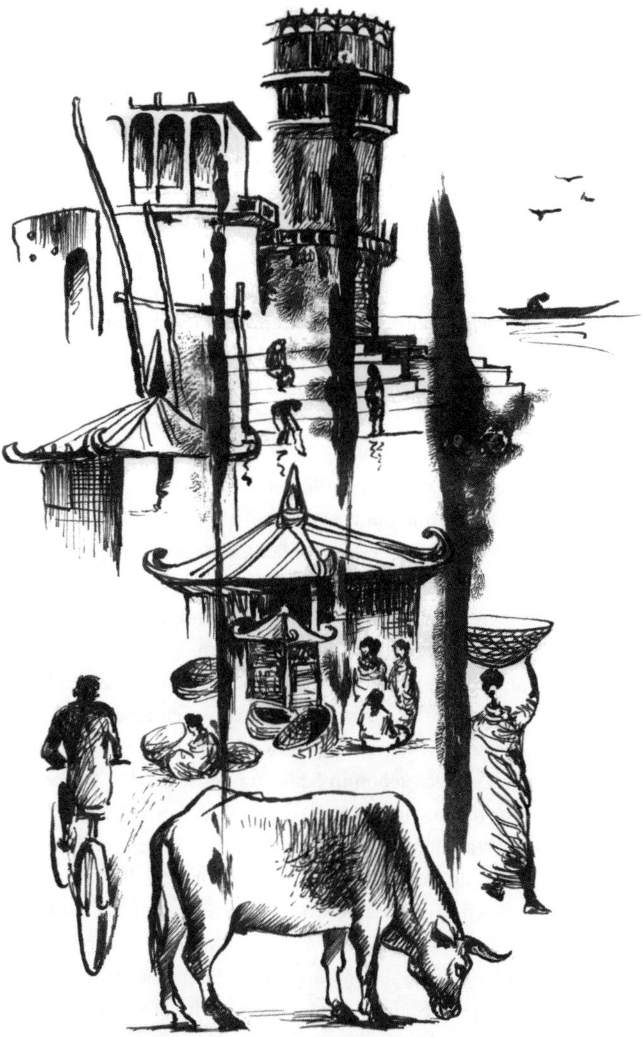

euch vor Ende der dritten Runde zu Boden geht, ist der Kampf aus."

Gabriel stieg vom Sitz und trat vor mich hin. "Streck deine Hände aus!"

Er zog mir die Boxhandschuhe an und schnürte sie zu.

"Eines Tages gibt's kein Land, das ich nicht kenne", schrie ich.

Gabriel hörte nicht hin. "Bist du bereit?" forderte er.

"Macht, was ihr wollt", sagte ich.

Als die Boeing auf dem Weg nach Australien zur Zwischenlandung den Flughafen Dum Dum anflog, war es vor allem die leidenschaftliche, zwei Jahrzehnte alte Behauptung, ich würde eines Tages auch Indien erleben, die mich das Risiko eingehen ließ, den Anschluß nach Singapur zu verpassen.

Kalkutta!

Kurze, stürmische Berührung, und dann: Ein Haufen Bettler belagerte mich und wollte mich nicht loslassen, die Abfälle stanken in der Sonne, ein weißer Ochse stand wiederkäuend mitten im Verkehr und spritzte seinen Urin auf die Straße, Schuster saßen in Torbögen und flickten Sandalen, ich sah den alten bärtigen Schlangenbeschwörer mit dem Turban, und eine lange, dünne Schlange ringelte sich um seinen Hals und den linken Arm, andere Schlangen wanden sich aus den Krügen.

Mir schien, als sei ich schon hier gewesen, vor langer, langer Zeit war ich schon in Kalkutta gewesen, das Treiben dieser Stadt war mir nicht neu, nur die Symbole europäischer Zivilisation überraschten mich: Bürogebäude, Kaufhäuser, Handelshäuser, internationale Banken, Leuchtreklamen. Barfüßige Kulis zogen Rikschas, die Basare waren überfüllt, im Hafen wiegten sich die Holzdschunken, ausgemergelte Männer schleppten Lasten, die größer als sie selbst waren, über Stege, sie schwitzten und keuchten in der Sonne, Frauen trugen schwere Obstkörbe auf dem Kopf, und in Torwegen kauerten zerlumpte Obdachlose. Ich sah

Ochsenkarren im Gewühl der Straßen und herrenlose Kühe, und alles gehörte längst zu meiner Erfahrung.

Da ließ ich mich, um Unbekanntes zu erleben, weit jenseits der Stadtgrenze zu einer Kultstätte am Ganges bringen, wo die Toten dem Feuer übergeben werden, zu einem Platz unterhalb eines Tempels, wo von Scheiterhaufen Rauch aufstieg und die Asche der Toten an eine Steinmauer geschüttet wurde. Räudige Hunde schlichen gierig um den Platz, und auf der Erde hockten Männer und Frauen im Gebet, während Kulis die brennenden Körper im Feuer drehten. Ich sah, wie ein Leichnam mit dem Wasser des Ganges gewaschen wurde, sah die in der Sonne welkenden Blumen und wie der nasse Sari, in den die tote Frau gehüllt war, allmählich trocknete. Es wurde ein Mahl aus Reis, Milch und Butter zubereitet, sie preßten Nahrung in den starren Mund der Toten, legten ihr Goldstückchen auf die blinden Augen, und dann erhoben sie sich, schritten mit brennendem Schilfrohr um den Stoß, berührten mit den Fackeln ihr Gesicht und Haupt, ehe sie das Stroh entzündeten. Ich sah die bemalten Füße der Toten im Feuerschein, ihre bemalte Stirn, rot wie die Füße, den roten Saum des Sari, der sich rasch in den züngelnden Flammen verfärbte und zu Asche wurde, und überall ringsum schlugen die Flammen der Scheiterhaufen zum Himmel auf.

Ein Mann trug ein weißes Bündel zum Ufer, ein totes Kind wie zu erkennen war, vorsichtig stieg er in ein Boot und hielt das Kind so, als bedürfe es noch immer seines Schutzes. Der Ruderer löste das Boot. Sie trieben weit auf den Fluß hinaus. Dort, ganz sacht, ließ der Mann das tote Kind ins Wasser gleiten, das ihm heilig war, das allen Indern heilig ist – und was folgte, erlebte ich wie einen Schrei. Aus dem Himmel und durch den aufsteigenden Rauch schoß ein Geier auf das sinkende Bündel herab. Als ich wieder zum Fluß blickte, war der Vogel fort, der winzige Leichnam war fort, ein Tuchfetzen schwamm auf dem gelben Wasser, im Bug des Bootes saß der Mann, das Gesicht in den Händen.

Zwei Stunden später war ich wieder auf dem Flughafen. Die ohnmächtige Verzweiflung des Vaters aber, als der Geier schrie und mit gestreckten Krallen niederstürzte auf sein Kind, verfolgt mich bis heute.

Ich bin durch die Welt gereist, es gibt kein Land, das ich nicht kenne – unsinnige Prahlerei eines Unerfahrenen. Mit den Jahren jedoch, in Australien nach dem Krieg, begann ich zu erkennen, daß sich Hindernisse, die einer Reise im Wege standen, am ehesten beseitigen ließen, wenn ich die Reise als bereits verwirklicht darstellte. Dann mußte ich sie verwirklichen, um vor mir selbst zu bestehen, und oft entdeckte ich, daß ein so gefestigter Entschluß nicht ohne Wirkung auf andere blieb und mir geholfen wurde.

"Schon mal in Tahiti gewesen?" schrie der alte australische Schiffsheizer mir zu.

Er mußte schreien, wir standen unter der Tür des Schuppens weit weg von dem Gewerkschaftsobmann, der Schiffsnamen durch ein Megaphon rief. Über uns dröhnte der Verkehr auf der Hafenbrücke von Sydney, die Wände des Schuppens bebten von dem Lärm der Lastwagen, rasselnder Winden, heulender Schiffssirenen.

"Papeete", schrie ich zurück. "Vor paar Jahren. Auf einem französischen Postschiff, Juliette hieß der Pott, war hier in der Werft."

"Wie sieht denn die Heuer aus bei den Froschfressern?"

Ich zögerte, denn auf Tahiti war ich nie gewesen, außer durch Gauguins Bilder und ein Buch über ihn, in dem geschrieben stand: Auf Tahiti, im Zauber der tropischen Nächte, lebte er in leidenschaftlicher Harmonie mit allen Geheimnissen um sich herum, dort hörte er die zarte Musik seines bebenden Herzens und war endlich frei.

"Ich hab dich gefragt, was die Froschfresser zahlen!"

"Ich hab's für einen Shilling und freie Kost gemacht", brüllte ich, "und hatte verdammt zu tun, wieder nach Australien zu kommen."

"Einen Shilling und freie Kost!" Der Heizer hob die Brauen und spuckte aus. "Das mach' nicht noch mal, kein organisierter Seemann heuert für einen Hungerlohn an!"

"Aber immerhin, ich war in Papeete", sagte ich.

Der Heizer blieb verärgert. "Haste noch mal so einen Drall, dann warte auf die Fiona – die fährt zu den Fidschi Inseln, Suva, Lautoka, Labasa."

"Werd's mir merken."

"Kein Zuckerlecken", brüllte er, "und auf den Inseln ist das Bier pißwarm." Er grinste und raunte mir ins Ohr. "Und die Huren da unten am Hafen haben alle den Tripper!"

"Auf Tahiti", verstieg ich mich, "hatte ich eine, die war jung und sauber wie die Brandung des Meeres."

"Ha!" Der Heizer schüttelte sich vor Lachen. "Wo hast du das her? Möchte wetten, du bist noch nie in Papeete gewesen. Wie war das – Brandung des Meeres …"

"Ein Kohlentrimmer – Fiona!" hörte ich den Gewerkschaftsobmann durchs Megaphon rufen.

Obwohl ich sofort zur Stelle war, war ich nicht schnell genug. Drei Anwärter standen schon vor mir, und am Ende zählte die Reihe neun – alles kräftige, erfahrene Männer. Wie sollte ich gegen die bestehen? Ein halbes Jahr hatte ich über einer Schreibmaschine gehockt, und das sah man mir an. Während der Schiffsingenieur die Reihe abschritt und die Männer musterte, blickte ich starr geradeaus, meine Spannung wollte nicht weichen. Es war, als weigere sich ein Teil meines Ichs, die Hoffnung aufzugeben. Ich sah dem Ingenieur nach, und plötzlich schien mir, als zwängen ihn meine Blicke, den Schritt zu verlangsamen und keinen der Männer zu nehmen – er ging am siebten vorbei, am achten, am letzten, kehrte um und kam zurück in das Licht, das durch die Tür auf das obere Ende der Reihe fiel. Entschlossen sah ich ihm in die Augen. Er blieb stehen, hob die Hand und wies auf mich.

"Sie", sagte er, "kommen Sie mit!"

Bis heute weiß ich, daß er graue Augen hatte.

Männer aus Tonga, Samoa und von den Fidschi Inseln, Eingeborene, die wegen der streikenden Zuckerarbeiter die Arbeit verweigern, Polizeieinsatz im Hafen, Gummiknüppel sausen auf Köpfe und Schultern, Sirenen übertönen das Rauschen der Brandung und der Palmen im Wind, und später, vom Deck der Fiona, stürzt sich ein Fidschi ins Meer, schwimmt kraftvoll der Küste entgegen, auf die Grashütten am Strand zu, wo er gelebt hat und geboren ist – der Grat zwischen Erwartung und Wirklichkeit ist weit. Inseln in der Sonne: als Seemann, gekommen mit Seeleuten, erlebte ich wenig von dem, was ich erträumte, doch von dem wenigen ist mir alles geblieben, ist jene Nacht in Suva geblieben, als ich im Mangohain den Weg verlor.

Der Hirtenstar war verstummt, die Vögel schwiegen, schliefen im Blattwerk der Mangobäume. Still war die Nacht und dunkel, der Mond schwamm hinter Wolken, und die Sterne leuchteten unendlich fern. Ich konnte das Meer nicht hören und wußte keine Richtung mehr. Da tauchte zwischen den Bäumen eine Gestalt auf, ein Schatten, dunkler als die Nacht, ich wich zurück, und meine Furcht wurde zum Entsetzen, als ich eine Hand auf meinem Gesicht spürte – doch dann strich die Hand mir über die Stirn, die Augen und Wangen, über Hals und Schultern, fand meine Hand und umfaßte sie. Der Mann lächelte. Ich sah das kurze Aufblitzen der weißen Zähne, und ließ mich aus dem Mangohain über Weideland zu einem sichelförmig geschwungenen Strand führen. Der Mond trat zwischen den Wolken hervor, weißes Licht überflutete den Strand, sanft schwankten im Wind die Wipfel der Palmen. Das Rauschen der Brandung war jetzt nah und mächtig. Auf einem Platz zwischen den Grashütten hockten Fidschis im Sand, der Schein des Feuers lag auf ihren Gesichtern. Ich hörte weiche Stimmen zum Klang der Gitarren. Wieder verhüllten Wolken den Mond, Schatten fielen über die Küste, im Dunkel flammten rote Feuerzungen. Ich sah Männer und Frauen unterhalb des Feuers am Ufer tanzen. Man lud mich ein, am Essen teilzuhaben – Bananen und Ananasscheiben, frischer Fisch und gebratene Spanferkel. Das Trinkwasser war wie Wein, kühles Quellwasser in einem Bambusbecher. Ich kostete ihr Kawagetränk, und bald war mir, als verstünde ich alles: Talo, talo, trink. Noch einmal setzte ich die Kokosnußschale an die Lippen, meine Sinne waren wach für jede Einzelheit – Handbewegungen und Mienenspiel, Blicke, die mich musterten, das Lächeln eines Mädchens am Feuer, ihre geschickten Finger, die Bambusröhrchen mit Garnelen und aus grünen Blättern geformten Kügelchen füllten. Sie drehte die Bambusröhrchen mit Stöcken über dem Feuer und richtete die Garnelen und gekochten Blätter auf Holzplatten an. Durch einen Filter aus Farnblättern goß jemand Kawa in meine Schale nach. Ich trank davon. Bald erschlafften meine Arme und Beine, mein Körper erschlaffte, ich setzte mich, mit dem Rücken gegen eine Palme, und sah den Tanzenden zu. Dann aber war wieder jene Hand auf meiner Schulter. Ich stand auf, um die Tabua, den Walzahn, entgegenzunehmen und schob den Walzahn unter meinen Ledergürtel. Der Mann lachte. Tabua. Er war jung und stark und sein Handschlag kraftvoll. Talo, talo – mehr Kawa!

Das Mondlicht lag jetzt auf dem Wasser, die Spuren der tanzenden Füße im Sand verloren sich in der Brandung. Der Tanz währte bis in die frühen Morgenstunden. Wer war sie, wie hieß sie, wem gehörte die Frau, die mich einbezog und mit hellem Lachen in Worten zu mir sprach, die mir fremd waren und die ich doch verstanden habe?

Als die Sonne aufging, erhob ich mich von dem Lager in der Grashütte. Ich spürte keine Müdigkeit. Das Dorf schlief noch. Ich ging an den verlassenen Strand und schwamm der Sonne entgegen, hinter mir die Kette grüner Berge. Die Brandung trug mich ans Ufer zurück. Der Mangohain jenseits der Palmen lag dunkel im Schatten. Ich hörte den Hirtenstar, und im Hain flatterten Vogelschwärme auf. Und habe ich auch den Walzahn verloren, die Erinnerung an jene Nacht wird bleiben.

Es gab Reisen, die ich tun wollte und niemals tat, weil ihr Zauber schon vorher zerstört war, und es gab eine Reise, die ich lange hinausgeschoben habe: Japan! Heute, da ich die Gründe meines Zögerns aufs neue prüfe, weiß ich: Was mich als jungen Soldaten gehindert hatte, mich zum Dienst im fernen Hiroshima zu melden, war eine Kette von Ereignissen, die sich in einem australischen Militärkrankenhaus kurz nach der Zerstörung dieser Stadt zutrugen.

Als die Bombe gefallen war, verschlechterte sich Unteroffizier Adams Zustand. Alpträume quälten ihn, seine wilde Gegenwehr hielt den Krankensaal wach, und schließlich verlegte man ihn auf ein Einzelzimmer. Doch er beschäftigte uns auch weiter, wir sorgten uns um ihn, wollten nicht, daß er isoliert und auf sich allein gestellt blieb. Wir überredeten unseren Krankenwärter, bei Oberst Levy, dem Psychiater, ein Wort für Adams einzulegen, und einige Tage später war er wieder bei uns – in sich gekehrt wie zuvor und kaum ansprechbar.

"Was dir passiert ist, hätte jedem von uns passieren können", sagte Feldwebel McTavish zu ihm, "und der Teufel weiß, ob es uns dann besser ginge als dir."

Adams gab keine Antwort. Er blickte McTavish aus tief eingesunkenen Augen abwesend an. Endlich bewegten sich seine Lippen, als versuchte er zu sprechen, dann preßte er die Lippen wieder zusammen. Er wandte sich ab und hielt seinen Kopf, als quälte ihn ein unerträglicher Schmerz. Wir sahen seine Schultern beben. Plötzlich fuhr er herum und sprach uns an: "Wenn ich wieder im Schlaf schreie, schlagt mich tot, schlagt einfach zu, bis ich verstumme!"

Zwei Nächte schlief er wie betäubt – die Medikamente, die man ihm gegeben hatte, wirkten. Er stöhnte nur von Zeit zu Zeit, und auch die dritte Nacht schien ruhig vorbeigehen zu wollen. Doch dann, beim ersten Morgengrauen – Adams schrie! Wir richteten uns in unseren Betten auf, seine Schreie klangen wie tierische Laute. In dem grauen Licht des Morgens sahen wir, wie er sich die Seite des Gesichts hielt, auf der ihm das Ohr fehlte, wir sahen ihn die Hände an die Kehle pressen und sie dann wie gegen einen brutalen Angriff zwischen die Beine schieben. Und er schrie und schrie. Seine Beine schlugen aus, und mit einem langen, furchtbaren Stöhnen, die Hände noch immer in der Leistengegend, brach er zusammen.

"Lew!" schrie er gellend. "Davey, Bluey, Jack!"

Jemand hatte die Lampen eingeschaltet, das Licht wurde grell von den weißen Wänden, den weißen Vorhängen und weißen Betten zurückgeworfen. McTavish beugte sich über Adams, der ausgestreckt dalag, die bleiche Haut glänzte von Schweiß. Seine Lider flatterten. Als McTavish ihm die Hand auf die Stirn legte, starrte er ihn mit irrem Blick an.

"Sie sind tot, und ich hab' sie umgebracht", sagte er.

McTavish seufzte. "Das waren die Japs, die verdammten Mörder!"

Adams drehte den Kopf weg, um der Berührung von McTavish auszuweichen. "Nein", schrie er. "Nein!"

"Du hast niemand verraten", sagte McTavish.

"Lew und Davey und Bluey und Jack", flüsterte Adams, "ich hab' nach ihnen geschrien, und sie haben sich durch den Dschungel gekämpft, um mir beizustehen. Und in der Lichtung wurden sie in Stücke gehauen – meinetwegen!"

"Der Krieg ist aus", sagte McTavish.

In Adams' Augen zeigten sich Wut und Wahnsinn, er setzte sich auf und packte McTavish. "Sie waren die besten Kumpels, die einer haben kann!" schrie er.

McTavish riß sich los. "Dann denk an die Bombe", sagte er. "In Hiroshima, da haben diese gelben Hunde für alles gebüßt!"

Wir hatten uns um Adams' Bett versammelt, standen barfuß und fröstelnd in der Morgenkälte und stimmten McTavish zu. Nur Adams hatte sich herumgeworfen und schluchzte trocken. Es war, als betrauerte er über den Tod seiner Kameraden hinaus eine weit schrecklichere Katastrophe – eine, die ich erst Jahre später zu ermessen begann, auf dem Weg nach Kyoto und in Kyoto selbst.

An diesem Abend fand ich die Kreidestriche nicht wieder, die ich immer dort zog, wo ich abbog. Die Straßen, die Gassen, die Häuser von Kyoto glichen einander, ich irrte durch ein Labyrinth von flachen Holzbauten mit Schindeldächern, und in dem schwarzen Himmel schwamm ein gelber Mond. Geishas huschten aus Türen, und das Klappern ihrer Holzsandalen verhallte in der Finsternis. Ich irrte an Teehäusern vorbei, die Stimmen und das Lachen drinnen schienen mich zu verspotten. Am Ende einer Straße fand ich meinen Weg durch einen Kanal versperrt. Da wußte ich, daß ich mich weit von meinem Gasthaus entfernt hatte. Über dem Kanal sah ich kleine, mit Lampions behängte Brücken, die sich in dem träg dahinfließenden Wasser spiegelten. Aus den Bars auf der anderen Seite wehten Klänge einer fremden, für mich sehr fremden, Musik herüber. Dort war es noch belebt, aber mich trennte von den Menschen mehr als das Wasser. Als ein einsamer Flötenton die Musik durchdrang und ich in die Richtung schaute, entdeckte ich einen alten Mann mit einer Schiebkarre. Er war schon an mir vorbei, als mir aufging, daß er Suppe feilbot. Schließlich, lange nach Mitternacht, fand ich mein Gasthaus wieder – ein Junge hatte mir auf Geheiß eines Polizisten den Weg gewiesen.

Die Schuhe in der Hand, schlich ich über den Flur in mein Zimmer. Drinnen brauchte ich kein Licht – die Papierwand zum Zimmer nebenan ließ einen matten Lichtschein durchschimmern. Ich fragte mich, warum mein Nachbar nicht schlief, oder hatte er bloß das Licht angelassen. Jetzt aber bewegte er sich. Ich hörte ein

Husten, und von dem Geräusch erwachten Sumiko und Chibiko, die Zimmermädchen, die auf meine Rückkehr gewartet hatten und dabei eingeschlafen waren. Sie grüßten mich mit Freudenschreien, und dann machten sie mir mein Bett auf dem Fußboden – breiteten die gefütterte Unterlage auf der Tatamimatte aus und legten das kleine harte Kopfkissen und die Wolldecken dazu. Sie zeigten auf die Wand und erklärten mir in drolliger Nachahmung des Englischen, daß nebenan Yamoshiro-san nicht mehr allein sei. Seine Enkelin, ein Mädchen von zwölf Jahren, sei aus Hiroshima zu ihm gekommen.

Durch die Wand konnte ich ein regloses Bündel erkennen, wohl das schlafende Mädchen.

"Kommt auch der alte Mann aus Hiroshima?" fragte ich.

"Haj dozo. Beide aus Hiroshima. Yamoshiro-san jetzt sehr froh."

"Schön für ihn", sagte ich und verabschiedete die Mädchen. Sie schienen nicht zu begreifen, das Lächeln wich nicht von ihren runden Gesichtern. "Haj", riefen sie wieder, doch schließlich zogen sie sich zurück.

Es dauerte, bis ich einschlafen konnte: Das Licht störte mich, der Lichtschimmer – warum bloß ließ der Alte das Licht an?

McTavish, der die Bombe guthieß, und ein australischer Unteroffizier, der im Krieg ein Ohr verlor und den die Japaner entmannt hatten, Adams der Leidende, den fremdes Leid, den die Zerstörung von Hiroshima, das Auslöschen einer feindlichen Stadt erschütterte, das Licht im Nebenzimmer des Gasthauses von Kyoto, die Reise von Tokio nach Hiroshima, die ich vorzeitig abbrach – all das führt mich heute in diese Stadt, und auch die Erinnerung an Akira Takayama, dem ich im Zug begegnete, führt mich dorthin.

Er sprach von seiner Frau, sein Gesicht war unbewegt, aber die Hand, die ihr Foto hielt, zitterte.

"Sie war schön, schön wie ihre Stimme. Aber als sie starb, war auch ihre Schönheit dahin. Sie war verdorrt, wog weniger als ein Kind, und bläuliche Flecken bedeckten ihre Haut am Körper und im Gesicht. Ihr prächtiges Haar war ausgefallen bis auf ein paar dünne Strähnen, und als man sie forttrug, schwebten auch die zu Boden."

Akira Takayama hielt inne, ich spürte seine Einsamkeit und Verbitterung.

"Wissen Sie", fuhr er leise fort, "ich hatte sie überredet, Tokio zu verlassen, weil ich Angst hatte, sie könnte dort Schaden nehmen. Es hatte viele Luftangriffe auf Tokio gegeben. Ich wollte, daß sie davon verschont blieb, und schickte sie nach Hiroshima, wo nie Bomben gefallen waren."

Der Zug rollte zwischen sanften Hügeln und durch die Kiefernwälder zu Füßen des Fudschijama, dessen Schneekuppe weithin sichtbar war. Die sinkende Sonne warf einen blauvioletten Schimmer auf die winterliche Landschaft. Mit schnellen Pinselstrichen malte er Buchstaben auf einen Bogen Seidenpapier, und mit einer Verbeugung überreichte er mir die Worte: Die Wasser sind klar, die Hügel sind blau.

"Als die Bombe gefallen war", sagte er, "trottete ein erblindetes Pferd durch das verwüstete Land, ein haarloses Tier mit langem Schädel, an dem das Blut geronnen war. Weiter und immer weiter trottete es mit schwachen Hufschlägen, und es stolperte, wenn es gegen ein Hindernis stieß. Dann schnaufte es durch geblähte Nüstern und floh über Leichen und Verletzte, die in den Straßen lagen, und suchte den Stall. Wo das Pferd geblieben ist, weiß niemand zu sagen."

Aber dies weiß ich, und es ist die Wahrheit, ist kein Produkt der Phantasie, wie alles, was ich vor mehr als sechs Jahrzehnten im englischen Internat von mir gab: Das Mädchen aus Hiroshima lachte, ihre Haare flogen, ihre Röcke flogen im Wind, als die Schaukel sie hoch hinaus trug über den kleinen Springbrunnen, den Teich, die Steine im Garten von Kyoto. Im Wasser des Teiches spiegelten sich lichte Wolken, und weit hinter dem Mädchen auf der Schaukel glänzte im Morgenlicht die Kette schneeiger Berge. Doch sie sah die Berge nicht und nicht den Springbrunnen und den Teich, es gab nichts, das sie sehen konnte, obgleich ihre Augen weit geöffnet waren. Denn ihre Augen waren weiß und kannten nur Dunkelheit. Sie lachte, und ihre Haare flogen im Wind, und die Schaukel schwang im weiten Bogen. Am Rande des Teiches tastete sich der alte Mann zu ihr hin. Er schlug im Gehen mit der Stockspitze gegen die Steinumrandung. Sein Gesicht war zerfurcht, er war kahlköpfig, und ihm fehlten die Augenbrauen. Als die Sonne in sein Gesicht schien, wandte er es nicht ab. Seine Augen blieben offen, denn auch seine Augen waren die weißen, toten Augen von Hiroshima.

Manhattan Landfall

Noch lange nachdem er das Rauchen aufgegeben hatte, trug Markus eine prall gefüllte Zigarettenschachtel mit sich herum – Marke Peter Stuyvesant, und die zeigte er dem Taxifahrer am Kennedy Airport. Irgendwo in Manhattan müsse es doch ein Hotel mit dem Namen dieses New Yorker Stadtvaters geben. Der Fahrer zuckte bloß die Achseln, und was er dachte, war ihm anzusehen: Stiehl mir nicht die Zeit, Mann!

Er aber bestand auf der Annahme und tatsächlich, der City Guide, den der Fahrer widerwillig durchblätterte, gab ihm recht – ein Hotel Peter Stuyvesant existierte und erwies sich als ein solider Altbau in zentraler Lage am Central Park, der ihm beim ersten Blick gefiel. Beim zweiten kamen ihm Bedenken. Durch die Glasscheibe des Foyers waren Polizisten zu sehen, und in Sichthöhe bei der Drehtür ein Warnschild: THIS IS A RAIDED PREMISES – POLICE DEPARTMENT, CITY OF NEW YORK.

"What now?" fragte der Fahrer.

Markus schwieg, dann aber überwog die Neugier, er bat den Fahrer zu warten und betrat das Hotel. Unter den abschätzenden Blicken der Polizisten drang er bis zum Empfangschef vor, und als er sich nach einem Zimmer erkundigte, winkte der Mann ihn zum Ende der Theke. "Machen Sie den Anfang, Sir", raunte er. "Es soll Ihr Schade nicht sein!" Das Haus stünde leer, und die besten Apartments seien ab sofort für einen Bruchteil von dem zu haben, was sie gestern noch kosteten. Er lehnte sich vor und erklärte gedämpft: "Call girls – hier ist ein Call Girl Ring aufgeflogen."

"Ziehen Sie nur ein, Sie werden es nicht bereuen," versicherte er.

Markus ließ sich die Preise nennen – die Monatsmiete für ein Apartment mit Parkblick hätte normalerweise keine Woche gereicht. Das erkennend, zögerte er nicht, zahlte auf der Stelle und holte seinen Koffer aus dem Taxi.

"Fell on your feet – eh?" fragte ihn der Fahrer.

Dazu schwieg er – man konnte nie wissen! Doch als er sich bald darauf in der prächtig ausgestatteten Zwei-Zimmer-Bleibe umsah, über den Park hinweg den Blick über die New Yorker Skyline schweifen ließ, gab er dem Fahrer recht: auf die Füße gefallen, tatsächlich! Er ließ sich im Polstersessel nieder, zog aus der Brusttasche die Schachtel mit den Peter Stuyvesants – und gönnte sich, entgegen aller Vorsätze, eine Zigarette. Für den Anfang war dies ein Fest!

Pfandleihe

Ihm fehlte sie sehr bald, wie konnte er nur seine Schreibmaschine in Berlin zurücklassen! Kaum eingerichtet im Hotel Peter Stuyvesant, ausgeruht nur für kurze Zeit, machte er sich auf die Suche nach Ersatz. Es war spät inzwischen, schon dunkel, ein kalter Februarabend, und der kleine Mann in der Pfandleihe auf der 7. Avenue war gerade dabei, den Laden zu schließen.

Er klopfte an die Scheibe, der Mann blickte auf und mußte die Dringlichkeit gespürt, ja Vertrauen gefaßt haben, denn er ließ ihn ein. Ja, Schreibmaschinen seien vorhanden, zum Verkauf, zum Verleih – woher er denn käme, und ob er ein Schreiber sei.

"Aus Übersee", sagte Markus, und ja, er lebe vom Schreiben.

"Wird man sich doch nicht trennen von der Schreibmaschine, wenn man muß davon leben", erwiderte der Pfandleiher.

Er sprach mit jiddischem Tonfall, und gleich war er ihm nah – näher noch als die Telefonistin im Hotel oder der schwarze Fahrstuhlführer, die beide freundliche Worte für ihn hatten, ein Lächeln auch, das nicht mehr wollte als ein Gegenlächeln. Keine sechs Stunden war er in New York, und schon fühlte er sich angekommen, angenommen. Hier, in der Pfandleihe von Samuel Cohen, sogar ein wenig geborgen.

"Es war ein Fehler", gab er zu.

"Wird man ihn müssen gutmachen den Fehler", sagte der Pfandleiher.

Er schien plötzlich Zeit zu haben. Sorgfältig schloß er die kleine Pforte wieder auf, die durch die Theke ins Innere des Ladens führte, dessen Regale gefüllt waren mit Hausrat, den die Besitzer für ein paar Dollars umgesetzt hatten – auch Schreibmaschinen.

"Werden alle haben ihre Geschichten", sagte Samuel Cohen nachdenklich. "Arme Schreiber, verzweifelte Schreiber, Schreiber ohne Hoffnung – und Sie, Sie haben Hoffnung?"

Mit seinen achtunddreißig Jahren war Markus längst kein Anfänger mehr, aber seine Träume waren noch jung. Bald würde er etwas schreiben, das ganz seins war und ihm den Durchbruch brachte, den großen Erfolg.

"Muß man haben, Mr. Cohen."

"Singer", sagte der Pfandleiher, "Malamud, Bellow, Miller und Mailer, und jetzt der junge Roth – alles Schreiber, alles Juden, und alle werden gehabt haben die Hoffnung. Ist schwer, aber Sie dürfen nicht verlieren die Hoffnung. Werde ich Ihnen lassen diese Maschine."

Ihm schien es wie ein Wunder, als der Pfandleiher unter all den Maschinen die Schwester seiner in Berlin zurückgelassenen herausgriff, eine Hermes Baby, grau und schadlos und gut in Pflege.

"Ein Dollar pro Tag – Sie werden das können zahlen?"

"Werde ich und will ich", sagte er und legte dreißig Dollar auf die Theke.

"Sie haben ein Gesicht, ein gutes Ponem", sagte Samuel Cohen. "Werde ich Ihnen wünschen Glück und nicht verlangen Pfand."

Er fragte nicht, wo genau Markus wohnte, ließ sich keinen Ausweis zeigen, und obwohl dreißig Tage später die Arbeit an Manhattan Sinfonie noch nicht getan war, ging Markus pünktlich zur Pfandleihe und legte die Hermes Baby auf die Theke.

"Sind Sie geworden fertig?" frage der Pfandleiher. Markus verneinte. "Was bringen Sie zurück die Maschine, wenn Sie sind nicht fertig?"

"Daß Sie nicht denken, Sie haben gemacht einen Fehler", erwiderte er lächelnd. Samuel Cohen schien der Tonfall zu gefallen, denn jetzt lächelte auch er.

Loyal American

"Well now, what a surprise!"

Seit Tagen schon hatte sich die Hoteltelefonistin im Peter Stuyvesant um die gewünschte Verbindung bemüht – zu viele Epsteins, auch Edgar, waren im Manhattan Directory aufgelistet. Endlich aber konnte Markus dem Vetter, Sohn des Bruders seines Vaters, die Ankunft mitteilen. Nein, nicht aus Australien, sondern aus Ostberlin wäre er angereist – unbefangen erklärte er die Zusammenhänge. Edgar reagierte kühl. Seine Antwort klang gedehnt.

"Ein Treffen – nun, warum nicht", hörte Markus ihn sagen. "Am besten in meiner Praxis. Morgen um elf Uhr fünfundvierzig. Paßt das?"

"Nun dann – elf Uhr fünfundvierzig", erwiderte Markus ebenso kühl.

Die Bürogebäude zu beiden Seiten der Straßenschlucht von Madison Avenue ragten in die Wolken. Wieder war es ein kalter, windiger Morgen, und Markus schritt schnell aus bis hin zu dem Haus, an dessen Marmorfassade die gesuchte Nummer in goldenen Ziffern prangte. Ein Schild in der Empfangshalle verwies auf Expreßfahrstühle und, *swift as an arrow*, gelangte er zum zweiundsiebzigsten Stockwerk, wo nach kaum spürbarer Landung die Tür sich auf einen in sanftes Licht getauchten Vorraum öffnete, dessen pastellfarbene Wände erlesene Gemälde zierten. Eine dezent geschminkte Empfangsdame, blond und vornehm in schwarz gekleidet, bat Markus in einem der Ledersessel Platz zu nehmen. Mr. Epstein sei noch verhindert – "sorry to say – so sorry indeed." Sie zeigte sich informiert über Markus' Kommen, auch über sein Woher: "Berlin, how interesting", und wie fast alle Amerikaner, denen er bislang begegnet war, fragte sie, was man in Europa zu dem furchtbaren Geschehen in Dallas sage. Sie wartete die Antwort nicht ab, denn just dann begannen auf dem Empfangstisch die beiden Telefone zu läuten.

Bei gedämpfter Musik aus unsichtbaren Lautsprechern, Zeitschriften durchblätternd, die voll Widersprüchlichem über das Attentat waren, Moscow Connection, Cuban Connection, ein besessener Einzeltäter, verging Markus schnell die Zeit. Immer mal wieder öffnete sich die Fahrstuhltür und, wie damals im Krieg auf dem Bahnhof in Sydney, wo der Zufall sie zusammengeführt hatte, sie beide Soldaten, Edgar ein *walking wounded american GI*, erkannte er den ergrauten Fünfzigjährigen in dem tadellosen Nadelstreifenanzug, der mit ausgestreckter Hand auf ihn zukam, zunächst nur an dem überlegenen Lächeln. Edgar warf das Haar aus der Stirn, wobei die Narbe jenes Streifschusses sichtbar wurde.

"Welcome in America, in these most tragic times."

Sehr bald aber – sie saßen sich inzwischen in dem solide eingerichteten Sprechzimmer gegenüber – gefror Edgar das Lächeln und so, als hätte er seit dem gestrigen Telefongespräch alle Familienbande gekappt, kehrte er unversehens den Anwalt heraus und machte Markus zum Angeklagten. Eindringlich musterte er ihn durch seine randlose Brille, lehnte sich vor und schaltete das Tonbandgerät auf seinem Schreibtisch an. Die Spulen begannen zu rotieren.

"Was soll das, Edgar?"

"Schlimme Zeiten – safety first. Alertness, weißt du. Wachsamkeit."

Allein schon, daß der Vetter amerikanische mit deutschen Redewendungen mischte, verstimmte Markus – sprachen sie nicht beide Deutsch und Englisch fließend. Und obendrein das Tonbandgerät! Längst war Markus klar, warum Edgar ihn in die Praxis und nicht zu sich nach Hause gebeten hatte.

"Schalte bitte das Gerät aus."

"Was hast du zu verbergen?"

"Stell es ab, Edgar."

Noch immer sah der Vetter ihn unentwegt an, Anwaltsblick hinter blitzenden Brillengläsern, und machte schließlich seine Bedenken über die Einreisekontrollen am Kennedy Airport deutlich.

"Solltest du dort dein Domizil und die Zeitung verschwiegen haben, in deren Auftrag du hier bist, gut möglich mit australischem Paß, werde ich die notwendigen Informationen nachliefern. Du verstehst, das ist meine Pflicht."

"Erspare mir, dazu was zu sagen."

"Gern. Solange noch offen ist, warum eigentlich du hier bist – von der Zeitungsarbeit mal abgesehen."

Markus schob den Kaffee von sich, der serviert worden war, stand auf und ging zur Tür. Der Vetter kam ihm jetzt befremdlich fremd vor, feindlich gar, und da fiel ihm eine Antwort ein, die – das hoffte er geradezu – das Tonbandgerät noch festhalten würde.

"Wie sie doch dem Geiste gleichen, den sie vertreiben wollen."

Er sah Edgar das Gerät abschalten, zum Telefon greifen und eine Nummer wählen, doch was er in die Muschel rief, hörte er schon nicht mehr – er hatte die Sprechzimmertür hinter sich geschlossen.

ARBEITSLOS IN MANHATTAN

Markus wollte es wissen, und so war er an jenem Morgen noch vor Tagesanbruch zur Warren Street aufgebrochen. Trotz der frühen Stunde war er spät dran. Vor ihm hatten sich schon viele auf den Weg zum Arbeitsamt gemacht, Schwarze fast alle, waren die ausgehöhlten Steinstufen hinauf durch den Eingang gelangt und belagerten das triste, mehrstöckige Haus, streunten durch die Korridore, die dunkel gefliest und schlecht beleuchtet waren, hockten auf Bänken unter den Tafeln mit Stellenangeboten und warteten. Über allem lastete Schweigen, die Männer blickten einander kaum an, und wenn irgendwer von Markus Notiz nahm, dann mißtrauisch: Was will der hier, wo kommt der her?

Sehr bald schon hatte sich seine Vermutung bestätigt: Selbst hier galt er als Weißer mehr. Er hätte nur zu lügen, nur dem feisten, an seiner Zigarre kauenden Arbeitsvermittler, der ihn außer der Reihe mit einem Kopfnicken herbeigewinkt hatte, große Tellerwäschererfahrungen vorzugaukeln brauchen, "yes, Sir, auch auf Schiffen hat's Geschirrspülmaschinen gegeben, damit kann ich umgehen!" und er wäre dem Schwarzen, der vor ihm befragt worden war, vorgezogen worden.

Bis er, vorbei an den Polizisten, wieder auf die Straße trat, hatte sich die Erfahrung mehrfach wiederholt: Packer, Hilfsarbeiter, Sandwich Man – ihn hätte man allein schon dafür eingestellt, daß er weiß und sauber angezogen war. Dabei konnte er nicht einmal mit Sicherheit sagen: Trägt ein Sandwich Mann Plakate auf Brust und Rücken durch die Straßen oder schneidet er Brote für Imbißstuben. "Sandwich Man, Sir – das mach ich!" Mehr wäre nicht nötig gewesen – als Weißer hätte er auch diesen Posten ergattert.

Über der Warren Street wirbelte jetzt Schnee. Schneidender Wind trieb ihm die Flocken ins Gesicht, und obwohl es inzwischen hell war, machte er nur verschwommen die sich nähernden Gestalten in dem weißen Wirbel aus – bald würden auch sie, wie zuvor die anderen, mit suchendem Blick die Stellenangebote prüfen und dann in stumpfer Ergebenheit gegen die Wände der Korridore gelehnt oder auf den Bänken hockend den Aufruf abwarten – Tellerwäscher, Hilfsarbeiter, Packer, Sandwich Man ...

Als er wenige Tage später in dem zerlumpten Obdachlosen, der in frostiger Nacht auf dem Rost vor Macys Warenhaus in der aufsteigenden Warmluft lag, den Schwarzen erkannte, der statt ihm als Tellerwäscher eingestellt worden war, fragte er ihn, was daraus geworden sei. Der Mann sah kurz zu ihm hoch, spuckte aus und wandte sich ab.

A Spell at Sloppy Joe's

Noch immer fegten eisige Winde durch die Wolkenkratzerschluchten, und Markus war froh, wenige Schritte vom Ausgang der Untergrundbahn unterschlüpfen zu können – auch wenn es nur eine Spelunke war, schmal und düster wie ein Hausflur, zwischen einer Pfandleihe und einem Elektroladen. Drinnen plärrte blechern ein Musikautomat. Für wen, war nicht klar, denn Kunden fehlten, und der Wirt hinter der Theke, ein rundlicher Mann in einem schmutzigen Kittel, döste in sich zusammengesunken auf einem Hocker. Erst als Markus auf die Theke klopfte, blickte er hoch und fragte nach.

"Was Heißes, das in die Knochen geht."

Der Mann zapfte eine Tasse Kaffee aus der Maschine und kippte Whisky dazu.

"Macht zwei Dollar."

Markus zahlte, und der Wirt ließ wortlos die Kasse klingeln. Das Getränk wärmte auf, und bald fühlte er sich wohler, zumal auch der Musikautomat verstummt war. Von der Theke her konnte er den dichten Verkehr von Autos und Lastwagen beobachten, der langsam über die vereiste Fahrbahn rollte. Nur vereinzelte Fußgänger trotzten dem Wetter. Vornübergeneigt gegen den Wind, kämpften sie sich den Bürgersteig entlang, und keiner schien die ungelenke Schrift auf der Fensterscheibe auch nur zu bemerken: TAKE A SPELL AT SLOPPY JOE'S

"Lausige Kasse bei dem Hundewetter", sagte der Wirt.

Der alte Mann im dunklen Hut und Mantel, der jetzt vor dem Fenster stehenblieb, zögerte noch. Er lugte hinein, das hohlwangige stoppelige Gesicht an die Scheibe gepreßt, und es dauerte, bis er die Tür aufstieß und eintrat. Hinter der Tür wartete er, bis sich der kleine struppige Hund, der ihm gefolgt war, in einer Ecke verkrochen hatte.

"Keine Bange", murmelte er zum Wirt, während er sich in die Hände blies und mit den Füßen stampfte. "Wollen uns bloß ein bißchen aufwärmen – mein Hund und ich. Draußen ist's kalt."

Der Ausdruck des Wirts verfinsterte sich. "Wüßte nicht, daß hier ein Asyl ist."

Der Alte klaubte einen zerknüllten Dollarschein aus der Manteltasche und legte ihn auf die Theke.

"Das langt doch – oder?"

"Kommt drauf an."

"Hätte gern ein Stück rohes Fleisch."

"Ist nicht drin", sagte der Wirt.

"Na dann 'nen heißen Schluck."

"Sonst noch was?"

Der Alte wiederholte dumpf seine Bitte um Fleisch. Der Wirt nahm den Dollarschein, glättete ihn, hielt ihn gegen das Licht über der Theke und steckte ihn dann weg. Er ließ siedendes Wasser über den Teebeutel im Glas laufen. Dem Alten das Glas herüberreichend, sah er den Hund auf dem Schemel neben ihm.

"So nicht!"

Der Alte strich dem Hund über den Kopf. Das Tier hob die Schnauze und winselte wohlig.

"Ist ein guter Hund."

"Mag sein," sagte der Wirt. "Bloß paßt's mir nicht, wo er die Pfoten hat."

Der Alte zog eine Zeitung unter seinem Mantel vor, faltete sie und schob sie unter die Pfoten des Hundes.

"Besser so?"

"Jetzt hockt er wohl auf Ihrem Hemd?"

"Besser 'ne Zeitung als gar kein Hemd," sagte der Alte und knöpfte seinen Mantel bis zum Kragen zu.

"Nun hören Sie mal gut hin", erwiderte der Wirt. "In fünf Minuten sind Sie und Ihr Köter hier weg."

"Und was ist mit dem Fleisch für den Rest von meinem Dollar?" fragte der Alte leise.

Der Wirt holte scharf Luft, dann aber öffnete er den Kühlschrank, wobei ihm der Hund aus schwarzen Knopfaugen beobachtete. Er schnupperte und jaulte.

"Der frißt vom Boden oder gar nicht!" sagte der Wirt.

"Wäre schön, wenn Sie das Fleisch noch ein bißchen zerschneiden könnten", bat ihn der Alte. "Und auf'n Pappteller legen."

Er hielt die Hände um das heiße Glas, trank nicht, ließ das Glas nicht los, bis der Wirt das Fleisch zerschnitten und auf einen Pappteller gelegt hatte. Er nahm den Teller und setzte ihn auf den Boden. Der Hund sprang vom Schemel, verschlang das Fleisch und blickte hoch.

"Das wär's", sagte der Wirt mit Nachdruck. "Zeit ist ab!"

"Ist ab, ich weiß", bestätigte der Alte.

Er trank den Tee aus, öffnete den Mantelkragen wieder, nahm die Zeitung vom Schemel und schob sie unter den Mantel. Dann bückte er sich nach dem Hund. Den Hund im Arm, drückte er mit der Schulter die Tür auf und schlurfte auf die Straße hinaus. Einen Augenblick lang stand er unentschlossen da, überquerte schließlich die Straße und verschwand.

"Sachen gibt's!" sagte der Wirt.

Markus zeigte auf die Spiegelschrift an der Fensterscheibe. "Mach mal Pause bei Sloppy Joe – ist wohl nicht so weit her damit?"

"Wo nichts ist, ist nichts zu holen", sagte der Wirt.

Markus zahlte, stand auf und ging hinaus in den frostklirrenden Februar von New York.

TRAMPING

Plötzlich kniet der Schwarze, ein mächtiger Mann mit kahlem Kopf, am Straßenrand, hebt wie im Gebet die Hände zum Himmel bis – tatsächlich! – zwischen all den vorbei brausenden Autos ein alter Packard die Fahrt verlangsamt und scheppernd anhält. Da erst läßt der Schwarze die Hände sinken und rafft sich hoch. Markus hört ihn etwas rufen, die Tür des Packards fliegt auf, der Schwarze winkt Markus vor dem Einsteigen noch zu, und ehe er die Tür hinter sich zugeworfen hat, fährt der Packard los und verschwindet im Verkehr.

Zwei Stunden schon hatte Markus erleben müssen, daß kein Fahrer ihn auch nur eines Blickes würdigte, sie alle darauf ausgerichtet waren, die Ampeln am New Jersey Turnpike abzupassen, ohne auch nur zu erwägen, für irgendwen anzuhalten.

Zwei ganze Stunden lang ...

Und dann war dieser Schwarze vom Trittbrett eines Lasters abgesprungen und auf Markus zugelaufen. Wie selbstverständlich – *rules of the highway* – hatte er sich vor Markus postiert, und weil das der ungünstigere Platz war, wild mit dem Daumen zu winken angefangen, und als das nicht verfing, hatte er die Fahrer kniend angefleht ...

Es hatte Markus gelehrt, daß hier nur bitterste Notwendigkeit zum Erfolg führt – was, mußte er sich fragen, war wirklich notwendig an seinem Aufbruch nach Louisiana? Ein trampender Reporter, absurd im Grunde. Den eisigen Temperaturen New Yorks wäre auch anders auszuweichen gewesen, weniger abenteuerlich. Bei dem Schwarzen aber mußte es auf Leben und Tod gegangen sein. Was Wunder, daß er selbst zu einem immer lascheren Tramper geworden war.

Wie lange noch ...

Der Winterwind fegte ihm um die Beine. Er fror und wünschte sich ins Peter Stuyvesant zurück, als plötzliches Sirenengeheul ihn aufschreckte. Von weither sah er das Blaulicht blinken, und bald schon bremste der Trooper von der Highway Patrol am Straßenrand. Leise heulend verstummte die Sirene. Nur das Warnlicht blinkte weiter. Mit langen Schritten kam der Polizist auf ihn zu, baute sich vor ihm auf und setzte ihm den Finger auf die Brust. Ob er lebensmüde sei, wollte er wissen: "Hey man, let on – are you tired of life?"

Markus schwieg.

"Woher, wohin, wozu?" fragte der Mann und Markus' Antwort machte ihn stutzig. "New Orleans – what d'you know!" Er zeigte fernab in die sinkende Sonne. "Ein ziemliches Ende." Wieviel Dollars er denn für den kleinen Ausflug beisammen hätte.

Markus zögerte, ehe er ihm das sagte.

"Two hundred bucks", rief der Polizist. "Haut einen um!" Und was er danach von sich gab, hatte es in sich. "Hab schon Tramper erlebt, die waren plötzlich noch ärmer als vorher und hatten ein Loch im Hemd, wo nie eins war. Kapiert!"

Dieses fordernde "Kapiert!" klang Markus noch im Ohr, als längst der Mann ihn in seinem Streifenwagen an der nächsten Tankstelle abgesetzt und ihm geraten hatte, seine Dollars für ein Greyhound Bus Ticket anzulegen.

"Viel gesünder", hatte er ihm noch eingeprägt, „das merken Sie sich besser – ein für allemal!"

Das letzte Angebot

Sie waren sich in New Orleans begegnet. Abigail, die schwarze Frau aus Harlem, war ihrem Mann entronnen, der dem Ghettodasein erlegen und rauschsüchtig geworden war. Er hatte sie geschlagen und getreten. In seiner Ohnmacht, den Widrigkeiten zu trotzen, hatte er alles mit Füßen getreten, was für sie Bedeutung hatte. Nur die Kraft zur Flucht war ihr geblieben. Doch wer in New York wollte eine Schauspielerin, die ihre Auftritte verfehlte, weil ihr Mann sie schlug? Und als sie erfuhr, daß in New Orleans ein Theater gegründet worden war, von

Schwarzen für Schwarze, hatte sie sich nach dort aufgerafft. Natürlich ließ sie ihren dreijährigen Sohn Jerry nicht zurück. Das Theater engagierte sie. Man fand eine kleine Wohnung, auch eine Fürsorge für das Kind – niemand fragte nach ihrem Woher. Und bald hatte sie sich in den verschiedensten Rollen bewährt. Dann aber fiel der Schatten ihrer Vergangenheit wieder auf sie – ihr Kind von einem Bundesstaat in den anderen entführt zu haben, von New York nach Louisiana, verstieß gegen Gesetze. Und es gab einen Kläger. So brutal war ihr Mann in den schlimmsten Zeiten der Ehe nicht. Er rächte sich durch eine gerichtliche Verfügung, die sie zwang, mit dem Kind nach New York zurückzukehren.

"Und so eine Verfügung ist unanfechtbar?" fragte Markus sie.

"Es würde mehr kosten, als ich aufbringen kann – also muß ich meine Arbeit hier aufgeben und abreisen. Irgendwo in Manhattan habe ich noch eine kleine Wohnung."

"Davon kann keiner leben."

"Meinen Sie?" erwiderte sie bitter. "Jedenfalls hat mein Mann dafür gesorgt, daß mir die paar Bühnen verschlossen bleiben, die es in New York noch für mich geben könnte."

"Vielleicht sehen Sie das zu schwarz", wagte Markus einzuwenden.

"Ich sehe nicht schwarz. Ich bin schwarz", fuhr sie ihm ins Wort. "Also bleibt mir nur noch die Bleibe in Manhattan, plus das Telefon."

Er sah sie an.

"Was gibt es da zu begreifen? Erzählten Sie mir nicht von einem Call-Girl-Ring im *Peter Stuyvesant* – so einen werde ich mir suchen. Aber ich verhandle auch direkt. Was bieten Sie?" Sie wartete. "Nennen Sie einen Preis. Es ist doch noch nicht so lange her, daß schwarze Frauen hier versteigert wurden."

Sie musterte sich im Spiegel der Glastür zum Flur, und ihre Hände glitten über ihre Hüften.

"Noch bin ich jung und sexy genug – und dann räche ich mich für das, was mir die Männer angetan haben." Sie sah Markus herausfordernd an. "Na los, was bieten Sie?"

"Einen Arm voll Rosen", sagte er, um dem Gespräch eine Wende zu geben.

Sie stieß verächtlich die Glastür auf. "Mein Jerry und ich werden von Rosen nicht satt."

Wochen später, nach New York zurückgekehrt, suchte Markus ihren Namen im Telefonbuch, rief an und erkannte ihre Stimme.

"Wer ist dort?" Er sagte es ihr. "Ach, der Mann mit den Rosen."

Er fragte nach ihr und dem Jungen.

"Wir verhungern nicht. Die Miete ist bezahlt."

Wäre ihr eine Theaterarbeit angeboten worden, sie hätte es ihm gesagt. Darum sprach er einfach bloß vom Wetter.

"Endlich Frühling", sagte sie. "Jerry und ich wollen noch in den Park."

"Und später – ?"

Sie zögerte. "Sie haben die Rosen wohl schon gekauft?" fragte sie dann.

"Einen ganzen Arm voll – so waren wir doch verblieben."

Ihre Stimme klang jetzt freundlicher. "Wie's der Zufall will, heute abend bin ich frei. Jerry wird bei seinem Vater sein, und ich bin gegen sieben wieder hier. Stellen Sie die Rosen ins Wasser."

Markus verschwieg, daß er die Rosen erst noch kaufen mußte. Das tat er fünf Stunden später auf dem Weg zu ihr.

Bis heute weiß er nichts über den Verbleib der Rosen zu sagen – ließ er sie vor Abigails Wohnungstür fallen oder im Streifenwagen, oder hatte er sie noch auf dem Polizeirevier? Obwohl ihm sonst alles deutlich vor Augen steht, von den Rosen weiß er nur, daß sie beim Verhör keine Rolle spielten.

Bis weit nach Mitternacht brauchten die Polizisten, um seine Aussagen zu überprüfen – und hätten ihn selbst dann noch nicht gehen lassen, wäre die Stunde von Abigails Tod nicht längst festgestellt worden. Sie mußte vor seinem Auftauchen ermordet worden sein.

Nein, die Rosen wurden nie erwähnt. Im Verhör war man auf Namen aus, auf Beziehungen, die Abigail hatte – in New Orleans, in New York.

Markus aber konnte nur den Namen des Südstaaten Theaters nennen und den ihres Mannes bestätigen. Nur was man ihn mehrfach wiederholen ließ, schien für die Polizisten von Bedeutung.

"Also, noch mal von vorn – ihre Telefonnummer war für Geld zu haben?"

"Vermutlich."

"Und Sie machten ihr ein Angebot?"

"Machte ich nicht."

"Rächen wollte sie sich – an wem?"

"An allen Männern."

"New York ist voller Männer – nennen Sie ein paar."

"Ich kenne nur den Namen Ihres Mannes."

"Das verfängt nicht mehr", fuhren sie ihn an. "Wir wollen neue Namen hören."

"So nicht", wehrte er sich. "Ich bin aus freien Stücken hier."

"Na, fein", sagte der Polizist mit dem Tonbandgerät. Sein Ausdruck blieb hart. "Also, bevor wir Sie gehen lassen, das ganze Lied noch mal. Note für Note – von dem Augenblick an, als Sie das Haus betraten, bis zu Ihrem Anruf bei uns."

Er drückte auf die Taste. Die Spulen des Geräts drehten sich wieder. Markus holte tief Luft – seine Aussagen, die das Gerät jetzt festhielt, begannen und endeten mit einem Seufzer. Wieder beschrieb er den warnenden Blick des Portiers, und wie er danach die Treppe hinauf und den Flur entlang bis zu ihrer Wohnungstür gerannt war. Nach mehrfachem vergeblichen Klingeln, habe er an der Tür gerüttelt und die hätte nachgegeben. Da sei er eingetreten – und vor dem Anblick zurückgeschreckt: Die Frau auf dem Teppich mit dem Hinterkopf in einer Blutlache, ihre Bluse zerrissen, ihre Brüste, ihre Schenkel entblößt, der Rock bis zu den Hüften hoch geschoben.

"Okay – und dann verschwanden Sie und riefen uns an."

"Genau."

"Und außer dem Portier bemerkte Sie keiner?"

"Wohl nicht."

"Und Sie hörten kein Kreischen oder Hilfeschreie?"

"Es war totenstill im Haus."

"Aber der Portier sagt, da war noch ein Kreischen, als Sie die Treppe rauf rannten."

"Das muß er sich eingebildet haben."

"Vielleicht", sagte einer der Polizisten und musterte Markus scharf. "Sonst wäre auch nicht zu begreifen, wie siebzehn Menschen bezeugen konnten, daß sie eine halbe Stunde lang um Hilfe schrie – und das bevor Sie eintrafen."

"Wieso half ihr denn keiner?"

Die vier Männer im Revier wechselten Blicke. Der mit dem Tonbandgerät zuckte die Achseln und stoppte die Spulen.

"Weil", erklärte er, "in diesem Steinhaufen von einer Stadt die Leute gleich rennen, wenn sie Hilfeschreie hören – nur zu oft in die falsche Richtung."

SAN FRANCISCO SHOESHINE

... go west, young man

Nie zuvor hatte irgendwer seine Schuhe geputzt, von Kind an besorgte Markus das selbst – im Duisburger Elternhaus, im englischen Internat, im australischen Lager, in der australischen Armee und später auch überall in der Welt. Er war bekannt für gewienertes Leder, blankes Schuhwerk, und er kam sich seltsam vor, sehr fehl am Platz, als er an jenem Morgen, kurz nach der Landung in San Francisco vom hohen Stuhl auf den schwarzen Schuhputzer herunter blickte, der für billiges Geld seine Stiefel bearbeitete. Es war sehr früh noch, erst sieben, und Markus war sein erster Kunde. Der Mann ließ sich Zeit, und Markus hatte Zeit, und während der Schwarze mit Schuhcreme, Lappen und Bürsten zu Werke ging, ein wahrhafter Jongleur seines Fachs, stellte er Fragen.

"Where are you from, Sir, and where are you headed?"

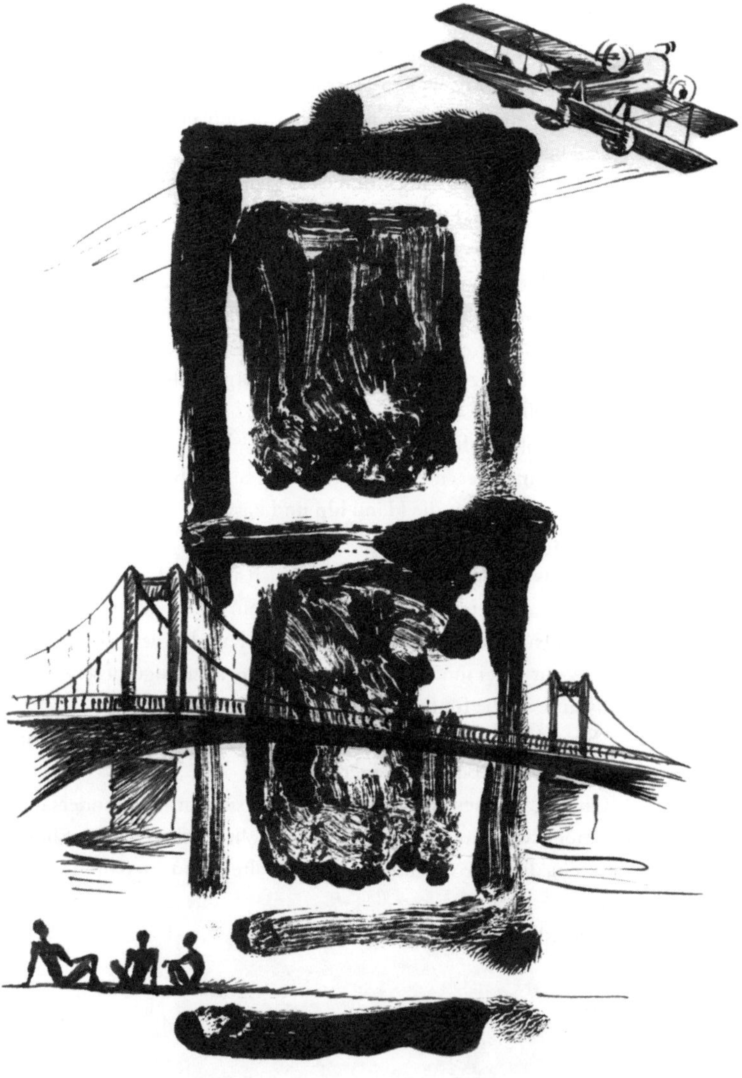

Auch dieses Sir, das der Schuhputzer untertänig wiederholte, gab Markus ein ungutes Gefühl. Der war alt genug, sein Vater zu sein, ein hagerer ergrauter Mann, in zerschlissener Kleidung, die ihm am Leibe schlotterte. Markus wünschte, er käme schneller zu Rande, damit er seiner Wege gehen konnte. Wie lange noch sollte er hier sitzen und sich vor aller Augen bedienen lassen. Er fühlte sich allmählich wie am Pranger, und da seine Stiefel längst makellos glänzten, versuchte er, dem Mann klarzumachen, daß es gut sei.

"Leave off, it's fine!"

Der Schuhputzer aber werkelte weiter – helle Creme, braune Creme, heftiges Bürsten und noch heftigeres Wienern mit knallendem Lappen. Ja, er knallte die gefalteten Lappen über das Leder, und am Ende gab er noch einen Spritzer Wasser dazu. Das Morgenlicht spiegelte sich in Markus' Stiefeln.

"Leave off, it's fine!"

Der Mann betrachtete seine Leistung und gab Markus recht. Zu ihm aufblickend hielt er die Hand hin und kassierte den Lohn.

"Thank your, Sir."

Markus stieg vom Stuhl und setzte sich auf eine Bank nahebei, die Zeit bis zur Busfahrt nach San José abzuwarten. Lange saß er dort, ein Reporter aus Deutschland, und achtete auf die Kunden des Schuhputzers – es waren nur zwei in mehr als einer Stunde, aber angesprochen hatte der Schwarze an die fünfzig Leute.

"Shoeshine, Mr. President, Sir!" "Shoeshine, Mr. Governor, Sir!" "Shoeshine, Sir Bank Manager!"

Oh, er gab ihnen allen einen Titel, hob sie samt und sonders über sich, die möglichen Kunden, und Markus wollte nicht aus dem Sinn, wie er ihm seine Dienste angeboten hatte, der alte Mann am San Francisco Airport.

"Shoeshine, Boss – just half a dollar, Sir!"

Fünf Schritte Zuviel

Nach dem Freispruch der Angela Davis, die des Mordes angeklagt war, blieben Markus und sein Reporterkollege Hal Burton am Ort des Geschehens – da war noch ein Knoten zu lösen: Baby Bill Conroy war zu befragen, ein schwarzer Boxer, schwer vorbestraft, der in San Quentin ein Zellennachbar des angeblich auf der Flucht erschossenen Geliebten der Angeklagten gewesen war.

Dem Stadtplan folgend, gelangte Markus nach Sunnyside, einer den Weißen vorbehaltenen vornehmen Gegend San Josés, auch die Straße mit der Villa ließ sich finden, wo der Boxer seit seiner Entlassung untergekommen war – hier untergekommen, tatsächlich! Was Markus arg gewundert hätte, wäre ihm nicht zugetragen worden, daß der Mann seit seiner Entlassung Leibwächter und Liebhaber der Millionärstochter Belitha Baxter war und darum seine Tage hier verbringen durfte: Töchter der Superreichen, so zeigte es sich einmal mehr, überkamen zuweilen die abenteuerlichsten Anwandlungen.

Nichts regte sich im Grundstück, tief hinten im Garten die weiße Villa wirkte verlassen, und auch nach seinem dritten Läuten blieb die Sprechanlage stumm. Schon wollte er an der Klinke rütteln, da flog in der Villa die Tür auf. Ein Schwarzer in rotem Jogginganzug drängte ins Freie, breitschultrig, massig, mit kahlem rundem Kopf, und lief mit federnden Schritten über den Kiesweg zum Tor.

"Wer zum Teufel sind Sie, und was wollen Sie?"

"Baby Bill Conroy?"

Der Boxer bestätigte das und fragte, barsch wie zuvor, nach dem Anliegen. Markus setzte zu einer Antwort an, schwieg dann aber, als er jäh in die Mündung einer Pistole blickte.

"Je schneller Sie kehrt machen, desto gesünder für Sie", hörte er den Mann drohen. "Immer wieder schnüffelt da wer, und dann erkrankt er plötzlich – kapieren Sie das?"

Markus begriff sehr wohl, ging rückwärts zum Wagen, behielt den Schwarzen sogar beim Wegfahren im Auge und sah, daß der noch immer die Pistole auf ihn gerichtet hielt und erst kehrtmachte, als der

Wagen gewendet war und Markus in der Richtung verschwand, aus der er gekommen war.

Am Abend sprang ihm von der ersten Seite des *Evening Chronicle* eine Schlagzeile an: LOS ANGELES REPORTER HAL BURTON IN SAN JOSÉ LEBENSGEFÄHRLICH ANGESCHOSSEN – SCHWARZER TÄTER AUF DER FLUCHT!

Ihm war, als bohrte sich ein schriller Laut durch den Schädel. Seine Hände, in denen er die Zeitung hielt, zitterten, das Gedruckte verschwamm vor seinen Augen während er sich vorstellte, was sehr wohl ihm hätte passieren können.

NEWSMAN CRITICALLY WOUNDED.

Hal Burton mußte nicht bloß zum Tor, sondern bis in den Vorgarten der Villa vorgedrungen sein – fünf Schritte zuviel.

Julio Martinez

Hinter Gittern nun schon das zwölfte Jahr, grauhaarig und alt vor seiner Zeit, ein Greis von fünfzig, hatte er jedesmal wenn ihm wegen guter Führung und Bestarbeit in der Tischlerei vorzeitige Entlassung versprochen worden war, gegen irgendwelche Regeln verstoßen, um die Haftzeit zu verlängern. Er wollte seine achtzehn Jahre bis zum letzten Tag absitzen, denn er fühlte sich schuldig.

"Reden Sie mit ihm, er wird es Ihnen beichten", hatte der Gefängnisdirektor von San Quentin Markus versichert, "darauf wartet er bloß."

So redeten sie also miteinander, Julio Martinez und Markus, und ist ihm auch der Ablauf des Geständnisses nicht mehr erinnerlich, so doch der Tonfall – der Mann sprach gedämpft mit starkem mexikanischem Akzent, und er schaffte es, daß Markus sich vorstellte, wie er in jener Nacht nach Hause gekommen war, müde von der Plackerei auf dem

Feld und der Arbeit an dem Schuppen, den der Boß unter Flutlicht hatte bauen lassen. Lang nach Mitternacht war es, und die Frau fehlte. Das Haus, eine Holzbaracke am Dorfrand, war verwaist. Er suchte sie, rief nach ihr, und dann streckte er sich auf der Pritsche aus und wartete. Wo mochte sie sein? Nie zuvor war sie ohne seine Billigung weggewesen, immer hatte sie bereit gestanden mit einem Bottich heißen Wassers, daß er sich wusch, und mit warmem Essen auf dem Herd. Eine Stunde verstrich und eine weitere. Maria blieb verschollen. Es nutzte nichts, daß er über die Arbeit nachdachte, die morgen anlag und wie er die Männer dazu bringen konnte, gegen die Doppelschichten anzugehen, die ihnen aufgezwungen waren, die Hungerlöhne, die Ausbeutung. Wer würde mithalten, wenn er zum Streik aufrief, wer sie unterstützen, falls es dazu kam. Es nutzte nichts, daß er dem nachgrübelte. Wo war Maria? Die Knochen schmerzten ihn, das Kreuz, und mehr als nur die Stiefel von den Füßen ziehen, brachte er nicht zustande. Er war geschafft. Schlaflos lag er da und starrte vor sich hin. Nichts regte sich. Schon war es drei und erst im ersten grauen Licht des Morgens bewegte sich die Tür. Die Frau trat ein, leise trat sie ein, und er erkannte, daß ihr Haar wirr und die Bluse überm Busen zerrissen war. Argwohn durchfuhr ihn. Weibsstück, dachte er, Hure – wo verdammt, hast du dich rumgetrieben, und noch ehe er das laut herausschrie, war er auf den Beinen, stand er vor ihr und – schlug zu. Sie schrie und fiel, prallte mit dem Kopf gegen die Tischkante und blieb liegen. Reglos blieb sie liegen und war tot. Er riß sie an sich, sie hing in seinen Armen wie eine Puppe, schlaff die Arme, der Körper, der Busen entblößt in der Bluse. "Maria", hauchte er, "Maria" – und noch ehe die Hähne krähten, stellte er sich der Polizei auf dem Revier.

"Und was hörte ich da – was verdammt, hörte ich da?"
Markus schwieg. Er würde es schon erfahren.
"Herumgetrieben", sagte er dumpf, und es war, als erinnere er sich an ein gestriges und kein zwölf Jahre altes Geschehen. "Nichts davon, und auch mit keinem Kerl hatte sie sich eingelassen. Was ihr zustieß, stieß ihr auf der Demonstration zu, die Bullen hatten sie so zugerichtet, weil sie das Transparent nicht losließ. Und dann war sie verhaftet, vor Mor-

gengrauen aber wieder auf die Straße geworfen worden. So war das – und ich bin schuldig, und werde es sein bis in den Tod. Jesus!"

"Jesus", sagte auch Markus, aber es war dem Mann kein Trost – er blickte noch ins Leere, als Markus aufbrach.

Willkommen in London

Der Londoner Taxifahrer, ein kleiner Mann mit Ledermütze, den Markus vor dem Bahnhof Liverpool Street nach einer preiswerten Pension gefragt hatte, nickte beflissen, lispelte durch Zahnlücken: "wird gemacht, Sir", ließ den Motor an und manövrierte seinen tuckernden Austin-Diesel zielstrebig durch den Verkehr. Unweit des Themseufers hielt er in einer Seitenstraße vor einer mehrstöckigen Mietskaserne. Beschwichtigend hob er die Hand, zwinkerte Markus zu, sagte: "my brother", hupte und schon erschien ein dürrer, hochgewachsener Mann, der zwar keinerlei Ähnlichkeit mit dem Taxifahrer aufwies, dafür aber nach einem höflichen "Willkommen in London" erklärte, er habe nicht nur ein Zimmer anzubieten, sondern eine komplette Wohnung. Was diese dem Herrn denn wert sei? Weil Markus schwieg, lüpfte er eine Braue und musterte ihn aus dem linken, offenbar scharfsichtigeren Auge. "Sir", sagte er schließlich und nannte eine Summe, die zu jener Zeit der normale Übernachtungspreis für ein komfortables Hotelzimmer war. Als Markus sich immer noch nicht äußerte, zeigte er Unwillen, räusperte sich, ließ den Blick sinken und fixierte seine Schuhe. Dann aber schwante ihm etwas. "Ich meinte fünfzehn Pfund die Woche, Sir!" sagte er und hielt Markus einen Schlüssel hin.

Markus steckte den Schlüssel weg und stieg wieder ins Taxi. Nach kurzer Fahrt stellte sich heraus, der Bruder des Taxifahrers hatte nicht die eigene Wohnung, sondern die eines gewissen Mr. Jeremy Howard zu vermieten, der gegenwärtig auf Mallorca weilte.

"Was der nicht weiß …"

"Moment mal!" unterbrach Markus den Fahrer.

"Keine Bange", beschwichtigte ihn der. Selbst wenn Mr. Howard plötzlich in London auftauchte, bliebe alles im Lot – die Wohnung sei nämlich nur Bestandteil eines Altbaus, den Mr. Howard aufgekauft habe und gegenwärtig renovieren ließ. Mit den Malerarbeiten sei sein Bruder beauftragt und deswegen im Besitz der Schlüssel. "Warum soll der nicht auch ein Stück vom Kuchen haben, ehe der weg ist, Sir?" Der Taxifahrer sah Markus prüfend an. "Wenn Sie wüßten, was Mr. Howard für Preise hat! Bei fünfzehn Pfund die Woche sind Sie bestens bedient!"

Was durchaus zutraf: Die renovierte Wohnung in dem noch leeren, in einer ruhigen Straße gelegenen Altbau erwies sich sogar als halbwegs möbliert – immerhin hatte Mr. Howard vor seiner Mallorca Reise noch Schränke einbauen lassen und eine Couch und zwei Sessel aufgestellt. Heiß- und Kaltwasser floß in Küche und Bad, und auch der Gaskamin im Wohnzimmer funktionierte. Er flammte mit lautem Knall auf, als der Taxifahrer mit brennendem Streichholz in der Hand an einem Hahn drehte.

"Olala, Sir", sagte er. "Das hätte schiefgehen können!"

Inzwischen hatte sich gezeigt, daß Bettzeug fehlte, also fragte Markus, ob noch ein paar Decken hergeschafft werden könnten. Dem Fahrer eilte es plötzlich. "Nehmen Sie Ihren Mantel und lassen Sie das Gas brennen", rief er. "Mr. Howard wird's verkraften!" Darauf ließ er sich seine Fahrten begleichen und verschwand.

Der nächste Morgen offenbarte, daß Mr. Howard zum erhöhten Gasverbrauch auch einen Maler zu verkraften hatte, dessen Teepausen die Arbeitszeit ungemein verkürzten. Gegen sieben Uhr nämlich war der Bruder aufgetaucht, um die Innenseite der Wohnungstür "noch ein bißchen aufzupolieren", womit er einen zusätzlichen Anstrich meinte. Den allerdings hatte er noch nicht begonnen, als Markus längst rasiert und angekleidet war und aus einem nahen Kolonialwarenladen sein Frühstück besorgt hatte.

"Nur ein Augenzwinkern, und ich hab 'ne Tasse Tee für Sie", versicherte der Bruder.

Markus setzte sich und sah zu, wie er bedächtig die Teekanne mit heißem Wasser wärmte, das er dann in den Ausguß schüttete. "Für das Aufbrühen muß frisches Wasser her", meinte er. "Regel Nummer eins." Regel Nummer zwei verlangte, daß eben dieses Wasser noch ehe es zum Kochen kam über eine sorgfältig abgemessene Portion Tee in die angewärmte Kanne gegossen wurde und – Regel Nummer drei – erst nach etwa fünf Minuten Siedezeit serviert werden durfte.

Markus dankte ihm für das würzig duftende Getränk und dann frühstückten sie – Markus sein im Laden besorgtes Graubrot mit Schinken, der Bruder zwei hauchdünne Weißbrotschnitten mit gekochtem Ei. Den schüttelte es bei dem Anblick des Graubrots. "Viel zu hart für mein Gebiß!"

Wohl eine Stunde verging, ehe er sich wieder an die Arbeit machte – sorgfältig, das sei zu seiner Ehre gesagt, brachte er einen spiegelglatten Anstrich zuwege, der jedoch, der zweiten Teepause wegen, auch um die Mittagszeit noch nicht fertig war. "Nun denn, bis später, Sir", sagte er, rückte im Kunststoffkragen seinen Schlips gerade, stülpte die Mütze aufs schüttere Haar, warf eine Jacke über seinen Arbeitskittel und brach auf. "Vorsicht", warnte er noch, "fassen Sie die Tür nur am Griff an!"

Befragt, wo man wohl günstig zu Mittag essen könne, musterte er Markus noch eingehender als tags zuvor, wobei er das schwächere Auge zukniff. "Könnte Ihnen meine Kneipe empfehlen – Ihresgleichen aber wird sich in der 'Royal Arms' wohler fühlen!" sagte er so, daß Markus keine Wahl blieb und er sich den Weg dahin beschreiben ließ.

Die Royal Arms erwies sich als eine jener urgemütlichen Londoner Kneipen mit Stilmöbeln und teppichbelegten Fußböden, goldumrahmten Ölbildern an getäfelten Wänden und einer breiten Holztheke, an die sich, Fuß unten auf der Messingstange, den Ellbogen oben auf die gepolsterte Kante, bequem lehnen ließ. Die Spiegel hinter den Regalen reflektierten bunte Flaschenreihen mit diversen Schnapssorten, den funkelnden Zapfhähnen entströmte dunkles und helles Bier, und die Pasteten und Sandwiches unter den Glashauben standen der Gulaschsuppe nicht nach.

Kaum hatte sich Markus mit Suppe und einem Whisky versorgt, zog ihn ein junger Mann ins Gespräch, der selbst unter den Gästen dieser Kneipe auffiel – tadelloser grauer Maßanzug mit Seidentuch in der Brusttasche, blauer Wollschlips überm rosafarbenen, maßgeschneiderten Hemd und teuere Schuhe. Das blonde Haar fiel ihm locker übers Ohr, und seiner Gesichtshaut entströmte der Duft eines herben Rasierwassers. "Willkommen in London", sagte er – ganz wie des Taxifahrers Bruder. Markus stutzte – wieso wußte der, daß er gerade erst angekommen war? Als er ihn das fragte, lächelte der Mann und sagte sanft: "Ohne Menschenkenntnis käme ich nicht weit." Und sprach erst wieder, als Markus gegessen hatte. "Erlauben Sie mir bitte, Ihren Beruf zu erraten – ein Hobby von mir." Er hielt kurz inne, wie um seine Mutmaßungen zu überdenken. "Ich würde meinen, Sie bewegen sich im Umfeld der Literatur – schreiben womöglich sogar selbst. Oder irre ich mich?"

Markus zeigte sich erstaunt. "Eine Kombination von Beobachtungen", ließ er sich erklären. "Mienenspiel, Sprechweise, Ausdruck der Augen und Hände – dazu Äußerlichkeiten wie Haarschnitt und Kleiderwahl. Was mir da hin und wieder gelingt, ist so erstaunlich nicht. Man macht auch Fehler."

"Sie haben's getroffen."

"Famos", sagte der Mann, und bestellte Markus einen Whiskey. "Auf Ihr Wohl!" Wieder setzte er zu einer Frage an, zögerlicher diesmal – was denn Markus ein Roman einbrächte. "Wirklich", meinte er, als er es erfahren hatte, "nicht übel! Wobei Ihnen wohl nie der Gedanke gekommen ist, daß mit einem einzigen Satz nicht weniger zu verdienen wäre."

"Allerdings nicht!"

"Ist aber so", behauptete er und entnahm seiner Brieftasche das Foto einer Schafherde auf hügliger Weide in unverkennbar englischer Landschaft. Zwischen den weißen Schafen war deutlich ein schwarzes auszumachen, und am unteren Rand des Fotos prangte in klarer Schrift der Satz: There are no black sheep in our family – Volkswagen of Germany. "Ein durchschnittliches Archivfoto – nur der Text ist von mir." Er zückte einen Stift und ein Notizbuch. "Ob Sie mir den mal ins Deutsche übertragen könnten?"

Markus kam ihm entgegen. In unserer Familie gibt es keine schwarzen Schafe, schrieb er, Volkswagen aus Deutschland.

"Sehen Sie, und das brachte mir so viel wie Ihnen eines Ihrer Bücher!" Er ließ das einsinken und fügte lächelnd hinzu: "Als ob Sie so etwas nicht auch zustande brächten – darum nicht bloß willkommen in London, auch in unserer Agentur!"

Es seien nämlich gerade Schriftsteller, die sie suchten – schlichten Werbetextern fielen so wirkungsvolle Texte seltener ein.

"Da werden Sie sich wohl auch mit Literatur befaßt haben", fragte Markus ihn.

"Hab ich", bestätigte er und sah ins Leere. "Bloß bin ich damit nicht zur Butter aufs Brot gekommen – und die gehört ja wohl dazu."

Kauf mir doch ein Krokodil

"Nur ein kleines Exemplar", hatte ihm noch vor der Abreise aus Berlin Max Overrath aufgetragen, ein Zoohändler, mit dem er befreundet war, "eins, das mühelos in einem Kistchen zu transportieren ist."

Vorsorglich hatte Overrath auch die lateinische Bezeichnung des Reptils aufgeschrieben – es durfte nicht irgendein Krokodil, sondern ein bestimmtes brasilianisches sein, das jede größere Zoohandlung in London führen müsse. "Völlig problemlos – in dieser Weltstadt gibt es alles. Und wann kommt unsereins schon dahin. Bin halt in der falschen Zunft."

Nach der fünften Zoohandlung aber war Markus klargeworden, daß er einem Trugschluß aufgesessen war. Krokodile waren zu haben gewesen, aber nirgends ein caiman crocodilus. Verwirrt, fußmüde und die Zusage an den Freund verfluchend, hatte er sich in eine irische Kneipe am Piccadilly Circus gerettet – einen halbdunklen Raum, der rund wie der Keller eines Turms war, mit rohen Holztischen vor einer breiten Theke, fußkaltem mit Sägemehl bestreutem Fliesenboden und verrußten Kalkwänden. Was die Kneipe an Gemütlichkeit entbehrte, wurde durch das Angebot an irischem Whisky wettgemacht, und Markus trank genüßlich davon – was ihm so viel Wohlwollen bescherte, daß er sich bald von geselligen Trinkern umringt sah, Iren durchweg, die ihn zum Kenner erklärten und freihalten wollten.

"Habt Dank, ihr Männer", rief Markus, "doch tut des Guten nicht zuviel."

"Warum? Wieso? Endlich mal ein Fremder, der unseren Whisky zu schätzen weiß!"

"Ach, wenn ich nur könnte, wie ich wollte!"

Anteilnehmend erkundigten sie sich, was Markus damit sagen wollte, worauf er sie wissen ließ, daß in dieser Weltstadt auch nicht jeder Einkauf klappte – was den Iren prompt Anlaß gab, der *Bagage hier im Parlament* ihre Nöte anzulasten. Es dauerte, bis sie sich wieder auf sich besannen: "Nur zu, mein Freund – Probleme? Wir regeln die!"

"Leichter gesagt als getan", erwiderte Markus und ließ sie raten, was er wohl im weitesten Umkreis von Piccadilly nicht hatte auftreiben können.

Und siehe da, die da eben noch England und die Engländer verwünscht hatten, verwandelten sich prompt in passionierte Spieler – aus ausgebeulten Jacken- und Manteltaschen wurden Münzen geklaubt, die sie achtlos auf die Theke warfen.

"Je ein Bier und eine Auster – bis wir's haben!"

Ah, welch eine Wettlust und welch eine Wonne im Verlieren – ihre trüben Gedanken schienen verflogen und kamen sie auch nach dem zehnten, zwölften, fünfzehnten Versuch auf kein Krokodil, dämpfte das ihren Eifer nicht. Sie rieten weiter. Und lachend büßten sie weiter. Je ein Bier und eine Auster! Es schien ihnen vornehmlich um das Spiel zu gehen – sonst hätten sie nicht Dinge angeführt, die jeder Tourist mühelos erstehen konnte: ein Soldat mit Bärenmütze, wie die Royal Guard vom Buckingham Palace sie tragen, ein Bronzeguß der Waterloo Bridge, des London Tower, ein Bild der Königin? Am Ende brachten sie sogar einen chinesischen Hut ins Kalkül, eine arabische Wasserpfeife, so daß sich vor

Markus schäumende Biergläser und Pappteller mit Austern reihten. Die begann er herumzureichen allein schon, um zu verhindern, daß man ihn krank und volltrunken aus der Kneipe trug.

"Lang lebe der Berliner", riefen die Iren, "ein famoser Kerl!"

Und während ihr Wetteifer anhielt, Whisky floß und Bier, zog sich Markus mit einer Faust voll Wechselgeld in eine Telefonzelle zurück und rief von dort eine Reihe Zoohandlungen jenseits von Piccadilly an, die er im Branchenbuch verzeichnet fand. Es waren nicht wenige – bis dann, oh Wunder! – im meilenweit entfernten Croyden eine freundliche Stimme verkündete: "Ja, auch ein caiman crocodilus – sogar drei davon und allesamt Jungtiere!"

Frohen Mutes ging Markus zur Theke zurück. Seine Abwesenheit schien unbemerkt geblieben zu sein – man hatte auch ohne ihn weiter gewettet. "Nein," hörte er sie rufen, "bestimmt auch kein türkischer Säbel!" Er wehrte ab, als sie darauf bestanden, ihm wieder ein Bier und eine Auster zu spendieren – und erreichte, daß sie Ruhe gaben. "Mal herhören", rief er, "was ich suche ist aufgetaucht!"

Sie wirkten enttäuscht – war das Spiel zu Ende? Was sei aufgetaucht?

"Ein caiman crocodilus", ließ er sie wissen, "genauer, ein Krokodil, das wegen seiner Markierungen auch als Brillenkaiman bekannt ist."

Sie stutzten. Bald aber erhellten sich ihre Mienen wieder.

"Das wollen wir sehen!"

"Es ist weit", warnte er sie. "Croyden – weit draußen."

"Für einen, der unseren Whisky schätzt, tun wir alles!" riefen sie.

Und so kam es, daß an jenem Nachmittag sechs Männer vor einer Zoohandlung in Croyden aus einem jener eckigen schwarzen Taxis stiegen – fünf Iren und Markus – und drei fingerlange Reptilien bewunderten, deren wulstige Erhöhungen rund um die Augen irgendwie an Brillenränder erinnerten.

"Mit Sicherheit brasilianischen Ursprungs", versprach die Verkäuferin.

"Vielleicht sollte man's mal dort versuchen", riefen die Iren. Sie lachten, aber es lag Bitterkeit darin. "Wird am Amazonas, wo Krokodile nur mit Brille zurechtkommen, noch wirrer sein als an der Themse – also dann schon lieber zurück zum Shannon!"

Und sie krönten den Tag, indem sie Markus samt Krokodil nach Heathrow begleiteten, wo er nur knapp die für Berlin-Schönefeld bestimmte LOT AIR erreichte – knapp? Der Flug war längst aufgerufen, die Maschine schon startbereit, und hauptsächlich wegen des in seinem Kistchen so eng verpackten Krokodils hatte man ein Einsehen, beschleunigte die Abfertigung und schaltete sich mit der Flugleitung kurz, damit er und das Tierchen nicht auf der Strecke blieben …

… Geschehnisse wohl zu sehr am Rande, denn allesamt wurden sie in seine LONDONER FACETTEN nicht aufgenommen, die nach seiner Rückkehr eine Berliner Illustrierte veröffentlichte: Es blieben die Redner am Hyde Park Corner, Gaukler in den Covent Gardens, Shakespeare am Old Vic, die Slums von Brixton und das prunkvolle Warenhaus Fortnum & Mason mit 64 Sorten Tee für erlesene Kunden, auch die Asyle der Obdachlosen unweit der Paläste an den Ufern der Themse und das bunte Treiben am Piccadilly Circus, dem Nabel der Metropole …

Doch als es ihn im nächsten Jahr wieder zu den britischen Inseln verschlug, beschrieb er als erstes in seiner Kladde eine Begebenheit, die weder mit London noch sonstwo in Großbritannien zu tun, ihm aber seit der Abfahrt aus Berlin keine Ruhe gelassen hatte:

Wir standen auf dem Fernbahnsteig Bahnhof Friedrichstraße, es war Nacht und die Kälte rauh, und wir drängten dem Zug entgegen, als er einlief. Vom Wachturm her schallte es: "Zurücktreten. Treten Sie zurück!" und da wagte sich keiner wieder über die weiße Linie längs der Bahnsteigkante. Es wagte sich auch keiner über den Querstrich, der einen Teil des Bahnsteigs abtrennte. Dort wachte ein Posten mit Hund, und der Hund zerrte hechelnd an der Leine, und hell in der rauhen Luft stand der Hundeatem. Wir warteten hinter den Markierungen, und unter all den Reisenden war ich der jüngste und wohl der einzige, der kein Rentner und noch gefragt war im Land. Der Zug wartete leer und leuchtend auf dem Gleis, und wir warteten draußen und sahen die Posten mit ihren Hunden durch den Zug gehen, und Zöllner mit Stablampen und Leitern, und hörten es kläffen unterm Zug, wir sahen den Hund, der an langer Leine unterm Zug entlang krauchte, und hörten die Stiefel des Postens an der anderen Seite über den Schotter knirschen. Blickten wir hoch, sahen wir den Posten im Turm, und wir verteilten uns längs des Zuges und achteten auf die weiße Linie, und harrten der Aufforderung einzusteigen. Längst war die Abfahrtzeit heran, und es war kälter geworden auf dem Bahnsteig und noch immer schritten uns die Posten ab wie Gefangene. Zur Treppe blickend, sah ich die alte Frau, die sich mit ihrem Koffer mühevoll hoch quälte, und Panik stand ihr im Blick, als sie den Zug sah, und jetzt schleppte sie den Koffer so schnell sie konnte, und erschrak, als der Posten, der jung genug war, um ihr Enkel zu sein, sie anbrüllte: "Treten Sie zurück!" Sie gehorchte und der Posten befahl: "Den Koffer weg. Weg da mit dem Koffer!" Die Frau zerrte den Koffer zu sich hin und stand dann wie versteinert hinter der weißen Linie. Nun waren wir alle gemaßregelt, jeder von uns, und wütend versprach ich mir, das schreibst du auf. Im Zug, lang noch nach der Abfahrt, verfolgte mich der Vorfall, hörte ich die Hunde, sah ich die Posten und die alte Frau.

Judy O'Brady

Es fügte sich, daß ihm in jener irischen Kneipe am Piccadilly Circus für seine jüngsten Londoner Tage die Dachkammer über dem Atelier eines Malers angeboten wurde, eines geselligen Mannes namens Sean Mulligan, der jüngst von einer Australienreise zurückgekehrt war und von seinen Bekanntschaften dort eine Judy O'Brady erwähnte, die jetzt in London lebe.

Markus horchte auf.

In seiner Melbourner Zeit war eine Judy O'Brady die Freundin eines Freundes gewesen – eine Mädchen mit weichem, rötlichem Haar, grüngrauen Augen und einer verführerischen Stimme. In der Erinnerung hörte er sie sprechen, sah er sie vor sich, schlank, anmutig, mit zarter Haut und reizvollem Busen.

"Aus Melbourne, sagtest du?"

Der Maler nickte. Markus beschrieb sie, sagte, sie müsse mittlerweile Ende der Dreißig sein, und wieder nickte Mulligan: "Stimmt womöglich – aber schwer zu glauben."

"Und lebt allein in London?"

"Soviel ich weiß."

Markus sagte, er kenne sie von früher und fragte scheinbar beiläufig, ob sie telefonisch erreichbar sei. Mulligan schlug in seinem Adreßbuch nach und gab Markus die Nummer. Das Telefonat aber ließ sich enttäuschend an. Zwar bestätigte die Frau aus Melbourne zu sein, Judy O'Brady zu heißen und auch ihre Stimme klang verführerisch, einem Markus Epstein aber sei sie nie begegnet, nicht einmal den Namen hätte sie je gehört. Als Markus fortfuhr, sie zu beschreiben, bestätigte sie ihm lachend den einen oder anderen Glückstreffer – und damit solle er sich zufriedengeben.

"Schade", sagte er. Noch immer im Zweifel, nannte er den Namen des Freundes von damals, der doch auch ihr Freund gewesen sei.

"Mein Gott, aber ich kenne Sie beide nicht."

Markus schwieg – warum nur verstellte sie sich so?

"Sie glauben mir nicht", hörte er sie leise sagen. "Das ist zu merken. Aber lassen Sie's gut sein – wie Sie das alles angegangen sind, macht mich fast ein wenig neugierig auf eine Begegnung."

Die Frau aber, die Markus nicht lange später die Tür zu der kleinen Wohnung bei einem Flußarm der Themse öffnete, war tatsächlich eine Fremde.
"Judy O'Brady?"
Das bestätigte sie lächelnd.
War eine Fremde – schön wie jene andere, anmutig, wohlgeformt, mit rötlichem Haar und bezaubernder Stimme, und er dankte den Sternen, daß er auf der Durchreise nach Belfast London nicht ausgelassen hatte ...

Berlin, 13. August 1974
Dearest Judy,
wie ungläubig Du mich angeschaut hast, als ich Dich bat, meine Frau zu werden – wirklich? sagte Dein Blick, nach nur zwei Nächten und zwei aus dem Alltag losgelösten Tagen ... Ja, Judy. Zurück aus irischen Breiten und wieder im Berliner Alltag, kommen mir noch immer nicht die geringsten Bedenken. Nichts hat sich in mir in all den Wochen verändert, das Verlangen nach Dir ist eher noch stärker. Ich will Dich zur Frau, begehre Dich, brauche Dich – und sehe für uns beide keine Hürden, die nicht zu meistern wären. Wenn Du auch nur annähernd ähnlich empfindest, dann komm zu mir. Auf Probe, sozusagen. Ich ebne alle Wege, bring alles ins Lot! Und erwarte nicht, daß Du irgendwelche Brücken hinter Dir abbrichst – behalte Deine schöne Wohnung in Londons Klein-Venedig mit dem Ausblick zum Flußarm der Themse, auf dem die Schlepper treiben. Komm, wann immer Du es einrichten kannst, einrichten willst. Und bleib so lange Du magst. Was für Wirkungsmöglichkeiten Du hättest im Berlin hinter der Mauer? Mir schweben etliche vor. For your speaking voice alone würde man Dich auch bei uns im Rundfunk auf Händen tragen, so wie es vermutlich die Australian Broadcasting Commission getan hat, und sicher wird auch unser Fernsehen Deine Ausstrahlung entdecken! Weil Du – laß es mich ein wenig profan sagen – auf fotogene Weise schön bist. (Für mich bist Du zauberhaft!) Ich könnte mir eine Fremdsprachensendung mit Dir

Villa Whiteladies

vorstellen, Szenen aus dem Alltag in englischer Sprache: Shakespeare & Co. oder wie sonst eine solche Sendung zu nennen wäre. So etwas fehlt hier … und damit hättest Du einen Wirkungskreis, bliebest nicht auf mich fixiert. (Noch auf mich angewiesen.) Nur in einem solltest du auf mich angewiesen bleiben. Weil ich seit unseren Londoner Nächten und Tagen auch auf Dich angewiesen bin – ein Mann mit Vergangenheit, kein unbeschriebenes Blatt fürwahr, und plötzlich so ausschließlich … Dein Mund, Deine Augen, Dein Haar, wie Du beschaffen bist, wie Du duftest, und wie mich allein der Gedanke an Dich erregt. Und Auftrieb gibt. Das vor allem. Unsere Londoner Tage waren für mich wie ein Schweben im All, und nichts davon – ich wiederhole es – ist in den irischen Wochen verblaßt. Das ist viel, Judy. Eigentlich ein Wunder. Ich weiß, ich mute Dir eine fremde Welt zu, Berlin ist nicht London, und Ost-Berlin schon gar nicht, obwohl es verborgene Reize hat und sich im Kulturellen weltweit messen darf … Nun, dieser Brief – der erste nicht und nicht der letzte – trägt das Datum: 13. August. Wir leben im dreizehnten Jahr des Mauerbaus. Und doch, das verspreche ich Dir, zusammen werden wir keine Enge spüren. Uns verbindet so viel, beide sind wir vom fernen Australien in die europäische Welt aufgebrochen. Also dürfen wir uns nicht einengen lassen – man wird das auch nicht versuchen. Deine Staatsbürgerschaft bürgt dafür, und mir, dem einst von den Nazis Vertriebenen, aus Deutschland Ausgebürgerten, hat man hier von Anfang an keine Schranken gesetzt – ein Privileg, das weiß ich, aber auch ein durch meine Arbeit verdientes, möchte ich glauben. Wie auch immer – bestimmt wird man Dir den Neubeginn leichtmachen, so wie er mir leichtgemacht worden ist, als ich vor nahezu neunzehn Jahren hierher kam. Also zögere nicht, ich bitte Dich. Seit Deiner Scheidung, der Trennung von Deinem Umfeld und Deiner Rundfunkarbeit in Melbourne, dem einstweiligen Abschied schließlich von Deinem fast schon erwachsenen Sohn, bist Du ungebunden, drängt Dich kaum noch etwas nach Australien zurück – so, jedenfalls, sagtest Du es mir.

Was also hindert Dich, zu kommen? Tu es, Liebste! Ich warte auf Dich, erwarte Dich. Es gibt Fügungen, die am Ende folgenlos bleiben – die Fügung, die uns zusammengeführt hat, war und ist mir ein godsend! Ich liebe Dich, Dein Mark ...

Vertrauen

Als er sich auf den Weg zum Flughafen machte, war seine Zuversicht dahin – Anträge, Stellungnahmen, Behördenwege für Judys Visum, die Ungewißheit, daß ihre Einreiseerlaubnis rechtzeitig beim Grenzübergang Schönefeld hinterlegt und bis zuletzt die Zweifel, ob ihr das in Berlin beglichene LOT AIR Ticket wirklich zugestellt worden war ... Er fühlte sich angeschlagen, und selbst noch in der Empfangshalle des Flughafens mußte er sich fragen, ob sie unter den soeben aus London eingetroffenen Fluggästen zu finden sein würde, deren Schattenrisse durch die Milchglasscheiben der Flügeltüren zu erkennen waren ...

Er stellte sich Judy bei der Paßkontrolle und der Zollkontrolle vor, aufreibende Warteminuten hier wie dort bis sie durch die grün Uniformierten, grau Uniformierten abgefertigt wurde, und die Vorstellung verfolgte ihn noch, als er sie mit schnellen Schritten auf sich zukommen sah, in lichtem grünen Sommermantel, hohen braunen Schnürstiefeln, und daß er ihr die Rosen auch nach der Umarmung nicht entgegenhielt, sie ihm die Blumen sanft lächelnd abnehmen mußte, damit er ihren Koffer bis hin zum nahebei geparkten Wartburg rollen konnte, war nur ein Zeichen seiner Zerrissenheit. Schweigend fuhr er mit ihr vom Flughafen auf Potsdam zu, erklärte nicht, warum sie vorerst im Schriftstellerheim am Schwielowsee wohnen würden, wo er seit geraumer Zeit im Gärtnerhaus an einem Roman arbeitete, und daß er im Hauptgebäude ein Zimmer für sie belegt hatte – neutrales Terrain, ein günstigeres Umfeld für den Anfang als sein eigenes Zuhause. Hier, im Heim, würden sie Zeit füreinander haben, mehr als im Alltag. Noch hatte er auch nur anklingen lassen, daß es ihm zuweilen so gewesen war, als hafte ihrer Londoner Begegnung etwas Unwirkliches an, ganz so, als seien sie sich in einem anderen Leben begegnet.

Sie bedrängte ihn nicht, saß still neben ihm und sah in die ihr unvertraute Landschaft – Felder, Gärten, Brücken, Seen … und, nach zügiger Fahrt vom Potsdamer Stadtkern auf Werder zu, tat sich vor ihnen das stattliche Haus hinter den hohen Mauern und dem eisernen Tor auf.

Die Wiesbecks, die das Heim betreuten, wie auch die wenigen Gäste, die ihnen im Vorraum begegnet waren, hielten sich höflich-kühl zurück, abwartend, wie es Markus vorkam. Oder bildete er sich das nur ein? Sie spürte seine Verunsicherung, er spürte, daß sie das spürte, und statt sie im Zimmer spontan in die Arme zu nehmen, sie zu lieben, wonach er sich lange gesehnt hatte, sagte er Worte wie wirst müde sein und frisch machen – und ließ sie allein.

"We'll meet at four for afternoon tea … Judy, darling."

"Sure, Mark … fine."

Ließ sie allein und dachte in der Stille seines Zimmers im Gärtnerhaus über die Fügung nach – sie war gekommen, aber würde sie bleiben wollen, und würde es gut gehen? Ließ sich der Anfang im Heim spröde an, wie erst würde es später sein …

Er blickte durchs Fenster über den See, an dessen Ufer die drei Pappeln golden im Herbstlicht leuchteten – und malte sich aus, was in ihr vorging. Abrupt wandte er den Blick ab, lief zur Tür, lief die Treppe im Gärtnerhaus runter und durch den Park zum Hauptgebäude, stürzte zum ersten Stock hoch und in ihr Zimmer, und riß sie an sich. Sie befreite sich.

"Laß mir Zeit, Mark!"

"Ich liebe dich, alles wird gut", beteuerte er.

"Du zweifelst – ich spüre das."

"Nicht doch, Judy. Gar nicht."

Und erst, als er sie sagen hörte: "Don't you worry, darling. I have faith in us", spürte er einen Grad von Beruhigung, von innerer Ruhe – sorg dich nicht, Liebling, ich hab Vertrauen in uns …

TRENNUNG Die Sonne schien, ein strahlender Märztag, der dunkel war wie lange kein Tag in seinem Leben – Judy war abgereist, und nichts sprach dafür, daß sie zurückkehren würde? Zu ihm zurückkehren ... In dieser Nacht erst hatte sie ihm offenbart, schwanger zu sein, ihren Entschluß abzureisen aber nicht umgestoßen – und er? Hatte er ihre Flucht – ja, Flucht! – zu verhindern versucht. Aus Schuldbewußtsein nicht, aus Trotz nicht? Obwohl ihn bei dem Gedanken an ein Kind Glücksgefühl durchdrungen hatte wie ein Rausch. Denn als er sie sagen hörte, was sie sagen mußte, hatte er sich gegen jedes ihrer Worte aufgelehnt, war in Kälte erstarrt. "Es geht nicht, Mark, so nicht, ich muß fort, und nicht aus profanen Gründen, politischen oder sonst welchen. Denk nur das nicht. Meine Arbeit für den Rundfunk hier gebe ich auch in London nicht auf – muß ich auch nicht. Das ist besprochen. Dich gebe ich auf, und du weißt warum. Besser kein Vater für unser Kind als einer im Zwiespalt."

Oh ja, er wußte den Grund, und hatte geglaubt, ihn verbergen zu können – wie nur war *das* ihr zu Ohren gekommen, hatte sie *davon* erfahren? Doch trotz all dem hatte er sich nicht vorstellen können, daß tatsächlich am Morgen ein Taxi vorfahren, sie das Haus verlassen würde – im grünen Mantel, Schnürstiefel, den Rollkoffer hinter sich herziehend, ganz wie sie vor einem halben Jahr angekommen war.

Blicklos ging er durchs Haus, nahm nichts wahr, außer das Ticken der Wanduhr im Wohnzimmer, er starrte auf das Zifferblatt, atmete tief – zu früh! Frühestens in vier Stunden würde er sie in ihrer Londoner Wohnung erreichen können. Sich bis dann in die Arbeit flüchten – es ging nicht. Schreiben hatte plötzlich jeden Sinn verloren ...

Grübelnd im Sessel beim Telefon wartete er die Zeit ab, stand auf, ging blind wie zuvor durchs Haus, kam zurück zum Telefon, setzte sich wieder, griff schließlich zum Hörer und meldete das Ferngespräch an. Es würde dauern, warnte ihn die Telefonistin, und als es läutete und er abnahm, traf es ihn sehr hart: Teilnehmer meldet sich nicht. Die Telefonistin ließ ihn das Rufzeichen hören, sagte zu, die Verbindung regelmäßig wieder herzustellen – bis schließlich er die Anmeldung zurücknahm.

Nichts mehr würde per Telefon auszurichten sein – nun nicht mehr: die Fotos fehlten, alle sechs! Elena unter Palmen am Karibik Strand, aufblickend zu ihm, strahlend, ihn umarmend. Er begriff, Judy hatte ihn nicht im Affekt verlassen, sondern mit Bedacht – was weit schwerer wog. Er würde handeln müssen, nicht länger durfte er in diesem Haus bleiben, mit der nächstmöglichen Maschine würde er sich auf den Weg machen müssen – und er dankte den Sternen, daß ihm das offen stand ...

Es dämmerte schon. Nebelschleier schwebten über dem Themse Kanal, die Schlepperschrauben mahlten gedämpfter, wie Schattenrisse glitten die Lastkähne dahin. Bald schon warfen Straßenlaternen Lichtflecke ins Grau. Ihn fröstelte und er drängte sich gegen den Eingang des Reihenhäuschens. "Sir", hörte er einen Polizisten fordern, "what might be your purpose here?" Die Hausschlüssel habe er verloren und nun müsse er warten, bis – "my wife, you see ..." Der Polizist nahm das zur Kenntnis und gab sich zufrieden. Markus sah in gehen, hörte seine verhallenden Schritte – und fast gleichzeitig das Schrillen des Telefons in Judys Wohnung: Ein Hoffnungsschimmer! Jemand mußte wissen, daß sie in London und hier zu erreichen ist. Er nahm einen kräftigen Schluck Brandy aus dem Flachmann, den er bei sich trug. Und gab sich dem Warten hin – Judy, wo bleibst du? Kalte Windschübe zerrissen die Nebelschleier. Es dunkelte schon. Die Arme gegen die Kälte verschränkt, lehnte er im Eingang und ließ sich schließlich so schwer auf seinem Köfferchen nieder, daß der Rahmen brach. Falls nötig würde er bis zum Morgen warten. Diese Heimlichkeit, gerade die Heimlichkeit, dachte er, was aber hätte schonungslose Offenheit gebracht? Wäre Judy dann geblieben. Jetzt blieb ihm keine Wahl – über sich selbst und wie er beschaffen war, würde er nicht länger schweigen, würde nichts versprechen dürfen, das nicht zu halten war. Judy, laß uns miteinander reden! Komm endlich. Wir werden Wege finden ...

In Gedanken sah er sie vor sich, er küßte ihre Stirn und spürte, wie sie sich ihm verschloß – ihr Blick blieb nach innen gerichtet. Resignation überkam ihn, eine große Müdigkeit, und daß er in eine Art Halbschlaf weggeglitten war, merkte er erst bei der Berührung. Er blickte hoch.

Judys Haar schimmerte rötlich im Licht der Laterne. Er griff nach ihrer Hand und hielt sie fest.

"Judy, I love you – let's talk it out!"

"Oh, for goodness sake", hörte er sie sagen, kühl und nicht verzeihend, "get up and come inside."

Steh auf und komm rein. Was auch immer nun folgen mochte, ohne Judy, das sagte er sich, würde er London nicht verlassen ...

N<small>AOMI</small>

Die Seite fehlte, war aus der Kladde gerissen, und Judy wollte es nicht gewesen sein. Er glaubte ihr nicht. Sie war es – zu Intimes, ihr allzu Intimes, hatte er an jenem Tag der Kladde anvertraut. Er verstand Judy, bedrängte sie nicht. Mochte auch der Überschwang von Empfindungen, der ihn in den Stunden nach Naomis Geburt zum Schreiben gedrängt hatte, nicht wieder heraufzubeschwören sein, vor seinem inneren Auge würden die Bilder niemals schwinden – Naomis Köpfchen eingezwängt in Judys Schoß, lange, zu lange, bis ein Rinnsal Blut hervortritt und ihre schlanken, weißen Schenkel befleckt; in feuchten Strähnen klebt ihr Haar an Stirn und Wangen, sie wirft den Kopf von der einen Seite des Kissens zur anderen, und die Wehen treiben ihr das Blut ins Gesicht. Das alles wird ihm bleiben, und auch dies: wie sich im Augenblick der Niederkunft ihre Fingernägel in die Innenfläche seiner Hand bohrten. Was er geschrieben hatte, mochte verloren sein, nicht aber die Sekunden, als er das winzige, blutig-braune, jetzt von der Nabelschnur getrennte Wesen gegen den Griff um die Fußgelenke sich aufbäumen sieht, gegen dieses Nachuntenhängen, und den leichten Klaps, dem der befreiende Schrei folgt: Naomis erste Laute, und bald schon Judys seelig-erschöpftes Lächeln, als sie ihr Töchterchen, gebadet und in Tücher gehüllt, im Arm hält – dabei gewesen zu sein, Naomis Geburt erlebt zu haben, würde sie für immer verbinden ...

Rundfahrt Istanbul

Damals reichte Naomi ihm kaum bis zur Hüfte, die zierliche Siebenjährige mit den hellen Augen und rötlichen Locken, seine redelustige, wissensdurstige Tochter, die er hatte mitnehmen dürfen auf die Reise. Wo ist Istanbul und wie weit weg von Warna? An Bord des russischen Passagierdampfers, einem betagten Schiff mit steilen Aufbauten, mußte er ihre Fragen einschränken. Die fünfzehnte und letzte überforderte ihn.

"Papa, warum liegt da einer in deinem Bett?"

Sie meinte die untere Koje in der Zweimannkabine, die sie noch kurz vor dem Auslaufen hatten buchen können. Dort lag tatsächlich jemand, der dort nicht hingehörte. Auch den Purser überforderte die Frage – eine Doppelbelegung, wie es schien, und so kam es, daß sie beide, nachdem an Bord die Bandmusik verklungen war und das Tanzvergnügen ein Ende hatte, im Blauen Salon übernachteten.

Bis heute meint Naomi, er sei rot gewesen, mit roten Ledersofas. Sicher ist, daß die Umquartierung kein Nachteil war. Sie lagen bequem und, anders als in der stickigen Kabine unter Deck, erreichte sie hier durch die offenen Fenster eine Brise. Beide schliefen sie gut, und am Morgen war Naomi bester Dinge und so wach, daß sie im Touristenbus den türkischen Reiseleiter mit Fragen überfiel. Viel von dem, was er über das Marmarameer, das Goldene Horn, den Bosporus, die Hagia Sophia, den Sultanspalast und die Blaue Moschee zu sagen wußte, ging an ihr vorbei. Sie wollte erfahren, ob auch er eine Tochter habe. Als er das bedauernd verneinte, erbarmte sie sich seiner – "armer Reiseleiter" – und bot ihm ihre Gesellschaft an. Er zeigte sich erfreut und fragte sie, ob sie es gern hätte, wenn er für die Dauer der Rundfahrt als ihr Onkel Uno gelte. Sie nickte und beide kamen überein, es so zu halten.

"Hast du schon eine türkische Hochzeit erlebt?" fragte sie der Reiseleiter.
"Nein."

Nachmittags die Hochzeitsfeier auf den Wiesen unter der Hagia Sophia – Onkel Unos Sonderangebot – erwies sich als ein Fest mit Tänzen und Gesang. Es gefiel Naomi, noch verlockender erschien ihr das Versprechen eines Volkstanzerlebnisses spät abends im Hof einer Moschee, und als sie erfuhr, was ein Basar ist, billigte sie den Vorschlag, inzwischen mit dem Papa dort hinzugehen.

Als Markus sie im Gewimmel des Basars aus den Augen verlor, schnürte ihm der Schreck die Luft ab – Naomi fort! In Panik rief er nach ihr, suchte sie vor und zwischen den Ständen und fand sie schließlich im Innern eines Juwelierladens. Gebannt stand sie da und sah sich satt – und was er ihr vorhielt, drang gar nicht in sie ein.

"Aber Papa, hier war ich doch die ganze Zeit."

Danach nahm er sie fest bei der Hand, doch in der Weinstube, einer verräucherten Spelunke, wo Onkel Uno sie treffen sollte, befreite sie sich. Kaum hatte er sich umgesehen und für sie beide Getränke bestellt, fehlte sie erneut, und seine Vorstellungen von Entführung und frenetischem Suchen zerstoben erst, als sie plötzlich wieder auftauchte – mit einer Hochzeitspuppe im Arm.

"Woher hast du die?"

"Die hat mir ein Onkel geschenkt."

Wahrlich, sie sammelte Onkels an jenem Tag – und verlor sie auch prompt. Sie verlor Onkel Uno, als sie im Hof der Moschee die türkischen Tanzgruppen mit der Feststellung abtat: "Das können die Russen besser."

Onkel Uno stand schweigend auf und ging. Sie bedauerte das, doch ihr Wissensdurst versiegte nicht. "Was machen wir jetzt?" wollte sie wissen, bestritt, daß sie müde sei und weigerte sich, an Bord zu gehen und in der Kabine dem kommenden Morgen entgegen zu schlafen.

"Da ist doch dieser Mann, Papa!" sagte sie vorwurfsvoll.

So geschah es, daß sie um Mitternacht neben ihrem Vater auf einem Schemel im Dunkel einer Hafenbar saß, die Seeleute ihm wegen des Bauchtanzes angepriesen hatten. Sie genoß Orangensaft, während auf der Bühne vor ihr Frauen zu orientalischen Klängen orgiastisch tanzten. Sie staunte.

"Besser als Hochzeiten und Volkstanz, Papa – findest du nicht?"

Und das, entschied Markus, sollte ihre letzte Frage bleiben.

"Bis morgen – bis deine Mutter dich wieder hat", sagte er bloß, und dann schweigen sie beide.

NEBELKRÄHE

"Auch Tiere können traurig sein", sagte Naomi.

Der Tag war sonnig, ein Sommertag mit blauem Himmel, lauen Winden, und irgendwie schien es eine seltsame Feststellung an einem so schönen Tag – sie ging aufs neunte Jahr zu, war ernster geworden, und weniger redelustig.

Was sie sagte, ließ Markus aufhorchen. Er gab ihr recht, fragte sie aber, wie sie darauf käme. Sie schwieg, richtete ihre großen Augen auf ihn. Ihr Blick schien nach innen gerichtet.

"Ist was mit deiner Katze?"

Sie schüttelte den Kopf.

"Was hast du?"

"Papa", sagte sie. "Hast du schon einmal ein Tier überfahren?"

Er überflog die Jahre, die er rund um den Erdball Autos gesteuert hatte, und sicher war es vorgekommen, daß er nachts, irgendwann, irgendwo den dumpfen Aufprall wahrnahm – was hab ich da überfahren, eine Katze, einen Fuchs?

"Mag sein", gab er zu.

"Das weißt du nicht genau?" hielt sie ihm vor. "So etwas weißt du nicht genau?"

Ihre Stimme hatte den ihr eigenen dunklen Ton verloren, klang heller, erregter.

"Das ist Mord", sagte sie.

"Nun übertreib mal nicht."

"Fahr mich bitte zum Schwimmbad, Papa!"

Zwar wunderte ihn der jähe Wechsel – war sie nicht gerade von dort nach Hause geradelt? Doch er willigte ein.

"Also gut. Pack deine Sachen wieder zusammen."

"Brauch ich keine. Fahr mich bloß hin."

Sie machten sich auf den Weg, und als sie die holprige Straße hinunter fuhren, die durch das Wäldchen zum Schwimmbad führt, blickte sie angestrengt hinaus – er folgte ihrem Blick, und beide sahen sie jetzt die Nebelkrähe am Straßenrand. Sie stand reglos vor dem zermalmten

Vogelkörper auf dem Pflaster, dessen an Kopf und Schwanz schwarzes, sonst graues Gefieder die gleiche Art erkennen ließ.

"Halt an, Papa."

Nur wenige Meter von der Krähe brachte Markus das Auto zum Stehen. Der Vogel floh nicht, auch nicht, als zwei Autos hinter ihnen ausscherten und vorbeifuhren. Es war, als sei die Krähe erstarrt – und Markus begriff: Sie trauerte.

"Wann mag das passiert sein?" fragte er.

Naomi sagte nichts – wenigstens zwei Stunden mußten verstrichen sein, und all die Zeit war die Krähe nicht von der Stelle gewichen.

"Sie leidet", sagte Naomi.

Markus nickte – das Wort traf, und ihm war, als hätte er es nie zuvor von ihr gehört. Noch immer verharrte die Krähe. Nur ihr schwarzer Kopf bewegte sich. Sie beäugte den Vogelkörper, der da zwischen den Flügeln auf dem Pflaster klebte.

"Sie gehörten zusammen", hörte Markus die Tochter sagen, und was in ihr vorging, verrieten ihre Augen.

Räumlich waren sie oftmals getrennt worden in den Jahren – irische Reisen, israelische, japanische, auch nach Brasilien und Venezuela hatte es Markus nach jenem Karibikaufenthalt verschlagen, eine innere Trennung aber hatte es nicht wieder gegeben.

Naomis Worte: "Sie gehörten zusammen."

Wer in Deutschlands Osten sein Englisch auffrischen wollte, nahm Judy O'Bradys Fernsehsketche wahr, die unter dem Titel Shakespeare & Co. allwöchentlich ausgestrahlt wurden, Alltagsgeschichten im Leben einer Londoner Familie, in denen Judy mitwirkte und die sie landesweit bekannt machten, während

Markus Epsteins Reportagen aus der Fremde, in Büchern gesammelt, gefragt blieben wie seine Erzählungen und Romane – deren einer, über die Flucht einer Arztfamilie von Deutschland Ost nach Deutschland West, Höchstauflagen erreichte ohne je in einer Zeitung besprochen worden zu sein. "Word of mouth", hatte ihm Judy versichert und wirklich war es in erster Linie Mundpropaganda gewesen, die ihn bekannt gemacht und ihm das Gefühl gegeben hatte, gebraucht zu werden im Land – bis hin zu dem Tag im neunziger Jahr, als er vor einer Berliner Buchhandlung in einem für die Müllabfuhr aufgebautem Stapel brandneuer Bücher die soeben ausgelieferte Taschenbuchausgabe seines frühen Romans über eine Kindheit und Jugend in Hitlerdeutschland entdeckte.

Das war der Absturz gewesen – und es brauchte Besinnung und Mut, den Neubeginn zu wagen: seine Verlage weggebrochen, seine Bücher, wie die so vieler anderer, aus den Regalen der Buchhandlungen entfernt, und er selbst am Ende gezwungen, sich einer Münchner Agentur anzuvertrauen, für die er nur als Geld bringender Kunde von Interesse war – sonst nichts.

Er bedauerte, in den Tagen der Wende kein Tagebuch geführt zu haben – arges Versäumnis! Leipziger Montagsdemonstrationen, *wir sind das Volk*, *wir sind ein Volk*, Massenflucht über Budapest und Prag, der vierte November auf dem Alexanderplatz, die Nacht als die Mauer fiel und er in der jubelnden Menge am Brandenburger Tor die Tochter entdeckte – Naomi ...

Was nicht im Sieb des Gedächtnisses haften bleibt, ist untauglich für die Literatur, hatte er sich lange gesagt. Ein Trugschluß! Das erkannte er schmerzlich und begann, wie nie zuvor, in eilig dahingeworfenen Sätzen Besonderheiten festzuhalten, von denen er hoffte, daß sie für Prosastücke taugen würden, die die neue Zeit offenbaren und auch ihn selbst in dieser Zeit, im Aufbruch ins gewendete Land ...

BUCHENWALDREISE

Hinter Halle hatte Markus ihn angesprochen, da waren sie allein im Abteil, und was er ihm hatte sagen wollen, ließ sich jetzt ungezwungener sagen. Der kleine Mann setzte sich aufrecht und sah Markus mit einem irgendwie verschleierten Blick an, der erst offener wurde, als er in ihm seinesgleichen vermutete: einer von uns.

Markus schätzte ihn auf etwa siebzig, und bald erwies sich das als richtig, auch sein Eindruck, daß er Jahre der Verfolgung durchlebt hatte, bestätigte sich – ein Überlebender des Todesmarsches von Auschwitz nach Buchenwald, wohin sie beide zu einer Gedenkstunde eingeladen waren. Geschehnisse aus jüngster Vergangenheit beschäftigten ihn derart, daß ihm die von damals wie aus einem anderen Leben vorkamen, nicht einmal seinem. Alles schien ihm sehr fern, sagte er.

Markus ließ ihm Zeit, fragte nichts weiter, und während sie beide schwiegen, betrachtete er ihn verstohlen. Hatte sich dessen Alter bestätigt, so bestätigte sich bald auch eine weitere Vermutung – so legte nur ein Schneider den Mantel zusammen, sorgfältig mit dem Futter nach außen, und wie er auf die Falten seiner Hose achtete, den Sitz der Weste. Als Markus ihm das andeutete, hob er verwundert die Brauen.

"Man staunt", sagte er.

Erst vor kurzer Zeit habe er seine Schneiderwerkstatt in andere Hände gegeben, leider nicht in die seines Sohnes. Der hätte ja nie Schneider werden wollen, wäre in die Stadtverwaltung gegangen – Beamtenlaufbahn. Er schwieg, und wieder war da dieser verschleierte Blick.

"Was mich angeht", fuhr er scheinbar zusammenhanglos fort, "wir sind nur zwei, die Frau und ich. Die Rente reicht – bin ja seit nach dem Krieg sozialversichert. Dazu kommt, daß sie uns die Verfolgtenrente nicht weggenommen haben. Gottlob! Bloß um Baruch ist mir bang."

Offensichtlich lag ihm daran, diese Sorge zu teilen, und noch ehe sie Weimar erreicht hatten, wußte Markus von Baruchs jäher Entlassung, seinem Sturz aus der Beamtenlaufbahn.

"Schien ihm ja geradezu dringend damals, zu tun, was er tat. Er mußte es tun. Von Kindheit an war ihm Auschwitz im Kopf und daß der Vater dort war, und auch in Buchenwald. Judenhaß in der DDR! Dagegen mußte er an."

Markus konnte ihm nicht folgen. Er hatte Lücken gelassen, und ehe er sie füllte, brauchte es noch eine Weile. Bald aber war er zurückversetzt in jenes achtziger Jahr, bis hin zu dem Augenblick, als Baruch das *Judah verrecke!* an der Friedhofsmauer sah und er zur Telefonzelle lief und nach der Nummer suchte, die unter den Ministerien aufgelistet war – Ministerium für Staatssicherheit.

"Er fragte sich durch, und er sprach mit diesem Major und nannte seinen Namen, und später landete sein Name in Akten, und daraus wurde dann, was die damals einen Vorlauf nannten."

"Und weiter", sagte Markus.

"Wo leben Sie denn?" fragte er. "Habe ich Ihnen nicht gesagt, was jetzt mit Baruch ist. Achtundvierzig Jahre alt, verheiratet und noch unterhaltspflichtig für zwei Söhne – und auf der Strecke geblieben, neun Jahre nach der Wende. Arbeitslos wegen einer Akte."

DER LANGE SCHATTEN

"Vierundzwanzig Jahre", sagte er, "die Hälfte meines Lebens."

Markus hatte ihn für weit jünger gehalten – ein sportlich wirkender Mann, die wenigen grauen Strähnen im blonden Haar machten ihn kaum älter, der Schnurrbart, dicht und gut gestutzt wie sein Haar, war blond geblieben, seine klaren, blauen Augen blickten forsch, er sprach genau, wußte sich auszudrücken, doch formlos und privat gab er sich erst unter vier Augen und das nur, weil Markus ihm versichert hatte, seinen Namen und Beruf geheimzuhalten.

"Nicht zu fassen", fuhr er fort, "daß sich das vom siebenundsiebziger Jahr bis heute hinziehen konnte – und war doch bloß ein Studentenstreich, nichts weiter. Aber die Folgen!"

Er und ein Freund, erzählte er, beide Studenten damals, waren am Vorabend des Ersten Mai von Kneipe zu Kneipe jenes sächsischen Städtchens gezogen, und in ihrem volltrunkenen Übermut hatten sie sich auf dem Heimweg zweier Fahnen bemächtigt, einer roten und einer mit dem Emblem und den Farben der DDR, die auf der Tribüne am Marktplatz Vorboten des nächsten Tages gewesen waren. Unter Absingen revolutionärer Lieder waren sie durch die mitternächtlichen Gassen getorkelt. Allmählich aber war ihnen ihre Last lästig geworden, und sie hatten sich der Fahnen kurzerhand entledigt, sie mit der Spitze in einen Mülleimer gestoßen. Und das war es!

Alles wäre ihnen womöglich nachgesehen worden, die Trunkenheit, der Fahnendiebstahl, das Grölen der Lieder, doch niemals, wie sie dann mit den Fahnen umgegangen waren. Das wog schwer: Vier Tage Stasihaft, vom Studium relegiert, ab in die Produktion.

"Also ertappt", sagte Markus leichthin, "auf nicht allzu frischer Tat ertappt."

Er schüttelte den Kopf.

"Ich lag längst im Bett, es war gegen vier Uhr morgens, da schrillte es an der Wohnungstür. Sie mögen es glauben oder nicht, ich wußte von nichts mehr. Nur, daß mir der Kopf dröhnte. Und vielleicht hätten sie mir das sogar abgenommen, wenn sie meinen Freund nicht längst verhört hätten – der hatte alles gestanden und mich nicht ausgelassen. Feiner Freund! Abstreiten war nicht, und daß wir nach zwei Jahren dann doch noch unser Studium beenden durften, ich später sogar im Roten Jemen tätig war, zeugt von – wie soll ich es nennen – Nachsicht, oder Weitsicht der Oberen? Ich war ja nicht schlecht im Studium und im Jemen gut zu gebrauchen. Einer, der sich bewähren muß, ist meist gut zu gebrauchen. Das war vor zehn Jahren, 1986 also, und acht Jahre später schmeißt mich all das aus der Bahn."

"Das Studium und der Einsatz im Jemen?"

Er nickte. "Und daß mich damals die Stasi nur vier Tage behalten hat."

Markus sah ihn fragend an.

"Der lange Schatten", sagte er und begann zu erklären, daß er vor zwei Jahren, eben weil er so bald von der Stasi freigekommen war und sich später im Jemen bewähren durfte, einen guten Posten bei der mecklenburgischen Tochter einer westdeutschen Firma abgeben mußte. "Weil ich doch von der Stasi umgedreht worden sein mußte – also raus mit dem!" Markus schwieg – was gab es da zu erwidern.

"Und der mich rausgeschmissen hat, der, dem ich fünf Jahre Arbeitslosigkeit zu verdanken habe", sagte er zum Abschluß, "war ein Siebzigjähriger aus Hannover – mit 'ner hohen Rente, Spitzenhonorar, Buschzulage, und dazu noch einem Sondervertrag bei einer Hamburger Zulieferfirma – zwanzigtausend monatlich todsicher! Oder sogar mehr."

"Müßte man in die Zeitung bringen", sagte Markus.

"Bloß anonym", warnte er wie schon zu Anfang. "Sonst verliere ich meinen heutigen Posten auch noch."

Mutig waren wir nicht

Seine Stimme klang heiser, abgespannt. Was Markus nicht wunderte. Er wußte, Henning war erst gestern von einer strapaziösen Geschäftsreise aus dem amerikanischen Philadelphia zurückgekehrt – kein kleines Unterfangen für einen Siebzigjährigen. Eine Weile aber dauerte es, bis er begriff, warum Henning sich so bald schon zu diesem Ferngespräch entschlossen hatte.

Sicher – sie verband mehr als nur Bekanntschaft, mehr als nur die Erinnerung an ein paar Jahre gemeinsamer Schulzeit. Nach jener, inzwischen ein Jahrzehnt zurückliegenden Zufallsbegegnung, dieser Wiederbegegnung im Herbst ihres Lebens, waren sie Freunde geworden – Henning Krüger, der Firmenchef, und er. Gern hatte er an jenem Abend die Einladung in Hennings gastliches Duisburger Haus angenommen und war des öfteren wiedergekommen. Wobei er sich allmählich zu fragen begonnen hatte, warum Henning, der ihm seine Abscheu gegen die Nazis längst deutlich gemacht hatte, das Thema nicht ruhen ließ.

Für Markus war alles geklärt. Nicht aber für ihn.

Diesmal hatte Henning der Zeitungsartikel eines ihm schon aus den dreißiger Jahren bekannten Publizisten aufgebracht – ein Bekenntnis zur deutschen Schuld, in dem von deutscher Schande die Rede war. Den Abschnitt las er ihm vor.

"Im Grunde anerkennenswert", fand Markus.

Er hörte Henning verächtlich lachen. "Erspar mir das. Dafür hab ich dich nicht angerufen." Ganz offensichtlich bohrte es in ihm. "Es war wohl bloß eine Schande, daß deine Eltern in Auschwitz umkamen – und kein Verbrechen!"

"Immerhin bezeugt der Mann tiefere Einsichten als die meisten seiner Generation", sagte Markus.

"Tatsächlich", rief Henning erregt. "Damals, ja damals wäre es ein Wagnis gewesen, hätte Todesmut dazu gehört. Bloß, da schwieg er. Wie jeder von uns. Wir schrien ja alle 'Heil' damals. Ein ganzes Volk schrie 'Heil'. Auch ich!"

Markus wollte ihm weitere Selbstanklagen ersparen – hatte ihn nicht sein waches Gewissen immer wieder beeindruckt. Hennings Schuldgefühle aber ließen ihn nicht los.

"Erinnere dich", rief er ins Telefon. "Da marschiert die SA an unserer Schule vorbei, ich war elf damals, du jünger, und wir, im Schulhof, hören sie grölen: wenn's Judenblut vom Messer spritzt, dann geht's noch mal so gut. Plötzlich singen ein paar von uns mit – auch ich, und war doch alt genug, zu begreifen, was ich da singe. Begriffen aber habe ich's erst, als mir Lehrer Paulsen eine Ohrfeige verpaßt – habe ich dir nie davon erzählt?"

"Nein."

"Oder wie ich sieben Jahre später auf dem Bahnsteig in Duisburg eine jüdische Familie voneinander Abschied nehmen sehe – der Zug läuft ein, ein paar junge Kerle stecken die Köpfe aus dem Fenster und brüllen: Wie das hier nach Knoblauch stinkt. Und keiner stellt sie zur Rede. Auch ich nicht. Wie feige wir alle da schon waren!"

Er ließ sich nicht beschwichtigen. Es drängte ihn, Markus mitzuteilen, daß er im Krieg als junger Gefreiter auf Urlaub in Duisburg einen alten Mann im Bus vor Übermüdung einschlafen und vornüber kippen sah. Dabei war ihm die Aktenmappe von der Brust auf den Schoß geglitten und der Judenstern sichtbar geworden.

"Nichts tat ich, und hätte doch den Judenstern sofort wieder abdecken müssen – wo doch der alte Mann den Bus gar nicht benutzen durfte. Ich aber hatte mehr Angst um mich als um ihn!"

Markus begriff – und auch, warum Henning als Wachsoldat in Norwegen die ihm angebotene Hilfe zur Flucht nach Schweden abgelehnt hatte.

"Sippenhaft", sagte er ins Telefon. "Du verstehst, was das bedeutete – aus Angst um meine Eltern schlug ich mir jeden Fluchtgedanken aus dem Kopf und nahm hin, daß mir die Norweger nicht mehr trauten und mich fortan mieden. Der letzte Funke Zivilcourage war in mir erloschen – und daß ich nicht noch im fünfundvierziger Mai zur Erschießung eines Deserteurs abkommandiert worden bin, danke ich bis heute meinem Schöpfer. Ich weiß nicht, wie ich mich verhalten hätte – war ich denn mutiger als die anderen?"

Eine Weile lang schwieg er. Und gab sich dann selbst die Antwort: "Nein, mutig waren wir nicht – ich nicht, wir alle nicht!"

Er legte auf.

Nahezu eine Stunde lang war er in der Leitung, aber schon am nächsten Tag rief er wieder an.

OSKAR AUS HAMBURG

"Am Ende meinte mein Anwalt – Frau Heider, Frau Heider, warum haben Sie sich überhaupt erst auf diese Heirat eingelassen?"

Sie hielt inne – schließlich wußte Markus inzwischen, daß sie sich von Oskar Mertens, dem Mitarbeiter einer Hamburger AVIS-Vertretung, schon nach drei Monaten wegen eines sächsischen Kunstschmieds namens Lutz Normann hatte scheiden lassen. Seitdem trug sie wieder ihren Mädchennamen, unter dem Markus sie vor Jahren während eines Sommerurlaubs kennengelernt hatte, und was sie aus ihrem Leben zu erzählen wußte, gipfelte – richtiger gesagt versandete – in eben dieser mißglückten Ehe.

Nach der Wende hatte sie in Dresden Oskar Mertens auf einer Geburtstagsfeier kennengelernt und aus der Begegnung war ein hartnäckiges Anhalten um ihre Hand geworden – mit Blumen, Konfekt, Einladungen ins Theater, zu Konzerten und Ausflügen in seinem Mercedes. Bevor er die Rückreise nach Hamburg antrat, hatte sie ihm versprechen müssen, ihn dort zu besuchen. Sie fand einen dreiundvierzigjährigen Muttersohn vor, der beruflich so erfolgreich nicht war, wie er ihr gesagt hatte, und auch seine Andeutungen von einem gehobenen Leben platzten wie Seifenblasen.

Markus schien die Frage ihres Anwalts durchaus berechtigt.

"Stimm ihm nur zu – nur zu!" sagte sie bitter. "Machen wir nicht alle mal Fehler und uns was vor. Otto sah ja nicht bloß gut aus, er war auch gut – immer nur großzügig in Dresden und hilfsbereit. Und ich hatte ihm ja auch Hoffnungen gemacht. Irgendwie fühlte ich mich ihm verpflichtet, wollte ihm auch helfen sich gegen seine Mutter durchzusetzen – diese Zaghaftigkeit in Person, die ihn beruflich nur zurückgehalten hat."

"Ehe als Therapie", sagte Markus.

Sie verbat sich den Spott. Immerhin habe sie darauf bestanden, vorerst in Dresden zu bleiben und daß er seinen Hamburger Posten nicht nur behielt, sondern sich verbesserte.

"Das hat er versprochen, allein schon, weil er mich nicht verlieren wollte. Doch dann verlor er mich doch. Nur wenige Tage nach den Flitterwochen – oh, diese Flitterwochen! – lernte ich Lutz kennen und fand, daß wir weit besser zusammenpaßten. Was ich Oskar nicht lange verschwieg. Natürlich tat er mir leid, und schuldig fühlte ich mich auch."

Markus brachte den Vergleich vom Ende mit Schrecken mit dem Schrecken ohne Ende an.

"Ohne Ende – du sagst es!" rief sie. "Kannst du dir vorstellen, wie mir zumute war, als da plötzlich draußen an der Wand von der Bibliothek, wo ich arbeite, in Riesenlettern zu lesen stand: Helga Heider, Stasi – die Anfangsbuchstaben unverkennbar in Oskars Handschrift. Kannst du dir das vorstellen ..."

Ob Markus das konnte.

"Dieser Wirbel bis hoch zur Leiterin! Daß ich noch meine Stelle habe, ist ein Wunder. Wäre bei den Behörden auch nur der leiseste Verdacht gegen mich geäußert worden, Andeutungen über Stasi-Mitarbeit, ich säße auf der Straße."

Sicher hätte sie ihr Kunstschmied nicht fallen lassen, gab Markus zu bedenken.

"Der arme Mann!" rief sie. "Was der durchgemacht hat!" Sie holte Luft. "Ist dir schon mal ein Rad vom Auto abgefallen?"

"Nein, zum Glück nein!"

"Zwei Meter hinter seiner Ausfahrt fiel Lutz vom Auto ein Hinterrad ab – sämtliche Radmuttern lose. Nicht auszudenken, was ihm auf offener Strecke passiert wäre. Zu beweisen war niemand was. Aber Oskar war zu der Zeit in Dresden, und auch als das mit der Bibliothek passierte, war er hier."

"Der reinste Krimi", sagte Markus.

"Und kein Ende abzusehen", rief sie.

Lieber Dino

Nach einer halben Stunde Strandmarsch hatte sein Enkelkind, Naomis fünfjähriges Söhnchen, die Taschen voll schönster Muscheln, doch nach Hause wollte er noch immer nicht. Der frische Maiwind zauste ihm das Haar, fuhr ihm unters Hemd, er fror ein wenig, jede Müdigkeit aber bestritt er – die Muscheln! Erst als die Sonne im Meer versank, ließ er sich zur Rückkehr bewegen und dankbar das letzte Stück Strand Huckepack tragen.

"Opa – hüh, hott! Bin ich schwer?"

"Allerdings. Wie ein Mehlsack."
"Opa, sag bloß!"
"Auf der Brücke läufst du wieder – klar?"
"Ehrenwort."
Er hielt eine Hand nach unten, und Markus griff sie – kalte Hände, kalte Knie.
"Wehe du niest. Deine Mama wird schimpfen."
"Mit dir, Opa."
"Mit uns."
Auf der Brücke lief er. Sie rannten. Er nieste nicht. Und Markus wußte, jetzt läuft er sich warm, und alles bleibt gut. Die Läden längs der Strandpromenade schlossen schon, und woher bloß hatte Aaron da plötzlich diesen Dinosaurier?
"Junge, das geht so nicht. Den gibst du zurück."
"Ich will ihn aber – Opa!"
Markus sah sich um. Hinter ihnen räumte der Ladenbesitzer eine Schüssel voller Dinosaurier von der Straße in den Laden. Aaron folgte ihm und legte den kleinen grauen Dinosaurier in die Schüssel zurück, seine Unterlippe zuckte, aber er weinte nicht. Er winkte dem Spielzeug hinterher und Markus rührte der Anblick. Der Ladenbesitzer schloß die Tür von außen und ging weg. Sie sahen ihm nach, und beide schwiegen sie – Markus ein wenig schuldbewußt, Aaron traurig.
"Und nun los, marsch, marsch – zur Mama!"

Am Abend darauf, bei Tisch im Gasthaus, blätterten sie Aarons Tierbuch durch – Seite für Seite, kein Tier ließen sie aus, und er kannte sie alle, nicht bloß den Tiger, den Löwen, den Affen, und war doch noch klein, konnte weder lesen noch schreiben. Die seltensten Tiere aber waren ihm vertraut.
"Und wenn du auch noch dieses hier nennst, hast du einen Wunsch frei."
Markus zeigte auf eine Wühlmaus mit schwarzem Kopf, weißen Backen und braunem Fell.
"Das ist ein Lemming", sagte Aaron, und wußte: "Die stürzen sich ins Meer und ertrinken."

Der Gedanke stimmte ihn nachdenklich, seine Unterlippe wölbte sich. War er den Tränen nah?

"Nun, was ist, was wünschst du dir?"

Aaron blickte zu Markus auf. Seine Augen strahlten wieder.

"Den lieben Dino", sagte er. "Du weißt doch, Opa, den Dinosaurier von gestern."

Im Herbstwind

Markus sah Aaron im Stoppelfeld und wie er rannte, so schnell er mit seinen sechs Jahren konnte, und über ihm der rote Drachen stieg höher im Herbstwind, bis er nur ein dunkler Punkt im Blau des Himmels war. Zweihändig jetzt hielt das Enkelkind die Rolle, das Seil zerrte an ihm, und er lehnte sich dagegen. Sein Hemd flatterte, und der Wind zauste sein Haar, das hell in der Sonne leuchtete. Und oben flog der Drachen ...

Und Markus' Gedanken flogen in die Vergangenheit, als er ein Junge war, älter um zwei Jahre als Aaron jetzt, und in einem Stoppelfeld bei Bouillon in Belgien den roten Drachen steigen ließ, den Jan van de Velde ihm überlassen hatte, ehe er mit seinen Eltern nach Lüttich abreiste.

"Für dich", hatte er gesagt, "ein Andenken."

Und Markus hatte an ihn gedacht und ihn vermißt, und wußte, das Geschenk war ein Opfer gewesen, und obwohl er nicht wirklich geglaubt hatte, daß die Flugpost ihn erreichen würde, versuchte er es doch. Flugpost? Jan hatte nicht nur den Drachen gefertigt, sondern auch Fallschirmchen, die an Haken den Strick hoch glitten bis hin zum Drachen, wo sie ausklinkten und vom Wind davongetragen wurden. Auch hatte er ihm gezeigt, wie man unter den Schirmchen kleine Glasröhren mit *messages* anbringen konnte (er hatte *messages* gesagt), die dann in die Welt flogen und vielleicht, vielleicht beantwortet wurden. Jan van de Velde – wenn dich mein Brief erreicht, dann antworte mir ...

Jans Adresse und auch die eigene Duisburger Anschrift steckten in dem Röhrchen. Er sah das Fallschirmchen sich oben beim Drachen vom Seil lösen und im Herbstwind davonfliegen – wohin: auf Lüttich zu gen Norden oder über den Fluß und die Grenze nach Frankreich? Schon jetzt, hier auf dem Stoppelfeld, konnte er das nicht mehr bestimmen. Jan van de Velde – wenn dich mein Brief erreicht dann ...

Nie hat er herausbekommen, wer in dem französischen Städtchen Sedan unweit vom belgischen Bouillon seine Flugpost auflas, wie sie aber beantwortet wurde, hat sich ihm eingeprägt, kaum daß er den Brief im heimischen Briefkasten entdeckt und aufgeregt zur Mutter getragen hatte. "À bas Hitler!" hatte er in großer Blockschrift gelesen, davon aber nur das dritte Wort begriffen – denn er ging noch zur Volksschule.

Er sah die Mutter beim Lesen erbleichen, "woher kommt das?" flüsterte sie ängstlich, und gleich schon riß sie ein Streichholz an und verbrannte den Brief samt Umschlag im Aschenbecher. Das verkohlte Blatt kringelte sich, nichts war mehr lesbar, nur daß es beschrieben gewesen war, blieb zu erkennen, bis Mutter die Asche zerrieb.

"Sag mir, was da stand."

Sie sah ihn an. "Etwas gegen Hitler", antwortete sie leise und hob den Zeigefinger an die Lippen, "und daß der, der das geschrieben hat, einen Dreck mit dir zu tun haben will ..."

"Warum schreibt er dann?"

"Weil er die Deutschen haßt", sagte die Mutter, "und du für ihn dazugehörst."

Flussschlepper

Damals, am Rheinufer, wo es Markus und Miriam immer wieder hingezogen hatte, ahnten beide nicht, daß sie je in ein Ghetto und bald auch in den Tod verbannt werden könnte. Die Zeichen der Zeit aber hatten sie längst erkannt. Sie schauten den Schleppern nach, die Kurs auf Holland hatten, und sehnsüchtig dachten sie: nehmt uns mit auf die Reise ...

Sehr bald nach ihrem letzten gemeinsamen Tag war Miriam mit ihren Eltern zum Hauptbahnhof von Duisburg gebracht worden, und was Markus darüber vom Vater erfuhr, sollte er nie vergessen – Miriam, in einen Viehwagen gepfercht, nach Polen verschleppt, wie Jahre später seine Eltern ...

Wenn Markus heute Flußschlepper auf der Spree dahingleiten sieht, kommen ihm nicht bloß die Erinnerungen an Miriam – er sieht sich, kaum sechzehnjährig, von England nach Australien deportiert, im düsteren Bauch eines Truppentransporters namens Dunera, der durch die verminten Meere Kurs auf Australien nahm, und wie er sich damals nach Sonne sehnte, die ihm erst in der Bucht von Kapstadt beim Kartoffelschälen für die Wachmannschaft vergönnt sein sollte; wenige Jahre später hatte er *a fine job in the sun*, schrubbte er als Decksmann auf einem Schleppkahn des Melbourne Harbour Trust Planken unter blauem Himmel; der Kesselraum des Frachters Fiona taucht vor seinem inneren Auge auf, er sieht sich als Kohlentrimmer, rußgeschwärzt von Kopf bis Fuß, nach Fidschi unterwegs; auch der Schlafsaal eines Passagierschiffs kommt ihm in den Sinn, tief unten im Zwischendeck der schmucken Neptunia, die ihn von Sydney nach Genua brachte; und Jahre später, wieder im Sommer, findet er sich in dem verwaisten Schlafsaal des Ocean Liners United States of America wieder, lonesome steerage passenger von New York nach Hamburg; als Blinder Passagier auf der Tortola Bomba durchkreuzt er die Karibik zu Inseln in der Sonne – und segelt noch im gleichen Jahr auf einem Dreimaster durch die Wasser des Stillen Ozeans zwischen den Inseln Viti und Vanua.

Ein wechselvolles Dasein, so stellt es sich ihm an den Ufern der Spree dar – wohin, fragt er sich, drängt es dich selbst heute noch? Und wieder bricht er nach Australien auf und der Insel Taveuni im Pazifik, einem Blumenparadies mit Palmenstränden, Regenwäldern und grünen Bergen ...

Küstenfrachter, Flußschiff, Motorschiff, Luxusdampfer, Postschiff – seit jenen Tagen mit Miriam am Rhein hat es ihn sogar an Bord eines

Raddampfers auf dem Mississippi verschlagen: *Hallo there, Pierre Trambo und Jaqueline Bovier!* Unter der Sonne von Louisiana konntet ihr die Sehnsüchte von zwei jungen Menschen in Nazideutschland schwer nachempfinden – besser, ich behielt für mich, was mir alles durch den Kopf ging beim Anblick von Flußschleppern auf der Spree ...

    Schwarze, in Wachspapier gebundene Kladde: bis ins zweite Jahrtausend hatte er sie bewahrt und als Talisman von Land zu Land getragen – er mochte die Zeit nicht messen von jenem Sommer im australischen Albury bis hin zu diesem in Polen. Weit über ein halbes Jahrhundert ...
    In Warschau, in jenen Tagen, war ihm die Chopinschen Musik näher denn je – Konzerte, Piano Solos, die ihm unvergeßlich bleiben würden, und in der Galeria Sztuki an der Krakowskie Przedmiescie am Weichsel Ufer hatte er den Maler Krzyr getroffen, dessen Landschaftsbild Jesienny ihn an die Tage im Herbst mit Regina erinnerte, er hatte das Bild gekauft und ins Hotel getragen, und dort, nur wenige Stunden vor dem Rückflug nach Berlin, in der Abgeschlossenheit seines Zimmers, hatte er, das letzte Dutzend leerer Seiten seiner Kladde füllend, zwischen der Erzählung DIE EINFACHEN DINGE und jener anderen mit Namen ELAINE zwei polnische Begebenheiten festgehalten – am Tisch, mit Ausblick über die Dächer von Warschau, hatte er sie flüssig, und nahezu druckreif, zu Papier gebracht:

Frühstück in Warschau

Die Stadt lag unter einer Dunstglocke, es war heiß und schwül, und der Regen, der am Abend aus dunklen Wolken niederging, brachte wenig Linderung. Die Schwüle blieb. Der Regen war zu einem Dauerregen ausgeartet und verbot jeden Gedanken, das Hotel zu verlassen. Das Haus war heruntergekommen, verdiente längst nicht mehr seinen hochtrabenden Namen, noch die ihm zugestandenen vier Sterne. Im schmucklosen Speisesaal, wo es kaum weniger schwül als draußen war, fand ich mich bald zwischen leeren Tischen. Nur an einem noch saß eine ältere Dame, die mich aufmerksam musterte. Vom Kellner abgelenkt, der meine Bestellung erwartete, nahm ich die Frau nur flüchtig wahr. Sie mochte siebzig sein, älter vielleicht mit ihrem weißen Haar, wirkte aber nicht ältlich. Sah ich zu ihr hin, trafen sich unsere Blicke. Sie schien sich einsam zu fühlen. Es berührte mich, doch nach Geselligkeit stand mir nicht der Sinn, und bald nach dem Essen zog ich mich auf mein Zimmer zurück.

Am Morgen hatte sich meine Stimmung nicht gehoben. Noch immer regnete es, schwül war es weiterhin und trist der Ausblick über die Dächer der Stadt – eine Steinwüste zersetzt von Lichtreklamen unter grauen Wolken. Nichts erinnerte an das Warschau von einst, der Polenhauptstadt unter bunten Fahnen in der Sommersonne der Weltfestspiele, die ich in den fünfziger Jahren erlebt hatte.

Als ich vom Frühstücksbuffet zu meinem Tisch zurückkehrte, hatte die alte Dame vom Abend zuvor dort Platz genommen. Sie nickte mir zu wie eine alte Bekannte, und bald empfand ich sie auch so – sicher seien wir gleicher Herkunft, meinte sie sogleich, und da ich Englisch spräche, sei wohl auch ich bei Kriegsende nach England ausgewandert. Für sie, so erfuhr ich, hatte sich England als Paradies erwiesen – nach allem, was sie durchgemacht hatte.

Jude

"So tolerant die Menschen dort. In der ganzen Nachbarschaft nicht die Spur von Feindlichkeit gegen Juden oder sonstwen."

Wo sie denn aufgewachsen sei, fragte ich sie.

"In einem ukrainischen Schtetl an der Styr. Nicht weit hinter der polnischen Grenze."

Dorthin wolle sie noch einmal, ehe sie die Kräfte dazu verließen. Im Krakauer und Warschauer Ghetto sei sie schon gewesen, nun bliebe nur noch ihr Schtetl an der Styr. Das verstand ich. Hatte nicht auch ich nach all den Jahren im Ausland das Scheunenviertel von Berlin erforscht, Auschwitz ertragen und das einst von den Nazis verwüstete Duisburger Elternhaus aufsuchen müssen.

"Die Kinder wollten nicht, daß ich fahre", sagte sie, "Channele nicht, auch nicht mein Amnon – Mama, wozu? Was tust du dir da an. Aber ich muß. Für meine Eltern, die Brüder, die Schwestern, die alle untergegangen sind in der Shoa." Ihre Augen blickten traurig, dunkle, traurig blickende Augen. "Ich versuche zu verzeihen ohne Bitterkeit."

Ihre Uhr am Handgelenk wies ihr die Zeit – sie schien in Eile geraten zu sein.

"Und doch – es ist schwer so ganz allein, schwer. Lebte mein Mann noch ..."

Wieder blickte sie mich an, und mir kam der Gedanke, sie auf dieser Reise in die Vergangenheit zu begleiten – warum nicht? Was noch hielt mich hier.

Ich schlug ihr vor, was ich dachte. Sie glaubte nicht daran – es war ihr anzumerken. "Das würden Sie tun – wirklich?" sagte sie zweifelnd.

Ich nickte, doch offen blieb, ob sie mir glaubte.

"Wie kommt es, daß von allen nur Sie überlebt haben?" fragte ich sie leise.

Ich spürte ihre wachsende Unruhe. Sie mußte aufbrechen. Und in den wenigen uns noch bleibenden Minuten sehe ich den Güterzug mit den Viehwagen aus dem Städtchen an der Styr in die

Nacht rollen, höre den Schlag der Räder auf den brüchigen, buckligen Schienen, und die Schläge lösen den Verschluß der Tür, neben der sie kauert, und sie, die Sechzehnjährige, zwängt sich durch die plötzlich entstandene Öffnung, läßt sich vom Zug fallen, wird von dem fahrenden Zug aufs Schotterbett geschleudert und die Böschung hinunter ins Strauchwerk, liegt dort zerschunden, und der Zug rollt weiter in die Nacht …

"Mein Elternhaus, die Straßen meiner Kindheit, das schattige Plätzchen unter den Weiden am Fluß, der Bahnhof von damals, und das Abstellgleis, wo an jenem Abend der Güterzug auf uns wartete – die Hütte im Wald will ich noch einmal sehen, die mein Versteck war, und ob es den Jurek noch gibt, der mich am Leben hielt …"

Der Kellner unterbrach sie, sie verstummte, und in der Zeit, die sie zum Zahlen brauchte, festigte sich mein Entschluß: Ich werde mit ihr gehen.

Und nur der Umstand, daß es für die Ukraine ein Visum brauchte, das in der Eile nicht zu beschaffen war, verhinderte die Reise.

Krakauer Fotografien

Von der Marienkirche her kam der Japaner schräg über den Marktplatz auf das Café zu, wo wir saßen. Die Linsen seiner Brille glitzerten in der Sonne, und wen er suchte, wurde erst deutlich, als er sich vor mir verbeugte und seine Karte überreichte. Neben den Namen hatte er das Wort POET geschrieben.

"Are you jewish?" fragte er verhalten.

In meiner japanischen Zeit hatte es für eine solche Frage nie Anlaß gegeben – jetzt aber, hier in Polen, wußte ich gleich den Grund. Ich nickte und sagte: "Richtig, das bin ich." Da verbeugte er sich wieder und bat höflich, mich ablichten zu dürfen – "please, sir, right here where you are sitting." Ich ließ ihn gewähren. Er war mir in guter Erinnerung, denn eine Woche zuvor war nur er mir aus dem Reisebus gefolgt, den ich, zum Unwillen des polnischen Reiseleiters, vor dem Warschauer Ghettomahnmal hatte anhalten lassen. Schweigend hatte der Japaner neben mir beim ewigen Feuer verharrt, das in der Schale loderte, und dort abgewartet, bis ich zum Bus zurückkehrte ...

Sein Foto sollte das einzige bleiben, das ich aus Krakau vorweisen kann – denn just hier, in dem Café am Markt, wurde mir aus der Jackentasche meine Kamera gestohlen, was ich erst beim Rundgang durchs Krakauer Ghetto bemerken sollte: Weg das teure Gerät samt aller Aufnahmen vom Königsschloß, den Tuchhallen, den Kirchen, dem Krakauer Florianstor. Um so schärfer aber erwies sich fortan mein Blick. Das Auge ersetzte die Kamera. Die geduckten alten Häuser diesseits und jenseits der Ghettomauern prägten sich mir ein, die kleinen Gaststätten am Platz mit den gedeckten Tischen im Schatten der Vorhöfe und der hebräischen Schrift über den Eingängen, und jenseits des Platzes das rot-braune Gebäude der Synagoge, die wie durch ein Wunder der Zerstörung entgangen war.

Beim Durchqueren der Synagoge, die geplündert worden war und sich in ihrer Leere düster darbot, mit fleckig-grauen Wänden, von denen der Putz bröckelte, kam ich zu einem Nebenraum mit Aufnahmen von der Verschleppung der Juden aus dem Ghetto. In den dunkelhaarigen schmächtigen Judenjungen, die in dem langen Zug ausgemergelter, zerlumpter Menschen zu erkennen waren, sah ich mich selbst, ich sah Frauen mit dunklen, ausdrucksvollen Augen wie die meiner Mutter, und jäh begriff ich, wie schmal der Grad gewesen war zwischen meinem und dem Schicksal dieser bedrängten Menschen, die von breitbeinig aufgereihten Soldaten in den Tod getrieben worden waren.

Unter all den Aufnahmen entdeckte ich eine, die mich länger als die anderen festhielt. Auf einen Hackklotz, wie Bauern ihn zum Holzspalten brauchen, war ein kleiner bärtiger Jude gezwungen worden, daß ihm mühelos zwei hünenhafte Soldaten zum Gaudium ihrer Kameraden mit großen Scheren den Bart stutzen konnten. Das Kinn starr vorgeschoben, mit in sich gekehrtem Blick, ließ der alte Mann die Schmach über sich ergehen, und je länger ich mich in das Foto vertiefte, je lauter hörte ich die Soldaten grölen, die zwei sich vor Lachen biegenden Täter mit den gestiefelten Füßen stampfen. Plötzlich war mir, als sei ein Teil meines Daseins darauf ausgerichtet gewesen, nie je auf Geheiß von irgendwem den Hackklotz zu besteigen. Die Vorstellung verflüchtigte sich, kaum daß sie mir gekommen war. Zurück aber blieb ein Gefühl der Erfüllung, das Echo eines gelebten Widerstandes.

Inhalt

Teil 1

- 10 Die einfachen Dinge
- 16 Neugier
- 19 Im Herbst
- 22 Die Eidechse
- 24 Die Taschenuhr
- 27 Bonbons
- 28 Menschenjagd
- 30 Geranien und Rosen
- 33 Spinat
- 36 Schulweg
- 37 Paradies St. Vinzenz
- 39 Dreiundsiebzig
- 42 Die Papageienkrankheit
- 46 Mutprobe
- 48 Das Buch
- 49 Schwester Julchen
- 51 Zito
- 54 Die Musikstunde
- 57 Inquisition
- 60 Der Unfall
- 63 Sein Fahrrad
- 67 Entdeckung
- 70 Der Geiger in Holland
- 72 Helden
- 75 X, Ypsilon und die Wohltätige
- 79 Der Arier
- 82 Hass

85	ONKEL MARKUS
87	BAHNWÄRTERHAUS
88	MIRIAM
92	FLUCHT
98	DAS GEMÄLDE
99	DER SCHREI DER KRÜCKEN
102	RUTH
104	DIE ABREISE
108	IN LONDON
111	DIE MÜNZE
113	ENGLISH, MARKUS EPSTEIN
115	JENE STUNDEN IM INTERNAT
119	WHITELADIES
125	DIE GUERNSEY LEKTION
129	PARIAS

TEIL 2

136	VERBANNUNG
143	DER DICHTER
144	DAS LINEAL
146	NACHT ÜBER SHEPPARTON
147	ABSENT WITHOUT LEAVE
151	MAROOCHYDORE MOOLOOLABA
153	COLIN
155	ELAINE
170	MARGIE
172	POSTAUSGABE

173	Wo ist Tommy?
179	Pit & Monica.
180	Out of Bendigo
182	Bill & Henry
184	Dunkelkammer
185	Der Inspektor
189	Eppi Carrigan
191	Jenseits der Stadt
192	Professor Picasso
196	Coalburner
197	Lambasa Frau
198	Mitternachtfahrt
204	Am Hafentor

Teil 3

210	Heimkehr 55
218	Polnisches Zwischenspiel
220	Die Worte des Barden
221	Requiem
222	Gorkistrasse Moskau
224	Russisches Tagebuch
227	Bahnhof Friedrichstrasse
229	Suche nach der Herkunft
232	Haus am Stadtrand
233	Schuhe
234	Berliner Karl-Marx-Allee
237	Verlagshaus

240	Fernfahrten
255	Manhattan Landfall
256	Pfandleihe
258	Loyal American
261	Arbeitslos in Manhattan
262	A Spell at Sloppy Joe's
265	Tramping
266	Das letzte Angebot
270	San Francisco Shoeshine
273	Fünf Schritte Zuviel
274	Julio Martinez
276	Willkommen in London
280	Kauf mir doch ein Krokodil
285	Judy O'Brady
289	Vertrauen
291	Trennung
293	Naomi
294	Rundfahrt Istanbul
296	Nebelkrähe
299	Buchenwaldreise
300	Der lange Schatten
302	Mutig waren wir nicht
304	Oskar aus Hamburg
306	Lieber Dino
308	Im Herbstwind
309	Flussschlepper
312	Frühstück in Warschau
315	Krakauer Fotografien